MIRA®

Umwelthinweis:
Dieses Buch wurde auf chlor- und säurefreiem Papier gedruckt.

Danielle Stevens

Das Geheimnis der Maori-Frau

Roman

MIRA®

MIRA® TASCHENBUCH
Band 25644
1. Auflage: Februar 2013

MIRA® TASCHENBÜCHER
erscheinen in der Harlequin Enterprises GmbH,
Valentinskamp 24, 20354 Hamburg
Geschäftsführer: Thomas Beckmann

Deutsche Taschenbucherstausgabe

Konzeption/Reihengestaltung: fredebold&partner gmbh, Köln
Umschlaggestaltung: pecher und soiron, Köln
Redaktion: Daniela Peter
Titelabbildung: Thinkstock/Getty Images, München;
pecher und soiron, Köln
Satz: GGP Media GmbH, Pößneck
Druck und Bindearbeiten: CPI – Ebner & Spiegel, Ulm
Printed in Germany
Dieses Buch wurde auf FSC®-zertifiziertem Papier gedruckt.
ISBN 978-3-86278-499-8

www.mira-taschenbuch.de

Prolog

Reglos hockte der Mann in Schwarz im Schatten des Ratabaumes. Die Luft um ihn herum war erfüllt von den Geräuschen der Nacht – dem sanften Rauschen des Windes und dem Gesang der Grillen –, doch er nahm sie gar nicht wahr. Sein Blick war starr auf das hell erleuchtete Fenster im oberen Stockwerk des Farmhauses gerichtet, hinter dem sich das Elternschlafzimmer befand. Durch den Vorhang konnte er die Bewegungen des Ehepaares verfolgen, das sich anschickte, nach einem langen, anstrengenden Tag zu Bett zu gehen.

Dann – endlich – wurde es dunkel.

Der Mann in Schwarz spürte, wie eine Welle der Erregung ihn durchfuhr. Doch er musste noch ein wenig abwarten. Er schloss die Augen und maß die Zeit, indem er die Schläge seines Herzens zählte.

Eins … zwei … drei … Als er bei neunzig angelangt war, trat er aus seinem Versteck und ging zielstrebig auf das kleinere Gebäude zu, das etwas abseits vom Wohnhaus stand. Die weit über den Kopf gezogene Kapuze seines Sweatshirts verbarg sein Gesicht vor dem Mondlicht. Nur seine Augen glänzten schwach, wie schwarze Murmeln in einem Meer aus Finsternis.

Leise schwappte die Flüssigkeit in dem Kanister, den er bei sich trug, bei jedem Schritt gegen die Wände des Behälters. Er glaubte zu spüren, wie sich die Umrisse des Zippo-Feuerzeugs in seiner Hosentasche durch den Stoff der schwarzen Jeans brannten.

Jetzt war es bald so weit. Er konnte es kaum noch abwarten.

Kurz darauf erreichte er den Schuppen, in dem, wie er wusste, Viehfutter gelagert wurde. Er stellte den Kanister ab und schraubte den Deckel auf. Sofort stieg ihm der beißende Gestank von Reinigungsbenzin in die Nase, der auf ihn eine geradezu berauschende Wirkung ausübte. Einen Augenblick lang genoss er das leichte Schwindelgefühl, das sich in seinem Kopf ausbreitete, dann nahm er den Kanister auf und fing an, die Flüssigkeit rund um das Gebäude zu verteilen.

Als er damit fertig war, stand er einen Moment lang einfach nur andächtig da. Der Nervenkitzel glich dem, was man empfindet, wenn man am Rand eines Hochhausdaches steht und in den gähnenden Abgrund blickt. Denn dabei geht es nicht um Angst, sondern vielmehr um Macht.

Die Macht des freien Willens.

Noch einmal holte der Mann in Schwarz tief Luft, dann zückte er das Zippo, ließ es aufschnappen und drehte das Zündrädchen.

Mit einem leisen Fauchen wurde die Flamme entfacht.

Macht.

Ein freudiges Zittern durchlief seinen Körper. Er holte aus und warf das Feuerzeug weit von sich. Es beschrieb einen hohen Bogen, ehe es mitten in einer Pfütze aus Benzin landete, das mit einem wütenden Brüllen entflammte.

Innerhalb von Sekunden griff das Feuer um sich, und der Schuppen brannte lichterloh. Nur kurz durfte der Mann in Schwarz den Anblick seines Werkes genießen. Das Wiehern der Pferde im benachbarten Stall und das Tosen der Flammen würde die Bewohner des Farmhauses schon bald wecken.

Er wandte sich ab und ging. Kurz darauf war er im Schutz der Nacht verschwunden.

1. TEIL

1

WELCOME TO AORAKAU VALLEY – HAERE MAI!
Du bist eingeladen, deinen Ärger, deine Unzufriedenheit und deine Fragen mitzubringen. Aber wenn du gehst, nimm Frieden, Gelassenheit und Freundschaft mit.

Shelly Makepeace runzelte die Stirn, als sie den Text im Vorbeifahren las. Dass diese bekannte Maoriweisheit ausgerechnet auf dem Schild stand, das die Besucher von Aorakau Valley begrüßen sollte, erschien ihr wie eine spöttische Fügung des Schicksals. Denn wenn es zwei Worte gab, die ihr Dasein im Augenblick wirklich treffend charakterisierten, dann waren es Ärger und Unzufriedenheit. Und auch an Fragen mangelte es ihr nicht.

Quälende, bohrende Fragen darüber, wie es weitergehen sollte. Ob sie wirklich das Richtige tat und warum ausgerechnet *ihr* Leben von einem Tag auf den anderen in solche Turbulenzen hatte geraten müssen.

Seufzend strich sie sich eine widerspenstige Strähne ihres rotblonden Haares zurück hinters Ohr. Wenn sie sich bloß nicht so entsetzlich müde und erschöpft fühlen würde… Während des fast zwanzigstündigen Flugs von Los Angeles nach Christchurch war sie zwar hin und wieder kurz eingenickt, allerdings ohne wirklich erholsamen Schlaf zu finden. Sie hasste einfach die Vorstellung, sich Tausende von Metern über dem Erdboden zu befinden. Allein der Gedanke daran verhinderte, dass sie sich entspannen konnte, und sie war froh gewesen, nach der Landung endlich wieder festen Boden unter den Füßen zu spüren.

Doch da hatte der Stress erst richtig begonnen.

Bei der Einreise erschnüffelte ein freundlich schwanzwedelnder Zoll-Spürhund einen Apfel in der Umhängetasche ihrer vierzehnjährigen Tochter Kimberley. Und Will, fünf Jahre jünger als seine Schwester, hatte die Orange, die im Flugzeug als Zwischenmahlzeit gereicht worden war, nicht etwa gegessen, sondern kurzerhand in seinen Rucksack gestopft.

Da schon während des Flugs bei der Ausgabe der Zollformulare darauf hingewiesen worden war, dass die Einfuhr von Lebensmitteln nach Neuseeland streng untersagt war, wurde mit diesen »verbotenen Früchten« ebenso kurzer Prozess gemacht wie mit der Banane einer jungen Französin und dem Sandwich einer Koreanerin. Alles Essbare wurde vom Zoll konfisziert, in Folie verpackt und in einem großen Container deponiert, während die ehemaligen Besitzer gleich an Ort und Stelle eine Strafe von zweihundert Neuseelanddollar pro Verstoß bezahlen durften.

»Sparen Sie sich die Mühe«, hatte ihr eine etwas schadenfroh lächelnde Mitreisende geraten, als Shelly protestieren wollte. »Am Ende hat noch jeder den Paradies-Dollar gezahlt. Vertrauen Sie mir, ich kann ein Lied davon singen.«

Mit einer deutlich zusammengeschrumpften Reisekasse waren Shelly und ihre Kinder nach der Prozedur zum Schalter der Autovermietung gegangen, um ihren reservierten Kleinwagen abzuholen, und nun befanden sie sich bereits seit mehr als sechseinhalb Stunden auf dem Weg nach Aorakau, einem winzig kleinen Fleckchen am südlichen Ende der Landkarte von Neuseeland, etwa auf halber Strecke zwischen Oamaru und Invercargill.

Shelly wischte sich über die Augen, die vor Erschöpfung brannten. Jeder einzelne Knochen, jeder Muskel in ihrem Körper schmerzte, und hinter ihren Schläfen hämmerte es dumpf. Aber jetzt war es ja zum Glück nicht mehr weit. Die letzten Meilen würde sie auch noch durchstehen, und danach … Ihr Mietwagen erklomm auf der einsamen Landstraße die Kuppe eines sanft ansteigenden Hügels, und Shelly stockte der Atem.

Für einen Moment fühlte sie sich zurückversetzt in ihre Kindheit. Zu jenen Tagen, in denen sie auf dem Schoß ihres Großvaters gesessen und mit großen Augen staunend den Legenden von *Aotearoa* – dem Land der langen weißen Wolke, wie die Maori Neuseeland nannten – gelauscht hatte.

Das war es also, das Land ihrer Vorfahren.

Wie von grünem Samt überzogen wirkte der weite Talkessel von Aorakau Valley, der sich wie ein Kelch zur Küste hin öffnete. An den Flanken der schneebedeckten Bergrücken erhoben sich mächtige Kauri- und Ratabäume, deren von roten Blüten gefärbte Kronen schon aus der Entfernung deutlich zu erkennen waren. Und über allem spannte sich der atemberaubend blaue Himmel, an dem sich gewaltige weiße Wolkenberge auftürmten.

Ein Gefühl von Ehrfurcht stieg in Shelly auf, das sie kaum in Worte fassen konnte. Zum ersten Mal, seit sie in Neuseeland angekommen waren, spürte sie so etwas wie eine Verbundenheit mit diesem Land, das sie bislang nur aus Erzählungen gekannt hatte. Für einen Moment vergaß sie all ihre Sorgen und Probleme. Die quälenden Zweifel fielen von ihr ab, und sie fühlte sich einfach nur frei.

»Kim, Will! Schaut nur, wie …« Sie verstummte, als sie in den Rückspiegel blickte und bemerkte, dass ihre Tochter mit ihrem heiß geliebten Handy auf dem Schoß eingenickt war.

Ihr rabenschwarz gefärbtes Haar umrahmte das entspannte Gesicht, die mit dunklem Kajal umrandeten Augen waren geschlossen. Hinter den leicht geöffneten, dunkelrot-violett geschminkten Lippen schimmerten perlweiße Zähne.

Erst jetzt fiel ihr auf, wie herrlich still es plötzlich im Wagen war. Kim sah im Schlaf so friedlich aus, dass Shelly für einen Augenblick fast vergaß, wie schwierig sich der Umgang mit ihr in letzter Zeit gestaltete. Vor allem seit die Entscheidung im Raum gestanden hatte, Kalifornien zu verlassen und in Neuseeland noch einmal ganz von vorne anzufangen.

»Auf keinen Fall!«, war Kims wütende Reaktion gewesen. »Ich komme nicht mit, niemals! Und du kannst mich nicht dazu zwingen!«

Am Ende hatte sie sich dann aber doch dem Willen ihrer Mutter beugen müssen. Das bedeutete allerdings nicht, dass sie ihr die Sache einfach machte. Ganz im Gegenteil: Nach zwei Tagen vorwurfsvollen Schweigens war Kim zu einer anderen Strategie übergangen, und die bestand darin, möglichst jedem in ihrer näheren Umgebung das Leben zur Hölle zu machen.

Was sie selbst betraf, so konnte Shelly damit umgehen. Wenn sie eines als Mutter eines Teenagers inzwischen gelernt hatte, dann, dass es am besten war, solche Phasen einfach auszusitzen. Es tat ihr nur leid, dass auch Will unter den Launen seiner Schwester leiden musste.

Ach, Will …

Im Gegensatz zu Kim war der Neunjährige manchmal beinahe schon zu unkompliziert. Er war ruhig und beschwerte sich eigentlich nie. Seit er lesen konnte, sah man ihn meist mit einem Buch in der Hand still in einer Ecke sitzen. Auch jetzt war er, die Stirn leicht gerunzelt, in die Lektüre eines dicken Wälzers versunken.

Shelly war erst ein bisschen erschrocken gewesen, als sie auf dem Flug nach Christchurch feststellte, dass es sich um *Die Geschichte der Feuerwehr vom alten Rom bis in die Gegenwart* handelte – ein Buch, das Will sich, wie sie wusste, vor einigen Wochen aus der Schulbibliothek ausgeliehen und ganz offensichtlich nicht zurückgebracht hatte.

Noch eine Sache, um die sie sich kümmern musste. Als hätte sie nicht auch so schon genug um die Ohren! Inzwischen verstand sie die Aufregung aber selbst schon gar nicht mehr. Sie würde das Buch einfach mit der Post zurückschicken, sobald sie in Aorakau angekommen waren. Das war nun wirklich das kleinste ihrer Probleme. Nach allem, was in letzter Zeit vorgefallen war …

»Wir sind bald da«, sagte sie leise, um Kim nicht zu wecken.

Will nickte, ohne aufzublicken. Er nahm den ganzen Stress der vergangenen Tage mit bewundernswerter Gelassenheit hin. Und der Abschied von Los Angeles schien ihm keine besonderen Schwierigkeiten zu bereiten. Für ihn war das »Projekt Auswanderung« vermutlich ein einziges großes Abenteuer.

»Mom, pass auf!«, schrie er in diesem Moment.

Wills Warnruf ließ Shelly zusammenschrecken. Sie nahm den Blick vom Rückspiegel, sah die Schafe, die dösend nur ein paar Meter vor ihr auf der Straße in der Sonne lagen, und riss instinktiv das Lenkrad herum. Es gelang ihr, den Tieren gerade noch auszuweichen, doch als sie die Bremse durchtrat, verlor sie endgültig die Kontrolle über ihren Wagen.

»Festhalten!«, schrie sie, dann schossen sie auch schon rumpelnd über die Straßenbegrenzung hinweg und landeten mit einem heftigen Ruck im Straßengraben.

Shelly ächzte, als ihr der Sicherheitsgurt die Luft aus den

Lungen presste. Im nächsten Moment flammten sämtliche Warn- und Hinweisleuchten auf dem Armaturenbrett des Mietwagens auf.

»Verdammt!«, stieß sie mit zittriger Stimme hervor. Dann löste sie hastig ihren Sicherheitsgurt und drehte sich besorgt zu ihren Kindern um.

»Will? Kim? Alles okay bei euch?«

»Verdammt, was war denn das?« Kimberly brauchte ganz offensichtlich einen Moment, um sich vom ersten Schock zu erholen. Ihr Gesicht war kalkweiß, sie rang nach Atem. Doch dann, als Shelly schon anfing, sich ernsthaft Sorgen zu machen, zog sie die Brauen zusammen und fing an zu schimpfen. »Na toll, du hast einen Unfall gebaut, Mom! Das wäre alles nicht passiert, wenn du auf mich gehört hättest und wir in L. A. geblieben wären!«

Shelly atmete erleichtert auf. Dem Tonfall nach zu urteilen, ging es ihrer Tochter gut, und auch Will schien mit dem Schrecken davongekommen zu sein.

Er ließ das Seitenfenster herunter und löste den Sicherheitsgurt. Anschließend kniete er sich auf den Rücksitz und schaute zum Fenster hinaus. »Wow!«, kommentierte er fast begeistert. »Wir stecken mit dem Wagen im Straßengraben fest! Das ist ja so was von cool!«

»Was soll denn daran cool sein, du Vollidiot?«, zischte seine Schwester. »Du bist echt bescheuert!«

»Sofort aufhören!«, beendete Shelly das Wortgefecht zwischen den Geschwistern, noch ehe es richtig beginnen konnte. Das Hämmern in ihrem Kopf nahm wieder zu, und sie massierte sich mit den Fingern die Schläfen. »Streit hilft uns jetzt auch nicht weiter.« Sie stieg aus dem Wagen, kletterte die niedrige Böschung hinauf und schaute sich um. So weit das Auge reichte, nur endlose Hügel, Wiesen und Felder.

Die einzigen Lebewesen in ihrer unmittelbaren Umgebung waren Schafe – davon gab es allerdings viele. Nur, dass ihr das leider nicht weiterhalf.

Was für eine Ironie des Schicksals! In Los Angeles war ihr das ständige Verkehrschaos meistens auf die Nerven gegangen; jetzt hätte sie ihr letztes Hemd dafür gegeben, auch nur ein einziges anderes Auto zu sehen.

Sie kehrte zu Will und Kim zurück. »Wir werden uns irgendwie selbst behelfen müssen. Es sieht nicht so aus, als ob hier allzu häufig jemand vorbeikommt.«

Störrisch verschränkte Kim die Arme vor der Brust. »Mir doch egal. Ich war sowieso dagegen, dass wir hierherkommen. Das hast du jetzt davon!«

»Kim, bitte!«

»Ich steige aus und schiebe«, erklärte Will und öffnete die Hintertür. Sie klemmte leicht, sodass er sich mit der Schulter dagegenstemmen musste, um sie ganz aufzubekommen.

»Du?« Kim bedachte ihn mit einem abfälligen Blick. »Das schaffst du nie! Du bist doch noch ein *Kind*!«

»Wenn Mom den Motor zum Laufen bekommt und du mir beim Schieben hilfst, klappt es vielleicht«, entgegnete Will, ohne auf die Stichelei seiner Schwester einzugehen, die auf Streit aus war.

»Ich?« Sie schüttelte den Kopf. »Mich hat niemand nach meiner Meinung gefragt, als es plötzlich hieß, dass wir nach Neuseeland auswandern. Ich wurde einfach in ein Flugzeug geschleppt und hierher verfrachtet. Jetzt seht auch selbst zu, wie ihr aus dem Schlamassel wieder rauskommt!«

»Kim, es reicht jetzt, okay?« Shelly seufzte. Auf eine Art konnte sie ihre Tochter sogar irgendwie verstehen. Kim hatte im Grunde überhaupt keine Chance gehabt, sich an den Gedanken zu gewöhnen, Kalifornien zu verlassen. Doch auch

Shelly war diese Entscheidung nicht leichtgefallen. Sie hatte ihre geliebte Arbeit als Tierärztin aufgeben und ihre Freunde und Bekannten in L. A. zurücklassen müssen. Sie kannte in Neuseeland doch auch keinen Menschen!

Aber wäre sie geblieben, hätte sie jeden Tag mit der Angst leben müssen, dass ihr zukünftiger Exmann plötzlich vor der Tür stehen und seine Drohungen wahr machen würde. Doch darüber konnte und wollte sie mit ihren Kindern nicht reden. Von daher war es nur natürlich, dass sie nicht verstanden, warum ihre Mutter sie einfach so von einem Tag auf den anderen aus ihrem gewohnten Umfeld riss.

Adrian … Noch immer konnte sie nicht fassen, was der Mann, der einmal ihre große Liebe gewesen war, ihr angetan hatte.

Ihr und ihren gemeinsamen Kindern …

»Jetzt geh und hilf deinem Bruder!«, forderte sie ihre Tochter auf, doch Kim reagierte lediglich mit einem Schulterzucken.

Kopfschüttelnd drehte Shelly den Zündschlüssel herum. Der Motor röchelte kurz, erstarb aber sofort wieder. Ihr brach der kalte Schweiß aus. Hoffentlich war bei dem Aufprall im Straßengraben nichts an der Mechanik des Wagens beschädigt worden. Sie wusste genau, dass sie niemals in der Lage sein würde, auch nur den kleinsten Fehler zu beheben. Um solche Dinge hatte sich Adrian immer gekümmert. Und wenn der mal nicht weiterwusste, war das Auto eben kurzerhand in die Werkstatt gegeben worden.

Bitte spring an! Lass mich jetzt nicht im Stich!

Beim zweiten Versuch gab sie während des Anlassens ein wenig Gas. Der Wagen heulte kurz auf, dann lief der Motor sanft schnurrend wie ein junges Kätzchen.

»Wenn du keine Lust hast, die kommende Nacht hier draußen im Nirgendwo zu verbringen, solltest du jetzt aussteigen und deinem Bruder beim Schieben helfen, junge Dame«, wandte sie sich erneut an Kim.

Die Aussicht auf eine Nacht unter freiem Himmel schien zu wirken. Die Vierzehnjährige zögerte kurz und wog die Alternativen gegeneinander ab. Schlussendlich kam sie dabei anscheinend zu dem Ergebnis, dass es das kleinere Übel war, der Bitte ihrer Mutter Folge zu leisten. Auch wenn das natürlich nicht ohne weiteres Maulen und Nörgeln vonstattenging.

»Seid ihr so weit?«

Kim und Will standen vor dem Wagen, die Hände auf die Motorhaube gestützt. »Alles klar, Mom«, rief Will. »Versuch mal, ein bisschen Gas zu geben.«

Ein Lächeln huschte über Shellys Gesicht. Obwohl er erst neun Jahre alt war, schien Will ganz automatisch die Männerrolle in der Familie übernommen zu haben. Er redete genauso wie sein Dad früher, damals, in glücklicheren Zeiten …

Rasch verscheuchte sie den Gedanken an Adrian. Er war nicht mehr Teil ihres Lebens, und er würde es nie wieder sein. Sie wäre niemals in der Lage, mit einem Verbrecher zusammenzuleben.

Ja, ein Verbrecher – nichts anderes war er. Als sie die Wahrheit durch einen dummen Zufall aufgedeckt hatte, war es ein schrecklicher Schock für sie gewesen. Sie hatte sich nicht leicht mit der Entscheidung getan, ihren Ehemann – den Vater ihrer Kinder – bei der Polizei anzuzeigen. Doch am Ende war ihr klar geworden, dass ihr gar keine Wahl blieb …

Sie atmete noch einmal tief durch, legte den Rückwärtsgang ein und drückte vorsichtig das Gaspedal herunter, während ihre rechte Hand über der Handbremse schwebte, jederzeit bereit, sie im Notfall anzuziehen.

Doch ihre Befürchtung, der Wagen könnte ins Rutschen geraten und ihre Kinder überrollen, erwies sich als völlig unbegründet. Obwohl Kim und Will mit aller Kraft schoben, rührte sich das Fahrzeug keinen Millimeter. Und je mehr Gas Shelly gab, desto tiefer schienen sich die Räder in den weichen Grasboden zu graben.

Es war zum Verzweifeln.

»Das hat keinen Sinn«, verkündete sie nach dem dritten erfolglosen Versuch schließlich, machte den Motor aus und stieg aus dem Wagen. »Auf diese Weise kommen wir nie hier raus. Wir müssen uns etwas anderes einfallen lassen.«

Wütend funkelte Kim sie an. »Wirklich toll, Mom! Ich könnte jetzt mit meinen Freunden im Hancock Park in der Sonne sitzen und ...«

»Es reicht jetzt, junge Dame!«, fiel Shelly ihr ins Wort. »Ich habe deine ständigen Nörgeleien endgültig satt. Du bist meine Tochter, und deshalb wirst du gefälligst genau das tun, was ich dir sage, verstanden?«

Sprachlos starrte Kim sie an, doch ihre Überraschung währte nicht lange. Schon holte sie Luft, um zu einem wütenden Protest anzusetzen, als Will, der inzwischen die Böschung hinaufgeklettert war, plötzlich rief: »Leute, hört auf zu streiten! Da kommt ein Wagen!«

»Vielen Dank, Mister«, sagte Shelly, als ihr Mietwagen knapp eine halbe Stunde später wieder auf der Straße stand. »Ich wüsste wirklich nicht, was wir ohne Ihre Hilfe gemacht hätten.«

»Ach was, das war doch nicht der Rede wert.« Der Mann – Shelly schätzte ihn auf Mitte bis Ende fünfzig – löste das Abschleppseil von der Stoßstange seines Pick-ups, mit dem er den Mietwagen aus dem Graben gezogen hatte, und warf es auf die Ladefläche. Mit seinen verwaschenen Jeans, dem karierten Baumwollhemd und seinem grau melierten Bart sah er genau so aus, wie Shelly sich immer einen neuseeländischen Schaffarmer vorgestellt hatte. Jetzt hakte er den Daumen unter seine Hosenträger und musterte Shelly neugierig. »Sie sind nicht von hier.«

»O Gott, merkt man das so deutlich?«, erwiderte Shelly lächelnd. »Aber Sie haben natürlich recht, wir sind gerade vor ein paar Stunden aus dem Flieger gestiegen. Wir kommen aus den USA.«

»Sind sicher ganz schön kaputt, Ihre beiden.« Er nickte in Richtung Kim und Will, die ausnahmsweise einmal still und friedlich neben dem Mietwagen standen.

Shelly war überrascht gewesen, dass ihre Tochter den klaren und direkten Anweisungen eines völlig Fremden ohne jeden Protest gefolgt war. Die ganze Zeit war nicht ein Wort der Klage über ihre Lippen gekommen. Shelly erschien es beinahe wie ein Wunder.

»Ja, wir sind alle ziemlich am Ende, daher sollten wir wohl besser zusehen, dass wir weiterkommen.« Sie zückte ihre Geldbörse. »Was bekommen Sie für Ihre Hilfe, Mister?«

Man konnte förmlich mit ansehen, wie sich die Miene ihres Helfers verfinsterte, und Shelly wurde klar, dass sie einen Fehler begangen hatte. »Ich weiß nicht, wie das bei Ihnen in den Staaten ist«, bemerkte der Mann kühl. »Aber hier bei uns hilft man sich gegenseitig, wenn jemand in Schwierigkeiten ist.«

Shelly spürte, wie ihr das Blut ins Gesicht schoss. »Entschuldigen Sie bitte, ich wollte Ihnen keineswegs zu nahe treten. Vielen Dank noch einmal für Ihre Hilfe. Sie waren wirklich unser rettender Engel.«

»Wohin geht es denn von hier aus?«, fragte ihr Helfer, der

wieder ein wenig besänftigt wirkte. »Bis nach Invercargill ist es noch ein ganzes Stück, und …«

»Nein, nein, wir sind schon fast am Ziel. Ich habe die Schaffarm meines Großvaters geerbt. Ach, wie unhöflich von mir, ich habe mich ja gar nicht vorgestellt: Mein Name ist Shelly Makepeace, und das sind meine Tochter Kim und mein Sohn Will.«

»Bob Reardon.« Der Schaffarmer hob eine Braue. »Sagten Sie Makepeace? Wie Ben Makepeace?«

Shelly nickte mit einem traurigen Lächeln. »Ja, Ben Makepeace war mein Großvater. Er hat Neuseeland vor vielen Jahren verlassen, seine Farm aber wohl nie verkauft.« Sie zuckte mit den Schultern. »Tja, und nun gehört sie mir.«

War das Skepsis, die sich in Reardons Miene abzeichnete? Wenn dem so war, dann hatte er sich sehr schnell wieder im Griff.

»Und was ist mit dem Vater der Kinder? Kommt der später nach?«

Rasch schüttelte Shelly den Kopf. »Nein, nein, ich … Wir haben uns getrennt. Er wird nicht hier bei uns leben.«

Nicht zum ersten Mal, seit diese unselige Geschichte ihren Lauf genommen hatte, war Shelly froh darüber, ihren Mädchennamen bei der Hochzeit mit Adrian beibehalten zu haben. Seinen Nachnamen – Shelley – anzunehmen, war für sie aufgrund der Ähnlichkeit zu ihrem Vornamen nie infrage gekommen, daher hatte sich Adrian für einen Doppelnamen – Shelley-Makepeace – entschieden. Kim und Will führten offiziell den Familiennamen ihrer Mutter. Somit würde man sie in Aorakau vermutlich automatisch für eine Alleinerziehende halten und keine allzu neugierigen Fragen nach dem Vater der Kinder stellen.

Auch Mr Reardon gab sich mit ihrer Antwort zufrieden.

»Na, dann wünsche ich Ihnen alles Gute.« Er tippte mit dem Zeigefinger an den Schirm seiner Baseballkappe. »Man sieht sich.«

Er stieg in seinen Wagen, winkte den Kindern noch einmal knapp zu und fuhr dann in Richtung Aorakau weiter.

Shelly blickte ihm noch eine Weile nach und klatschte schließlich in die Hände. »So, Herrschaften, es kann weitergehen. Steigt ein, wenn wir uns beeilen, können wir in zwanzig Minuten am Ziel sein.«

»Und wenn ich nicht will?« Reardon war kaum fort, schon kam Kims rebellische Ader wieder zum Vorschein.

Shelly schüttelte den Kopf. »Kim, bitte, ich …« In diesem Moment wurde ihr klar, wo der Unterschied zwischen dem Schaffarmer und ihr lag, und sie korrigierte sich. »Deine Entscheidung«, sagte sie nüchtern. »Aber wer nicht in zwei Minuten im Wagen sitzt, muss den Rest der Strecke wohl zu Fuß zurücklegen.«

Ihre Tochter starrte sie ungläubig an. »Das würdest du nicht tun!«

»Ich würde mein Glück an deiner Stelle nicht herausfordern …«

Keine fünf Minuten später saßen sie alle wieder auf ihren Plätzen, und die Fahrt konnte weitergehen. Kim schmollte zwar, beschwerte sich aber nicht mehr.

Shelly schämte sich fast ein bisschen dafür, aber sie musste zugeben, dass sie das Schweigen ihrer Tochter zur Abwechslung einmal recht erholsam fand.

Das Farmhaus sah vollkommen anders aus, als Shelly es sich vorgestellt hatte. Um das imposante Natursteingebäude eines Schafbarons, wie man es hin und wieder in romantischen Fernsehfilmen gezeigt bekam, handelte es sich definitiv nicht. Aber auch von dem anderen Extrem – einem schäbigen Wellblechverschlag – war es weit entfernt.

Eingebettet in sanfte grüne Hügel und beschattet von der weiten Krone eines Ratabaumes wirkte das zweistöckige Gebäude mit dem hellblauen Anstrich wie eine Oase der Ruhe. Auf der großzügigen Veranda wippte ein Schaukelstuhl im lauen Wind vor und zurück.

Doch der friedliche erste Eindruck ließ sich nicht lange aufrechterhalten. Sah man nämlich genauer hin, bemerkte man schnell, dass die Farbe der Fassade an vielen Stellen abblätterte. Am Geländer der Veranda fehlten einige Sprossen, was es ein wenig wie ein unvollständiges Gebiss aussehen ließ, das Ziegeldach wies zahlreiche Lücken auf, sodass es vermutlich hineinregnete, und ein zerbrochenes Fenster war nur notdürftig mit einer Plastikfolie abgedichtet worden.

Das war es also, dachte Shelly. Das Haus, in dem ihr Großvater geboren und aufgewachsen war. Fast rechnete sie damit, dass jeden Moment ein junger Ben Makepeace auf die Veranda treten würde. Als die Tür tatsächlich aufgestoßen wurde, atmete sie scharf ein. Doch es war kein schlaksiger blonder Junge mit eisblauen Augen, der da aus dem Haus kam, sondern eine ältere Frau mit grau durchwirktem Haar, die über einem schlichten weißen Baumwollkleid eine dunkelblaue Küchenschürze trug. Als sie den fremden Wagen erblickte, schirmte sie mit einer Hand die Sonne von den Augen ab, sodass sie besser sehen konnte.

»Wer ist das?«, fragte Will. Kim schwieg nach wie vor trotzig – sie hatte sich offenbar entschieden, ihre Mutter mit Nichtachtung zu strafen. Shelly zog es vor, sie vorerst nicht darüber aufzuklären, wie wenig Erfolg versprechend diese Strategie war. Sie würde sich auch so noch früh genug mit den Launen ihrer Ältesten herumschlagen müssen.

»Dein Urgroßvater hat die Farm verpachtet, als er Neuseeland verließ«, erklärte sie. »Mrs Jenkins ist die Witwe des letzten Pächters.« Shelly hatte vor ihrer Abreise kurz mit der älteren Frau telefoniert, um ihre baldige Ankunft anzukündigen. Am Telefon war es ihr nicht gelungen, das Eis zu brechen – umso mehr setzte sie nun auf die erste persönliche Begegnung. Emily Jenkins kannte die Gegend und die Menschen von Aorakau. Sie konnte ihr und den Kindern eine große Hilfe sein – aber nur, wenn es Shelly gelang, ihr Vertrauen zu gewinnen. Von ihrem Großvater wusste sie, dass Emily und ihr verstorbener Mann Jim die Farm über vierzig Jahre lang gemeinsam bewirtschaftet hatten.

Diese Frau hatte den größten Teil ihres Lebens hier verbracht!

»Kommt«, sagte Shelly und parkte den Wagen im Schatten des Rata. »Wir wollen uns vorstellen.«

»Mrs Jenkins?«, fragte sie, als sie kurz darauf auf die ältere Frau zuging. Die Angesprochene nickte, wirkte aber auf der Hut – auch als Shelly ihr zur Begrüßung die Hand reichte. »Ich bin Shelly Makepeace, wir haben vor ein paar Tagen telefoniert. Das hier sind meine Kinder Will und Kim.«

»Die Urenkel vom alten Ben.« Emily Jenkins Haut war tief von der Sonne gebräunt, ihr Gesicht von Falten überzogen. Wettergegerbt war der Begriff, der Shelly als Erstes einfiel, als sie die ältere Frau sah, die nun fast ein wenig ungläubig den Kopf schüttelte. »Unfassbar, wie schnell die Zeit doch vergeht.« Sie schenkte Will ein vorsichtiges Lächeln. »Du siehst ganz genauso aus wie dein Urgroßvater, als er in deinem Alter war, junger Mann.«

»Sie kannten Gramps, als er ein Junge war?« Überrascht schaute Will Emily Jenkins an.

Die lachte auf. Es war erstaunlich, was für eine Veränderung das auslöste. Sie wirkte plötzlich um viele Jahre jünger. »Nein, natürlich nicht! Ich war damals noch gar nicht geboren. Aber im Haus sind eine Menge alter Gegenstände von eurer Familie zurückgeblieben, als Ben und seine Eltern Neuseeland verließen. Darunter auch eine Hutschachtel mit alten Fotos. Wenn du willst, können wir sie uns gemeinsam ansehen.«

»Ehrlich? Das würde ich furchtbar gern machen!« Will war deutlich anzusehen, dass ihn die Neugier gepackt hatte. Ganz im Gegensatz zu Kim, die ein finsteres Gesicht zog und sich keinerlei Mühe gab, ihre schlechte Laune zu verbergen.

»Wegen dieser Bruchbude sind wir aus L. A. weggegangen? Das ist hoffentlich nicht dein Ernst, Mom!«

Shelly brachte ihre Tochter mit einem strengen Blick zum Schweigen und nahm sich vor, später ein ernstes Wörtchen mit ihr zu reden. Für Emily war *diese Bruchbude* seit vielen Jahren ihr Zuhause. Und nur weil Kim wütend über ihre eigene Situation war, gab ihr das noch lange nicht das Recht, so unhöflich zu sein.

»Vielleicht sollten wir erst einmal ins Haus gehen«, schlug Emily vor und ging einfach über Kims Bemerkung hinweg, als hätte sie sie nicht gehört. »Sie haben eine anstrengende Reise hinter sich und sind sicher sehr erschöpft. Alles Weitere können wir bei einer schönen Tasse Tee miteinander besprechen. Kommen Sie doch herein.«

Eine halbe Stunde hielten sich die beiden Frauen zusammen in der Küche des Farmhauses auf. Will und Kim waren auf der Couch im Wohnzimmer eingeschlafen. Kims Kopf ruhte auf der Schulter ihres kleinen Bruders. Ein seltenes Bild der Eintracht, das Shelly tief berührte.

Sie seufzte. Warum musste das Leben nur immer so schrecklich kompliziert sein? Sie wollte doch nur das Richtige tun – doch irgendwie schien alles, was sie in letzter Zeit anfasste, komplett schiefzugehen. Es war, als würde ein Fluch auf ihr liegen.

Unwillkürlich musste sie an das denken, was Adrian ihr bei seiner Festnahme im Vorübergehen zugezischt hatte: »Das wirst du noch bereuen, Shelly. Bis dass der Tod uns scheidet – vergiss das niemals! Ich werde dich finden, ganz egal, wo du dich auch verkriechst! Lauf ruhig weg, aber du wirst keine ruhige Minute finden, solange du weißt, ich bin hinter dir her …«

Schockiert hatte Shelly dem Streifenwagen nachgeschaut, in den Adrian verfrachtet worden war. Ihr war ein eisiger Schauer den Rücken hinuntergerieselt. Sie kannte ihren Ehemann gut genug, um zu wissen, dass er keine leeren Versprechungen machte.

In diesen Moment war ihr klar geworden, dass sie auf keinen Fall mit den Kindern in Los Angeles bleiben konnte. Die Entscheidung, nach Aorakau Valley zu gehen, wo sie kurz zuvor die Farm ihres verstorbenen Großvaters geerbt hatte, war da nur naheliegend gewesen. Die knapp 7000 Meilen pazifischer Ozean, die zwischen der Westküste der Vereinigten Staaten und Neuseeland lagen, erschienen ihr als halbwegs ausreichender Sicherheitsabstand zwischen Adrian und ihrer Familie. Doch Shelly war klug genug, um zu wissen, dass die Entfernung ihren zukünftigen Exmann nicht davon abhalten konnte, Rache zu üben.

Wenn es sein musste, würde er dafür auch bis ans andere Ende der Welt fahren.

»Sie sehen nachdenklich aus, Shelly«, riss Emily Jenkins' Stimme sie aus ihren düsteren Grübeleien. Die ältere Frau stellte eine Tasse mit dampfendem Earl Grey vor ihr auf den Tisch. Dann öffnete sie einen Schrank und holte ein Kännchen mit Milch heraus. »Bitte halten Sie mich nicht für aufdringlich, aber ich habe das Gefühl, dass Sie etwas bedrückt, Mrs Makepeace, und…«

»Ich bin geschieden«, korrigierte Shelly rasch, denn sie konnte es nicht mehr ertragen, irgendwie mit Adrian in Zusammenhang gebracht zu werden. »Und ich würde mich freuen, wenn Sie mich einfach Shelly nennen. Wir werden schließlich demnächst viel Zeit miteinander verbringen, da sind solche Formalitäten doch unangebracht, finden Sie nicht?«

»Also gut, Shelly.« Zum ersten Mal wirkte das Lächeln der Farmerswitwe ihr gegenüber nicht gezwungen. »Ich bin Emily. Und ehrlich gesagt bin ich heilfroh über Ihre offenen Worte. Ich fürchtete schon… nun ja…« Sie zuckte mit den Schultern und stellte das Milchkännchen auf dem Tisch ab. »Möchten Sie Zucker zu Ihrem Tee? Oder vielleicht etwas Milch?«

»Nein, vielen Dank. Was fürchteten Sie?«, hakte Shelly nach.

»Können Sie sich das wirklich nicht vorstellen?« Emily nahm auf dem Stuhl Shelly gegenüber Platz, gab etwas Milch in ihren Earl Grey und rührte sorgfältig um, ehe sie weitersprach. »Ich habe dieses Stück Land mehr als fünfunddreißig Jahre lang mit meinem Mann – Gott hab ihn selig – bearbeitet. Dieses Haus ist in mehr als einer Hinsicht zu meinem Zuhause geworden. Ich hatte vor, hier meinen Lebensabend zu verbringen, und Ben – Ihr Großvater – war so freundlich, mir diese Gelegenheit zu geben, auch wenn ich nach Jims Tod…« Sie atmete tief durch. »Ich will ehrlich sein, ich bin schon seit Jahren nicht mehr in der Lage, die vereinbarte Pacht zu zahlen. Die Schafzucht ist für eine alleinstehende Frau ohne Hilfe nicht zu bewältigen, und Arbeiter kosten Geld. Geld, das ich nicht habe.«

»Sie fürchten also, dass ich Sie von hier vertreiben werde?«

»Nun, dass Sie nach Aorakau gekommen sind, legt den Schluss nahe, dass sie etwas mit dem Besitz Ihres Großvaters vorhaben. Entweder wollen Sie die Farm selbst betreiben, was ich mir allerdings nicht vorstellen kann, oder Sie suchen nach einem Käufer. Eine alte Frau wie ich dürfte in keinen dieser Pläne passen, daher dachte ich …«

Shelly schüttelte den Kopf. »Keine Angst, Emily. Es stimmt, ich habe nicht vor, die Farm zu behalten. Das Leben hier draußen wäre auf Dauer nichts für die Kinder und mich, wir sind einfach Stadtmenschen. Wer weiß, vielleicht werden wir nach Christchurch gehen oder nach Auckland, mal sehen. Mir ist es eigentlich egal, wo wir uns etwas Neues aufbauen. Hauptsache, ich finde einen Job. Und zwar einen, der genug einbringt, um meine Kinder zu ernähren.«

»Was haben Sie denn gelernt?«, erkundigte Emily sich interessiert.

»Ich bin Tierärztin.« Shelly schüttelte den Kopf. »Aber eigentlich möchte ich gar nicht so gern in meinen alten Beruf zurück.«

»Hat Ihnen die Arbeit mit Tieren denn keinen Spaß gemacht?«

»Doch natürlich, ich …« Sie zuckte mit den Schultern. »Es ist nur, ich möchte nicht mein ganzes Leben lang immer nur ein und dieselbe Sache machen.« Natürlich war das nicht der wahre Grund. Aber wie sollte sie Emily auf die Schnelle erklären, dass die Arbeit als Tierärztin sie einfach zu sehr an ihre Vergangenheit in Los Angeles erinnern würde?

Und vor allem an Adrian …

Sie zwang sich zu einem Lächeln. »Wie auch immer – wenn ich wirklich einen Käufer für die Farm finden will, der bereit ist, einen angemessenen Preis zu zahlen, muss hier vorher alles auf Vordermann gebracht werden. Und dazu brauche ich jede Unterstützung, die ich bekommen kann. Sie kennen das Land, Sie kennen die Menschen hier. Irgendwie würde es mir wohl auch ohne Sie gelingen, Arbeiter für die Renovierung zu finden – aber es würde mich ganz sicher sehr viel mehr Zeit und Geld kosten als mit Ihrer Hilfe. Und wenn ich erst einmal einen Interessenten gefunden habe, verspreche ich Ihnen, dass ich für Sie tun werde, was immer ich kann. Nun, was sagen Sie?«

Obwohl Shelly ihr keinerlei Garantie hatte geben können, wirkte Emily erleichtert, ja, sie atmete regelrecht auf. »Was ich dazu sage? Nun, ich werde Ihnen natürlich helfen, wo ich kann. Allerdings …«

»Ja?«

»Nun ja, Sie waren ehrlich zu mir, deshalb will ich auch ganz offen zu Ihnen sein: Es gibt jemanden, der bereit wäre, Ihnen Bens Land auf der Stelle abzukaufen, ohne dass Sie dafür auch nur einen Handschlag rühren müssten.«

»Und wer wäre dieser geheimnisvolle Kaufinteressent?«

»Die Familie Wood«, erwiderte Emily. »Sie sind angesehene …«

»Nein«, fiel Shelly ihr energisch ins Wort. Sie hatte bereits vor ein paar Wochen ein großzügiges Kaufangebot für die Farm erhalten, von einer gewissen Geraldine Wood. Doch darauf einzugehen kam für sie schlichtweg nicht infrage. Sie hatte ihrem Großvater am Sterbebett versprechen müssen, dass sie das Land seiner Familie niemals in die Hände der Woods fallen lassen würde. Und ganz gleich, warum ihm das so wichtig gewesen sein mochte, war ihr dieses Versprechen heilig.

Als sie Emilys erstaunten Blick bemerkte, lächelte sie entschuldigend. »Tut mir leid, meine Reaktion war wohl ein wenig heftig. Aber ich werde keinesfalls an die Woods verkaufen. Mein Großvater hätte das nicht gewollt, und das werde ich respektieren.«

»Ja, ja.« Emily seufzte. »Die alte Fehde …«

Sofort horchte Shelly auf. »Wissen Sie mehr darüber?«

»Nur das, was alle hier wissen.«

»Und das wäre?«, hakte Shelly neugierig nach. Ihr Großvater war zwar keineswegs ein verschlossener Mann gewesen, doch über seine Vergangenheit in Neuseeland hatte er nur selten gesprochen. Und wenn, dann war es in seinen Erzählungen meist um die bezaubernde Schönheit der Natur und die raue Herzlichkeit der Menschen gegangen. Von seiner Kindheit und der Arbeit auf der Farm hatte er sehr wohl erzählt – aber nie über die Zeit, kurz bevor seine Familie in die Vereinigten Staaten ausgewandert war.

»Die Sache liegt schon mehr als sechzig Jahre zurück«, sagte Emily, »doch wie man heute sieht, ist die alte Feindschaft noch so lebendig wie eh und je. Dabei sollen die Woods und die Makepeace – damals die einflussreichsten Schaffarmer der gesamten Region – einmal eng miteinander befreundet gewesen sein. Aber dann geschah etwas, das zu einem endgültigen Bruch führte. Es hatte irgendwie mit einer Frau zu tun, Genaueres weiß ich auch nicht.«

Shelly war enttäuscht – sie hatte sich mehr von Emily erhofft. Und irgendwie wurde sie das Gefühl nicht los, dass die ältere Frau ihr nicht die ganze Wahrheit sagte. Doch sie spürte auch, dass es keinen Sinn hatte, weiter in sie zu dringen. Emily würde sich ihr erst dann vollkommen öffnen, wenn sie dazu selbst bereit war.

»Ich habe die Nachricht, dass Sie mit Ihren Kindern nach Aorakau kommen, übrigens vorerst für mich behalten«, erklärte die ältere Frau. »Ich wollte nicht, dass Geraldine Wood Sie gleich mit einem Begrüßungskomitee empfängt.«

»Dann glauben Sie, diese Frau könnte mir Schwierigkeiten bereiten?«

»Glauben?« Emily hob eine Braue. »Es würde einem Wunder gleichkommen, wenn sie es nicht zumindest versuchte. Nein, nein, das hat nichts mit Glauben zu tun. Sie können sich darauf verlassen, dass Geraldine Wood Himmel und Hölle in Bewegung setzen wird, um dafür zu sorgen, dass Ihnen gar nichts anderes übrig bleibt, als die Farm an sie zu verkaufen – und dass sie erst dann Ruhe geben wird, wenn sie ihr Ziel erreicht hat.«

Die beiden Hunde – einer schwarz-weiß, der andere lohfarben – jagten mit wehendem Fell über die Ebene. Die klugen, dunkelbraunen Augen der Tiere waren konzentriert auf die kleine Gruppe von Schafen gerichtet, die sich durch ein Loch im Zaun von der Herde entfernt hatte. Wie die Schneiden einer Schere näherten sie sich jetzt von beiden Seiten zugleich und zwangen die Ausreißer, sich genau in die Richtung zu bewegen, in der sie sie haben wollten: zurück durch das Loch im Zaun zur Herde.

»Nemesis! Abraxas!«

Ein lauter Pfiff hallte durch das Tal. Die Hunde brachen ihre Verfolgung auf der Stelle ab und kehrten zu ihrem Herrn zurück, der, sein Pferd am Zügel haltend, oben auf dem Hügel stand. Als sie ihn erreichten, tätschelte er ihnen die Köpfe.

»Gut gemacht, Leute. Jetzt müssen wir nur noch die schadhafte Stelle im Zaun ausbessern, dann machen wir Schluss für heute.« Josh Wood zog sich den Akubra aus abgenutztem dunkelbraunen Leder, den er zum Schutz vor der Sonne trug, vom Kopf und wischte sich mit dem Handrücken den Schweiß von der Stirn. Dann saß er auf und trieb Rock, seinen Hengst, mit sanftem Druck an.

Als er das Loch im Zaun erreicht hatte, holte er sein Werkzeug aus der Satteltasche und fing mit der Arbeit an. Es war die Art von Tätigkeit, die auf jeder Schaffarm zum täglichen Brot gehörte. Irgendwo ging immer etwas kaputt und musste repariert werden. Und wer, wie Josh, hier geboren war, der konnte reiten und mit Hammer und Zange umgehen, noch ehe er in der Lage war, seinen Namen zu buchstabieren.

Er trieb gerade den letzten Nagel in das von Sonne und Wind ausgetrocknete Holz des Pfostens, als er das charakteristische Klopfen eines Dieselmotors vernahm. Und das Geräusch kam näher.

Josh strich sein dunkelblondes Haar zurück und beschattete seine Augen mit einer Hand, um besser sehen zu können. Er erkannte den Geländewagen von Thomas O'Leary, dem Chef der Feuerwehr von Aorakau Valley, der direkt auf ihn zuhielt.

Was O'Leary wohl wollte? Hoffentlich kam er nicht, um von einem weiteren Unglück zu berichten.

Mit einem einzigen Hieb versenkte Josh den Nagel, legte den Hammer zurück in die Satteltasche und trat auf den Wagen des Feuerwehrchefs zu, der inzwischen nur ein paar Meter von ihm entfernt angehalten hatte.

»Was gibt's, Chief? Habt ihr den Brandstifter endlich geschnappt?«

Der ältere Mann stieg aus und schlug die Fahrertür hinter sich zu. Dann seufzte er. »Leider nein! Der Kerl ist ausgefuchster als ein verdammtes Possum, sage ich dir!« Er zuckte mit den Schultern. »Tja, und da sind wir auch schon beim Thema: Ich war gerade auf dem Weg zu der Brandruine bei den Carruthers, als ich dich hier herumwerkeln sah.« Er zog sich die Kappe mit dem aufgestickten Emblem der Feuerwehr von Aorakau vom Kopf und strich sich über den nahezu kahlen Schädel. »Ich weiß beim besten Willen nicht mehr weiter, Josh. Mindestens fünf Feuer in den vergangenen drei Monaten, und dieser Mistkerl hat nicht eine einzige verwertbare Spur hinterlassen. Die Leute vom Stadtrat und der Bürgermeister machen mir die Hölle heiß!«

»Wundert dich das?« Josh zuckte mit den Schultern. »Immerhin hat es, bevor diese Brandserie losging, schon seit einer Ewigkeit kein ernst zu nehmendes Feuer mehr in Aorakau Valley gegeben. Die Leute fürchten um ihre Existenz – und ich kann es ihnen nicht verübeln. Ich würde den Verbrecher auch lieber heute als morgen hinter Gittern sehen.«

»Meinst du denn, ich nicht?« O'Leary stöhnte. »Aber abgesehen von der Tatsache, dass der Typ immer denselben Brandbeschleuniger verwendet, können wir nicht einmal mit absoluter Sicherheit sagen, ob es sich wirklich um ein und denselben Täter handelt. Hast du keine Idee, wie man unserem Feuerteufel das Handwerk legen könnte? Ich bin mit meinem Latein wirklich am Ende, und der Sheriff ist auch keine große Hilfe.«

»Tut mir leid, Tom, aber da weiß ich auch keinen Rat«, sagte Josh und schwang sich mit einer geschmeidigen Bewegung in den Sattel. »Du meldest dich bei mir, wenn es irgendwelche Neuigkeiten gibt? Du weißt ja, dass eine der abgebrannten Stallungen meiner Familie gehört und eine weitere einem unserer Pächter. Bisher hat es ja zum Glück bloß Sachschäden gegeben, und es ist noch kein Mensch verletzt worden. Aber wenn du meine Meinung hören willst, dann ist auch das letztendlich nur eine Frage der Zeit …«

Missbilligend runzelte Chief O'Leary die Stirn. Wie viele Menschen in Aorakau war auch er sehr abergläubisch. »Es bringt Unglück, so daherzureden! Wenn jetzt wirklich etwas passiert, dann wirst du dich ewig dafür verantwortlich fühlen.«

»Unsinn!«, entgegnete Josh. »Verantwortlich ist allein die Person, die die Brände legt – sonst niemand.« Er tippte sich an seinen Akubra, trieb sein Pferd an und bedeutete Nemesis und Abraxas mit einem schrillen Pfiff, ihm zu folgen.

Auf dem Weg zurück nach Emerald Downs, dem Farmhaus seiner Familie, dachte er darüber nach, ob Chief O'Leary nicht vielleicht doch recht hatte. Forderte er vielleicht mit seiner Angewohnheit, immer mit dem Schlimmsten zu rechnen, das Schicksal heraus?

Früher war er nicht so gewesen, ganz im Gegenteil sogar. Er hatte zu den unverbesserlichen Optimisten gehört, jenen Menschen, die selbst der schlimmsten Situation immer noch etwas Positives abgewinnen konnten. Sein Bruder war derjenige von ihnen gewesen, der immer alles eine Ewigkeit weit vorausplante und sämtliche Risiken gegen den möglichen Nutzen abwog. Doch seit Ronan nicht mehr da war …

Josh zwang sich, den Blick von dem kleinen umzäunten Grundstück fernzuhalten, auf dem sich der Familienfriedhof befand. Hier lagen Generationen von Woods begraben, darunter auch Joshs Vater, seine Groß- und seine Urgroßeltern.

Die meisten von ihnen waren alt geworden, einige, wie sein Großvater, weit über neunzig. Doch der Mann, der zuletzt hier zu Grabe getragen worden war, hatte das siebenunddreißigste Lebensjahr noch nicht vollendet gehabt, als er zu Tode kam.

Ronan.

Was hatten sie für Pläne gehabt, Ronan und er! Im Gegensatz zu seiner Mutter waren Josh und sein älterer Bruder sich darüber klar geworden, dass das wahre Potenzial Neuseelands nicht in der Schafzucht, sondern im Tourismus lag.

Jahr für Jahr kamen mehr und mehr Menschen auf der Suche nach dem Außergewöhnlichen von überall auf der Welt nach Neuseeland. Ronan und er waren sich einig gewesen, dass es ein schwerwiegender Fehler wäre, diese Chance nicht zu nutzen. Doch ihre Mutter ließ einfach alle Argumente unbeeindruckt von sich abprallen und weigerte sich, den Gedanken an Veränderungen auch nur in Betracht zu ziehen.

Trotzdem hatte Ronan nie aufgehört, daran zu glauben, dass es ihnen irgendwann gelingen würde, ihren kühnen Plan in die Tat umzusetzen. Vielleicht war es Josh deshalb so wichtig, den gemeinsamen Traum zu verwirklichen. Er wusste es selbst nicht – fest stand nur, dass er sein Vorhaben, sehr zum Leidwesen seiner Mutter, niemals aufgeben würde.

Josh atmete tief durch. Er war seit dem Tag der Beisetzung nicht mehr auf dem Friedhof gewesen. Es schien fast, als sei dieses gerade einmal fünfzig mal fünfzig Yards große Areal von einer Bannmeile umgeben, die er nicht übertreten konnte.

Rasch schüttelte er den Gedanken an Ronan ab und trieb Rock zu größerer Eile an. Kurz darauf erreichte er sein Elternhaus.

Die Farm, die sich schon seit ewigen Zeiten im Besitz der Familie Wood befand, war im Laufe der Jahrzehnte immer wieder umgebaut worden. Zu einer besonderen Schönheit hatte dieser ständige Wandel allerdings nicht geführt; dem Haus war anzusehen, dass es seinem jeweiligen Besitzer vorrangig um eines gegangen war: zusätzlichen Platz zu schaffen. Ästhetische Gesichtspunkte waren da eher zweitrangig gewesen. Das ursprüngliche Haupthaus bestand aus einem einstöckigen Gebäude aus grauem Naturstein, dessen kleine Fenster nur wenig Sonnenlicht ins Innere fallen ließen. Einige Jahrzehnte später hatte die erste Erweiterung stattgefunden: Auf dem flachen Dach des Steinhauses war eine weitere Etage errichtet worden, dieses Mal in Holzbauweise. Kurz darauf waren noch zwei flache Anbauten hinzugekommen, die sich in ihrer Architektur erneut von den bisherigen Gebäudeteilen unterschieden.

Josh schwang sich vom Sattel und führte Rock zum Stall, wo er von Danny, dem Sohn seines Vorarbeiters, in Empfang genommen wurde. Der Junge war für die Pflege der Pferde und Hunde verantwortlich.

Danny war ungewöhnlich nervös. »Mr Josh, wo haben Sie so lange gesteckt? Das Abendessen wurde schon vor einer halben Stunde aufgetragen, und Mrs Geraldine hat schon dreimal nach Ihnen gefragt!«

Ach, daher weht der Wind! Josh unterdrückte ein Schmunzeln. Armer Danny! »Sie ist dir ganz schön auf die Pelle gerückt, wie?« Unbehaglich blickte Danny zu Boden und trat von einem Fuß auf den anderen. Aufmunternd klopfte Josh ihm auf die Schultern. »Mach dir nichts draus, Kumpel. Meine Mutter hat mit ihrer überaus charmanten Natur bisher noch jeden Mann in die Knie gezwungen.« Er zwinkerte ihm verschwörerisch zu. »Ich geh dann mal, bevor der alte Drache noch anfängt, Feuer zu spucken …«

Mit großen Schritten eilte er auf das Farmhaus zu. Absichtlich verzichtete er darauf, zuerst nach oben zu gehen und sich umzuziehen, gerade weil er wusste, wie viel Wert seine Mutter darauf legte, dass sie alle bei Tisch standesgemäß gekleidet waren. Er zog sich also nur den Hut vom Kopf und klopfte sich den Staub von den dunkelblauen Jeans, ehe er ins Esszimmer trat, wo ihm gleich die Stimme seiner Mutter entgegenschlug.

»… ist wirklich eine bodenlose Frechheit! So kann man mit uns doch nicht umgehen!«

»Ist die Rede etwa von mir?«, fragte er mit einem liebenswürdigen Lächeln und blickte in die Runde.

Wie jeden Abend war die ganze Familie einträchtig am Tisch versammelt – wobei von Eintracht im Grunde keine Rede sein konnte. Joshs Mutter Geraldine besetzte den Platz am Kopf der Tafel, der normalerweise für den Hausherrn reserviert war. Doch gewissermaßen war sie das auch. Ihr Mann Nathan – Joshs Vater –, der zu ihrer Linken saß, hatte, was die Angelegenheiten der Farm oder der Familie betraf, kaum etwas zu melden.

Der Stuhl zu ihrer Rechten wurde, wie so oft, von Preston Davies besetzt. Geraldines Anwalt und engster Vertrauter war so etwas wie ein Dauergast im Hause Wood. Insgeheim wurde im Ort gemunkelt, dass die Beziehung zwischen Davies und Geraldine noch viel tiefer ging. Sehr viel tiefer.

Josh glaubte nicht daran. Seine Mutter war keine sehr leidenschaftliche Person – zumindest nicht auf zwischenmenschlicher Ebene. Selbst ihren Ehemann hatte sie, wie Josh vermutete, nach rein praktischen Gesichtspunkten ausgewählt. Nathan Debbenham-Wood war ein einfacher Charakter, leicht zu lenken und zu beeinflussen. Dass zwischen seinen Eltern jemals so etwas wie die große Liebe existiert hatte, wagte Josh zu bezweifeln.

Ein wenig unangenehm fühlte Josh sich daran erinnert, dass auch er keineswegs aufgrund großer Gefühle seit etwas mehr als drei Jahren mit Helen Beauchamp-Smith zusammen war, der Tochter von Bürgermeister Robert Smith.

Es war eine zweckmäßige Verbindung. Sie beide wussten, dass das zwischen ihnen nicht die große Liebe war, doch jeder profitierte auf seine Weise von dieser Beziehung: Seine Mutter ließ ihn mit ihren ständigen Verkupplungsversuchen in Ruhe, hatte sie doch in Helen – attraktiv, gebildet und wohlerzogen – ihre Traumschwiegertochter gefunden. Und auch Helens Vater war zufrieden. Eine bessere Partie als Josh konnte sich der Bürgermeister für seine Tochter kaum wünschen.

Dass sie keineswegs vorhatten, eines Tages miteinander in den Hafen der Ehe einzulaufen, ahnte dabei natürlich außer ihnen niemand.

Alles war also ganz wunderbar – oder? Josh seufzte. Wenn dem doch nur so wäre! Aber aus irgendeinem Grund fühlte er sich, obwohl er eigentlich wusste, dass er das perfekte Arrangement gefunden hatte, schon seit einer geraumen Weile nicht mehr richtig wohl. Etwas fehlte – nur was?

Direkt neben Preston Davies saßen Joshs zwei Jahre ältere Schwester Margaret, die von allen außer Geraldine nur Maggie gerufen wurde, und ihr Mann Rory Bodeyn. Maggie hatte nicht das Glück, die kühlen, aristokratisch wirkenden Züge ihrer Mutter geerbt zu haben. Sie schlug nach der Familie ihres Vaters, mit ihren wässrig-blauen Augen, dem glanzlosen mausbraunen Haar und dem schmalen Gesicht, in dem die prominente Debbenham-Nase nur noch auffälliger wirkte. Doch ihre Klugheit, ihr Sinn für Ironie und schwarzen Humor und nicht zuletzt ihre Liebenswürdigkeit machten ihre äußerliche Reizlosigkeit in Joshs Augen mehr als wett.

Von all den Menschen, die an diesem Tisch zusammen saßen, war Maggie ihm die Liebste.

»Nein, ausnahmsweise dreht sich einmal nicht alles um dich, Joshua«, entgegnete Joshs Mutter kühl, und ihre Miene verfinsterte sich, als sie den unpassenden Aufzug ihres Sohnes bemerkte. »Wir sprachen gerade über die Makepeace-Farm. Wenn du dich auch nur ein Stück weit für die Belange der Familie interessieren würdest, wüsstest du, was dieses Stück Land für uns bedeutet.«

Josh ging, ohne mit der Wimper zu zucken, über den

Seitenhieb seiner Mutter hinweg. Ihrer Meinung nach verschwendete er nur seine Zeit, indem er Tätigkeiten verrichtete, die auch jeder x-beliebige Hilfsarbeiter erledigen konnte. Vor Ronans Tod hatte es sie nicht sonderlich interessiert, doch jetzt, wo Josh ihr einziger Sohn und somit Erbe von Emerald Downs sein würde, war alles anders.

»Es mag dich vielleicht überraschen, Mutter, aber ich bin mir sehr wohl im Klaren darüber, was der Tod von Ben Makepeace für uns bedeuten könnte«, entgegnete er nüchtern. »Seit Jahren nutzen wir nun schon die Wasserstelle auf seinem Grundstück, um unser Vieh zu tränken. Das war kein Problem, solange er am Leben war und die Jenkins als seine Pächter uns keine Schwierigkeiten machten. Aber wenn Bens Erbe sich entschließen sollte zu verkaufen …«

»Erbin«, korrigierte Maggie. »Seine Enkelin hat die Farm und das Land geerbt. Ihr Name ist Shelly Makepeace.«

»Ob Frau oder Mann ist doch vollkommen irrelevant«, ergriff Geraldine erneut das Wort. Ihre gewittergrauen Augen blitzten zornig. Josh konnte sich nicht erinnern, sie je anders gesehen zu haben als jetzt: in einem schmal geschnittenen Kleid aus dunklem Stoff, das ihre schlanke Silhouette betonte, das schwarze, von grauen Strähnen durchzogene Haar, straff am Hinterkopf zu einem Knoten zusammengefasst. »Preston hat in meinem Auftrag bereits vor Wochen ein überaus großzügiges Kaufangebot nach Kalifornien entsendet. Doch bisher hat diese unverschämte Person auf keine unserer Nachfragen reagiert!«

Josh konnte durchaus nachvollziehen, warum seine Mutter sich so aufregte. Wasser war überlebenswichtig für jeden Schaffarmer. Wer nicht in der Lage war, seine Tiere zu tränken, konnte über noch so viel Land verfügen, es würde ihm nicht viel bringen. Umso wichtiger war das Grundstück des verstorbenen Ben Makepeace, das direkt an die riesigen Wood-Ländereien grenzte und über einen kleinen Süßwassersee verfügte, der vom Silver Creek gespeist wurde.

»Meiner Meinung nach solltet ihr unter diesen Umständen erst recht darüber nachdenken, ob die Zukunft unserer Familie wirklich in der Schafzucht …«

»Genug!« Wütend ließ Geraldine die flache Hand auf den Tisch niedersausen, sodass Teller, Gläser und Besteck klirrten. Im Esszimmer war es jetzt so still, dass man eine Stecknadel hätte fallen hören können. »Ich habe es schon Ronan erklärt, und meine Meinung hat sich in der Zwischenzeit nicht geändert: Wir verdienen unseren Lebensunterhalt seit Generationen mit der Schafzucht, und daran wird sich auch nichts ändern – jedenfalls nicht, solange ich hier etwas zu sagen habe! Es wird keine Ferienhütten geben, Joshua. Nicht auf Wood-Land!«

Zuerst wollte Josh protestieren, doch dann fiel ihm auf, dass sie ihm dieses Mal mit ihren Worten unbeabsichtigt eine goldene Brücke gebaut hatte.

»Du sagst also, dass du nicht damit einverstanden bist, dass Ferienhütten auf unserem Land entstehen, richtig?« Er machte eine kurze, bedeutungsvolle Pause. »Aber was wäre, wenn es mir gelänge, die Farm des alten Ben für uns zu gewinnen? Würdest du mir erlauben, dass ich mein Vorhaben auf Makepeace-Land realisiere?«

»Gut pariert!«, warf Maggie lächelnd ein. Sie hatte schon vor allen anderen begriffen, worauf ihr Bruder hinauswollte.

Auch Geraldine wirkte widerwillig beeindruckt. Schließlich zuckte sie mit den Schultern. »Nun, wenn es dir wirklich gelänge, die Wasserstelle für uns zu sichern …«

»Ja?«

Sie machte eine alles umfassende Handbewegung. »Dann

kannst du mit dem Rest des Landes machen, was immer du willst.«

Ja! Josh unterdrückte einen triumphierenden Aufschrei.

»Aber ich warne dich«, fuhr seine Mutter fort und hob drohend den Zeigefinger. »Unsere Abmachung gilt, wenn du es schaffst, mir einen hieb- und stichfesten Kaufvertrag mit einem realistischen Preis für die Makepeace-Farm vorzulegen. Sollten Preston oder ich dir zuvorkommen …«

»… dann ist unsere Vereinbarung hinfällig«, vollendete Josh den Satz für sie. Er rückte seinen Stuhl zurück und erhob sich. »Ihr entschuldigt mich? Ich habe sowieso keinen Hunger und möchte noch eine kurze Kontrollrunde machen. Seit dieser Brandstifter in der Gegend sein Unwesen treibt, kann ich einfach besser schlafen, wenn ich noch einmal nach dem Rechten gesehen habe.«

»Viel Glück bei deinen Plänen«, rief Maggie ihm nach, als er das Esszimmer verließ.

Die scharfe Zurechtweisung ihrer Mutter wurde vom Zufallen der Tür verschluckt.

»Ich schlafe doch nicht mit meinem kleinen Bruder in einem Zimmer!« Energisch schüttelte Kim den Kopf. »Das kannst du vergessen, Mom!«

Es war schon recht spät am Abend, und der Mond tauchte das weite Land rund um die Makepeace-Farm in silbriges Licht. Shelly fühlte sich schrecklich erschöpft. Im Gegensatz zu den Kindern, denen immerhin eine kurze Verschnaufpause auf der Couch vergönnt gewesen war, hatte sie den Nachmittag und frühen Abend damit verbracht, gemeinsam mit Emily einige der unbenutzten Zimmer im Obergeschoss des Hauses herzurichten, sodass sie alle einen Platz zum Schlafen haben würden.

Jetzt saß sie nach dem Abendessen mit Emily und den Kindern an dem riesigen Esstisch in der Küche und fühlte sich so müde und zerschlagen wie selten zuvor in ihrem Leben.

Umso weniger stand ihr der Sinn nach einer erneuten Auseinandersetzung mit Kim. Sie wusste ganz einfach nicht, woher sie die Kraft nehmen sollte, ihrer Tochter in ihrem augenblicklichen Zustand die Stirn zu bieten.

»Bitte, Kim, es ist doch nur für ein paar Nächte, bis …«

»Niemals!«, wetterte Kim, strich sich das schwarz gefärbte Haar aus den Augen und verschränkte die Arme vor der Brust. »*Du* hast dir das alles hier ausgedacht, Mom! Es war deine Idee, Will und mich aus unserer gewohnten Umgebung zu reißen und uns in dieses gottverlassene Kaff in Neuseeland zu verfrachten! Du hast uns unsere Freunde weggenommen! Und Dad sitzt im Gefängnis, und wir können ihn nicht einmal besuchen! Ich sehe nicht ein, dass wir jetzt noch weiter zurückstecken sollen!«

»Halt *mich* da raus«, begehrte Will auf. »Ich …«

»Klappe, Vollidiot!«

»Ruhe!« Shelly sprang so abrupt von ihrem Stuhl auf, dass dieser nach hinten umkippte und mit einem lauten Knall auf dem Boden landete. »So, meine Herrschaften«, sagte sie, als Kim und Will sie erschrocken anschauten. »Ich schlage vor, dass ihr jetzt nach oben auf eure Zimmer geht. Kim, wenn du nichts dagegen hast, die Nacht inmitten von Staub und Spinnweben zu verbringen: Der Raum links am Ende des Korridors ist deiner.«

Ohne ein weiteres Wort stand Kim auf und verließ die Küche. Kurz darauf konnte man die Sohlen ihrer lilafarbenen Doc Martens auf der Treppe hören. Dann knallte oben eine Tür.

Will erhob sich ebenfalls. »Nacht, Mom«, sagte er. »Nacht, Emily.«

Als er fort war, setzte Shelly sich wieder, stützte die Ellbogen auf die Tischplatte und barg das Gesicht in den Händen. Ohne dass sie etwas dagegen tun konnte, schossen ihr Tränen in die Augen.

Sie wollte doch nicht weinen! Sie wollte stark sein! Stark für ihre Kinder und für sich selbst.

Doch im Moment fühlte sie sich einfach nur wie ein kleines Häuflein Elend.

»Lassen Sie es ruhig raus.« Emily war aufgestanden und legte Shelly jetzt tröstend eine Hand auf die bebende Schulter. »Ich kann mir vorstellen, dass das alles sehr schwer ist für Sie, Shelly. Aber vergessen Sie nicht: Für Ihre Kinder ist es auch nicht leicht.«

»Ach, das weiß ich doch!«, stieß Shelly schluchzend hervor. »Und ich wünschte wirklich, ich wäre nicht gezwungen gewesen, diesen Schritt zu gehen. Aber ich hatte einfach keine andere Wahl!«

»So ist es im Leben halt manchmal – man kann sich nicht immer aussuchen, wohin einen die Reise führt. Glauben Sie mir: Ihre Familie hätte sich damals auch nie träumen lassen, Neuseeland einmal verlassen zu müssen. Auch sie waren gezwungen, eine schwere Entscheidung treffen, die ihr ganzes Leben beeinflusst hat. Und, was denken Sie? War es, rückblickend betrachtet, falsch, nach Kalifornien zu gehen, um dort ein neues Leben anzufangen?«

Shelly wischte sich mit dem Handrücken über die Augen. Dabei dachte sie über die Worte der älteren Frau nach und erwiderte schließlich: »Zwei Jahre nach seiner Ankunft in Los Angeles ist mein Großvater meiner Großmutter Rose zum ersten Mal begegnet. Wäre er nicht zusammen mit seiner Familie in die Staaten ausgewandert, dann hätte er sie womöglich niemals kennengelernt. Mein Vater wäre nicht geboren worden und …« Als ihr die Tragweite dieses Gedankens klar wurde, stockte sie.

»Es würde vermutlich weder Sie noch Kim und Will geben«, führte Emily den Satz für sie zu Ende. Sie lächelte. »Verstehen Sie mich nicht falsch, Shelly. Ich kenne Ihre Beweggründe nicht, daher will ich mir nicht anmaßen zu beurteilen, ob Ihre Entscheidung richtig oder falsch gewesen ist. Sie sollen nur eines begreifen: Wenn das Leben eine Tür für Sie zuschlägt, wird es irgendwo anders eine neue für Sie öffnen. Seien Sie mutig und gehen Sie hindurch. Wer weiß, vielleicht erkennen Sie schon bald, dass es das Beste ist, was Ihnen überhaupt passieren konnte.«

Nun lächelte auch Shelly wieder. Sie blinzelte die letzten Tränen weg. »Danke«, sagte sie, und es kam aus tiefstem Herzen. »Vielen Dank, Emily.«

»Das kann sie doch nicht einfach machen!« In einer hilflosen, frustrierten Geste stampfte Kimberly mit dem Fuß auf. »Sie behandelt mich ja wie ein kleines Kind! Aber sie wird schon sehen, was sie davon hat. Ich lasse mir das jedenfalls nicht gefallen! Ich hau von hier ab, sobald sich die erste Gelegenheit bietet, das sag ich dir!«

»Du spinnst!« Will, der auf seinem Bett saß, blickte von seinem Buch über die Geschichte der Feuerwehr auf. »Du glaubst doch nicht ernsthaft, dass Mom dich einfach so gehen lässt. Und selbst wenn … Wo willst du denn hin?«

Lässig zuckte Kim mit den Schultern. Sie hockte mit angezogenen Knien seitlich auf dem Fensterbrett. »Ich könnte bei Dad wohnen«, sagte sie. »Jetzt, wo er im Knast sitzt, braucht er seine Wohnung doch eh nicht.«

»Sei nicht blöd, Kim. Was glaubst du, wie lange er die Miete aus dem Gefängnis heraus zahlen kann?«

»Na, dann werde ich eben bei einem meiner Freunde unterkriechen. Wer weiß, vielleicht lässt mich ja sogar Zack bei sich wohnen.«

»Du meinst Zachary Loomis, mit dem du zu Hause in L. A. immer rumgehangen hast?« Will schüttelte den Kopf. »Hör auf, Kim, du glaubst doch nicht wirklich, der Typ weint dir auch nur eine Träne nach? Der hat dich doch längst vergessen!«

Wütend funkelte Kim ihren kleinen Bruder an. »Das ist nicht wahr!«, fauchte sie – doch eigentlich wusste sie, dass sie nur deshalb so heftig reagierte, weil Will mit seinen Worten einen wunden Punkt berührt hatte. Sie fürchtete nämlich insgeheim selbst, dass Zack nicht lange zögern würde, sich mit einer anderen zu trösten.

Es war so schrecklich unfair! Sie hatte über ein Jahr gebraucht, bis Zack Loomis sie überhaupt bemerkte, und noch einmal ein halbes, bis sie zum ersten Mal miteinander ausgegangen waren. Und jetzt, wo sie endlich am Ziel ihrer Träume angelangt war, sollte sie das alles einfach kampflos wieder aufgeben, bloß weil ihre Mutter sich in den Kopf gesetzt hatte, nach Neuseeland zu ziehen?

Nein, das kam überhaupt nicht infrage! Sie musste zurück nach Kalifornien, und zwar so schnell wie möglich!

»Was ist eigentlich mit dir?«, wechselte sie rasch das Thema. »Du findest diese ganze bescheuerte Aktion wohl auch noch cool, wie?«

Will zuckte mit den Schultern. »Bisher gefällt's mir hier eigentlich ganz gut. Ich hab im Internet gelesen, dass Aorakau sogar eine eigene Feuerwache hat und ...«

»Weißt du was? Du und deine dämliche Feuerwehr,

ihr könnt mich mal!« Kim rutschte vom Fensterbrett und stürmte wütend aus dem Zimmer. Dann lief sie den Korridor hinunter und verschwand in dem staubigen, muffig riechenden Raum, der einmal ihrer werden sollte, und knallte die Tür so heftig hinter sich zu, dass sie in den Angeln vibrierte.

Kurz blickte sie sich um. Was für ein erbärmlicher Saustall!, dachte sie und schüttelte sich angewidert. Doch alles war besser, als die Nacht in der Gesellschaft von diesem Verräter Will zu verbringen.

Sie zog die Packung Marlboro Menthol und die Schachtel Streichhölzer aus dem Schaft ihrer Doc Martens, wo sie sie vor ihrer Mutter versteckte, öffnete das Fenster und setzte sich aufs Fensterbrett, sodass ihre Beine in der Luft baumelten.

Sie riss ein Streichholz an, das zischend aufflammte, und hielt es an das Ende der Zigarette. Dann sog sie den scharf und kühl schmeckenden Rauch tief in ihre Lungen, während sie in Gedanken bereits die SMS verfasste, die sie an Zack schicken würde.

»So, jetzt wird es aber wirklich Zeit für mich«, verkündete Emily, erhob sich von ihrem Platz am Küchentisch und streckte sich gähnend. Sie und Shelly hatten die letzten Stunden damit zugebracht, einfach nur über Gott und die Welt zu reden. Es ließ sich kaum mehr übersehen, dass das Eis zwischen den beiden so unterschiedlichen Frauen endgültig gebrochen war.

»Und Sie sollten auch langsam zusehen, dass Sie in die Federn kommen«, sprach Emily weiter. »Es ist schon fast elf, und Sie sehen ehrlich gesagt zum Umfallen müde aus.«

»Das bin ich auch«, gestand Shelly leise lachend ein. »Aber gleichzeitig fühle ich mich so aufgekratzt, dass ich mir überhaupt nicht vorstellen kann, auch nur ein Auge zuzubekommen. Das alles … dass wir endlich hier sind und dass nun wirklich unser neues Leben anfangen kann … es kommt mir alles noch ganz unwirklich vor. Das klingt ziemlich wirr, oder?«

»Überhaupt nicht«, widersprach die ältere Frau. »Und wissen Sie, was mir immer hilft, wenn ich das Gefühl habe, dass mir alles über den Kopf wächst? Ein ausgiebiger Spaziergang! Die Bewegung hilft mir dabei, meine Gedanken zu sortieren – und außerdem macht sie mich müde.«

»Gute Idee«, sagte Shelly und stand ebenfalls auf. »Ich glaube, genau das werde ich tun. Danke, Emily – auch dafür, dass Sie sich so geduldig meine Probleme angehört haben.«

»Ach, das ist doch nicht der Rede wert.«

Als sie kurz darauf nach draußen auf die Veranda trat, wurde Shelly vom Zirpen der Grillen und dem schnarrenden *Kiwii-Kiwii*-Ruf eines Vogels empfangen, über dessen Namen sie nicht lange nachdenken musste.

Versonnen ließ sie ihren Blick über das schier unendliche Land schweifen, dessen Wiesen und Wälder im silbrigen Licht des Mondes schimmerten, und sie spürte, wie ein gewaltiges Gefühl der Verbundenheit von ihr Besitz ergriff, das sie selbst erstaunte.

Wie von einer unsichtbaren Hand gelenkt, stieg sie die Verandastufen hinunter und ließ das Haus hinter sich zurück. Schon nach ein paar Metern zog sie die Schuhe aus und ging barfuß weiter. Ihr war, als könnte sie den Herzschlag der Erde spüren. Sie legte den Kopf in den Nacken, schloss die Augen und badete ihr Gesicht im Sternenglanz.

Einen Moment lang vergaß sie alles um sich herum – sogar die Katastrophe mit Adrian. Doch der Gedanke an ihn holte sie bald wieder ein. Sie wusste, dass sie die Wahrheit nicht mehr viel länger vor ihren Kindern verheimlichen durfte.

Doch die Vorstellung, ihnen alle Illusionen über den wahren Charakter ihres Vaters rauben zu müssen, brach ihr schier das Herz.

Wie sollte sie ihnen bloß beibringen, dass ihr Vater mit seinen Taten dafür mitverantwortlich war, dass bereits Kinder in Wills Alter in Kontakt mit Drogen kamen und Mädchen wie Kim in die Prostitution gezwungen wurden? Und dass er in seiner Wut über den Verrat seiner Frau, wie er es nannte, nun sogar dazu bereit sein würde, seiner eigenen Familie etwas anzutun?

Durch einen puren Zufall war Shelly Adrians Machenschaften auf die Schliche gekommen. Hätte er an diesem Tag nicht versehentlich den Safe in seinem Arbeitszimmer offen stehen lassen, und wäre Shelly nicht so neugierig gewesen, hineinzusehen – sie würde vermutlich heute noch mit Adrian zusammenleben und nicht einmal im Traum daran denken, dass der Mann, mit dem sie verheiratet war, in kriminelle Machenschaften verwickelt war.

Doch genau das war eingetreten, und ehe sie sichs versah, stand Shelly vor der schwierigsten Entscheidung ihres Lebens. Der Entscheidung, ob sie ihre Augen vor der Wahrheit verschließen und einfach so weiterleben sollte wie bisher, oder ob sie Adrian das Handwerk legte. Sie hatte lange hin und her überlegt, ehe sie zu dem Schluss gekommen war, dass sie sich der Verantwortung nicht entziehen konnte.

Die Frage war nur: Würden auch Kim und Will ihr Handeln verstehen, oder würden sie sie verurteilen für das, was sie getan hatte? Bisher wussten die beiden nur, dass ihr Vater ins Gefängnis gekommen war – nicht aber, warum, und schon gar nicht, dass es ihre Mutter gewesen war, die ihn hineingebracht hatte.

Shelly konnte einfach nicht mit Sicherheit sagen, was sie

darüber denken würden. Sie atmete tief durch, da spürte sie plötzlich, dass sie nicht mehr allein war. Abrupt schlug sie die Augen auf und wollte sich umdrehen, als sich eine Hand um ihre Kehle legte und ihr eine raue Stimme ins Ohr raunte: »Ganz ruhig! Eine falsche Bewegung, und es könnte deine letzte sein!«

2

Adrian!

Einen Augenblick lang war Shelly vor Schreck wie gelähmt. Ihr stockte das Herz, ehe es im nächsten Augenblick wie verrückt loshämmerte. Wie hatte Adrian sie so schnell finden können? Und warum war er nicht im Gefängnis?

Es dauerte ein paar Sekunden, ehe ihr klar wurde, dass die tiefe, etwas raue Stimme, die direkt an ihrem Ohr erklungen war, gar nicht ihrem Noch-Ehemann gehörte.

Also ein Fremder! Obwohl das die Situation nicht weniger gefährlich machte, fühlte sie sich fast ein wenig erleichtert. Mit jemandem, der es vermutlich nur auf Geld abgesehen hatte, würde sie schon irgendwie fertig werden. Hoffentlich.

Sie holte tief Luft. »Sie haben sich die falsche Frau für einen Überfall ausgesucht, Mister«, stieß sie heiser hervor. Jetzt, wo sie wusste, dass es sich bei dem Angreifer nicht um Adrian handelte, konnte sie wieder einigermaßen klar denken. Und nun erinnerte sie sich auch wieder an die Dinge, die man ihr in dem Selbstverteidigungskurs beigebracht hatte, an dem sie vor ein paar Jahren auf Adrians Wunsch hin teilgenommen hatte. Die goldene Regel lautete: Nur keine Angst zeigen. Und so drängte sie die auf einen Augenblick der Schwäche lauernde Panik in den hintersten Winkel ihres Unterbewusstseins und straffte energisch die Schultern. »Ich habe kein Geld bei mir, und im Haus werden Sie auch keine großartigen Wertgegenstände finden.«

»Überfall? Geld?« Die Stimme des Mannes klang tief und rauchig. »Sie glauben doch nicht etwa …?«

Shelly hätte nicht damit gerechnet, dass die Strategie ihres Trainers tatsächlich auf Anhieb Wirkung zeigen würde. Umso erstaunter war sie, als sich der Griff um ihren Hals praktisch augenblicklich lockerte.

Endlich konnte sie wieder frei atmen.

Sofort nutzte sie die Chance, sich loszureißen und einen Sicherheitsabstand zwischen sich und ihren Angreifer zu bringen.

Dann wirbelte sie herum.

Das Erste, was ihr durch den Kopf schoss, als sie nun einen Blick auf den Unbekannten werfen konnte, war: Was für ein Mann!

Diese Reaktion erschien ihr angesichts der Situation, in der sie sich befand, reichlich grotesk, doch es stimmte: Der Fremde sah wirklich ausgesprochen gut aus. Im Mondlicht wirkten seine Züge wie in Marmor gemeißelt. Dunkelblondes Haar umrahmte ein kantiges Gesicht, in dem intelligente graublaue Augen funkelten. Er besaß die Statur eines Mannes, dem körperliche Arbeit nicht fremd war, und Shelly konnte sich gut vorstellen, dass sich unter dem langärmligen Shirt, das er zu verwaschenen Jeans und derben Boots trug, ein durchtrainiertes Sixpack verbarg.

Und was interessiert dich das? Der Kerl hat dich gerade eben hinterrücks angegriffen, schon vergessen?

Sie holte tief Luft. Ihr Verhalten war dem Ernst der Lage absolut nicht angemessen. Bloß weil der Fremde nicht wie ein Verbrecher aussah, musste das nicht zwangsläufig heißen, dass er für ihre Kinder, Emily und sie selbst keine Gefahr darstellte. Adrian hatte ihr schließlich auch jahrelang den treu sorgenden Familienvater vorgespielt, obwohl er sich insgeheim schon längst tief in ein weit verzweigtes Drogenkartell verstrickt hatte.

»Besser, Sie verschwinden jetzt ganz schnell von hier, bevor ich die Polizei rufe.« Shelly kniff die Augen zusammen. »Und glauben Sie mir, das werde ich tun!«

»Was zum Teufel …?« Er musterte sie eindringlich. »Wer sind Sie, verdammt? Und was haben Sie hier zu suchen?«

Shelly glaubte, sich verhört zu haben. »Was ich …? Das könnte ich wohl eher Sie fragen, Mister! Sie befinden sich hier immerhin auf meinem Grund und Boden!«

»Was sagen Sie da?« Ihm stand die Verblüffung förmlich ins Gesicht geschrieben. »Moment mal, soll das etwa heißen, Sie sind …«

»Shelly Makepeace«, erklärte sie mit Nachdruck und verschränkte die Arme vor der Brust. »Und Sie?«

Er öffnete gerade den Mund, um zu antworten, doch in diesem Augenblick trat Emily auf die Veranda und kam ihm zuvor.

»Was ist denn hier draußen los?«, rief sie – und runzelte die Stirn, als sie den gut aussehenden Fremden erblickte. »Josh Wood, was hast du mitten in der Nacht hier zu schaffen?«

Shelly atmete scharf ein. »Josh … *Wood*?«

Er nickte knapp. »Allerdings, ja. Und um das von Anfang an klarzustellen, Miss Makepeace: Ich wollte Sie keineswegs überfallen oder ausrauben. Fragen Sie Emily, sie wird Ihnen sicher gern bestätigen, dass ich so etwas keineswegs nötig habe. Es ging mir lediglich darum, den Brandstifter zu stellen, der seit einiger Zeit hier in der Gegend sein Unwesen treibt.«

»Sehe ich etwa aus wie ein Brandstifter?«

»Wenn Sie tatsächlich in der Lage sind, einen Brandstifter durch sein bloßes Aussehen zu identifizieren, dann sollten Sie dringend mit unserem Polizeichef sprechen.« Ein spöttisches Lächeln umspielte seine Mundwinkel. »Ich bin sicher, Sheriff Hawthorne wird Ihnen für jeden sachdienlichen Hinweis zutiefst verbunden sein.«

Shelly musste all ihre Beherrschung aufbringen, um nicht aus der Haut zu fahren. Der arrogante Tonfall dieses Mannes machte sie wirklich wütend. Was bildete der Kerl sich überhaupt ein? »Wissen Sie, jetzt, wo ich Sie kennengelernt habe, wird mir immer klarer, warum mein Großvater nicht gewollt hat, dass seine Farm Ihrer Familie in die Hände fällt«, entgegnete sie kühl.

»Ist das der Grund, warum Sie nicht einmal den Anstand besessen haben, auf das Kaufangebot meiner Mutter zu reagieren?«

Jeglicher Spott war aus seiner Stimme gewichen. Gut, dachte Shelly, nun war sie am Zug. »Anstand? Ausgerechnet Sie sprechen von Anstand? Mein Großvater war kaum unter der Erde, und ich hatte selbst gerade erst erfahren, dass ich von ihm als Alleinerbin eingesetzt worden war, als mir auch schon das erste Schreiben Ihres Anwalts ins Haus flatterte. Es kam mir fast so vor, als hätten Sie all die Jahre nur auf Grandpas Tod gewartet!«

Einen Moment lang wirkte er überrascht, fing sich jedoch rasch wieder. »Geschäftliche Notwendigkeiten nehmen nicht immer Rücksicht auf Gefühle.«

Shelly schüttelte den Kopf. »Wissen Sie, im Grunde habe ich von Leuten wie Ihnen gar nichts anderes erwartet.« Sie wandte sich ab, um zu gehen, blickte dann aber doch noch einmal zurück. »Richten Sie Ihrer Mutter bitte Folgendes aus: Ehe ich an einen Wood verkaufe, behalte ich das Land lieber selbst und sattle auf Schaffarmerin um.«

Mit diesen Worten ließ sie ihn einfach stehen. Emily, die ihr ins Haus folgte, stieß ein Seufzen aus. »Ob es wirklich klug war, ihn derart vor den Kopf zu stoßen …?«, fragte sie nachdenklich. »Sehen Sie, Josh ist im Grunde gar kein schlechter Kerl, seine Mutter hat …«

»Er ist ein Wood, oder etwa nicht?« Shelly wischte den Einwand der älteren Frau mit einer hastigen Handbewegung weg. »So, und jetzt möchte ich endlich ins Bett. Wie Sie sich vorstellen können, war mein Tag sehr lang. Wirklich sehr, sehr lang.«

Das stimmte natürlich. Allerdings bezweifelte sie ernsthaft, dass sie trotz ihrer Müdigkeit auch nur eine Sekunde Schlaf finden würde, so aufgedreht, wie sie nach der Begegnung mit Josh Wood fühlte. Aber vielleicht war das auch besser so – denn sie fürchtete, dass sich ein ganz bestimmtes Gesicht mit wachen graublauen Augen bis in ihre Träume schleichen könnte.

Josh ließ die Bombe am nächsten Morgen beim Frühstück platzen.

»Ich hatte gestern Abend auf meiner Kontrollrunde übrigens das zweifelhafte Vergnügen, unsere neue Nachbarin kennenzulernen«, sagte er, während er einen Toast mit Butter bestrich.

Mit einem Mal war es im Speiseraum von Emerald Downs so still, dass man eine Stecknadel hätte fallen hören können, und er spürte, dass alle Blicke auf ihm ruhten.

Es war Helen, die die Stille schließlich brach. Sie hatte sich selbst bei Josh zum Frühstück eingeladen, was häufiger vorkam.«

»Neue Nachbarin?«, fragte sie interessiert. »Ich wusste gar nicht, dass in letzter Zeit jemand hier zugezogen ist. Sag bloß, der alte Reardon hat endlich eine Frau für seinen Ältesten gefunden!«

Als einziges Nichtfamilienmitglied am Tisch erkannte lediglich sie nicht, dass die Rede nur von der neuen Besitzerin der Makepeace-Farm sein konnte.

»Es ist die Erbin vom alten Makepeace«, erklärte er. »Wie es aussieht, hat sie sich bei Emily Jenkins auf der Farm einquartiert. Ich weiß nicht, was sie jetzt plant, aber in einem Punkt hat sie sich mehr als deutlich ausgedrückt: Sie will auf keinen Fall an jemanden von uns verkaufen. Ich glaube, ihre genauen Worte lauteten, dass sie vorher lieber selbst auf Schaffarmerin umsatteln wolle.«

»Wie bitte?« Auf der Stirn seiner Mutter hatte sich eine steile v-förmige Falte gebildet. »Das kann ja wohl nicht wahr sein! Was denkt dieses unverschämte kleine Flittchen eigentlich, mit wem sie es zu tun hat?« Sie kniff die Augen zusammen. »Aber warum wundere ich mich eigentlich? Die Makepeace waren doch schon immer ein Haufen Aufrührer und Unruhestifter! Wäre damals einfach kurzer Prozess mit Ben gemacht worden, anstatt ihn mit seinen Eltern aus dem Land flüchten zu lassen, dann würden wir jetzt nicht in diesen Schwierigkeiten stecken. Früher hätte man einen Verbrecher wie ihn einfach wie einen räudigen Hund erschossen, aber …«

»Mutter, bitte!« Maggie war plötzlich ganz blass geworden.

Auch für Josh war die Heftigkeit, die seine Mutter an den Tag legte, überraschend. Und fast gegen seinen Willen verspürte er den Drang, Shelly vor ihr zu verteidigen. Er hatte nie verstanden, woher diese tiefe Feindschaft zwischen seiner Familie und den Makepeaces rührte. Seine Mutter machte immer nur Andeutungen, die alles in einem noch mysteriösen Licht erscheinen ließen. Er selbst kannte nur die offizielle Geschichte, die besagte, dass ein tragischer Todesfall vor vielen Jahren die einst befreundeten Familien entzweit hatte.

»Findest du nicht, dass du ein wenig übers Ziel hinausschießt, Mutter?«, fragte er. »Außerdem kennst du Shelly doch überhaupt nicht. Du …«

»Shelly?« Geraldine sah ihn skeptisch an. »Das ist ja höchst interessant – auch für dich, meine liebe Helen, oder etwa nicht? Aber du hast anscheinend unsere kleine Abmachung vergessen, mein Sohn. Wenn die kleine Makepeace, wie sie sagt, auf keinen Fall an uns verkaufen will, dann kannst du deine großen Pläne, die du mit ihrem Land hast, ebenfalls vergessen.«

Josh wusste natürlich, dass sie recht hatte – und es war vermutlich dumm, überhaupt für Shelly Makepeace Partei zu ergreifen. Er kannte sie doch überhaupt nicht, ja, sie war ihm nicht einmal sonderlich sympathisch. Und doch … Aus irgendeinem Grund konnte er einfach nicht aufhören, an sie zu denken. Er sah ihr Gesicht vor sich, jedes Mal, wenn er die Lider schloss. Das seidige, rotgoldene Haar, das er am liebsten berühren wollte, die weichen, sanft geschwungenen Lippen … Doch es waren vor allem ihre Augen, die er einfach nicht vergessen konnte. Im Mondschein hatten sie veilchenblau geglitzert und …

Schluss jetzt!, rief er sich selbst zur Ordnung. Er hatte ein Ziel, auf das er sich konzentrieren musste. Seine Mutter hatte recht, er durfte nicht vergessen, um was es hier ging. Es gab überhaupt nur einen einzigen Grund für ihn, sich weiterhin mit Shelly Makepeace zu befassen: Er musste sie dazu bringen, ihre Meinung zu ändern und ihm die Farm ihres Großvaters zu verkaufen. Andernfalls würde sich sein ehrgeiziges Projekt niemals verwirklich lassen. Und dann würde er seiner Mutter niemals beweisen können, dass Ronan und er von Anfang an richtig gelegen hatten. Er durfte diese Chance also nicht einfach verstreichen lassen! Und genau aus diesem Grund würde er sich nicht von irgendwelchen völlig unpassenden Empfindungen Steine in den Weg legen lassen.

»Mach dir meinetwegen keine Gedanken«, entgegnete er kühl. »Ich weiß, wem ich Loyalität schulde und wem nicht.«

Einen Moment lang herrschte eisiges Schweigen am Tisch. Die Luft war so aufgeladen, dass sie vor Spannung zu knistern schien.

»Weißt du eigentlich schon, was du auf der Silberhochzeit der Durhams nächsten Monat tragen wirst, Maggie?«, fragte Helen irgendwann und wechselte damit geschickt das Thema. »Josh findet, dass mein taubenblaues Seidenkleid für den Anlass zu elegant sein könnte, nicht wahr, Darling?«

Sie schmiegte sich so eng an Josh, dass der deutlich ihre kleinen festen Brüste an seinem Oberkörper spüren konnte.

Zum ersten Mal empfand er bei dieser vertraulichen Berührung leises Unbehagen.

Am Abend saß Geraldine Wood allein in ihrem Arbeitszimmer auf Emerald Downs. Nathan, ihr Mann, war bereits vor Stunden zu Bett gegangen, und auch sonst war es still im Haus. Nur das gleichmäßige Ticken der Wanduhr und das Klappern, mit dem der Wind durch die Fensterläden fuhr, war zu hören.

Der Schein der kleinen Schreibtischlampe stellte die einzige Lichtquelle im Zimmer dar, doch Geraldine hätte sich auch in absoluter Finsternis zurechtgefunden. Sie lebte seit ihrer Geburt in diesem Haus. Emerald Downs war ihr Zuhause. Und deshalb konnte sie auch nicht zulassen, dass irgendjemand sein Fortbestehen gefährdete.

Vor allem nicht, wenn es sich bei dieser Person um eine Makepeace handelte!

Die Weigerung der Erbin, die Farm an sie zu verkaufen, und ihre unverschämte Drohung, sich selbst dort einzunisten … Das alles deutete darauf hin, dass die junge Frau eine echte Gefahr darstellte. Aber schon allein die Tatsache, dass sie es als Makepeace überhaupt gewagt hatte, nach Aorakau Valley zu kommen, genügte Geraldine als Grund, sie mit allen Mitteln zu bekämpfen. Aus den Erzählungen ihres Großvaters wusste sie, dass diese Leute wie Unkraut waren. Man durfte ihnen gar nicht erst erlauben, Wurzeln zu schlagen, sondern musste sie gleich mit Stumpf und Stiel ausreißen.

Und genau das würde sie nun in Angriff nehmen.

Geraldine griff nach dem Hörer des altmodischen Telefons, das vor ihr auf dem Schreibtisch stand. Die Nummer, die sie wählte, kannte sie auswendig. Geraldine war seit jeher stolz auf ihr hervorragendes Namen- und Zahlengedächtnis gewesen. Sie vergaß nie etwas, es war alles in ihrem Kopf. Jede Gefälligkeit, die ihr jemand schuldete, jeder Dienst, den man ihr erwiesen hatte.

»Guten Abend, Malcolm«, begrüßte sie Malcolm Russell, den Direktor der Aorakau Agricultural Bank freundlich. »Entschuldigen Sie bitte die späte Störung, aber ich habe ein dringendes Anliegen, mit dem ich mich an Sie wenden muss …«

Sie hatte Russel vor ein paar Jahren dabei geholfen, einen Skandal zu vertuschen, der für ihn den gesellschaftlichen Ruin bedeutet hätte. Sicher war er sich darüber im Klaren gewesen, dass sie eines Tages eine Gegenleistung einfordern würde.

Heute war es nun so weit. Und Geraldine hegte keinen Zweifel daran, dass er seine Schweigepflicht und das Bankgeheimnis für eine Weile vergessen und ihr die Auskünfte geben würde, nach denen sie verlangte.

»Natürlich, Mrs Wood«, entgegnete er nach ihren Ausführungen auch erwartungsgemäß. »Ich werde mich bei Ihnen melden, sobald mir etwas in Bezug auf Miss Makepeace zu Ohren kommt. Sie können sich auf mich verlassen.«

Nachdem sie das Gespräch mit Russell beendet hatte, rief sie noch zwei weitere Bekannte an, die hochrangige Positionen in der Kommunalverwaltung innehatten. Beide waren ihr ebenfalls noch einen Gefallen schuldig.

Als sie das Licht der Schreibtischlampe knapp eine halbe Stunde später löschte, konnte Geraldine sicher sein, dass alles unternommen werden würde, um Shelly Makepeace möglichst viele Steine in den Weg zu legen.

Diese unverschämte Person würde es schon bald bereuen, auch nur einen Fuß auf neuseeländischen Boden gesetzt zu haben!

»Warum wollen Sie sich überhaupt die Mühe machen, die alte Farm zu renovieren?« Der rundliche Mann, der hinter dem Schalter der Jobvermittlung stand, musterte Shelly erstaunt. »Jeder hier weiß doch, dass die Woods bereit wären, Ihnen einen fairen Preis für das Land zu zahlen, ohne dass Sie dafür auch nur einen Finger rühren müssten!«

Shelly konnte schon nicht mehr zählen, wie oft man ihr in den drei Tagen, die seit ihrer Ankunft in Aorakau vergangen waren, genau diesen Ratschlag unterbreitet hatte. Überhaupt war eine Menge passiert – und so ziemlich das Einzige, was man als positiv bezeichnen konnte, war, dass sie es geschafft hatte, Wills Buch per Post nach Kalifornien zu schicken.

Obwohl Emily und sie selbst beinahe rund um die Uhr daran arbeiteten, die Farm wieder in Schuss zu bringen, kamen sie kaum voran. Schlimmer noch – für jedes Loch, das sie stopften, schienen zwei neue aufzureißen. Erst gestern hatte Will entdeckt, dass sich eine Mäusefamilie im Hohlraum zwischen den Wänden von Küche und Wohnzimmer eingenistet hatte. Die Zuleitung vom Regenwassertank, über den das Haus mit Brauchwasser für die Toilettenspülung und die Dusche versorgt wurde, hatte mehrere Lecks in der Größe von Fünf-Cent-Münzen. Daher wunderte sich Shelly inzwischen nicht mehr, dass morgens schon nach wenigen Minuten nur noch ein dünnes Wasserrinnsal aus dem Brausekopf tröpfelte. Was sie allerdings wirklich erstaunte, war, dass Emily es so lange in diesem maroden Haus ausgehalten hatte. Doch auf sich allein gestellt war ihr vermutlich bisher nicht viel anderes übrig geblieben. Shelly kämpfte ja selbst ständig mit dem Gefühl, dass ihr die Dinge vollkommen über den Kopf wuchsen.

Will bemühte sich, Emily und ihr zu helfen, wo er nur konnte. Währenddessen hockte Kim fast den ganzen Tag auf ihrem Zimmer herum, hörte über ihren iPod Musik und schrieb pausenlos SMS an ihre Freunde zu Hause. Sie weigerte sich, auch nur einen Finger zu rühren, um bei der Renovierung der Farm zu helfen. Und jedem, der es hören wollte, verkündete sie, dass es ja schließlich nicht ihre Idee gewesen sei, in diese heruntergekommene Bruchbude zu ziehen.

Mit all dem wäre Shelly ja möglicherweise noch irgendwie fertig geworden, hätte Emily nicht heute Morgen am Frühstückstisch gesagt: »Der Dachstuhl vom Vorratsspeicher bereitet mir ernsthaftes Kopfzerbrechen. Er ist schon lange nicht mehr in Ordnung, aber ich hatte nie das Geld, um ihn instand setzen zu lassen. Seit einem heftigen Sturm vor drei Wochen sackt die ganze Konstruktion nun immer weiter in sich zusammen. Ich fürchte, das Dach wird einstürzen, wenn wir nicht bald etwas unternehmen.«

In diesem Moment war Shelly sich darüber klar geworden, dass sie die ganze Arbeit unmöglich allein schaffen konnten. Und so war sie kurzerhand in die Stadt gefahren, um Hilfe zu organisieren. Zum Erbe ihres Großvaters gehörte neben der Farm auch ein Geldbetrag, von dem Shelly nach Abzug aller Steuern noch eine Summe von umgerechnet knapp zehntausend Neuseeland-Dollar geblieben war. Sie hatte das Geld eigentlich für die Zeit *nach* Aorakau Valley verwenden wollen, aber wenn die Arbeiten weiterhin in diesem Tempo vorangingen, würden sie die nächsten Jahre nicht von hier wegkommen.

Und so stand sie jetzt im Büro des Jobcenters, um Hilfskräfte für die Renovierung der Farm ihres Großvaters zu engagieren.

»Ich würde mir den Käufer für die Farm meines Großvaters gern selbst aussuchen, wenn es Ihnen nichts ausmacht«, erwiderte sie gereizt auf die Bemerkung des Vermittlers. »Was ist nun? Werden Sie mir Arbeiter für die Instandsetzung vermitteln?«

»Ihre Entscheidung, Miss.« Er zuckte mit den Schultern und konzentrierte sich wieder auf seinen Computermonitor, tippte etwas ein und seufzte schließlich. »Bedaure, aber ich kann Ihnen leider nicht weiterhelfen.«

»Was? Aber … Wie ist das möglich? Hören Sie, wenn es sich um ein finanzielles Problem handeln sollte – ich bin gern bereit, Ihren Leuten fünf Prozent mehr zu zahlen.«

»Das ist es nicht, Miss. Ich fürchte, Sie haben sich einfach einen denkbar ungünstigen Zeitpunkt für Ihr Vorhaben ausgesucht. Wir haben Schafschursaison, da wird jeder Mann gebraucht, der fähig und willens ist, kräftig mit anzupacken. Allein die Woods haben für Emerald Downs gut fünf Dutzend Arbeiter für die Saison engagiert. Tut mir wirklich leid.«

Doch so leicht ließ Shelly sich nicht abfertigen. »Dann sagen Sie den Woods eben, dass sie dieses Jahr statt sechzig Arbeiter nur fünfundfünfzig bekommen«, entgegnete sie mit Nachdruck.

Erschrocken blickte der Mann sie an. »Ich soll – was?« Energisch schüttelte er den Kopf. »Nein, Miss, ich werde mich ganz sicher nicht mit Geraldine Wood anlegen – und Ihnen würde ich genau dasselbe raten. Sie sind neu in Aorakau Valley, daher wissen Sie noch nicht, wie die Dinge hier laufen, aber …«

Jetzt reichte es Shelly wirklich. »Du lieber Himmel!«, stieß sie entrüstet hervor. »Warum benehmen sich bloß alle, als seien diese Leute die alleinigen Herrscher über das Tal? Hat denn hier niemand genug Mut, den Woods die Stirn zu bieten?«

Damit hatte sie den Angestellten der Jobvermittlung eindeutig verstimmt. Er begegnete ihrem wütenden Blick mit undurchdringlicher Miene. »Wie ich bereits sagte: Sie wissen nicht, wie die Dinge hier laufen. Wenn ich Sie nun bitten dürfte … Ich habe noch andere Kunden zu bedienen.«

Shelly sah sich um. Der Einzige, der sich im Wartebereich der Jobvermittlung aufhielt, war ein älterer Herr in Latzhosen und Gummistiefeln, der seelenruhig in einer Zeitschrift blätterte und sich keineswegs daran zu stören schien, dass er warten musste. Ungläubig schüttelte sie den Kopf. »Also, das ist doch …!«

Als sie kurz darauf die Tür zur Straße aufstieß, war sie so aufgebracht, dass sie den Mann, in den sie praktisch hineinlief, erst bemerkte, als es schon zu spät war. Kurz fing sie noch den Blick wacher blaugrauer Augen auf, dann prallte sie auch schon mit ihm zusammen.

Der Stoß ließ Shelly stolpern, sie kam aus dem Gleichgewicht und taumelte zurück – geradewegs auf die Verandastufen des Gebäudes zu. Sie sah sich bereits fallen, da fühlte sie, wie sich starke Hände um ihre Taille legten und sie festhielten.

Im nächsten Moment fand sie sich in Josh Woods Armen wieder. Ausgerechnet!

Unwillkürlich fing Shellys Herz wie wild zu hämmern an, und sie musste sich eingestehen, dass ihr Beinahe-Sturz nicht viel damit zu tun hatte. Nein, es war *seine* Nähe, die diese Reaktion in ihr auslöste.

Hastig machte sie sich von ihm los und brachte den Rock ihres geblümten Sommerkleids in Ordnung, der bei ihrem Zusammenstoß nach oben gerutscht war. »Danke«, sagte sie widerwillig.

»Wie war das?« Auch ohne aufzusehen, spürte sie seinen spöttischen Blick so deutlich, als würde er sich in ihre Haut brennen. »Könnten Sie das noch einmal sagen? Ich bin nicht sicher, ob ich Sie wirklich richtig verstanden habe.«

Ärgerlich funkelte Shelly ihn an. »Sie halten sich wohl für sehr geistreich, wie? Ich habe Ihnen für Ihre Hilfe gedankt, Mr Wood, aber ich werde mich gewiss nicht von Ihnen verspotten lassen.« Sie nickte ihm knapp zu. »Einen schönen Tag noch.«

Hastig wandte sie sich ab, um zu gehen, doch er hielt sie zurück. »Warten Sie, ich …« Er atmete tief durch. »Hören Sie, ich wollte Sie keineswegs verspotten, Shelly. Und sollte ich unbeabsichtigt diesen Eindruck erweckt haben, tut es mir sehr leid. Aber das ist noch nicht alles.«

Sie blinzelte irritiert. »Sondern?«

»Nun, ich möchte mich auch für mein Verhalten neulich Abend bei Ihnen entschuldigen. Ich war einfach nur sehr überrascht, Sie dort draußen anzutreffen.« Er machte eine alles umfassende Handbewegung. »Was ist, darf ich Sie als Zeichen meiner tiefen Reue vielleicht zu einem Kaffee einladen?«

Shelly konnte keinen klaren Gedanken fassen, sondern nur sein Lächeln betrachten. Es war ein jungenhaftes, völlig ungekünsteltes Lächeln, das ihr Schmetterlinge im Bauch verursachte.

Was ist mit dir los? Hast du nicht gerade eben noch alle Woods verflucht?

Das hatte sie allerdings. Und sie gedachte nicht, sich so einfach um den Finger wickeln zu lassen. »Mr Wood, ich weiß wirklich nicht …«

»Bitte nennen Sie mich Josh. Wenn Sie Mr Wood sagen, habe ich immer das Gefühl, dass Sie mit meinem Vater sprechen.«

Shelly konnte ein Schmunzeln nicht unterdrücken und schob ihre Bedenken für einen Moment beiseite. »Also schön, Josh. Aber wirklich höchstens auf einen Kaffee – ich habe heute noch eine Menge zu erledigen.«

Aorakau war eine typische Kleinstadt, die sich in vielen Punkten nicht großartig von vergleichbaren Ortschaften in Kalifornien unterschied, so viel hatte Shelly inzwischen bereits festgestellt. Sie bestand mehr oder weniger aus zwei parallel verlaufenden Hauptstraßen und der Marangai Road, die direkt am Ufer des Silver Creek entlangführte. Dazwischen gab es zahlreiche kleinere Seitenstraßen, an denen sich hübsche, pastellfarben gestrichene Häuser mit liebevoll gepflegten Vorgärten reihten.

Das Herz des Ortes bildete der Sutton Square, an dem sich sowohl das Rathaus als auch die strahlend weiß getünchte anglikanische Kirche befand. Hier waren auch die meisten Geschäfte ansässig, darunter sogar ein kleiner Department Store namens Mulligan's, ein Supermarkt und auch das einzige Restaurant von Aorakau, das zugleich Café, Eissalon und Pizzeria war.

Bei dem schönen Wetter hatte man draußen auf dem Platz, im Schatten der Krone eines gewaltigen Kauri, Sonnenschirme, Tische und Stühle aufgestellt. Der laue Wind, der von den Bergen her wehte, fuhr raschelnd durch die Blätter. Das Zwitschern von Vögeln erfüllte die Luft, und der kleine Springbrunnen, der mitten auf dem Platz stand, sprudelte munter vor sich hin. Es herrschte eine so wunderbar gelöste Atmosphäre, dass Shelly gar nicht anders konnte, als sich zu entspannen.

»Und Sie sind sicher, dass Sie wirklich nur einen Kaffee möchten?«, fragte Josh, nachdem er ihr den Stuhl zurechtgerückt und dann selbst Platz genommen hatte. »Jane Hawthorne macht die besten Hokey Pokey Waffeln in ganz Aorakau und Umgebung, und …« Als er ihren fragenden Blick bemerkte, hielt er inne. »Soll das heißen, Sie wissen überhaupt nicht, was Hokey Pokey ist?«

Shelly lachte über seinen entsetzten Gesichtsausdruck. »Nein, müsste ich das denn wissen?«

Ohne auf ihre Frage einzugehen, winkte er die Kellnerin herbei. »*Kia ora,* Riki. Bringst du uns bitte Kaffee und zwei Portionen von Janes wunderbaren Waffeln?«

Die junge Frau, deren dunkle Haut und die polynesischen Züge ihre Maori-Wurzeln deutlich verrieten, lächelte. »Für dich wie üblich mit extra viel Hokey Pokey, Josh? Kommt sofort!«

»Und jetzt erzählen Sie«, wandte sich Josh sich wieder an Shelly. »Was haben Sie vor? Werden Sie in Neuseeland bleiben? Und was sagen Ihre Kinder dazu? Sie haben doch einen Jungen und ein Mädchen, nicht wahr?«

»Ja, Kim und Will«, erwiderte Shelly. Sie wusste selbst nicht, warum sie auf einmal das Bedürfnis verspürte, sich Josh anzuvertrauen, aber es war so. »Kim ist vierzehn, ihr Bruder fünf Jahre jünger. Mit ihm habe ich keine Probleme, er hat sich hier von Anfang an recht wohl gefühlt. Kim hingegen ...«

»Sie macht Ihnen Schwierigkeiten?«

»Kann man so sagen.« Shelly seufzte. »Sie ist in einem schwierigen Alter. Außerdem ist sie wütend auf mich, weil ich sie mit meiner Entscheidung gezwungen habe, Kalifornien zu verlassen. Ich verstehe das ja auch irgendwie, aber ...«

Die Waffeln und der Kaffee wurden gebracht, und Shelly verstummte. »Das ist ja ... Eiskrem«, stellte sie überrascht fest, als sie mit ihrem Löffel die hellgelbe Masse auf dem köstlich duftenden Gebäck untersuchte.

»Ganz recht.« Josh, der sich bereits mit jungenhafter Begeisterung über sein Dessert hermachte, nickte. »Hokey-Pokey-Eis.«

»Sieht aus wie Vanille«, sagte sie. »Aber was sind das für dunkle Kügelchen darin?«

»Es *ist* Vanilleeis – und die Kügelchen sind das eigentliche Hokey Pokey, eine Art Bonbon. Wenn Sie in Neuseeland bleiben wollen, werden sie um Hokey-Pokey-Eis, ANZAC-Kekse und L&P-Limonade nicht herumkommen. Und nun probieren Sie schon, bevor es schmilzt! Ich bin sicher, Sie werden nie wieder ein anderes Eis essen wollen, wenn Sie einmal Hokey Pokey gekostet haben.«

Zunächst war Shelly skeptisch, doch nach dem ersten zaghaften Versuch musste sie zugeben, dass Josh nicht zu viel versprochen hatte: Das Eis schmeckte tatsächlich ganz hervorragend – besonders in Kombination mit den frisch zubereiteten Waffeln. Will, der seine Vorliebe für alles Süße von ihr geerbt hatte, würde dieses Dessert lieben.

»Wie gefällt es Ihnen denn nun bei uns?«, erkundigte Josh sich nach einer Weile. »Haben Sie sich schon ein bisschen auf der Farm einleben können?«

Shelly atmete seufzend aus. »Die Landschaft ist wirklich wunderschön, und Emily ist mir eine echte Unterstützung – trotzdem gestaltet sich alles ein wenig komplizierter, als ich es mir vorgestellt hatte.« Sie strich sich eine Haarsträhne hinters Ohr zurück, die sich aus ihrem lockeren Zopf gelöst hatte. »Was ist mit Ihnen? Leben Sie gerne hier?«

Josh zuckte mit den Achseln. »Was soll ich sagen? Aorakau Valley ist mein Zuhause, ich bin auf Emerald Downs geboren und aufgewachsen. Es würde mir nie in den Sinn kommen, irgendwo anders leben zu wollen. Aber das bedeutet nicht, dass ich Sie nicht verstehen könnte, Shelly. Viele Menschen aus der Stadt haben eine romantisch verklärte Sicht vom Leben auf dem Land. Aber eine Schaffarm zu leiten bedeutet vor allem knochenharte Arbeit, Schweiß, Staub und Tränen. Und reich werden kann man damit auch nur in den seltensten Fällen.«

»Sie würden mir also davon abraten, die Farm meines Großvaters weiterzuführen?« Shelly runzelte die Stirn. Sie hatte plötzlich das Gefühl, dass das Gespräch in eine ganz bestimmte Richtung abdriftete. Eine Richtung, die ihr keineswegs behagte.

»Nun, für eine alleinstehende Frau und zwei Kinder dürfte es schwierig werden, die notwendigen Arbeiten zu bewältigen. Vielleicht wären Sie besser beraten, die Farm zu einem vernünftigen Preis zu verkaufen und in eine der größeren Städte wie Christchurch, Wellington oder Auckland zu ziehen.«

Mit einem Mal war Shellys gute Laune wie weggeblasen. Josh ahnte nicht, dass sie keineswegs vorhatte, in Aorakau Valley zu bleiben, um Schafe zu züchten. Umso offensichtlicher war sein Versuch, sie zu beeinflussen.

»Darf ich raten, wen Sie mir als Käufer für das Grundstück empfehlen würden?« Klirrend stellte sie ihre Kaffeetasse auf dem Unterteller ab und stand auf. »Vielen Dank für die kleine Lektion in Heimatkunde – richten Sie Ihrer Mutter bitte aus, dass sich mein Standpunkt nicht geändert hat: Ich werde auf keinen Fall zulassen, dass die Farm meines Großvaters Ihrer Familie in die Hände fällt.« Sie nickte Josh noch einmal knapp zu. »Schönen Tag noch!«

Mit steifen Schritten marschierte sie über den Platz und ignorierte Josh, der ihr nachrief. Sie war so wütend! Wie hatte sie so dumm sein können, auf diesen billigen Trick hereinzufallen? Josh Wood wollte nur eines von ihr: die Farm ihres Großvaters. Seine Entschuldigung, seine Freundlichkeit, seine Einladung – all das diente einzig und allein dem Zweck, sie dazu zu bringen, die Farm an seine Familie zu verkaufen.

Doch wenn er wirklich glaubte, dass er damit durchkam, dann würde er sich noch wundern!

Als Shelly ihren Mietwagen erreichte, der vor dem Eingang der Jobvermittlung am Straßenrand stand, stieg sie ein, ließ den Motor an und jagte mit quietschenden Reifen davon.

»Geh … rein … da … verdammt … noch … mal …!« Bei jedem Wort ließ Shelly den Hammer niedersausen und schlug den ohnehin schon verbogenen Nagel noch weiter krumm.

Als sie vor etwas mehr als einer Stunde heimgekehrt war, hatte sie auf dem Küchentisch eine Nachricht vorgefunden:

Hey, Shelly,
bin nach Milton gefahren, um ein paar dringende Einkäufe zu erledigen. Habe die Kinder zu meiner Schwägerin Katie gebracht, die in der Nähe eine Pferdezucht betreibt. Dachte, das könnte Kim vielleicht Spaß machen – hoffe, das ist okay für Sie.
Bis später, Emily.

Normalerweise hätte sich Shelly über die Gelegenheit, ein paar Stunden nur für sich allein zu haben, möglicherweise sogar gefreut. Doch nach ihrer Begegnung mit Josh Wood war sie so wütend und aufgebracht, dass sie einfach jemanden zum Reden brauchte – oder etwas, an dem sie all ihren Frust auslassen konnte. Und so war sie kurzerhand einfach auf die hohe Leiter gestiegen, die Emily und sie am Morgen gemeinsam aus dem Schuppen geholt hatten, und war aufs Verandadach geklettert.

Als sie jetzt einen Wagen hörte, der sich der Farm näherte, ließ sie den Hammer sinken und beschattete die Augen mit der flachen Hand. Es war Emily, die, als sie Shelly auf dem Dach erblickte, vor Schreck ihre Einkaufstüten fallen ließ.

»Um Himmels willen, Shelly! Was machen Sie denn da oben? Tun Sie das nie wieder, hören Sie? Allein ist so etwas viel zu gefährlich! Sie hätten mit der Leiter umfallen oder durch eine morsche Stelle im Dach brechen können, und es wäre niemand da gewesen, um Ihnen zu helfen, ist Ihnen das eigentlich klar?«

Dessen war sich Shelly tatsächlich nicht bewusst gewesen. Sie kletterte die heftig wackelnde Leiter hinunter, die jetzt von Emily gesichert wurde. »Tut mir leid, aber ich brauchte einfach etwas, um mich abzureagieren. Und da das Dach ohnehin repariert werden muss …«

Skeptisch hob Emily eine Braue. »Und, hat es wenigstens etwas gebracht?«

Sofort musste Shelly an den vollkommen verbogenen Nagel denken. Sie lachte. »Na ja, wie man's nimmt. Auf jeden Fall fühle ich mich jetzt wesentlich besser.«

»Schön, dann schlage ich vor, ich koche uns jetzt erst mal eine hübsche Tasse Earl Grey, und dann erzählen Sie mir, was Sie so aufgeregt hat.«

Etwas später saßen die beiden Frauen in der Küche zusammen. Die Geschichte von Shellys Zusammenstoß mit Josh war rasch erzählt. »Ich hätte gleich misstrauisch werden müssen, als er plötzlich so freundlich zu mir war«, schloss sie. »Das hat er doch alles nur gemacht, damit ich die Farm an seine Familie verkaufe! Wie konnte ich bloß so blöd sein, auch nur eine Sekunde daran zu glauben, dass er nur um meinetwillen nett zu mir ist?«

Emily goss sich Milch in den Tee, wobei sie sehr nachdenklich wirkte. »Sind Sie sicher, dass Sie Josh damit nicht vielleicht doch ein wenig unrecht tun?«

»Ich bitte Sie – er hat mir praktisch zu verstehen gegeben, dass das Leben auf einer Schaffarm für eine alleinstehende Frau mit zwei Kindern nichts ist.«

»Nun, es würde sicher nicht leicht sein, aber …« Emily schüttelte den Kopf. »Vergessen Sie, was ich gesagt habe. Manchmal ertappe ich mich selbst dabei, wie ich beim Gedanken an die Vergangenheit nostalgisch werde.«

»Wie war es denn, das Leben hier auf der Farm?«

Ein versonnenes Lächeln umspielte Emilys Lippen. »Nun, es war hart, das will ich gar nicht leugnen. Trotzdem vermisse ich das alles doch manchmal ganz schön.« Ihre Augen nahmen einen verträumten Ausdruck an. »Während der Schursaison glich die Farm einem summenden Bienenstock. Lärm erfüllte die Luft, doch mir kam er vor wie eine wunderbare Symphonie: das Blöken der Schafe, die durch die Gatter getrieben wurden, und das aufgeregte Bellen der Hunde. Die Arbeiter mussten brüllen, um sich über das Getöse hinweg zu verständigen.« Sie seufzte. »Am Ende des Tages saßen wir alle in der Küche zusammen und aßen den Eintopf, den ich für die ganze Mannschaft gekocht hatte. Wir waren staubig und erschöpft, aber glücklich …«

Wie gebannt lauschte Shelly den Erzählungen der älteren Frau, die sie nach so kurzer Zeit schon als eine mütterliche Freundin betrachtete. Und einen Moment lang fragte sie sich, wie es wohl wäre, die Farm zu behalten und hier wieder eine Schafzucht aufzubauen.

Doch schnell verwarf sie den Gedanken. Das war natürlich Unsinn. Sie war keine Farmerin und würde nie eine sein. »Sie glauben also nicht, dass Josh mich nur im Sinne seiner Mutter beeinflussen wollte?«, fragte sie, um das Thema zu wechseln.

Emily zuckte mit den Schultern. »Nein, eigentlich nicht. Ich kenne ihn und seine Schwester Maggie schon sehr lange. Die beiden sind nicht wie ihre Mutter. Geraldine würde alles tun, um an ihr Ziel zu gelangen, keine Frage. Aber Josh …?«

Seufzend barg Shelly das Gesicht in den Händen. »Ich weiß es doch auch nicht. Mit meiner Menschenkenntnis scheint es nicht mehr besonders weit her zu sein, seit …«

»Ja?« Emily lächelte aufmuntern. »Kommen Sie, Shelly, ich merke doch, dass Sie etwas belastet. Warum haben Sie Amerika so überstürzt verlassen? Sind Sie vor irgendetwas davongelaufen? Sie müssen nicht mit mir darüber sprechen, aber

Sie sollen wissen, dass ich jederzeit für Sie da bin, wenn Sie jemanden zum Reden brauchen.«

Shelly zögerte unentschlossen. Sie mochte Emily sehr – umso mehr scheute sie davor zurück, ihr die ganze unerfreuliche Geschichte über die Katastrophe mit Adrian zu berichten.

Würde Emily ihr Verhalten verstehen, oder würde sie sie verurteilen? Eine Frau, die ihren eigenen Mann nach fünfzehn überwiegend guten Ehejahren bei der Polizei angezeigt hatte?

»Das ist eine lange Geschichte«, erwiderte sie schließlich ausweichend. »Irgendwann werde ich sie Ihnen vielleicht einmal erzählen. Aber für den Moment reicht es, wenn Sie wissen, dass mein Mann … dass der Vater meiner Kinder sich in Haft befindet, weil er einige schlimme Dinge getan hat.« Shelly spürte, wie sich ihre Kehle zusammenzog, und sie zwang sich, tief und ruhig durchzuatmen. »Und Sie haben recht: Ich bin davongelaufen. Ich dachte, ich würde mich sicher fühlen, mit tausenden Meilen von Ozean zwischen Adrian und mir.«

»Aber das ist nicht der Fall?«

»Ich weiß nicht, ob ich mich überhaupt jemals wieder irgendwo sicher fühlen kann, ich …« Sie schüttelte den Kopf. »Lassen wir das, im Augenblick habe ich wirklich dringendere Sorgen. Wie es aussieht, werden wir so schnell keine Arbeiter für die Renovierung der Farm bekommen. Ich habe es überall versucht – keine Chance.«

»Die Schafschur.« Emily seufzte. »Ich habe mir, offen gestanden, schon gedacht, dass es Schwierigkeiten geben könnte. Im Moment wird jeder arbeitsfähige Mann auf den großen Schaffarmen gebraucht.«

»Da unter diesen Umständen kaum Hoffnung besteht,

dass sich so bald ein Käufer für die Farm findet, sollte ich die Kinder vielleicht vorübergehend erst einmal hier an der Schule anmelden. Was meinen Sie, Emily?«

»Nun, vielleicht ist das jetzt gar nicht mehr notwendig.« Sie stand auf, ging in den Korridor und kehrte kurz darauf mit einem kleinen Notizzettel zurück, den sie Shelly überreichte. »Hier, das ist die Telefonnummer von Jonas Reardon. Er bittet Sie, ihn zurückzurufen. Es hörte sich ganz so an, als wollte er Ihnen ein Kaufangebot für die Farm machen.«

»Und das sagen Sie mir jetzt erst?« Ungläubig starrte Shelly sie an.

Emily seufzte. »Es tut mir leid. Ich weiß, ich hätte es Ihnen gleich sagen sollen, aber …« Schuldbewusst senkte sie den Kopf. »Der Gedanke, dass das alles hier schon bald jemand anderem gehören könnte, macht mir ganz einfach Angst. Können Sie das denn nicht verstehen?«

Shelly hielt die Luft an. Sie hätte sich ohrfeigen können für ihr unsensibles Verhalten. Natürlich konnte sie Emilys Ängste sogar sehr gut nachvollziehen. Es tat ihr leid, dass die ältere Frau litt, denn sie mochte sie sehr und wünschte sich wirklich, etwas für sie tun zu können. Doch ihr war klar, dass sie, sobald der Kauf abgewickelt war, kaum noch Einfluss darauf haben würde, was mit Emily geschah.

»Nun machen Sie sich um mich alte Frau keine Gedanken«, sagte Emily, als hätte sie Shellys Gedanken gelesen. »Ich bin im Leben noch immer auf die Füße gefallen und werde es ganz bestimmt auch dieses Mal tun. Na los, rufen Sie Jonas schon an!«

Der Kaufinteressent war ein junger Schaffarmer, der Sohn von Bob Reardon, dem Mann, der ihr und ihren Kindern mit dem Wagen geholfen hatte. Und das Gespräch mit ihm verlief für Shelly äußerst positiv. Jonas Reardon zeigte sich sehr interessiert an der Farm, und sie verabredeten für den nächsten Tag ein persönliches Treffen.

»Und, wie ist es gelaufen?«, fragte Emily, als Shelly kurz darauf in die Küche zurückkehrte.

»Sehr gut. Mr Reardon kommt morgen Nachmittag hierher, um die Details zu klären.« Sie umarmte die ältere Frau glücklich. »Ach, Emily, ich bin ja so froh! Wenn alles klappt, kann ich mit den Kindern schon in ein paar Wochen weiter nach Auckland ziehen und brauche mich hier gar nicht mehr um einen Schulplatz zu kümmern.«

»Ich freue mich für Sie.« Emilys Lächeln wirkte ehrlich. »Wirklich. Aber ich fürchte, Geraldine Wood wird über diese Entwicklung alles andere als begeistert sein.«

»Ach was!« Shelly winkte ab. »Was soll sie schon machen? Nein, nein, jetzt wird alles gut, das spüre ich einfach!«

»Ja, Malcolm, das hilft mir sogar sehr weiter. Vielen Dank, dass Sie mich gleich informiert haben. Sie können sicher sein, dass ich Ihre Loyalität in dieser heiklen Angelegenheit sehr zu schätzen weiß. Melden Sie sich bitte, wenn Sie etwas Neues erfahren. Ja … Ihnen auch noch einen schönen Abend.«

Geraldine beendete das Telefonat und lehnte sich auf ihrem Stuhl zurück. Nachdenklich legte sie die Fingerspitzen aneinander und hob die Zeigefinger an die Lippen. Ein paar Minuten saß sie regungslos, dann nahm sie den Telefonhörer wieder zur Hand und wählte aus dem Gedächtnis eine Nummer.

»Ja, Geraldine Wood hier, guten Abend«, sagte sie, als sich jemand meldete. »Hören Sie, ich will sofort zur Sache kommen: Ich habe erfahren, dass Sie eine Kreditanfrage bei der AAB gestellt haben und in diesem Zusammenhang erwähnten, dass Sie das Grundstück des alten Ben Makepeace kaufen möchten …«

Einen Moment lang herrschte Schweigen am anderen Ende der Leitung. Dann: »Wer hat Ihnen das gesagt?«

Geraldine lächelte. Sie wusste, dass sie so gut wie gewonnen hatte. »Wie ich in den Besitz dieser Informationen gelangt bin, tut nichts zur Sache. Ich rufe lediglich an, um Ihnen zu sagen, dass Sie besser daran täten, die Finger von der Makepeace-Farm zu lassen.«

»Soll das eine Drohung sein?«, fragte ihr Gesprächspartner empört.

»Keineswegs«, entgegnete Geraldine ausgesucht freundlich. »Nur ein gut gemeinter nachbarschaftlicher Rat.«

Mit diesen Worten legte sie auf, ohne die Reaktion des Mannes abzuwarten. Sie durfte auch so sicher sein, dass sie ihn in der Tasche hatte. Jonas Reardon war nicht dumm, er wusste, dass er bei einer direkten Konfrontation mit der Familie Wood nur den Kürzeren ziehen konnte. Er würde vernünftig sein und genau das tun, was man von ihm erwartete.

Zum wiederholten Mal innerhalb der vergangenen Viertelstunde schaute Shelly auf die große Küchenuhr. Und mit jeder Minute, die verstrich, wurde sie unruhiger.

Um ein Uhr war sie mit Jonas Reardon verabredet gewesen, und nun war es bereits nach halb zwei. Sie wartete noch eine Viertelstunde, dann ging sie zum Telefon im Korridor und wählte die Nummer, die Emily ihr gestern gegeben hatte.

Zuerst meldete sich niemand, doch als Shelly gerade auflegen wollte, ging doch jemand an den Apparat. Sie war überrascht, Jonas Reardons Stimme zu hören.

»Mr Reardon? Shelly Makepeace hier. Haben Sie unsere Verabredung etwa vergessen? Ich …«

»Es tut mir leid, Miss Makepeace«, fiel Reardon ihr ins Wort. »Aus unserem Geschäft wird leider nichts. Ich habe es mir anders überlegt.«

»Aber ...!« Ihr Protest wurde im Keim erstickt, als am anderen Ende der Leitung einfach eingehängt wurde. Empört starrte sie das Telefon an. Was für eine bodenlose Frechheit!

Sie versuchte noch einmal, Reardon anzurufen, doch dieses Mal meldete sich nach langem Klingeln nur der Anrufbeantworter. Sie legte auf.

Verdammt!

Emily war mit den Kindern zu ihrer Schwägerin gefahren, um Shelly bei den Verhandlungen nicht im Weg zu sein. Jetzt war niemand da, bei dem sie ihrer Entrüstung Luft machen konnte. Dabei brauchte sie so dringend ein Ventil, etwas, um sich abzureagieren!

Und dann dachte sie an den Dachboden. Sie war erst einmal dort oben gewesen – oder besser, sie hatte vorsichtig den Kopf durch die Dachluke gesteckt, ihn aber angesichts des Staubs und des Gerümpels von Jahrzehnten sofort wieder zurückgezogen.

Sie stieg nach oben ins erste Stockwerk, in dem sich Emilys und ihr Schlafzimmer sowie die Zimmer der Kinder befanden. Die Luke zum Boden befand sich an der Korridordecke. Wenn man die Verriegelung des Deckels öffnete, senkte er sich nach unten ab, und eine ausklappbare Leiter kam zum Vorschein.

Dort kletterte Shelly nun hinauf.

Als sie die nackte Glühbirne anknipste, die, abgesehen von ein paar staubblinden Fenstern, die einzige Lichtquelle des Bodens darstellte, erkannte sie gleich, dass hier oben eine Menge Arbeit auf sie wartete.

Kisten, Truhen, alte Schrankkoffer und weniger alte Umzugskartons waren wild durcheinandergestapelt. Über allem lag eine mindestens fingerdicke Staubschicht.

Na los, sagte Shelly zu sich selbst. Du wolltest dich doch von deinem Ärger ablenken. Das ist deine Chance!

Sie öffnete die erste Truhe, die gleich neben der Dachluke stand. Der durchdringende Geruch von Mottenkugeln raubte ihr den Atem, und sie warf nur einen kurzen Blick auf den Inhalt – alte Kleider –, ehe sie den Deckel wieder zuschlug.

Als Nächstes versuchte sie etwas weiter hinten ihr Glück. Ein alter Schrankkoffer, wie man ihn früher für Überseereisen benutzt hatte, weckte ihre Neugier. Der Verschluss klemmte, und sie musste sich mit aller Gewalt dagegenstemmen. Als er schließlich aufschnappte, segelte ein Stück Papier aus dem Koffer.

Shelly bückte sich neugierig, um es vom Boden aufzuheben.

Es handelte sich um ein Foto.

Ein sehr altes Foto.

Trotz des Zwielichts, das auf dem Dachboden herrschte, erkannte Shelly in dem blonden jungen Mann, der ein wenig nervös in die Kamera lächelte, ihren Großvater. Er trug einen eleganten Frack, was Shelly überraschte, denn sie hatte ihn stets nur in bequemen Hosen und Pullovern gesehen. Auf seiner eigenen goldenen Hochzeit war er mit Abstand der am schlichtesten gekleidete Mann gewesen.

Doch es war vor allem die Frau neben ihm, die Shellys Aufmerksamkeit erregte. Sie trug ein langes weißes Kleid mit Spitzenbesätzen an den Ärmeln und am Dekolleté. Ihr Gesicht war durch einen Tintenfleck unkenntlich gemacht worden.

Shelly runzelte die Stirn. War das etwa ein Brautkleid?

Das ganze Bild sah aus wie ein Hochzeitsfoto – aber ihr

Großvater hatte ihre Großmutter doch erst kennengelernt, nachdem er Neuseeland verlassen hatte. Die Frau auf dem Bild konnte sie also unmöglich sein.

Aber wer war sie dann? Und was für eine Geschichte mochte hinter diesem Foto stecken?

3

Ohinemutu, 12. Mai 1946

Blumen bedeckten das frische Grab. Auf dem schlichten Holzkreuz stand eine kurze Inschrift: Ian und Tiana Wood – In Liebe auf ewig vereint.

Immer wieder und wieder las die siebenjährige May diese Worte, bis Tränen ihren Blick verschleierten.

Warum habt ihr mich alleingelassen? Wieso kann ich nicht bei euch sein?

Seit jenem schrecklichen Tag vor einer Woche, an dem ihre Tante Kiri zu ihr in die Schule gekommen war, um ihr mitzuteilen, dass sie ihre Eltern niemals wiedersehen würde, stellte sie sich diese Frage beinahe ununterbrochen.

Ausgesprochen aber hatte sie sie nur ein einziges Mal.

Tante Kiri war zuerst sehr zornig und dann sehr traurig geworden. Sie hatte sich vor May hingekniet, ihre Hand genommen und mit ernster Stimme gesagt: »Sag so etwas nicht. Du lebst, und du bist jung. Und jetzt sollst du das Leben führen, das deine Eltern sich für dich gewünscht hätten. Mach sie stolz.«

Das versuchte May seitdem. Doch es war schwer, so furchtbar schwer. Ach, wenn sie doch wenigstens bei Tante Kiri und ihrer Familie bleiben könnte! Doch das winzige Haus war für die sechsköpfige Familie ohnehin schon viel zu klein, und das Geld, das Kiri als Hausmädchen verdiente, reichte kaum aus, um ihre eigenen Kinder zu ernähren.

Sie konnte sich nicht auch noch um die Tochter ihrer jüngeren Schwester kümmern.

Und so stand May an diesem warmen Maitag in ihrem Sonntagskleidchen am Grab ihrer Eltern und wartete darauf, dass die Familie ihres Vaters kommen würde, um sie zu sich zu holen.

Wie sie wohl sein würden? May war ihrem Onkel und ihrer Tante väterlicherseits noch nie begegnet. Nicht einmal bei der Beerdigung vorgestern früh waren sie gewesen.

May wusste nur, dass sie, wie ihr Daddy, *Pakehas* waren. Nachfahren der weißen Siedler. Keine Maori.

May zuckte zusammen, als sich von hinten eine Hand auf ihre Schulter legte. Es war Tante Kiri, die kam, um sie zu holen.

Einen Moment lang spürte May, wie die Furcht sie zu übermannen drohte. Nein, sie wollte nicht fort von hier! Wollte nicht zu diesen fremden Menschen, die weit entfernt auf der Südinsel lebten, die die Maori *Te Wai Pounamu* nannten.

Doch dann atmete sie tief durch, ergriff die Hand, die ihre Tante ihr reichte, und folgte ihr über den mit Kies bestreuten Weg zum Haupttor des Friedhofs. Am Straßenrand parkte eine schwarze Limousine, deren Fenster im Sonnenlicht glitzerten.

Niemand stieg aus, um sie in Empfang zu nehmen.

Tante Kiri beugte sich zu May hinunter und berührte zum Abschied mit ihrer Nase kurz die der Siebenjährigen. »*Haere ra*«, sagte sie mit einem etwas wehmütigen Lächeln. Dann griff sie in die Tasche ihres einfachen Baumwollkleids und holte einen kleinen Gegenstand daraus hervor, den sie May überreichte. »Hier«, sagte sie, »den soll ich dir von Anahera geben – damit du uns auch niemals vergisst.«

Es war der handgeschnitzte *Pōtaka*, ein Spielzeugkreisel aus Holz, um den Anahera und sie sich so oft gestritten hatten.

May wollte etwas sagen, sich bei Kiri bedanken, doch ihre Kehle war so rau, dass sie keinen Laut hervorbrachte.

»Steig ein, Schätzchen«, sagte ihre Tante, die nun ebenfalls mit den Tränen kämpfte. »Machen wir es uns nicht noch schwerer, als es ohnehin schon ist.«

May nickte tapfer und ging auf den Wagen zu. Als sie ihr Spiegelbild auf der reflektierenden Seitenscheibe erblickte, stellte sie fest, dass sie weinte.

Zur selben Zeit in Aorakau Valley

»Und ich sage, er ist schon lange nicht mehr Teil unserer Familie gewesen, Caroline! An dem Tag, an dem er die Entscheidung traf, dieses Maori-Flittchen zu heiraten und einen Bastard mit ihr in die Welt zu setzen, hat er aufgehört, Teil von uns zu sein!«

Callum, der im dunklen Korridor kauerte und durch den schmalen Spalt der angelehnten Tür in den Salon blickte, zuckte erschrocken zusammen, als sein Vater energisch mit der flachen Hand auf den Tisch schlug. Sein Herz hämmerte vor Aufregung wie verrückt. Er wusste genau, dass er in Teufels Küche geraten würde, wenn ihn jetzt jemand erwischte. Doch einfach auf sein Zimmer zurückkehren konnte er auch nicht. Nicht, solange er nicht endlich herausgefunden hatte, was eigentlich los war.

Seit Tagen war die Stimmung auf Emerald Downs angespannt, doch niemand machte sich die Mühe, Callum den Grund dafür zu nennen. Sie glaubten wohl, dass er es gar nicht merkte. Aber bloß weil er erst neun Jahre alt war, bedeutete das nicht, dass er von dem, was um ihn herum vorging, nichts mitbekam.

»Wie kannst du nur so grausam daherreden, Ingram?«, stieß seine Mutter, die in einem der tiefen Lehnsessel kauerte, schluchzend aus. Sie hatte die Hände vors Gesicht geschlagen, ihre Schultern bebten. »Der Junge ist … war dein Bruder! Dein eigen Fleisch und Blut!«

»Ja, das war er – bis zu dem Zeitpunkt, an dem er beschlossen hat, Schande über die ganze Familie zu bringen!«, entgegnete ihr Mann aufgebracht. »Er kannte die Konsequenzen seines Tuns genau. Es war seine Entscheidung, sich von uns abzuwenden, Frau! Jetzt haben er und das kleine Flittchen, das er seine Ehefrau nannte, ihre gerechte Strafe bekommen! Da kannst du nicht von mir erwarten, dass ich ihren Tod betrauere!«

Seine Mutter atmete scharf ein. Sie starrte ihren Mann an, als könnte sie nicht fassen, was er da von sich gab. Und auch Callum war erschüttert. Nicht so sehr über das, was sein Vater sagte, denn davon verstand er nur die Hälfte. Was er aber sehr wohl begriff, war, dass die Rede von seinem Onkel Ian sein musste, dem jüngeren Bruder seines Vaters.

Er erinnerte sich nur schemenhaft an Ian, da dieser Emerald Downs bereits verlassen hatte, als Callum noch ganz klein gewesen war. Seine Eltern machten ein großes Geheimnis um ihn, sodass Callum natürlich erst recht neugierig geworden war. Aus den Erzählungen der Hausangestellten und Farmarbeiter wusste er, dass sein Onkel ein fröhlicher und lebenslustiger Mensch gewesen war – ganz anders also als sein älterer Bruder.

Wie oft hatte Callum heimlich davon geträumt, dass Onkel Ian eines Tages kommen und ihm sagen würde, dass *er* in Wirklichkeit sein Vater war. In seiner Fantasie nahm er ihn dann mit sich, und sie lebten glücklich und zufrieden an irgendeinem wunderbaren Ort, an dem es niemanden interessierte, ob man Schmutzränder unter den Fingernägeln oder Schlammspritzer auf der Sonntagshose hatte.

Natürlich wusste Callum inzwischen, dass es dazu niemals kommen würde. Trotzdem traf ihn die Nachricht, dass Onkel Ian gestorben war, wie ein Schock.

»Und das Mädchen?«, fragte seine Mutter leise und riss ihn damit aus seinen Gedanken. »Was wird aus dem kleinen Mädchen?«

Ingram verzog unwillig das Gesicht. »Hast du das Kind gesehen? Es sieht aus wie … *sie*!«

Callums Mutter erhob sich aus dem Lehnstuhl und trat auf ihren Mann zu. Der Taft ihres hochgeschlossenen schwarzen Kleids raschelte bei jedem Schritt. »Sie ist deine Nichte, Ingram«, sagte sie und begegnete seinem Blick fest. Es war das erste Mal, solange Callum zurückdenken konnte, dass sie sich dem Willen seines Vaters nicht stillschweigend beugte. »Und du kannst sie nicht für die Fehler ihrer Eltern bestrafen.«

»Willst du unsere Familie wirklich dem Spott der Leute aussetzen? Jeder wird sofort erkennen, was sie ist! Diese Schande ist …«

»Genug!«, fiel Caroline ihm brüsk ins Wort. Das hatte sie noch nie getan, und Callum bewunderte seine Mutter für ihren Mut. Er konnte sich nicht vorstellen, jemals auf diese Weise mit seinem Vater zu sprechen. »Ich habe nichts gesagt, als du deinen eigenen Bruder aus dem Haus gejagt hast. Es hat mir beinahe das Herz zerrissen, doch ich hielt es für besser, mich nicht in deine Angelegenheiten einzumischen. Aber ich werde nicht zulassen, dass du dieses unschuldige Kind, das gerade erst seine Eltern verloren hat, im Stich lässt, hörst du? Ja, es stimmt, in ihren Adern fließt Maori-Blut. Aber hast du dich in letzter Zeit einmal umgesehen, Ingram? Die Welt hat sich in den vergangenen fünfzig Jahren verändert. Viele unserer Nachbarn sind verwandtschaftlich mit Maori verbandelt. Mischehen sind heute keine Seltenheit mehr!«

Als sie geendet hatte, herrschte eisiges Schweigen. Es war so still, dass man eine Stecknadel hätte fallen hören können, und Callum wagte kaum zu atmen.

»Also schön«, sagte Ingram schließlich. »Das Mädchen bleibt da – aber ich werde dafür sorgen, dass kein Mensch sie jemals zu Gesicht bekommt.«

Callum fragte sich, wie sein Vater das wohl gemeint hatte. Er sollte es schon bald herausfinden.

4

»So eine Unverschämtheit!«

Wütend und frustriert trat Shelly aus dem Gebäude der Jobvermittlung und schlug die Tür hinter sich zu. Sie konnte einfach nicht fassen, dass sie schon wieder einfach so abgeblitzt war. Über eine halbe Stunde hatte sie mit dem Mann hinter dem Schalter diskutiert – erfolglos. Sie würde keine Arbeiter bekommen. Angeblich, weil keine zur Verfügung standen.

Eine Begründung, die Shelly inzwischen, vier Wochen nach ihrer Ankunft in Aorakau Valley, nicht mehr glauben konnte. Die heiße Phase der Schafschur war vorüber und somit auch der Bedarf an Hilfskräften auf den großen Farmen. Dennoch bekam sie jedes Mal, wenn sie bei der Arbeitsvermittlung vorsprach, die gleiche Antwort. Und inzwischen zweifelte sie nicht mehr daran, dass für ihre Misere ein ganz anderes Problem verantwortlich war.

Und dieses Problem hatte einen Namen: Geraldine Wood.

Wie Emily es ihr bereits prophezeit hatte, machte Geraldine ihr das Leben schwer, wo immer sie konnte. Nur mit Mühe und Not war es Shelly gelungen, einen Platz an der örtlichen Schule für ihre Kinder zu bekommen. Angeblich, weil es keine freien Kapazitäten gab – und das, obwohl Wills Klasse gerade einmal von zwölf Kindern besucht wurde. Das war weniger als die Hälfte von dem, was in L. A. üblich war. Trotzdem hatte Shelly erst persönlich bei der Schuldirektorin mit der Faust auf den Tisch schlagen und mit dem Schulamt drohen müssen, ehe etwas in Bewegung gekommen war.

Inzwischen drückten ihre Kinder seit etwas mehr als zwei Wochen wieder die Schulbank – Will in der 5. Klasse der Primary School, Kim im 2. Jahr der Secondary School. Es war ein ordentlicher Kampf gewesen, bis es so weit gekommen war, und Shelly wusste, es würde nicht der letzte gewesen sein. Aber komme, was wolle – eines stand für sie fest: Sie würde sich von dieser Frau nicht unterkriegen lassen, niemals! Geraldine Wood ahnte nicht, dass sie mit ihren Versuchen, ihr Steine in den Weg zu legen, ihren Widerstand nur vergrößerte.

Doch sie musste sich beeilen, denn es war wichtig, dass schon sehr bald etwas geschah. Heute hatte Kims Klassenlehrerin Miss Campbell angerufen, um Shelly mitzuteilen, dass ihre Tochter schon zu dritten Mal einfach nicht zum Unterricht erschienen war. Der Himmel mochte wissen, was sie in der Zeit anstellte, die sie eigentlich in der Schule verbringen sollte. Vermutlich hockte sie einfach irgendwo herum und schrieb ihren Freunden in L. A. eine SMS nach der anderen.

Das war auch noch so ein Problem. Von Miss Campbell wusste Shelly, dass Kim bisher keinen Anschluss bei ihren Mitschülern gefunden hatte. Und das war auch kein Wunder. Immerhin ließ sie keine Gelegenheit aus, zum Ausdruck zu bringen, wie schrecklich sie es in Neuseeland fand. Es verging kein Tag, an dem sie nicht alle möglichen Leute wissen ließ, wie viel besser ihr Leben in Kalifornien gewesen war.

Mehrfach hatte Shelly versucht, mit ihr darüber zu reden, und sie hatte sich dabei wirklich Mühe gegeben. Doch Kim zuckte immer nur mit den Schultern und erwiderte, dass sie ohnehin kein Interesse daran habe, sich mit »den Dorftrotteln aus Aorakau« anzufreunden.

So langsam wusste sich Shelly wirklich keinen Rat mehr. Sie musste sich unbedingt wieder intensiver um Kim kümmern – aber wie sollte das funktionieren, wo sie praktisch jede wache Minute ihres Tages damit verbrachte, die Farm ihres Großvaters wieder auf Vordermann zu bringen?

Sie ließ ihren Wagen vor dem Büro der Jobvermittlung stehen und betrat das *Cora's*, eine Bar, die sich genau auf der gegenüberliegenden Straßenseite befand. Die Besitzerin – vermutlich die Namensgeberin des Lokals – war eine ältere Frau, die ihre rotblonden Locken zu einem Pferdeschwanz gebändigt hatte.

Sie blickte nicht einmal auf, als sie die Tür zufallen hörte.

»Was kann ich für Sie tun, Miss?«

»Ich hätte gern einen Kaffee«, erwiderte Shelly und setzte sich auf einen freien Platz an der Theke. Abgesehen von einem älteren Mann in Arbeitslatzhose, der ein Kreuzworträtsel löste und sich immer wieder mit der Rückseite seines Bleistifts die fast kahle Stirn kratzte, hielt sich nur noch ein weiterer Gast in der Bar auf. Der Junge sah nicht viel älter aus als Kimberly, wirkte aber nicht so, als würde er einen großen Teil seiner Zeit in Klassenräumen und hinter Schulbüchern verbringen. Seine Haut war tief gebräunt; das helle, für Shellys Empfinden ein bisschen zu lange Haar war von der Sonne gebleicht. Das verwaschene Shirt spannte sich über einer breiten Brust, und um einen der muskulösen Oberarme rankte sich eine kunstvolle Tätowierung.

»Hier, Ihr Kaffee, Ma'am.«

Klirrend stellte Cora die Tasse auf dem Tresen ab. Dann wandte sie sich gleich wieder ihrer Zeitung zu.

Shelly räusperte sich. »Entschuldigung, dürfte ich Sie vielleicht etwas fragen?«

Bedächtig faltete die ältere Frau ihre Zeitung zusammen, ehe sie aufblickte. »Ja, bitte?«

»Ich bin auf der Suche nach Arbeitern, die mir bei der Renovierung der Farm helfen, die ich von meinem Großvater geerbt habe.« Sie streckte über die Theke hinweg die Hand aus. »Mein Name ist Shelly Makepeace.«

»Cora Miller.« Die Frau zögerte, schlug dann aber der Höflichkeit halber doch ein. »Ich weiß, wer Sie sind. Jeder hier im Tal weiß das. Wissen Sie, es kommen nicht gerade häufig Fremde nach Aorakau Valley.« Sie machte eine kurze Pause. »Schon gar nicht solche, die eine derartige Aufmerksamkeit erregen.«

»Aufmerksamkeit erregen? Ich?«

»Ach, jetzt tun Sie doch nicht so.« Cora schüttelte den Kopf. »Als wüssten Sie nicht ganz genau, wovon ich spreche! Ihre Familie hat Aorakau Valley vor mehr als sechzig Jahren verlassen, und seitdem war dies ein friedliches Tal. Verstehen Sie denn nicht? Wir brauchen keine Makepeace hier, die unseren Frieden stören. Warum verkaufen Sie nicht einfach an die Woods und verschwinden von hier, ehe Sie sich und andere noch ins Unglück stürzen?«

Shelly schluckte. Sie war inzwischen daran gewöhnt, dass die Leute in Aorakau Valley sie nicht gerade mit offenen Armen empfingen. Die Atmosphäre, die ihr entgegenschlug, war von Misstrauen und Argwohn geprägt. Keiner glaubte, dass sie auch nur die geringste Chance hatte, sich gegen die Woods durchzusetzen. Und niemand wollte die reichste und einflussreichste Familie im ganzen Tal gegen sich aufbringen.

Das war der wahre Grund, warum sie alles Material für die Renovierung der Farm aufwendig in den Nachbarorten beschaffen musste. Warum das Kreditkartengerät immer gerade dann kaputt war, wenn sie in dem kleinen Supermarkt am Sutton Square bezahlen wollte, obwohl es bei der Kundin vor ihr noch tadellos funktioniert hatte. Und vor allem, warum sie keine Hilfskräfte für die Instandsetzung der Farm bekam.

Gerade die Saisonarbeiter waren darauf angewiesen, auch im nächsten Jahr wieder auf Emerald Downs arbeiten zu können. Die meisten von ihnen hatten Familie zu ernähren und Hypotheken abzuzahlen. Es waren hart arbeitende Männer, die sich ohnehin bereits am Existenzminimum bewegten. Shelly konnte verstehen, dass sie nicht bereit waren, ein Risiko einzugehen.

Doch diese Erkenntnis machte es auch nicht leichter für sie.

Cora Miller hatte sich wieder ihrer Zeitung zugewandt und zog es vor, Shelly einfach zu ignorieren. Der war die Lust auf einen Kaffee gründlich vergangen. Sie wollte gerade zahlen, als der junge Mann neben sie trat, sich über die Theke lehnte und leise etwas zu Cora sagte.

Deren Miene verfinsterte sich sogleich. »Du tickst ja wohl

nicht richtig, McMahon!« Sie tippte sich mit dem Zeigefinger an die Stirn. »Als ob ich einen von euch Nichtsnutzen anschreiben lassen würde! Nee, nix da – wenn du deinen Kaffee nicht zahlen kannst, dann solltest du auch nichts bestellen!« Sie griff nach dem Hörer des Telefons, das neben der Registrierkasse stand. »Ich rufe jetzt Sheriff Hawthorne an. Wozu bezahle ich schließlich Steuern?«

»Bitte, Cora, muss das denn so laut sein?«, protestierte der junge Mann und blickte sich unbehaglich um. »Es geht doch nur um einen läppischen Kaffee. In spätestens einer halben Stunde bin ich zurück und zahle ihn dir – versprochen!«

Shelly runzelte die Stirn. Normalerweise mischte sie sich nicht in die Angelegenheiten anderer Leute ein, aber der Junge tat ihr irgendwie leid. »Nicht nötig«, sagte sie deshalb spontan. »Ich übernehme das für Sie.« Sie wandte sich an Cora. »Was macht das zusammen?«

Das Gesicht der Barbesitzerin drückte deutliches Missfallen aus, doch schließlich zuckte sie die Schultern und nannte die Summe.

Nachdem Shelly bezahlt hatte, verabschiedete sie sich mit einem knappen Kopfnicken und verließ das *Cora's*. Sie war noch nicht weit gekommen, da hörte sie eilige Schritte hinter sich. »Hey, Miss, warten Sie!« Der Junge, dem sie eben geholfen hatte, überholte sie und hielt sie mit einer leichten Berührung am Arm zurück. »Bitte, ich hatte ja noch gar keine Gelegenheit, Ihnen zu danken.«

»Ach, das war doch nichts«, widersprach Shelly. »Der eine Kaffee …«

»Sie brauchen es gar nicht herunterspielen. Ohne Sie hätte ich in ernsthafte Schwierigkeiten kommen können.« Er fuhr sich mit einem verlegenen Lächeln durchs Haar. »Cora mag mich nicht besonders, und bei Sheriff Hawthorne habe ich auch nicht gerade einen Stein im Brett. Ach, ich habe mich ja noch gar nicht vorgestellt.« Er reichte ihr die Hand. »Mein Name ist Lenny McMahon.«

»Freut mich, Mr McMahon.«

Er lachte. »Sie können mich ruhig Lenny nennen, Ma'am. Ich habe vorhin zufällig mitbekommen, dass Sie Hilfskräfte suchen. Sie waren so freundlich zu mir, vielleicht kann ich Ihnen ebenfalls helfen.«

Shelly horchte auf. »Sagen Sie bloß, Sie kennen Arbeiter, die bereit wären, für mich tätig zu werden.«

»Ob ich Arbeiter kenne?« Wieder lachte er, und seine hellblauen Augen leuchteten. »Nun, ich würde eher sagen, ich bin einer. Ich habe bis vor einer Woche zusammen mit meinem Bruder Jessie und seinen Jungs auf der Farm vom jungen Reardon geschuftet. Sie brauchen geschickte Handwerker?« Er deutete ein Salutieren an. »Nun, ich würde sagen, Sie haben soeben welche gefunden, Ma'am!«

»Zieh dich doch schon mal aus, ich geh nur noch rasch unter die Dusche …« Helen warf Josh einen anzüglichen Blick zu und verschwand mit schwingenden Hüften durch die Tür ins angrenzende Badezimmer.

Josh setzte sich auf den Rand von Helens großem Wasserbett und beugte sich herunter. Er öffnete die Schnürsenkel, zog sich die schweren Stiefel von den Füßen und ließ sie zu Boden fallen. Dann hielt er inne und lehnte sich zurück.

Er war hergekommen, um mit Helen einen langen, anstrengenden Tag auf der Weide entspannt ausklingen zu lassen. Doch als er nun die Augen schloss, erblickte er das Gesicht einer anderen Frau vor sich. Einer Frau mit seidigem rotblondem Haar, sinnlichen Lippen und den aufregendsten veilchenblauen Augen, die er je gesehen hatte.

Shelly Makepeace.

Sein schlechtes Gewissen regte sich. Was tat er hier eigentlich? Wollte er wirklich mit Helen ins Bett gehen, während er dabei an eine andere dachte? Nein, das war ihr gegenüber einfach nicht fair! Außerdem war er jetzt nicht mehr in der richtigen Stimmung.

Josh verstand ja selbst nicht, was auf einmal mit ihm los war. Es irritierte ihn, dass er ständig an Shelly denken musste, obwohl er sie kaum kannte. So etwas war sonst überhaupt nicht seine Art!

Aber was auch immer der Grund sein mochte – er konnte heute Abend auf keinen Fall bei Helen bleiben. Und so setzte er sich auf und fing an, seine Stiefel wieder anzuziehen. In dem Moment trat Helen aus dem Bad. Sie trug lediglich ein Saunatuch, das sie sich um den Körper geschlungen hatte. Ihr Lächeln verblasste, als sie sah, was Josh tat.

»Was machst du denn da?« Sie sah ihn stirnrunzelnd an. »Willst du etwa schon wieder weg?«

Seufzend fuhr Josh sich durchs Haar. »Tut mir leid, aber ich fürchte, das hat heute keinen Sinn. Ich habe heute einfach keinen Kopf für so etwas.«

Helens Mundwinkel zuckten. »Ach, wenn es bloß das ist – ich kann dir gerne helfen, dich zu entspannen.«

Doch Josh schüttelte den Kopf und stand auf. »Nein, wirklich nicht, Helen. Ein anderes Mal, okay?«

»Also, das ist ja wohl …« Sie verschränkte die Arme vor der Brust und funkelte ihn ärgerlich an. »Was bin ich eigentlich für dich? Ein netter Zeitvertreib, wenn dir gerade danach ist? Tut mir leid, mein Lieber, aber so läuft das nicht!«

Nach einer Grundsatzdiskussion stand Josh nun wirklich nicht der Sinn. Er wusste, es war unhöflich, doch er drehte sich einfach um und ging.

»Josh!«, rief Helen hinter ihm her. »Verdammt, komm zurück! Du kannst doch jetzt nicht einfach so gehen!«

Josh ließ die Haustür hinter sich zufallen und atmete tief durch. Dann ging er zu seinem Wagen, ohne noch einmal zurückzublicken.

»Ich kann noch immer nicht glauben, dass wir es tatsächlich geschafft haben!«, sagte Shelly keine sechs Tage später ungläubig. Sie stand vor dem Vorratsspeicher, dessen Dach noch vor weniger als einer Woche massiv einsturzgefährdet gewesen war. Doch dank Lenny McMahon gehörte dieser Zustand nun der Geschichte an.

Er hatte nicht nur sein Versprechen gehalten, selbst mit auf der Farm anzupacken, sondern auch noch eine Mannschaft von gut einem Dutzend Arbeiter zusammengetrommelt, mit deren Hilfe die Instandsetzung des Daches ein regelrechtes Kinderspiel gewesen war. Und das, obwohl sich gut die Hälfte der Männer schon am zweiten Tag nicht mehr auf der Baustelle hatten blicken lassen. Wem sie das zu verdanken hatte, konnte Shelly sich an einer Hand ausrechnen. Trotzdem war sie mehr als zufrieden mit dem, was sie erreicht hatten. Wenn es in dem Tempo weiterging, würden sie die Farm viel früher als erwartet in ein wahres Juwel verwandelt haben.

»Schon gar nicht innerhalb dieser kurzen Zeit«, erwiderte Emily und nickte zustimmend. »Ich muss schon sagen: Die Brüder McMahon und ihre Leute haben sich eine kleine Belohnung wirklich verdient. Aber jetzt sollten wir uns beeilen, sonst rücken die Männer an, ehe wir das Essen fertig haben.«

Shelly hatte als kleines Dankeschön alle Arbeiter zu einer kleinen Feier eingeladen und dafür einen deftigen Lammeintopf vorbereitet und jede Menge Bier besorgt. Sie wusste genau, dass nicht wenige von ihnen besorgt waren, wie die Woods – speziell Geraldine Wood – auf ihren Arbeitseinsatz auf der Makepeace-Farm reagieren würden. Im Grunde wusste sie, dass sie es nur Lenny verdankte, dass sie überhaupt noch da waren. Selbst seinem Bruder Jessie schien die ganze Sache nicht geheuer zu sein, doch seinem Bruder zuliebe blieb er. Mit dem Fest wollte Shelly ihnen allen zeigen, dass sie ihre Hilfe nicht als selbstverständlich betrachtete.

»Kim, kannst du bitte deinem Bruder helfen, die Tische draußen auf dem Hof aufzustellen?« Shelly hatte es längst aufgegeben, sich darüber zu ärgern, dass ihre Älteste für jeden Handschlag eine gesonderte Einladung brauchte. Da die Renovierung der Farm nicht mehr praktisch jede wache Minute des Tages in Anspruch nahm, konnte Shelly nun wieder mehr Zeit für ihre Kinder erübrigen. Und als Allererstes hatte sie sich mit dem Problem des Schuleschwänzens befasst, indem sie Kim nun jeden Morgen zur Schule brachte und am Nachmittag wieder abholte.

Seitdem gab es zwar keine Beschwerdeanrufe vonseiten der Schulleitung oder Lehrer mehr – die Beziehung zwischen Mutter und Tochter hatte sich allerdings auch nicht nennenswert verbessert. Ganz im Gegenteil: Kim war von der plötzlichen Fürsorglichkeit ihrer Mutter alles andere als begeistert und tat dies auch bei jeder sich bietenden Gelegenheit kund. Ihre neue Strategie bestand nun darin, bei jedem noch so kleinen Streit laut türenschlagend durchs ganze Haus zu laufen. Ansonsten hielt sie sich die meiste Zeit über in ihrem Zimmer auf. Dort hockte sie am offenen Fenster, wo sie E-Mails und SMS mit ihren Freunden in L. A. hin und her schickte, während aus den Boxen ihrer Stereoanlage ohrenbetäubender Lärm hallte, den sie als Musik bezeichnete.

Auch jetzt hatte sie wieder Stöpsel in den Ohren, und

Shelly musste sie zurückhalten, damit sie nicht einfach an ihr vorbeimarschierte.

»Kannst du bitte mal die verflixten Dinger rausnehmen? Ich versuche gerade, mit dir zu reden!«

Kim zog sich einen der Stöpsel aus der Ohrmuschel, sodass das infernalische, von jaulenden Gitarren und hämmerndem Schlagzeug begleitete Geschrei noch lauter durch die Küche klang. In Shellys Augen war es ein Wunder, dass ihre Tochter nicht schon längst an Tinnitus litt.

»Was ist denn jetzt schon wieder?«, fragte Kim gereizt. »Kann man hier nicht *ein Mal* seine Ruhe haben?«

Shelly verkniff sich jeglichen Kommentar und schaffte es irgendwie, ruhig und sachlich zu bleiben, auch wenn das Verhalten ihrer Tochter sie langsam an den Rand der Verzweiflung trieb. »Ich habe dich gebeten, Will draußen beim Aufstellen der Tische zu helfen. Die Männer müssen jeden Moment eintreffen, und wir wollen schließlich, dass alles fertig ist, wenn sie kommen.«

In Kims Miene ging eine Wandlung vor, die Shelly faszinierte. Hatte ihre Älteste im ersten Moment noch kategorisch jeglichen Hilfsdienst verweigern wollen, wirkte sie mit einem Mal durchaus interessiert. »Sind Lenny und Jessie auch eingeladen?«, wollte sie wissen.

Shelly hob eine Braue. »Natürlich – immerhin gilt dieses kleine Fest nicht zuletzt ihnen. Warum fragst du?«

»Ach, nur so.« Kim machte eine wegwerfende Handbewegung. »Also, dann will ich mal – bis später, Mom.«

Kopfschüttelnd sah Shelly ihrer Tochter nach. Sobald die McMahon-Brüder ins Spiel kamen, war Kim plötzlich wie ausgewechselt. Sie, die sonst keiner Auseinandersetzung aus dem Weg ging und immer mit dem Kopf durch die Wand wollte, wurde regelrecht handzahm und zeigte sich von ihrer allerbesten Seite. Das ging so weit, dass Shelly ihre Älteste kaum wiedererkannte, wenn Jessie und Lenny McMahon in der Nähe waren.

Obwohl sie diese Veränderung durchaus begrüßte, sah sie Kimberlys Begeisterung für die McMahon-Brüder auch mit einiger Besorgnis. Nicht, dass sie die beiden nicht mochte, nein: Jessie und Lenny waren wirklich zwei prima Jungs, freundlich, hilfsbereit und fleißig. Doch für ihre Tochter hatte sie sich irgendwie doch einen etwas anderen Umgang vorgestellt. Obwohl, nach den Typen, mit denen sie sich in L. A. herumgetrieben hatte …

Vielleicht war Lenny doch gar keine so schlechte Wahl, denn im Vergleich zu Jessie hatte er wirklich etwas im Kopf. Shelly zweifelte nicht daran, dass er ohne viel Mühe das College schaffen würde, wäre er nicht so erpicht darauf, in die Fußstapfen seines älteren Bruders zu treten, der, wie er ihr erzählt hatte, sein großes Vorbild war.

»Lassen Sie sie ruhig.« Ohne dass Shelly es gemerkt hatte, war Emily hinter sie getreten. Wieder einmal schien die ältere Frau ihre Gedanken gelesen zu haben. »Kim braucht ihre Freiheit, sie ist kein kleines Kind mehr. Es wird ihr ganz guttun, sich wieder einmal mit Gleichaltrigen zu beschäftigen.«

»Aber Kim ist erst vierzehn!«, protestierte Shelly sofort.

»Mal ganz ehrlich: Mit wem hätten Sie als Vierzehnjährige Ihre Zeit lieber verbracht?« Ein wissendes Lächeln umspielte Emilys Lippen. »Mit Ihrem neunjährigen Bruder und Ihrer Mutter, oder doch eher mit ein paar gut aussehenden Jungs von siebzehn und einundzwanzig?«

Shelly seufzte. Natürlich wusste sie, dass Emily recht hatte, doch wirklich anfreunden konnte sie sich mit dem Gedanken trotzdem nicht. Nun gut, jetzt war nicht der richtige Zeitpunkt, um mit Kim darüber zu sprechen. Später, sagte sie zu sich selbst. Später …

Nach und nach trudelten die ersten Arbeiter mit ihren Familien ein, die Shelly mit eingeladen hatte. Immerhin war deren Risiko ebenso groß wie das der Männer. Sie half Emily noch rasch dabei, dem Lammfleischeintopf seinen letzten Schliff zu verpassen, dann trat sie nach draußen auf die Veranda, um ihre Gäste zu begrüßen.

Es herrschte eine ausgelassene Stimmung. Kinder tobten zwischen den Gruppen von Frauen und Männern herum, die sich angeregt unterhielten, miteinander lachten und scherzten. Um sich Gehör zu verschaffen, schlug Shelly den Gong, der früher dazu gedient hatte, die Arbeiter auf der Weide zum Essen zu rufen.

»Herzlich willkommen«, rief sie dann. »Ich freue mich, dass Sie so zahlreich erschienen sind, und möchte diese Gelegenheit nutzen, um Ihnen allen zu danken. Ohne Ihre Hilfe und die großartige Unterstützung, die …«

Shelly kam nicht dazu, ihren Satz zu Ende zu bringen, denn plötzlich ertönte ein Rumpeln und Grollen, so laut, dass sie ihr eigenes Wort nicht mehr verstand.

Im nächsten Moment fing der Boden an zu beben, und das Chaos brach los.

Josh liebte diese Zeit kurz vor Einbruch der Dunkelheit, wenn die Sonne langsam der Erde entgegensank. Wie ein Feuerball schien sie den Himmel in Flammen zu setzen, der über den Bergen in tiefem Purpur erglühte, das in sanftes Rosarot überging und schließlich mit dem Schwarzblau des Nachthimmels verschmolz, an dem bereits die ersten Sterne glitzerten.

Aus dem Autoradio erklang ein Song von Tori Amos –

normalerweise wie geschaffen, um einen Augenblick wie diesen zu untermalen. Doch heute Abend war er einfach nicht in der Stimmung, den Zauber des Sonnenuntergangs über dem Aorakau Valley zu genießen.

Das unschöne Ende seines Abends mit Helen nagte noch immer an ihm. Er konnte ihr keinen Vorwurf machen, wenn sie wütend auf ihn war. Immerhin hatte er sich wie ein kompletter Vollidiot aufgeführt. Wirklich schlecht fühlte er sich deshalb aber nicht – vor allem, weil er trotzdem wusste, dass er das Richtige getan hatte.

Das war es, was ihn im Grunde am meisten irritierte. Die ganze Zeit über hatte er, immer wenn er die Augen schloss, eine andere Frau vor sich gesehen. Und zwar nicht *irgendeine*, sondern ausgerechnet Shelly Makepeace.

Was hatte diese Frau bloß an sich, dass sie ihm einfach nicht aus dem Kopf ging? War es ihr seidiges rotblondes Haar, das ihr in sanften Wellen bis auf die Schultern fiel, oder die blitzenden veilchenblauen Augen? Lag es an der Art, wie sie störrisch das Kinn reckte? An ihren sanft geschwungenen Lippen, der herrlich fraulichen Figur?

Verdammt, aufhören!

Er schlug mit der flachen Hand aufs Lenkrad. Seine Wut galt vor allem sich selbst. Was war bloß mit ihm los? Shelly Makepeace und er, das war einfach ein Ding der Unmöglichkeit. Natürlich würde seine Mutter eine solche Beziehung niemals dulden, doch das war nicht das eigentliche Problem. Es ging hier vor allem darum, dass Shelly seinem und Ronans Traum im Weg stand. Wenn Josh sein Vorhaben verwirklichen wollte, dann durfte er sich nicht von irgendwelchen romantischen Gefühlen beeinflussen lassen. Schon allein deshalb musste er sich Shelly Makepeace aus dem Kopf schlagen. Doch dummerweise war das gar nicht so einfach …

Ein lautes Rumpeln und Grollen, das wie ein weit entfernter Donner klang, riss Josh aus seinen Grübeleien. Stirnrunzelnd hielt er den Wagen an, stieg aus und blickte sich um. Als er die graue Rauchsäule sah, die etwa eine Meile westlich von ihm in den Himmel aufstieg, stieß er einen unterdrückten Fluch aus.

Sofort dachte er an den unbekannten Brandstifter. Hatte er etwa wieder zugeschlagen?

Hastig stieg Josh wieder in den Wagen und fuhr los. Mit quietschenden Reifen verließ er die befestigte Straße und jagte querfeldein der immer größer werdenden Qualmwolke entgegen. Als ihr Ursprung kam eigentlich nur ein Anwesen infrage – und das war die Makepeace-Farm. Josh spürte, wie seine Kehle eng wurde bei dem Gedanken, dass Shelly oder ihren Kindern womöglich etwas zugestoßen sein könnte. Bisher waren bei den Bränden, die der Feuerteufel im Tal gelegt hatte, keine Menschen verletzt worden. Aber das konnte ihn nicht beruhigen. Einmal war bekanntlich immer das erste Mal …

Er drückte das Gaspedal bis zum Anschlag durch. Wenige Minuten später tauchte die Makepeace Farm vor ihm auf. Endlich! Doch was er sah, beunruhigte ihn über alle Maße: Rauch, überall Rauch. Erst als der Wind plötzlich auffrischte und die grauen Schwaden auseinandertrieb, konnte er überhaupt etwas erkennen. Das Wohnhaus sah unbeschädigt aus, doch eines der Nebengebäude, vermutlich der alte Vorratsspeicher, wirkte arg mitgenommen. Allerdings konnte Josh nirgends das Lodern von Flammen erblicken, und auch der charakteristische Geruch eines Feuers fehlte. Das irritierte ihn. Er sah Menschen, die aufgeregt durcheinanderliefen. Einige von ihnen erkannte er als Saisonarbeiter, die während der großen Schafschur auf Emerald Downs gearbeitet hatten. Doch niemand trug Eimer mit Löschwasser oder schleifte

Gartenschläuche hinter sich her, und plötzlich erkannte Josh seinen Fehler.

Es gab überhaupt kein Feuer: Die graue Wolke, die sich jetzt langsam auflöste, bestand nicht aus Rauch, sondern aus Staub. Staub, der von der Ruine des Vorratsspeichers aufstieg, denn als mehr konnte man das, was von dem Gebäude noch stand, schwerlich bezeichnen.

Wie ein Zahnstumpf ragte der vordere Giebel in den sich langsam immer dunkler färbenden Abendhimmel. Der hintere Dachstuhl war so gut wie vollständig eingestürzt und hatte alles – Dachsparren, Gebälk und Giebel – mit sich gerissen. Es war ein Bild der Zerstörung, und das spiegelte sich auch in den Gesichtern der Menschen – Frauen, Kinder und Männer – wider, in denen eine Mischung aus Schock und Entsetzen geschrieben stand. Noch schien niemand in der Lage zu sein, einen klaren Gedanken zu fassen, und so nahm Josh wie von selbst das Ruder in die Hand.

Er stieg aus und lief auf die erste Person zu, die ihm begegnete – es handelte sich um ein junges Mädchen von höchstens fünfzehn oder sechzehn Jahren mit staubverschmiertem Gesicht. »War jemand im Inneren des Gebäudes, als das Dach eingestürzt ist?«, fragte er hastig.

Sie wirkte im ersten Moment irritiert, angesprochen zu werden, fing sich aber rasch. »Nein«, erwiderte sie und fuhr sich mit dem Handrücken übers Gesicht. »Das heißt, ich glaube nicht. Ganz sicher kann ich es aber nicht sagen. Am besten, Sie fragen meine Mutter, die weiß es bestimmt.«

Erst jetzt fiel ihm auf, wie ähnlich das Mädchen Shelly Makepeace sah. Das musste ihre Tochter sein. Dieselben veilchenblauen Augen wie ihre Mutter. Er glaubte sich zu erinnern, dass sie Kimberly hieß, doch die Frage danach erübrigte sich, als Shelly vom Haus her herbeieilte.

»Kim? Um Himmels willen, Schatz! Geht es dir gut?« Sie umarmte ihre Tochter so inbrünstig, dass diese kaum noch Luft bekam.

»Mom, bitte, du zerdrückst mich ja! Mir geht's gut, mach dir keine Sorgen. Was ist mit Will? Ist er okay?«

Widerwillig löste Shelly sich von ihr. Sie machte den Eindruck, als wollte sie ihre Tochter am liebsten nie wieder loslassen. »Er war gerade im Haus, als es passiert ist. Emily ist bei ihm, abgesehen von dem Schreck fehlt ihm nichts. Wie sieht es hier draußen aus?« Sie blickte sich um – erst jetzt schien ihr das Ausmaß der Zerstörung wirklich bewusst zu werden. Fassungslos starrte sie die Überreste des Vorratsspeichers an. »Grundgütiger!«

»War jemand da drin, als alles in sich zusammengekracht ist?«, wandte Josh sich nun an sie.

Wie ihre Tochter brauchte auch Shelly einen Augenblick, um auf den Boden der Tatsachen zurückzukehren, hatte sich aber erstaunlich schnell wieder im Griff. »Nein, ich glaube nicht. Ich habe gerade meine Dankesrede gehalten, als es passiert ist. Die meisten Leute waren daher in der Nähe des Wohnhauses, aber wirklich hundertprozentig sicher bin ich natürlich nicht. Wir sollten lieber auf Nummer sicher gehen und…« Zum ersten Mal schaute sie ihn direkt an – und verstummte schlagartig. »Sie?« Ihre Brauen zogen sich zusammen. Argwöhnisch musterte sie ihn. »Was haben Sie denn hier zu suchen, Mr Wood?«

Er verzog das Gesicht. »Waren wir nicht schon längst bei Josh angelangt?«

»Lenken Sie nicht ab – ich habe Ihnen eine Frage gestellt!«

»Nun, ich bin jedenfalls nicht für den Zusammenbruch des Speichers verantwortlich, wenn es das ist, worauf Sie anspielen«, entgegnete er kühl. »Ich war in der Nähe und sah von der Straße aus eine große Rauchsäule aufsteigen, daher nahm ich an, dass unser Feuerteufel wieder zugeschlagen hatte. Aber ist das jetzt wirklich so wichtig? Sollten wir uns nicht lieber davon überzeugen, dass niemand verletzt worden ist, und dann versuchen, den Schaden ein wenig zu begrenzen?«

Er konnte förmlich dabei zusehen, wie es hinter ihrer Stirn arbeitete. Sie traute ihm nicht, so viel stand fest. Aber für den Augenblick schien sie sich dazu durchgerungen zu haben, sich mit ihm zusammenzutun. »Also gut«, sagte sie schließlich. »Was schlagen Sie vor?«

Josh hielt sich nicht mit langen Erklärungen auf. »Hey Greyson, Withersby«, rief er zwei Männer zu sich, die ganz in der Nähe standen und die er kannte, weil sie schon einmal auf Emerald Downs gearbeitet hatten. »Trommelt ein paar Leute zusammen, wir wollen versuchen, zu retten, was noch zu retten ist.« Dann wandte er sich an Kim. »Und du finde heraus, ob irgendjemand vermisst wird, Kleines. Wir müssen sicher sein, dass niemand unter den Trümmern verschüttet wurde, bevor wir uns um irgendetwas anders kümmern, okay?«

Sie reagierte ohne ein Wort des Widerspruchs – der erstaunte Blick ihrer Mutter machte deutlich, dass dies nicht allzu häufig vorkam. Er war neugierig, was wohl dahinterstecken mochte, doch diese Frage musste warten. Im Augenblick gingen andere Dinge vor.

»Helfen Sie Ihrer Tochter«, wies er Shelly an. »Und danach beschaffen Sie heißen Tee, Wasser und Decken. Ein paar der Leute hier stehen vermutlich unter Schock. Das sollte man nicht unterschätzen.«

»Wie konnte das überhaupt passieren?« Shelly schüttelte den Kopf. »Ich verstehe das nicht! Das Dach war doch gerade erst fertig repariert!«

»Vermutlich stimmte mit der Statik etwas nicht«, erwiderte Josh. »Aber das ist jetzt nicht weiter von Belang. Was passiert ist, ist passiert. Jetzt sollten wir uns erst mal um die Dinge kümmern, die wirklich wichtig sind.«

Innerhalb kürzester Zeit gelang es Josh, Herr über das Chaos zu werden. Nicht einmal eine Stunde später lief alles zumindest einigermaßen geordnet ab: Die Männer hatten Leitern besorgt und in Windeseile improvisierte Gerüste gezimmert, die das, was vom Dach des Speichers noch übrig war, abstützten. Nachdem er sich davon überzeugt hatte, dass die Gefahr eines weiteren Einsturzes vorüber war, ließ Josh die Frauen und die älteren Kinder, die sich dazu in der Lage fühlten, mit der Beseitigung der Trümmer beginnen. Nach und nach türmte sich neben dem Gebäude ein ansehnlicher Berg von Bauschutt an.

Der Mond stand bereits hell am Himmel, und es war nach Mitternacht, als die gröbsten Arbeiten erledigt waren. Shelly, die tatkräftig beim Schleppen geholfen hatte, trat nun auf Josh zu. Gemeinsam betrachteten sie das Ergebnis ihrer Mühen.

Sie war über und über mit Staub bedeckt, und ihre Kleidung starrte vor Dreck. Trotzdem fand Josh, dass er nie eine schönere Frau gesehen hatte. Ihre Wangen waren vor Aufregung und Anstrengung gerötet, und dort, wo sie sich mit dem Handrücken den Schweiß weggewischt hatte, verlief ein graubrauner Schmutzstreifen quer über ihre Stirn. Sie sah müde aus, doch ihre blauvioletten Augen blitzten noch immer.

»Danke«, sagte sie und schüttelte den Kopf, als er protestieren wollte. »Nein, ehrlich – ich weiß nicht, was ich ohne Sie gemacht hätte.«

»Vermutlich dasselbe wie ich«, erwiderte er lächelnd. Er sagte das nicht bloß, um sie aufzumuntern, sondern weil es wirklich seiner Meinung entsprach. Shelly hätte vermutlich noch einen Moment gebraucht, um sich vom ersten Schreck zu erholen, die Situation dann aber ebenso gemeistert wie er.

Sie selbst schien davon jedoch alles andere als überzeugt zu sein. »Es ist nett, dass Sie das sagen«, entgegnete sie. »Trotzdem – ich würde mich gern bei Ihnen revanchieren. Haben Sie morgen Abend schon etwas vor? Ich möchte Sie zum Dinner einladen. Es wird nichts Besonderes sein, und vermutlich haben Sie an einem Sonntag Besseres zu tun als …«

»Ich komme gern.«

»Wirklich?« Sie blinzelte überrascht. »Tja, dann … bis morgen um sieben?«

Wieder lächelte er – in ihrer Gegenwart fiel ihm das erstaunlich leicht. »Ja«, sagte er. »Bis morgen.«

Als er zu seinem Wagen zurückkehrte, stellte er fest, dass er sich sehr darauf freute, Shelly schon so bald wiederzusehen. Ein wenig zu sehr für seinen Geschmack. Keine Frage, dies war eine einmalige Chance, Shelly davon zu überzeugen, dass sie die Farm ihres Großvaters nur an ihn verkaufen durfte und an niemanden sonst.

Doch das war längst nicht der einzige Grund.

»Und Sie haben wirklich schon mal dabei geholfen, ein echtes Feuer zu löschen? Echt?« Staunend riss Will die Augen auf. »O Mann, da wäre ich gern dabei gewesen! Das muss total aufregend gewesen sein!«

Es war Sonntagabend, kurz vor zehn, und Shelly bereute ihre Entscheidung, Josh zum Dinner einzuladen, inzwischen nicht mehr. Den ganzen Tag hatte sie, während sie draußen in der Ruine des Vorratsspeichers schuftete – allein, denn sie konnte es sich nicht erlauben, den Männern einen Sonntagszuschlag zu zahlen –, darüber nachgegrübelt, ob sie nicht doch ein wenig vorschnell gewesen war. Josh hatte ihr geholfen, ja – aber er war auch ein Wood. Und damit gehörte er zu den Leuten, die ihr schon seit ihrer Ankunft in Aorakau Valley permanent Steine in den Weg legten.

Im Grunde war sie auch trotz seiner Zusage nicht sicher gewesen, ob er überhaupt erscheinen würde. Doch er hatte pünktlich um sieben mit einer Flasche Chardonnay und einem Strauß Blumen vor ihrer Tür gestanden, und zu ihrer Überraschung entwickelte sich der Abend seitdem durchweg positiv.

Josh erwies sich als der geborene Unterhalter. Will hing förmlich an den Lippen ihres Gastes, und auch an Kimberlys Benehmen war ausnahmsweise einmal nichts auszusetzen. Das Essen, das Emily für sie gezaubert hatte – Rindersteaks mit Backkartoffeln und Salat – war einfach, aber sehr schmackhaft gewesen. Alles schien perfekt.

»Nun, aufregend war es schon«, entgegnete Josh, offensichtlich amüsiert über Wills jugendlichen Enthusiasmus. »Aber offen gestanden war es auch eine Erfahrung, die ich nicht allzu oft machen möchte. Ich habe den Geruch nach Rauch und Qualm noch tagelang mit mir herumgeschleppt.«

»Ach, das würde Will nichts ausmachen«, mischte Kim sich ein. »Schließlich hat er sich in den Kopf gesetzt, unbedingt Feuerwehrmann zu werden.«

Sie sagte das in einem Ton, der deutlich machte, was sie von den Plänen ihres kleinen Bruders hielt – nämlich überhaupt nichts. Entsprechend eisig war der Blick, den Will ihr zuwarf. Mental bereitete Shelly sich bereits darauf vor, dass jeden Moment ein erbitterter Geschwisterstreit entbrennen würde.

Doch ehe es dazu kommen konnte, ergriff Josh erneut das Wort. »Du willst also später mal zur Feuerwehr? Tja, wenn du Lust hast, kann ich dich ja mal Chief O'Leary vorstellen. Er ist der Feuerwehrchef von Aorakau, und soweit ich weiß immer sehr daran interessiert, den Nachwuchs zu fördern. Vielleicht zeigt er dir mal die Feuerwache und den Einsatzwagen. Na, was meinst du?«

Wills Augen fingen an zu leuchten. »Ist das Ihr Ernst, Sir?«

»Klar ist das mein Ernst – übrigens kannst du gern Josh und du zu mir sagen, okay?« Er warf Shelly einen kurzen Seitenblick zu. »Das gilt übrigens auch für deine Schwester und deine Mutter.«

»Cool! Und Sie, ähm, ich meine du nimmst mich wirklich mit zur Feuerwache?«

»Nun reicht es aber, junger Mann!«, rief Shelly ihn mit einem milden Lächeln zur Ordnung. »Die Details könnt ihr zwei ja in den nächsten Tagen besprechen. Jetzt ist es erst einmal Zeit fürs Bett – das gilt übrigens auch für dich, Kim.«

»Was? Aber es ist doch nicht mal elf, ich …«

»Hör auf deine Mutter, Liebes, du hast morgen früh Schule«, sagte Emily, die aufstand und die Teller zusammenräumte. »Komm, hilf mir, die Sachen reinbringen, ja?«

Murrend gab Kimberly sich geschlagen. Will folgte ihr ins Haus, und so blieb Shelly mit Josh allein zurück. Plötzlich wusste sie nicht mehr, was sie sagen sollte. Sie fühlte sich wie zuletzt als junges Mädchen an der Highschool, schüchtern und gehemmt. Woher kam das bloß?

»Das habe ich übrigens ernst gemeint«, sagte er. »Ich würde mich freuen, wenn wir zum Du übergehen könnten. Nach allem, was wir gestern Abend zusammen durchgemacht haben, wäre es doch albern, noch so förmlich miteinander umzugehen …«

Shelly zögerte, nickte aber schließlich. »Also schön, versuchen wir's«, erwiderte sie. »Ich bin Shelly.«

»Freut mich«, erwiderte Josh. »Was meinst du, wollen wir ein Stück spazieren gehen?«, schlug er dann vor. »Die Nacht ist so schön …«

Dankbar ging Shelly auf seinen Vorschlag ein. Sie liefen eine Weile schweigend dicht nebeneinander, jedoch ohne sich zu berühren.

Shellys Herz klopfte aufgeregt. So schien es ihr immer zu ergehen, wenn sie in seiner Nähe war. Aber warum nur? Es passte überhaupt nicht zu ihr, sich von einem Mann, den sie kaum kannte, derart beeindrucken zu lassen. Sie warf einen unauffälligen Blick in seine Richtung. Er sah gut aus, keine Frage, aber davon ließ sie sich spätestens seit Adrian nicht mehr blenden. Warum gelang es ihm dann trotzdem so mühelos, sie aus dem Konzept zu bringen? Sie war froh, dass er im fahlen Schein des Mondes nicht sehen konnte, wie nervös sie war. Doch Josh verhielt sich ihr gegenüber wie ein perfekter Gentleman. Er erklärte ihr einige der Werkzeuge und Maschinen, die überall auf dem Grundstück herumstanden, und als er einmal dabei versehentlich ihren Arm streifte, zuckte sie wie automatisch zurück. Dabei trat sie auf einen Stein, rutschte ab und geriet ins Straucheln.

Josh reagierte blitzschnell: Er fing Shelly auf, ehe sie stürzen konnte, und hielt sie fest in seinen Armen. Er war ihr jetzt so nah, dass sie unwillkürlich seinen männlich-herben Duft einatmete: eine betörende Mischung aus frischem Schweiß und After Shave, die ihr fast die Sinne raubte.

Sein Blick hielt den ihren gefangen. Seine graublauen Augen schienen von innen heraus zu leuchten. Sicher handelte es sich dabei nur eine Auswirkung des Mondlichts, aber es war ungemein fesselnd. Wie ein Schwamm sog Shelly jedes

Detail seines Gesichts in sich auf. Er besaß erstaunlich lange Wimpern, was seiner durch die gerade markante Nase und das kantige Kinn mit dem gepflegten Dreitagebart geprägten archaischen Männlichkeit etwas Sanftes verlieh.

Als seine Lippen sich auf die ihren senkten, erlag Shelly dem Rausch des Augenblicks. Sein Kuss war süß und aufregend, die Gefühle, die er in ihr auslöste, neu und zugleich ungemein vertraut. Die Geräusche der Nacht traten zurück, bis sie nur noch das Klopfen ihres eigenen Herzens hörte – und dann tauchte plötzlich Adrian vor ihrem geistigen Auge auf.

Abrupt löste sie sich von Josh und trat hastig ein, zwei Schritte zurück. Sie brauchte diesen räumlichen Abstand. Sie wusste nicht, ob sie dem Verlangen, das noch immer heftig durch ihre Adern pulsierte, sonst würde widerstehen können.

»Das … wir sollten das lieber nicht tun«, stieß sie heiser aus. Ihre Stimme klang selbst für ihre eigenen Ohren seltsam rau. »Es ist schon spät …«

Josh nickte knapp. »Du hast recht, ich werde jetzt lieber gehen. Ich … Gute Nacht.«

Er drehte sich um und ging, ohne sich noch einmal nach ihr umzusehen, zu seinem Wagen. Keine zwei Minuten später waren die Rücklichter des Jeeps in der Dunkelheit der Nacht verschwunden.

Shelly atmete tief durch, doch auch das half ihr nicht dabei, dem Aufruhr der Gefühle in ihrem Inneren zu bezähmen. Sie wusste, sie täte besser daran, diesen Mann nicht noch einmal so nahe an sich herankommen zu lassen.

Das Problem war nur, dass sie nicht wusste, ob sie diesen Vorsatz tatsächlich würde einhalten können.

Josh raste durch die Nacht. Der Fahrtwind zerzauste sein Haar und kühlte sein Gesicht. Leider half er ihm nicht dabei, das Feuer unter Kontrolle zu bringen, das Shellys Kuss in ihm entfacht hatte.

Von wegen Shellys Kuss – du *hast sie geküsst, schon vergessen?*

Ja, es stimmte, die Initiative war von ihm ausgegangen. Da war etwas an Shelly Makepeace, das ihn faszinierte. In ihrer Gegenwart kam es vor, dass er alles andere um sich herum vergaß. In solchen Momenten dachte er nicht mehr an seine großen Pläne und auch nicht an die Wasserstelle, deren Nutzungsmöglichkeit für Emerald Downs eine Frage der Existenz darstellte.

Und ganz gewiss nicht an Helen.

Reiß dich zusammen, Joshua! Das zwischen dir und Shelly kann einfach nicht funktionieren. Du solltest die Reißleine ziehen, ehe du dich zu sehr in diese unselige Sache verstrickst!

Auf der anderen Seite, so überlegte er, konnte es aber auch durchaus nützlich sein, sich weiter mit Shelly zu beschäftigen. Die Taktik seiner Mutter jedenfalls schien bisher nicht besonders gut aufzugehen. Und wenn es ihm gelänge, Shelly so weit zu beeinflussen, dass sie einem Verkauf doch noch zustimmte, dann wäre damit doch schließlich allen geholfen – auch Shelly selbst. Das Leben auf einer Schaffarm war schließlich kaum für eine alleinstehende Frau mit zwei Kindern geeignet.

Im Grunde war also alles perfekt.

Die Frage war nur, wie es ihm gelingen sollte, auch Shelly davon zu überzeugen.

Es war ein leises, aber beharrliches Klopfen an ihrer Zimmertür, das Shelly am nächsten Morgen aus ihrem unruhigen Schlaf riss. Die halbe Nacht hatte sie sich ruhelos in ihrem Bett hin und her gewälzt und über diesen unseligen Kuss nachgegrübelt. Erst als die Morgensonne den Himmel vor ihrem Fenster langsam rot färbte, war sie schließlich in einen leichten Schlummer gefallen.

»Shelly?«, erklang Emilys Stimme vom Korridor her. »Es tut mir leid, Sie aufwecken zu müssen, aber es ist wirklich wichtig …«

Innerhalb von Sekunden war Shelly hellwach. Sie streifte sich den hellblauen Morgenmantel über, der über dem Stuhl am Fenster hing, und eilte zur Tür. Unterwegs fiel ihr Blick auf das Ziffernblatt ihres altmodischen Weckers, und sie erschrak.

»Es ist ja schon fast neun! Warum haben Sie mich denn nicht schon viel früher geweckt, Emily? Ist was mit den Kindern?«

»Nein, nein, die beiden habe ich schon vor einer halben Stunde in den Schulbus gesetzt. Es geht um etwas anderes – aber das soll Ihnen Lenny McMahon lieber selbst erzählen.«

Lenny? Shelly hob eine Braue. Was mochte der Junge so Dringendes mit ihr zu besprechen haben?

»Sagen Sie ihm, ich komme sofort.« Rasch streifte Shelly sich ein Paar Shorts und ein khakifarbenes Top über. Dann lief sie ins Erdgeschoss hinunter, wo Lenny sie bereits in der Küche erwartete.

»Na, endlich!«, rief er, als sie eintrat. »Kommen Sie, wir müssen uns beeilen. Wenn überhaupt, dann können nur Sie sie aufhalten. Auf mich hören sie nicht!«

»Aufhalten?« Verständnislos schüttelte sie den Kopf. »Wovon sprechen Sie, Lenny? Was ist denn überhaupt los?«

»Die Arbeiter«, erwiderte er. »Sie sind gerade dabei, ihre Werkzeuge einzuladen. Sie wollen alle abhauen!«

»Was?« Shelly ließ ihn einfach stehen. Als sie auf die Veranda hinaustrat, erfasste sie auf den ersten Blick, dass Lenny keineswegs übertrieben hatte. Sie fluchte unterdrückt. »Hey!« Zwei Stufen auf einmal nehmend, hastete sie die Verandatreppe hinunter und rannte barfuß zu der kleinen Ansammlung von Trucks und Lieferwagen hinüber, wo Jock Greyson gerade seinen Werkzeugkasten auf die Ladefläche seines Pick-ups lud. »Jock, was ist hier los? Warum packt ihr eure Sachen ein? Wo wollt ihr denn alle hin? Ich dachte, wir hätten eine Abmachung!«

»Die hatten wir auch, Ma'am«, erwiderte er und blickte unbehaglich zu Boden.

Jock war kein Freund großer Worte, er überließ das Reden lieber anderen. Bisher hatte Shelly das akzeptiert, doch jetzt brauchte sie Antworten. »Ich verstehe das nicht!«, sagte sie. »Was hat sich denn geändert? Wenn es euch ums Geld geht – ich bin gerne bereit, euch fünf Prozent mehr Lohn anzubieten.« Hilflos hob sie die Schultern. »Aber bitte, geht nicht! Ohne eure Hilfe bin ich vollkommen aufgeschmissen!«

»Tut mir wirklich leid, Ma'am. Mir gefällt das ja auch nicht, aber … Meine Familie geht vor, das müssen Sie verstehen.«

»Ihre Familie?« Shelly schüttelte verständnislos den Kopf. »Was ist denn mit Ihrer Familie, Jock? So lassen Sie sich doch um Himmels willen nicht jedes Wort einzeln aus der Nase ziehen!«

In diesem Moment trat Jessie McMahon zusammen mit den anderen Männern aus der Ruine des Vorratsspeichers, wo sie ihre Sachen untergestellt hatten. Er ließ den schweren Rucksack, den er trug, von der Schulter rutschen. Mit einem dumpfen Laut landete er im Staub.

»Was Jock meint«, sagte er, »ist Folgendes: Uns wurde nahegelegt, dass wir uns nicht länger für die Besitzerin der

Makepeace-Ranch engagieren sollten, sofern wir auch im nächsten Jahr noch in Aorakau Valley und Umgebung Jobs bekommen möchten.« Er zuckte mit den Schultern. »Sich mit den Woods anzulegen, das ist, als wollten Sie den Puhoi ohne Paddel hoch. *Sie* können sich das vielleicht erlauben, Ma'am – wir leider nicht.«

»Aber Sie wussten doch schon, bevor Sie bei mir angefangen haben, dass es Schwierigkeiten geben könnte.«

»Nun, Geraldine Wood hat gestern Abend einige von uns aufgesucht und uns unmissverständlich klar gemacht, dass wir im Tal nie wieder einen Job finden werden, wenn wir weiter für Sie arbeiten.« Jock schüttelte den Kopf. »Tut mir wirklich leid ...«

Die Woods also! Wütend ballte Shelly die Hände zu Fäusten. Eigentlich hätte sie sich denken können, dass die dahintersteckten. Aber so leicht würde sie sich von diesen Leuten nicht ausspielen lassen – so leicht nicht!

»In dieser Sache ist das letzte Wort noch nicht gesprochen!«, entgegnete sie energisch. Sie lief zum Haus zurück, um ihren Autoschlüssel zu holen.

»Was haben Sie denn jetzt vor?« Emily wirkte besorgt. »Wo wollen Sie hin, Shelly?«

»Nur zu einem kleinen Nachbarschaftsbesuch, der schon sehr lange überfällig ist.«

Keine zehn Minuten später fuhr sie vor dem Haupthaus von Emerald Downs vor und stellte ihren Wagen mitten auf der Auffahrt ab. Sie war kaum ausgestiegen, als auch schon eine schlanke, hochgewachsene Frau auf die Veranda hinaustrat. Sie brauchte sich nicht vorzustellen, Shelly wusste auch so sofort, wen sie vor sich hatte, auch wenn sie ihr bisher noch nie begegnet war, weil sie, wie man hörte, Emerald Downs so gut wie nie verließ. Dieser herrische, leicht herablassende Blick konnte nur zu einer einzigen Person gehören.

Geraldine Wood!

»Was fällt Ihnen eigentlich ein, meinen Arbeitern zu drohen, Mrs Wood?«, kam Shelly ohne lange Vorreden zum Thema. »Diese Leute sind nicht Ihr Eigentum!«

Geraldine Wood lächelte kühl. »Aber, aber, Miss Makepeace! Von Drohen kann doch überhaupt nicht die Rede ein. Oder ist es etwa nicht mein gutes Recht, frei zu entscheiden, wen ich anstelle und wen nicht? Es war lediglich eine Geste der Fairness, Ihre Hilfskräfte darauf hinzuweisen, dass sie auf Emerald Downs keine Beschäftigung mehr finden werden, sofern sie weiter für Sie arbeiten.«

»Was, zum Teufel, ist denn hier los? Ich …« Josh, der hinter Geraldine durch die Tür trat, verstummte abrupt, als er Shelly erblickte. »Du?«

»Ich bin nur hier, um mich bei deiner Mutter dafür zu bedanken, dass sie mir die Arbeiter abspenstig gemacht hat – und um ihr zu sagen, dass ich mir ein solches Verhalten nicht länger gefallen lassen werde. Wenn sie unbedingt Krieg will – gut, soll sie ihn haben!«

Mit diesen Worten wirbelte Shelly herum und ging zu ihrem Wagen zurück. Sie wusste, dass sie mit ihrem Besuch bei Geraldine Wood nicht das Geringste erreicht hatte, trotzdem fühlte sie sich ein wenig besser, als sie mit quietschenden Reifen losfuhr und eine Staubwolke hinter sich zurückließ. Wenigstens hatte sie dieser hinterlistigen Person endlich einmal kräftig die Meinung gesagt – nur, dass ihr das vermutlich auch nicht helfen würde. Geraldine Wood war kein Mensch, der sich von Worten beeindrucken ließ. Und Shelly fürchtete, dass sie, wenn sie gleich nach Hause kam, dort abgesehen von Emily niemanden mehr antreffen würde.

Ganz so schlimm kam es dann aber doch nicht, denn als sie eintraf, wartete Lenny vor dem Haus. Und zwar zusammen mit einem älteren Mann, den Shelly noch nie zuvor gesehen hatte. Sie schätzte ihn auf Ende sechzig, Anfang siebzig. Das dichte schlohweiße Haar hatte er mit Pomade gebändigt, zu staubigen Jeans und einem karierten Hemd trug er derbe Gummistiefel. Trotz seines Alters machte er keinesfalls einen gebrechlichen Eindruck. Und die hellgrauen Augen in dem von Falten durchzogenen Gesicht wirkten wach und intelligent.

»Shelly, das ist Hal«, stelle Lenny ihr den Fremden vor. »Er sagt, dass er über Erfahrung als Schreiner verfügt, und er ist auf der Suche nach einem Job.«

»Ich würde lügen, wollte ich behaupten, dass ich Ihre Hilfe nicht brauchen kann, Mr …«

»Einfach nur Hal, Ma'am«, entgegnete er lächelnd. »Und wenn Sie meinen, ich bin zu alt …«

»Nein, nein, darum geht es nicht, Hal. Aber ich will offen sein: Wenn Sie für mich arbeiten, müssen Sie damit rechnen, sich bei den Woods von Emerald Downs unbeliebt zu machen. Wenn Sie also keine Lust auf Schwierigkeiten haben, würde ich Ihnen empfehlen, sich lieber bei einem meiner Nachbarn nach einem Job umzuhören.«

Doch der alte Mann schüttelte den Kopf. »Ich habe kein Problem damit, mich mit diesen Leuten anzulegen«, entgegnete er. Der Ausdruck, der sich bei diesen Worten auf sein Gesicht legte, kam Shelly irgendwie merkwürdig vor.

Aber sie war kaum in der Position, wählerisch zu sein.

5

Keine fünf Tage später konnte sich Shelly ein Leben ohne Hal auf der Farm gar nicht mehr vorstellen. Und dass es nicht nur ihr so ging, sondern auch ihren Kindern, war nicht zu übersehen. Hal tat ihnen allen einfach gut. Mit seinem staubtrockenen Humor und seiner raubeinigen, aber sehr hilfsbereiten Art lockerte die Atmosphäre, die in den vergangenen Tagen und Wochen immer angespannter geworden war, deutlich auf. Selbst zwischen Kim und ihr ging es inzwischen wieder deutlich unverkrampfter zu.

Natürlich ließ ihre Tochter sie noch immer spüren, wie wenig sie mit dem Umzug nach Neuseeland einverstanden war. Sie redete neuerdings häufig davon, dass sie zurück nach L. A. gehen und dort bei ihrem Vater wohnen wollte. Der Gedanke an Adrian bereitete Shelly noch immer eine Gänsehaut, und das würde wohl auch noch eine Weile so bleiben. Doch sie konnte Kim schließlich nicht verbieten, über ihren Vater zu reden, und sie wollte es auch gar nicht.

Wenn etwas Gras über die Sache gewachsen war, würde sie mit den Kindern über Adrian sprechen, aber jetzt noch nicht. Sie wollte ihnen erst noch ein wenig Zeit lassen, um sich in ihrer neuen Umgebung einzugewöhnen. So zumindest erklärte sie sich ihr Zögern selbst – doch wenn sie ehrlich mit sich war, dann wusste sie ganz einfach nicht, wie sie den beiden die Wahrheit über ihren Vater beibringen sollte. Auch wenn ihr klar war, dass sie nicht bis in alle Ewigkeit damit warten konnte.

Nun, immerhin war es Hal gelungen, Kim zu überreden, wieder regelmäßig zur Schule zu gehen. Shelly betrachtete das als Etappensieg. Trotzdem war für sie noch längst nicht alles eitel Sonnenschein. So sehr sie sich auch bemühte, sie hatte es bisher nicht geschafft, weitere Arbeiter für die Renovierung der Farm zu gewinnen. Zurzeit waren Lenny und Hal die einzigen Helfer, und wenn kein Wunder geschah, würde es bis auf Weiteres auch so bleiben. Das lag aber, wie sie inzwischen einsehen musste, nicht nur an Geraldine Woods Einwirken – es hatte irgendwie auch mit ihr selbst zu tun. Aus irgendeinem Grund gelang es ihr einfach nicht, mit den Einwohnern von Aorakau Valley warm zu werden. Das fing schon damit an, dass sämtliche Gespräche verstummten, wenn sie den kleinen Einkaufsladen in der Stadt betrat. Auf dem Elternabend von Wills Klasse hatte niemand auch nur ein Wort mit ihr gesprochen, und die notwendigen Materialbestellungen für die Renovierung der Farm überließ sie lieber Emily. Als sie sich das letzte Mal selbst darum gekümmert hatte, war nicht nur die Hälfte der Lieferung falsch gewesen – sie hatte auch viel zu viel dafür bezahlt.

»Können Sie mir vielleicht sagen, was ich falsch mache?« Seufzend ließ sie sich neben Hal auf die Bank unter der großen Silberbuche sinken.

Er blickte von dem Holzblock auf, den er gerade mit einem Schnitzmesser bearbeitete. Mit seinem wachen Blick musterte er sie fragend. »Was genau meinen Sie?«

»Ach, ich weiß auch nicht.« Sie zuckte mit den Schultern. »Es ist irgendwie merkwürdig… Ich habe schon immer in der Großstadt gelebt. Niemals hätte ich für möglich gehalten, dass ich mich hier draußen wirklich wohlfühlen könnte, aber seltsamerweise ist das inzwischen tatsächlich der Fall.«

»Aber das ist doch schön«, entgegnete Hal. »Was stimmt dann nicht?«

»Nun, aus irgendeinem Grund gelingt es mir einfach nicht, Kontakte zu den Menschen hier zu knüpfen. Es ist, als würde ich gegen eine Mauer anrennen.« Hilfe suchend schaute sie den weißhaarigen Mann an. »Ich scheine immer alles falsch zu machen. Ich erinnere mich noch gut an den Tag unserer Anreise. Wir hatten eine Wagenpanne, und ein freundlicher Mann hat uns geholfen. Als ich ihm dann etwas für seine Hilfe geben wollte, wurde er plötzlich ganz abweisend. Aber ich habe es doch nur gut gemeint!« Sie zuckte mit den Achseln. »Haben Sie vielleicht einen Tipp für mich?«

Leise lachend schüttelte Hal den Kopf. »Ich fürchte, da fragen Sie den Falschen, Ma'am. Eines meiner größten Talente ist es, stets bei den Menschen in meiner Umgebung anzuecken. Aber wenn Sie meine Meinung trotzdem hören wollen …«

»Ja, bitte!«

Nachdenklich neigte er den Kopf zur Seite – eine Geste, die Shelly ein wenig an ihren verstorbenen Großvater Ben erinnerte. »Das Herz eines Neuseeländers«, sprach er dann weiter, »erobert man am leichtesten, indem man ihm zeigt, dass man nicht nur nehmen, sondern auch geben kann.«

Shelly zog eine Braue hoch. Manchmal wurde sie nicht recht schlau aus dem, was Hal sagte. Er neigte dazu, die Dinge auf seine ganz eigene Art und Weise auszudrücken. Doch sie hatte bereits herausgefunden, dass sich die Mühe, seine Worte zu entschlüsseln, zumeist durchaus lohnte. »Aber das habe ich doch auch in diesem Fall getan«, murmelte sie nachdenklich. »Ich habe dem Mann etwas für seine Hilfe angeboten.«

»Sehen Sie, das hier ist ein kleines Tal in einem weiten Land. Wir sind hier nicht in der Großstadt, hier zählen andere Werte. Mehr kann ich Ihnen nicht sagen.« Sein sonnengegerbtes Gesicht verzog sich zu einem Lächeln. »Ich mag Sie, Shelly. Ihre Kinder und Sie sind die freundlichsten und warmherzigsten Menschen, die mir seit einer ganzen Weile begegnet sind. Sie werden Ihren Weg schon gehen, davon bin ich fest überzeugt.«

Shelly nickte. Sie war sich dessen längst nicht so sicher, wollte Hal aber auch nicht widersprechen. Die Zukunft würde zeigen, wer von ihnen recht behielt. Allerdings musste sie wirklich zugeben: Je länger sie sich in Aorakau Valley aufhielt, umso heimischer fühlte sie sich hier. Inzwischen ertappte sie sich manchmal dabei, wie sie sich ein Leben hier auf der Farm zusammen mit ihren Kindern, Emily, Hal und Lenny vorstellte.

Aber das waren natürlich reine Tagträumereien. An ihren eigentlichen Plänen hatte sich schließlich nichts geändert: Sie würde die Farm verkaufen, sobald sich die Gelegenheit dazu ergab, und mit ihren Kindern zurück in die Stadt ziehen. Welche Alternative gab es schon für sie? Dass sie ihre Drohung wahr machte, die sie Josh gegenüber bei ihrer ersten Begegnung geäußert hatte? Dass sie Schaffarmerin werden würde? Nein, wohl kaum. Sie taugte gewiss nicht dazu, so viel stand fest.

Was also sollte sie mit einer Schaffarm anfangen?

Unschlüssig stand Shelly am nächsten Tag im Einkaufsladen von Aorakau vor dem Regal mit den Tiefkühlprodukten und hielt nach Kimberlys Lieblingseis Ausschau. Sie hatte gestern Abend wieder einmal miteinander gestritten, und Shelly wollte ihrer Tochter ein kleines Friedensangebot machen. Doch die Produktauswahl in dem kleinen Laden, der von einem dunkelhäutigen Mann mit Maori-Wurzeln geführt wurde, war nicht gerade überwältigend. Die kleinen Geschäfte, die auf kleinstem Raum die nötigsten Dinge des täglichen Bedarfs anboten, waren eben nicht mit den riesigen Supermärkten in L. A. zu vergleichen. Nicht umsonst wurden sie hierzulande liebevoll *Dairys* – Milchläden – genannt.

Sie wollte gerade um Hilfe bitten, als ein etwa sechzehnjähriger Junge durch die Tür stürzte.

»Hat jemand Doc Halligan gesehen?«, stieß er völlig außer Atem hervor.

»Du meinst unseren tattrigen Viehdoktor?«, erwiderte der Ladenbesitzer und stützt sich mit beiden Händen auf die Theke. »Der liegt doch schon seit zwei Tagen in Auckland im Krankenhaus. Irgendeine Kreislaufgeschichte oder so. Warum fragst du, Luke? Stimmt etwas nicht?«

Der Junge wirkte völlig aufgelöst. Er fuhr sich mit der Hand durchs Haar. »Verdammt, was mache ich denn jetzt? Mein Dad hat mich geschickt, um den Doc zu holen. Irgendwas stimmt mit Queeny nicht. Sie hat schreckliche Schmerzen, aber das Fohlen kommt einfach nicht!«

Shelly hatte nicht verhindern können, alles mit anzuhören – und sie zögerte nicht lange. »Entschuldigung, aber habe ich das richtig verstanden: Sie haben Schwierigkeiten mit einer fohlenden Stute?«

Der Junge nickte heftig. »Ja, Queeny geht's gar nicht gut. Kennen Sie sich mit Pferden aus?«

»Könnte man so sagen«, erwiderte Shelly lächelnd. »Ich bin Tierärztin. Kann ich vielleicht irgendwie helfen?«

»Ich weiß nicht recht … Mein Dad mag keine Fremden.«

»Sei nicht dumm, Luke«, redete der Ladenbesitzer ihm gut zu. »Oder hast du vielleicht eine bessere Idee?«

»Nein …« Fragend schaute der Junge Shelly an. »Würden Sie das wirklich tun?«

»Natürlich.« Shelly legte ihm eine Hand auf die Schulter. »Komm, gehen wir. Wir sollten keine Zeit verlieren.«

»Ich schicke noch ein paar Leute zum Helfen zu euch raus«, rief ihnen der Ladenbesitzer hinterher, als sie das Geschäft verließen.

Shelly ließ Luke, der mit seinem Motorroller in die Stadt gefahren war, zu sich in den Wagen steigen. Der Junge lotste sie zur Farm seiner Eltern, wo sie bereits ungeduldig erwartet wurden.

»Was soll'n das Luke?«, rief ein älterer Mann, vermutlich der Vater des Jungen, als er Shelly erblickte. »Ich hab dich geschickt, um den Doc zu holen, und du schleppst mir eine fremde Frau an! Wozu bist du eigentlich zu gebrauchen, kannst du mir das mal verraten?«

Shelly tat so, als hätte nichts von alldem gehört. »Mein Name ist Shelly Makepeace«, stellte sie sich vor und streckte ihm die Hand entgegen.

»Thomas Carter«, erwiderte er kurz angebunden. »Aber ich kann Sie hier im Moment wirklich nicht brauchen, Ma'am. Wir haben hier echte Schwierigkeiten.«

»Ich weiß«, erwiderte Shelly. »Ich war zufällig in der Nähe, als Ihr Sohn davon erzählte. Ich bin Tierärztin und …«

»Wir haben hier schon einen Tierarzt!«, fiel Carter ihr ins Wort. Dann wandte er sich an seinen Sohn. »Was ist jetzt mit Doc Halligan? Ist er unterwegs?«

»Der Doc kann nicht kommen«, entgegnete Luke. »Er liegt im Krankenhaus. Aber die Lady hat angeboten, uns mit Queeny zu helfen.«

»Sie?« Misstrauisch blickte er Shelly an.

Die seufzte. »Wie ich schon sagte, ich bin Tierärztin. Und zwar mit langjähriger Erfahrung. Ich …«

»Woher kommen Sie?«, wollte Carter wissen.

»Aus Los Angeles, ich …«

»Aha! Und womit haben Sie es da für gewöhnlich zu tun? Mit Hamstern und Katzen, vielleicht auch mal mit einem Hund?« Der Farmer wirkte skeptisch, doch schließlich schien er zu begreifen, dass ihm kaum eine andere Wahl blieb, als

Shellys Angebot anzunehmen. »Ach, was soll's«, knurrte er. »Sie können sich die Stute ja mal ansehen.«

Shelly ärgerte sich ein wenig über die eher frostige Behandlung. So etwas war sie von den Besitzern ihrer früheren Patienten nicht gewöhnt. Und ja, es stimmte: Für gewöhnlich waren reiche Societyladys mit ihren verwöhnten Chihuahuas, Zwergpinschern und Shih Tzus zu ihr gekommen. Aber sie wollte helfen – und sie würde es schaffen!

Sie schluckte die bissige Entgegnung, die ihr auf der Zunge lag, herunter und lächelte stattdessen. »Gern.«

Abgesehen von der trächtigen Stute standen noch zwei weitere Pferde im Stall. Die Tiere waren nervös, tänzelten unruhig von einem Bein aufs andere. Und auch Shelly spürte die Anspannung, die die Luft erfüllte. Als sie dann in die Box trat, erkannte sie auch, woran das lag.

Die Stute befand sich in einem mehr als schlechten Zustand. Ihre Augen waren weit aufgerissen, sie schnaubte, und ihr stand Schaum vorm Maul. Immer wieder versuchte sie sich aufzurichten, doch es gelang ihr nicht.

»Ruhig …« Shelly ging neben dem Tier auf die Knie und legte ihm eine Hand auf die Stirn. »Ganz ruhig …«

Es war, als würde die Stute spüren, dass Shelly es gut mit ihr meinte. Mit einem beinahe menschlich klingenden Seufzen ließ sie sich zurücksinken und atmete nun wesentlich ruhiger und gleichmäßiger als zuvor.

Ein wenig nervös war Shelly schon, als sie das Tier untersuchte. Sie hatte in der Vergangenheit kaum Erfahrungen mit Nutz- und Großtieren sammeln können, und sie war sich sehr wohl im Klaren darüber, dass dies von Nachteil war. Aber sie schob ihre Zweifel beiseite und konzentrierte sich darauf, der armen Stute zu helfen, die ganz offensichtlich unter heftigen Schmerzen litt. Die Ursache war dann auch rasch gefunden – doch das machte die Situation nicht weniger dramatisch.

»Das Fohlen liegt verkehrt herum«, verkündete Shelly ernst.

»Verdammt!« Carter zog sich seine Baseballkappe ab und wischte sich den Schweiß von der Stirn. Ihm stand die Anspannung ins Gesicht geschrieben. »Das klingt übel. Versuchen Sie wenigstens Queeny zu retten. Meine Kinder hängen so an dem Tier. Sie wären schrecklich traurig, wenn sie's nicht schaffen würde.«

»Kommt nicht infrage, dass hier heute irgendjemand stirbt«, entgegnete Shelly resolut. Dann winkte sie den Farmer zu sich. »Kommen Sie, ich könnte ein wenig Hilfe gebrauchen …«

Doch ganz so zuversichtlich, wie sie wirken wollte, war sie nicht. Die Stute war bereits stark geschwächt, daher gab es keine Garantie, dass sie die Strapazen der Geburt überstehen würde.

Und auch Shelly selbst gelangte an ihre Grenzen, während sie darum kämpfte, das Fohlen im Mutterleib zu drehen.

»Schaffen Sie warmes Wasser heran«, wies sie Carter und die anderen Umherstehenden an. »Und ich brauche Jod zum Desinfizieren der Nabelschnur.«

Die Männer gehorchten sofort, und Shelly konzentrierte sich wieder auf ihre Arbeit. Es galt, keine Zeit zu verlieren. Da sich die Geburt des Fohlens schon recht lange hinzuziehen schien, drohte eine Sauerstoffunterversorgung.

Knapp zwanzig Minuten dauerte der Kampf, dann endlich war es geschafft. Völlig entkräftet, aber auch sichtlich erleichtert lag die Stute im trockenen Stroh, während ihr Fohlen auf staksigen Beinen seine ersten wackligen Schritte machte. Der Anblick wärmte Shelly das Herz, und als sie Thomas Carter anschaute, strahlte auch dieser. Die Zaungäste aus dem Ort, die eigentlich zu ihrer Unterstützung gekommen waren, jedoch die meiste Zeit über nur im Weg herumgestanden hatten, waren ebenfalls begeistert.

»Danke«, sagte Carter und reichte ihr die Hand. »Ich war ja zuerst skeptisch, aber das hätte Doc Halligan auch nicht besser hingekriegt. Sie haben Queeny und ihrem Kleinen das Leben gerettet. Wie kann ich mich revanchieren?«

Shelly schüttelte den Kopf. »Nicht nötig«, entgegnete sie. »Das habe ich doch gern gemacht.«

»Is' nicht Ihr Ernst!«, rief ein Mann, den Shelly schon einmal in der Stadt gesehen hatte – da jedoch hatte er sie keines Blickes gewürdigt.

»Du kannst die Lady doch nich' einfach so gehen lassen, Tom«, stimmte ein anderer zu. »Hast du denn gar keine Manieren?«

Carter schien kurz darüber nachzudenken, dann hellte sich seine Miene auf. »Wie geht es eigentlich mit der Renovierung Ihrer Farm voran?«, fragte er. »Machen die Woods Ihnen immer noch Schwierigkeiten?«

Shelly verzog das Gesicht. »Das ist noch ziemlich milde ausgedrückt. Ich habe Mühe, hier überhaupt ein Bein auf den Boden zu bekommen. Ohne die Unterstützung von Emily Jenkins wäre ich vollkommen aufgeschmissen. Aber warum fragen Sie?«

»Nun, ich könnte am Wochenende, nachdem wir die Tiere versorgt haben, vielleicht mit meinen Jungs zu Ihnen rüberkommen. Ich meine, sofern Sie noch ein paar Leute gebrauchen können …«

»Ob ich …« Shelly starrte ihn ungläubig an. Sie konnte ihr Glück noch gar nicht fassen. »Aber haben Sie denn gar keine Sorge, dass Geraldine Wood Ihnen Ärger machen könnte?«

Carter hob eine Braue. »Die Woods mögen die wohlhabendsten und einflussreichsten Farmer in der ganzen Umgebung sein. Aber Sie, Ma'am, Sie sind eine von uns. Das haben Sie gerade mehr als eindrucksvoll bewiesen.«

Zwei Wochen später schienen sich die Dinge für Shelly immer positiver zu entwickeln. Endlich war der Knoten geplatzt! Den Anfang hatte Thomas Carter gemacht, der mit seinen beiden Söhnen wie versprochen angerückt war, um bei der Renovierung der Farm mit anzupacken. Noch am selben Wochenende meldeten sich weitere freiwillige Helfer, und so gingen die Arbeiten endlich wieder sichtbar voran.

Gemeinsam hatten sie das Dach des Vorratsspeichers im Nu instand gesetzt. Die defekten Rohrleitungen waren ausgetauscht und die Außenwand des Wohnhauses ausgebessert worden.

Es war alles genau so, wie Hal es prophezeit hatte: Mit ihrem selbstlosen Einsatz für die Stute Queeny und das Fohlen hatte sie die Herzen der Menschen von Aorakau im Sturm erobert. Plötzlich war es überhaupt nicht mehr schwer, Kontakte zu knüpfen. Selbst Leute, die ihr zuvor mit großem Argwohn und Misstrauen begegnet waren, so wie Cora Miller, die Besitzerin des *Cora's*, verhielten sich ihr gegenüber nun ausnehmend freundlich. Und zunehmend spürte sie, dass dieser Zauber auch umgekehrt zu wirken begann. Sie fühlte sich wirklich heimisch im Aorakau Valley und konnte sich manchmal gar nicht mehr vorstellen, wieder von hier fortzugehen.

Alles hätte perfekt sein können – wären da nicht andauernd neue Schwierigkeiten mit Kim gewesen. Etwas stimmte mit dem Mädchen einfach nicht. Auch wenn sie inzwischen regelmäßig zur Schule ging, bedeutete das noch lange nicht, dass alles wieder in Ordnung war. Von Will war Shelly es ja gewöhnt, dass er viel für sich allein blieb. Aber nun ging auch Kim, wenn sie am Nachmittag vom Unterricht heimkehrte, kaum noch vor die Tür. Allenfalls Lenny McMahon gelang es noch, sie aus ihrem Schneckenhaus zu locken. Aber wenn er fort war …

»Vielleicht sollten Sie noch einmal versuchen, in Ruhe mit ihr zu reden«, schlug Emily vor, als die beiden Frauen zusammen das Abendessen vorbereiteten. »Sie haben doch eigentlich einen guten Draht zueinander, auch wenn es im Moment vielleicht ein bisschen kriselt.«

»Früher womöglich …« Seufzend fuhr Shelly sich durchs Haar. »Aber es ist schon ziemlich lange her, dass wir uns miteinander unterhalten konnten, ohne gleich in Streit zu geraten.«

»Tja«, entgegnete Emily lächelnd. »Dann wird es aber wirklich höchste Zeit. Und jetzt gehen Sie schon, ich schaff' das hier auch allein.«

»Meinen Sie wirklich?« Zuerst war Shelly nicht besonders überzeugt, doch je länger sie darüber nachdachte, umso besser erschien ihr Emilys Idee. »Also gut.« Sie zog sich die Küchenschürze über den Kopf und atmete tief durch. Dann verließ sie die Küche, eilte die Treppe ins Obergeschoss hinauf und ging den Korridor nach links bis ganz zum Ende durch. Als sie vor der Tür stand, klopfte sie an, denn es kam ihr nicht in den Sinn, einfach so ins Zimmer ihrer Tochter zu platzen. Doch als Kim sich nicht rührte, drückte sie dann doch die Klinke hinunter und trat ein.

Sie glaubte ihren Augen nicht trauen zu können, als sie ihre Tochter mit einer Zigarette in der Hand auf dem Fensterbrett sitzen saß – die üblichen Kopfhörerstöpsel in den Ohren.

»Das darf ja wohl nicht wahr sein!« Aufgebracht durchquerte sie das Zimmer und legte Kim eine Hand auf die Schulter. Die zuckte ertappt zusammen und versuchte die brennende Zigarette vor ihrer Mutter zu verbergen – doch dazu war es natürlich längst zu spät.

»Sag mal, bist du verrückt geworden? Ich hatte dich für vernünftiger gehalten, Kim! Weißt du denn nicht, wie schädlich Zigaretten sind?«

Kim begegnete ihrem Blick fest. Jetzt, wo der erste Schreck überwunden war, reckte sie trotzig das Kinn. »Na, und? Ist doch meine Gesundheit, oder nicht? Was geht dich das an?«

»Wie bitte?« Shelly stemmte die Hände in die Seiten. »Ich höre wohl nicht richtig! Du bist gerade einmal vierzehn! Bis zu deinem achtzehnten Geburtstag trage immer noch ich die Verantwortung für dich – und das bedeutet, dass du so lange gefälligst die Finger von Zigaretten lassen wirst, verstanden?«

»Von dir lass ich mir überhaupt nichts mehr sagen!«, fuhr Kim sie wütend an, ließ sich vom Fensterbrett gleiten und richtete sich vor ihrer Mutter zu voller Größe auf. »Und nur, damit du Bescheid weißt: Du hast dich in letzter Zeit keinen Dreck darum geschert, was ich will und was ich brauche – und deshalb interessiert mich deine Meinung jetzt auch nicht mehr!« Sie schüttelte den Kopf. »Wenn Dad hier wäre …«

Die unbedacht dahingesagten Worte ihrer Tochter brachten bei Shelly endgültig das Fass zum Überlaufen. »Dein Vater *ist* aber nicht hier«, entgegnete sie energisch. »Besser, du findest dich damit endlich ab. Denn wenn es auf der Welt noch ein Fünkchen Gerechtigkeit gibt, dann wird sich daran so bald nichts ändern.« Sie hatte kaum zu Ende gesprochen, da bereute sie das Gesagte auch schon. Sie strich sich das

Haar zurück und zwang sich zur Ruhe. »Tut mir leid, so habe ich das nicht gemeint, aber ...«

»Natürlich hast du es so gemeint!«, fauchte Kim. »Aber weißt du was – es interessiert mich nicht, was du denkst!« Sie drängte sich an ihrer Mutter vorbei und stürmte aus dem Zimmer.

Einen Moment lang stand Shelly sprachlos da, dann ließ sie mutlos die Schultern hängen. Ihre Wut war verraucht, und geblieben war nur Traurigkeit. Kaum zu glauben, dass Kim noch vor gar nicht so langer Zeit ihr kleines Mädchen gewesen war. Sie hatten doch früher immer über ihre Sorgen und Probleme sprechen können. Warum schien das jetzt einfach nicht mehr zu funktionieren?

Vielleicht, weil du auch nicht ganz ehrlich zu ihr bist? Du kannst Kim und Will nicht ewig die Wahrheit über ihren Vater verschweigen ...

Seufzend trat Shelly an das geöffnete Fenster. Von oben sah sie Kim, die mit eiligen Schritten den Hof überquerte und dann in der neu renovierten Vorratsscheune verschwand. Shelly senkte den Blick. Ihr war klar, dass sie auf die Dauer so nicht weitermachen konnte. Aber wie sollte man den eigenen Kindern erklären, dass ihr Vater ein skrupelloser Verbrecher war?

Josh atmete tief durch, als er seinen Jeep vor dem ultramodernen Haus mit der großen Fensterfront am Stadtrand von Aorakau abstellte. Es war an der Zeit, einen Schlussstrich zu ziehen – und zwar endgültig.

Seit Tagen schob er den Besuch bei Helen nun schon vor sich her, dabei war es eigentlich gar nicht seine Art, unbequeme Entscheidungen unnötig hinauszuzögern. Und im Grunde stand nicht einmal zu befürchten, dass Helen über seinen Entschluss besonders unglücklich sein würde. Schließlich waren sie nie viel mehr als eine Zweckgemeinschaft gewesen.

Trotzdem fiel ihm dieser Schritt schwerer als erwartet – was vermutlich vor allem daran lag, dass er sich nicht so recht erklären konnte, was sich eigentlich verändert hatte. Warum verspürte er plötzlich das Bedürfnis, sein bequemes Arrangement mit Helen zu beenden, mit dem er in den vergangenen knapp dreieinhalb Jahren doch so gut gefahren war?

Er kannte die Antwort. Aber war er auch bereit, sich ihr zu stellen?

Rasch verdrängte er den unangenehmen Gedanken und stieg aus dem Wagen. Mit großen Schritten erklomm er die Vortreppe und klopfte an. Schon nach ein paar Sekunden erschien Helens Umriss hinter der rauchgrauen Milchglastür, die kurz darauf geöffnet wurde.

Helen sah wie immer aus wie aus dem Ei gepellt. Ihr seidiges hellblondes Haar war zu einem kunstvollen Knoten im Nacken geschlungen, und sie trug einen weich fallenden Einteiler aus matt schimmernder Rohseide, der in der Taille mit einem schmalen goldenen Gürtel zusammengefasst wurde.

Als sie ihn erblickte, lächelte sie erfreut. Offenbar war sie nicht mehr verärgert, weil er beim letzten Mal einfach gegangen war. »Josh, was für eine unerwartete Überraschung! Warum hast du nicht angerufen und Bescheid gesagt, dass du vorbeikommst? Ich hätte uns eine Kleinigkeit kochen können und …« Sie verstummte, betrachtete ihn genauer. »Was ist los?«, fragte sie dann argwöhnisch. »Warum machst du so ein ernstes Gesicht? Stimmt was nicht?«

»Helen, wir müssen reden«, erwiderte er. »Aber nicht zwischen Tür und Angel. Lässt du mich rein?«

»Natürlich«, sagte sie stirnrunzelnd. »Geh schon mal vor, ich komme sofort.«

Sie verschwand im Schlafzimmer, während Josh den Korridor bis zum Ende durchging und das große Wohnzimmer betrat. Er hatte für die moderne Architektur von Helens Haus nicht viel übrig. Für seinen Geschmack gab es hier zu viele klare Linien, zu viel Glas und Stahl, um eine wirkliche Wohlfühlatmosphäre zu schaffen.

Die gewaltige Fensterfront des Wohnzimmers aber beeindruckte selbst ihn immer wieder. An klaren Tagen konnte man bis zum Meer blicken, doch heute Abend lag eine feine Dunstglocke über dem Tal, die das Licht der sinkenden Sonne dämpfte und allem einen weichen, unwirklichen Schimmer verlieh.

Er trat bis ganz dicht vor die Glasscheibe und versuchte, jedes Detail des Anblicks, der sich ihm darbot, in sich aufzunehmen. Die schroffen Bergrücken, deren schneebedeckte Gipfel im Abendrot zu glühen schienen, der gewundene Lauf des Silver Creeks, der sich wie ein glitzerndes Band durch das Tal zog und dessen Ufer von Steineiben und Rimu bewachsen waren.

Aorakau Valley mochte nicht gerade der Nabel der Welt sein, doch für Josh war es zumindest einer der schönsten Orte auf Erden. Er hatte in Auckland Agrarwissenschaften studiert und später ein Jahr für eine Firma in Sydney gearbeitet, für die er nach Europa, Asien und Amerika gereist war. Doch anders als so viele seiner Bekannten verspürte er kein Fernweh und war immer froh gewesen, wenn er nach längerer Abwesenheit endlich wieder nach Hause zurückkehren konnte.

Nicht einmal die zwiespältige Beziehung zu seiner Mutter hatte ihn davon abbringen können.

»Nun, Darling, was gibt es so Dringendes zu besprechen?«

Helen hatte sich unbemerkt von hinten genähert und beide Arme um seine Hüften gelegt. Er konnte den sanften Druck ihrer Brüste an seinem Rücken spüren. Früher hätte er nicht lange gezögert, diese unausgesprochene Einladung anzunehmen, und sie wären miteinander im Bett gelandet. Doch heute war die Wirkung, die ihre Nähe auf ihn ausübte, eine andere.

Er drehte sich um, umfasste ihre Schultern mit beiden Händen und schob Helen sanft von sich weg.

Ihr Blick spiegelte eine Mischung aus Verwirrung und Missbilligung wieder. Josh fiel auf, dass sie sich umgezogen und ihr Make-up aufgefrischt hatte. Sie trug jetzt nur noch ein halb durchsichtiges Negligé aus mitternachtsblauer Spitze. Das Haar fiel ihr offen über die Schultern. Hatte sie wirklich geglaubt, dass er gekommen war, um ein Schäferstündchen mit ihr zu haben? Oder ahnte sie bereits, was er vorhatte, und versuchte nun auf diesem Weg, ihn umzustimmen?

»Setz dich«, sagte er und deutete auf die sandfarbene Ledercouch, die das Herz des Wohnzimmers darstellte.

Helen zögerte, doch nachdem Josh selbst Platz genommen hatte, folgte sie seinem Beispiel. Fragend sah sie ihn an. »Was ist los, Josh? Was soll dieses geheimnisvolle Getue?«

»Es ist … Hör zu, Helen. Ich kann nicht mehr so weitermachen wie bisher. Wir sollten uns in Zukunft vielleicht nicht mehr so häufig sehen.«

Sie runzelte die Stirn. »Machst du etwa gerade mit mir Schluss?«

»Wir wussten doch beide, dass das zwischen uns nicht für immer sein würde. Du und ich, das …« Er schüttelte den Kopf. »Lass uns Freunde bleiben, Helen, ich …«

»Freunde?« Sie sprang auf und funkelte ihn wütend an. »Hast du jetzt vollkommen den Verstand verloren, Josh Wood? Glaubst du ernsthaft, dass ich mich von dir einfach so abservieren lassen werde? Ich bin doch kein altes Möbelstück, das man ausrangieren kann, wenn man es nicht mehr braucht!«

Irritiert runzelte Josh die Stirn. Das war nicht ganz die Reaktion, die er von Helen erwartet hatte. Hatte er sich am Ende alles doch zu einfach vorgestellt? Er stand ebenfalls auf und wollte ihre Hand nehmen, doch Helen entwand sie ihm gleich wieder.

»Das wirst du noch bereuen, mein Lieber!«, fauchte sie aufgebracht. »So eine Behandlung lasse ich mir von keinem Mann gefallen! Und jetzt verschwinde! Hau ab und wag es ja nicht, mir je wieder unter die Augen zu treten!«

Josh zögerte kurz, dann drehte er sich um und ging. Er hörte Helen leise weinen. Sie tat ihm leid; er hatte sie nicht verletzen wollen, doch es kam nicht infrage, dass er seine Entscheidung noch einmal revidierte. Es war der einzig richtige Schritt gewesen, endlich einen sauberen Schlussstrich zu ziehen.

Und Josh hoffte sehr, dass auch Helen das irgendwann begreifen würde.

Kimberly hockte mit angezogenen Knien an der Rückwand der frisch renovierten Scheune und starrte in den Abendhimmel, der sich langsam rötlich zu färben begann. Es war ein hübscher Anblick: das Tal mit seinen sanften, grünen Hängen, im Hintergrund die schneebedeckten Berge … Einzig Hals klappriger Pick-up, der im Schatten eines großen Kauri stand, störte ein wenig das Bild von unverfälschter Natur. Kim war es ganz recht – sie hatte sich ohnehin entschlossen, alles an Neuseeland zu hassen. Das Land, die Menschen, einfach alles.

Ihre Mom hatte sie gegen ihren Willen hierher geschleppt. Nicht ein einziges Mal war sie nach ihrer Meinung oder ihren Wünschen gefragt worden. Nein, die ganze Sache war über Wills und ihren Kopf hinweg entschieden worden. Und Will, der kleine Verräter, spielte dabei auch noch brav mit.

Aber nicht sie!

Sie nahm einen Stein vom Boden auf und wog ihn einen Moment lang in der Hand. Dann stand sie auf, holte aus und schleuderte ihn mit aller Kraft in Richtung Baumstamm, doch er landete mehrere Meter entfernt im Gras.

Was denkst du …

Ein zweiter Stein folgte, dieses Mal hatte sie schon besser gezielt.

… eigentlich …

Der dritte Versuch verfehlte den Baum nur noch um ein Stückchen.

… wer du bist?

Sie warf ein viertes Mal – und traf. Jedoch nicht wie beabsichtigt den Stamm des großen Kauri, sondern die Seitenscheibe des Pick-ups, der nur ein paar Meter entfernt stand. Es gab einen lauten Knall, dann zerbrach das Glas, und ein Scherbenregen ergoss sich in den Fahrerraum des Wagens.

Kim war wie erstarrt. *Scheiße! Scheiße! Scheiße!*

Und plötzlich war Hal da. »Was, zum Donnerwetter …?« Als er Kim erblickte, runzelte er die Stirn. »Warst du das etwa, Kleines?«

Ein riesiger Kloß hatte sich in Kims Kehle gebildet, und er ließ sich auch durch heftiges Schlucken nicht vertreiben. Ihr erster Impuls war es, alles abzustreiten. Doch dann wurde ihr klar, wie lächerlich das ausgesehen hätte.

Sie brach in Tränen aus.

Hal fluchte unterdrückt, war aber sofort bei ihr und legte ihr tröstend einen Arm um die Schulter. »Aber, aber, wer wird denn gleich weinen? Ist doch nur ein bisschen Glas. Nichts, was man nicht wieder reparieren könnte.« Er lächelte aufmunternd. »Und deine Mom muss auch nichts davon erfahren, wenn es das ist, was dir Sorgen bereitet …«

»Das ist es nicht …«, stieß Kim unter heftigem Schluchzen hervor. Jetzt, wo der Damm einmal gebrochen war, konnte sie die Tränen nicht länger zurückhalten. All die Wut, der Frust und die Traurigkeit der vergangenen Wochen brachen aus ihr hervor. Sie weinte um ihre Freunde und um ihr altes Leben zu Hause in Los Angeles.

Vor allem aber weinte sie um ihren Dad.

Geduldig wartete Hal, bis Kim sich ein wenig beruhigt hatte. Dann nahm er ihre Hand und führte sie zu der Bank, auf der er öfter saß, wenn es auf der Farm ausnahmsweise einmal nichts zu tun gab.

»Möchtest du darüber reden, mein Mädchen?«, fragte er. »Willst du mir verraten, warum du so wütend auf deine Mutter bist?«

Überrascht schaute Kim ihn an. »Aber woher …?«

Hal lachte leise. »Ich mag kein Freund großer Worte sein, aber ich bin ein ziemlich guter Beobachter. Und dass es zwischen deiner Mutter und dir im Augenblick nicht rund läuft, würde selbst ein Blinder bemerken. Also, was ist los?«

»Ich hasse sie!«, brach es aus ihr heraus – doch sie hatte die Worte kaum ausgesprochen, da wusste sie auch schon, dass es nicht stimmte. Und auch Hal schien ihr das nicht so recht abzukaufen.

Er schüttelte den Kopf. »Was ist passiert, dass du so wütend auf sie bist? Was hat sie getan?«

Kim atmete tief durch. Schon wieder stiegen ihr die Tränen in die Augen, doch sie blinzelte sie tapfer weg. »Sie hat meinen Dad ins Gefängnis gebracht«, erwiderte sie dann, und es war, als würde ihr eine tonnenschwere Last von den Schultern genommen. Es hatte bisher niemanden gegeben, mit dem sie darüber reden konnte. Ihre Mutter ahnte nicht, dass sie Bescheid wusste, und Will wollte sie nicht in diese Sache mit reinziehen. Es tat so gut, endlich jemandem ihr Herz ausschütten zu können! »Meine Mom hat meinen Dad angezeigt, können Sie sich das vorstellen?« Sie schüttelte den Kopf. »Ich meine, wie konnte sie das tun? Ganz egal, was er gemacht hat – er ist doch immer noch Wills und mein Dad! Sie hat ihn uns weggenommen! Sie hat unsere ganze Familie kaputt gemacht!«

Es war ein ungemein befreiendes Gefühl, all die Dinge, die ihr tagtäglich im Kopf herumgingen, einmal auszusprechen. Endlich konnte sie wieder ein bisschen freier atmen.

Und Hal schien sie nicht einmal wegen ihrer Worte zu verurteilen. Ganz im Gegenteil: Er nickte sogar langsam. »Verstehe … Darf ich dich etwas fragen, mein Mädchen?«

Kim, die eigentlich damit gerechnet hatte, dass Hal für ihre Mutter Partei ergreifen würde, nickte. »Klar.«

»Es gibt doch in Los Angeles sicher einen Jungen, für den du etwas übrig hast, oder?«

Sie dachte an Zack Loomis, doch es gelang ihr kaum, sich sein Gesicht in Erinnerung zu rufen. Immer wieder wurde es von den Zügen eines anderen Jungen überlagert. Eines Jungen, den Kim erst hier in Neuseeland kennengelernt hatte.

Das Gesicht von Lenny McMahon.

Sie nickte.

»Also schön«, fuhr Hal fort. »Dann stell dir bitte mal vor, du würdest plötzlich herausfinden, dass dieser Junge … sagen wir einmal, er klaut Autos und fährt damit Rennen.«

Störrisch reckte Kim, die genau wusste, worauf Hal hinauswollte, das Kinn. »Ich würde ihn jedenfalls nicht verraten und der Polizei ausliefern. Niemals!«

»Schön.« Hal lächelte hintergründig. »Und wenn du herausfinden würdest, dass dieser Junge deinen kleinen Bruder mit auf seine Spritztouren nehmen würde?«

»Was?« Irritiert schaute sie ihn an. »Was soll das denn jetzt?«

»Beantworte einfach meine Frage. Würdest du es zulassen, dass dieser Junge, den du gern hast, Will in Gefahr bringt? Oder deine Mutter? Oder sonst irgendjemanden, den du liebst?«

»Verdammt, natürlich nicht!«, platzte Kim heraus. »Aber das ist doch was ganz anderes!«

»Ach ja? Ist es das wirklich?«

Kim wollte seine Worte widerlegen, ihm klarmachen, dass er falsch lag, doch sie konnte es nicht. Im Grunde ihres Herzens wusste sie, dass ihre Mom diese Entscheidung nicht leichtfertig getroffen hatte. Das Problem war nur, dass sie es nicht glauben *wollte*. Sie brauchte jemanden, dem sie die Schuld geben konnte, und ihr Dad saß weit entfernt in einem kalifornischen Gefängnis.

»Ich sag dir was, mein Mädchen«, sprach Hal weiter. »Oft ist es gar nicht so einfach, ein Erwachsener zu sein und Verantwortung zu tragen. Mit den Entscheidungen, die man zu treffen hat, macht man sich nicht immer nur Freunde. Aber manchmal muss man einfach auf sein Gewissen hören, auch wenn es schwerfällt – so wie deine Mom …«

»Sie denken also, dass sie das Richtige getan hat?«

Hal schüttelte den Kopf. »Nein, Kleines, ich maße mir nicht an zu wissen, was richtig und was falsch ist. Aber ich bin sicher, dass deine Mutter das getan hat, was die Stimme ihres Gewissens ihr gesagt hat.«

Kim seufzte. Irgendwie fühlte sie sich erleichtert. Und auch wenn sie das Verhalten ihrer Mutter noch immer nicht gutheißen konnte – ein bisschen vermochte sie jetzt zu verstehen, warum sie so gehandelt hatte.

»Wie sieht's aus?«, fragte Hal und knuffte Kim mit dem Ellbogen in die Seite. »Hilfst du mir, die Glassplitter aus meinem Wagen zu fegen?«

Verlegen senkte Kim den Blick. »Tut mir wirklich leid, das mit der Scheibe ...«

»Halb so wild«, winkte Hal ab. »Eigentlich sollte ich dir sogar danken – ein alter Mann wie ich braucht schließlich viel frische Luft.«

Leise lachend gingen sie zum Pick-up.

Als Josh sich am nächsten Tag nach der Arbeit auf den Weg zur Makepeace-Farm machte, wollte er vordergründig einen Termin mit Will zur Besichtigung der Feuerwache ausmachen. Eigentlich war er aber fest entschlossen, Shelly noch heute davon zu überzeugen, das Land ihres Großvaters an ihn zu verkaufen. Er hatte einfach keine Zeit mehr zu verlieren, und das hatte seinen Grund.

Endlich, nach mehreren fehlgeschlagenen Versuchen, war es ihm gelungen, einen Reiseveranstalter aufzutun, der bereit war, in sein Konzept – oder vielmehr das von Ronan – zu investieren. Urlaub inmitten ungezähmter Natur, eintauchen in den rauen Alltag eines Schaffarmers – das war etwas, für das sich Individualtouristen heutzutage interessierten. Josh war fest davon überzeugt, dass sich das Projekt zu einem vollen Erfolg entwickeln würde. Alles, was er jetzt noch benötigte, war ein geeignetes Stück Land.

Shellys Land.

Die natürlichen Gegebenheiten waren einfach ideal: Ganz

im Westen reichte der Besitz bis zu den Klippen der Whanga Bay, der Silver Creek speiste auf seinem Weg von den Bergen im Nordwesten bis in den Pazifik den kleinen See, der so dringend als Wasserstelle für Emerald Downs benötigt wurde.

Es gab dichte Wälder, weite sattgrüne Weiden – einfach alles, was Touristen von einem Abenteuerurlaub in Neuseeland erwarteten.

Nur das Grundstück seiner Familie verfügte über ähnlich gute Voraussetzungen, doch seine Mutter blieb in diesem Punkt absolut unnachgiebig. »Du weißt, was du zu tun hast«, hatte sie gesagt, ohne dabei auch nur von ihrer Monatsbilanz aufzublicken. »Bring Shelly Makepeace dazu, an dich zu verkaufen. Wie du das anstellst, interessiert mich nicht – Hauptsache, du schaffst es. Denn wenn nicht …«

Es waren keine weiteren Worte notwendig gewesen, um ihm seine Situation zu verdeutlichen. Und genau deshalb war er hier – um ruhig und vernünftig mit Shelly zu sprechen. Dass ihm keine leichte Aufgabe bevorstand, war ihm durchaus klar. Aber besaßen Siege, die ohne Einsatz von Blut und Schweiß gewonnen wurden, nicht ohnehin einen schalen Beigeschmack?

Er ließ Nemesis und Abraxas aus dem Wagen, die sofort neugierig losliefen, um das unbekannte Terrain zu erkunden. Josh ließ sie gewähren. Die Hunde bekamen nicht oft Gelegenheit, einfach nur ausgelassen herumzutoben. Im Grunde arbeiteten sie ebenso hart wie jeder andere auf Emerald Downs, und Josh fand, dass sie hin und wieder eine kleine Belohnung verdienten.

Offenbar machte er damit nicht nur den Tieren eine Freude, denn kurz darauf flog die Tür des Farmhauses auf, und Shellys Sohn Will stürmte ins Freie. »Schau doch,

Mom!«, rief er über seine Schulter zurück. »Josh hat seine Hunde mitgebracht!«

Shelly trat hinter ihm auf die Veranda. Nachdem sie sich davon überzeugt hatte, dass Nemesis und Abraxas keine Gefahr für ihren Jungen darstellte, kam sie mit vor der Brust verschränkten Armen auf Josh zu.

»Josh Wood, welch unerwartete Überraschung …« Es war offensichtlich, dass Shelly die Überraschung im Gegensatz zu ihrem Sohn wohl als überraschend, nicht aber als positiv empfand – ihre Miene ließ diesbezüglich wenig Spielraum für Interpretationen. »Hat deine Mutter dich geschickt, um die Lage zu sondieren?«

Er lächelte entwaffnend. »Ich bin nicht der Laufbursche meiner Mutter, falls du das annehmen solltest. Im Gegenteil: Ich möchte mich bei dir für ihr Verhalten entschuldigen. Du sollst wissen, dass ich die Art und Weise, wie sie dich unter Druck setzte, keineswegs gutheiße.«

Shelly wirkte wenig beeindruckt. »Spar dir deine schönen Worte, Josh. Ich werde trotzdem nicht an dich verkaufen.« Sie begegnete seinem Blick fest. »Das ist es doch, was du von mir willst, oder etwa nicht?«

Josh holte tief Luft. Dass sie ihn so direkt mit seinem Vorhaben konfrontierte, machte ihm die Sache nicht unbedingt leichter. Es stimmte, er brauchte ihr Land – jetzt womöglich sogar noch dringender als zuvor. Aber das durfte er so deutlich natürlich nicht zugeben.

»Du weißt, dass ich durchaus an deinem Land interessiert bin«, erwiderte er daher vage. »Daraus habe ich von Anfang an keinen Hehl gemacht.«

Sie reckte kampfbereit das Kinn. »Dann, fürchte ich, haben wir uns nichts mehr zu sagen. Ich wünsche dir noch einen angenehmen Tag.« Mit einem knappen Nicken wollte sie sich abwenden, doch Josh hielt sie am Arm zurück. Wie eine Furie wirbelte sie daraufhin herum, ihre veilchenfarbenen Augen blitzten vor Zorn. »Fass mich nicht an, verstanden?«

Beschwichtigend hob Josh die Hände. Er war irritiert. Noch nie hatte eine Frau aufgrund einer harmlosen Berührung so heftig auf ihn reagiert. Unwillkürlich fragte er sich, was wohl der Grund für dieses Verhalten sein mochte.

»Tut mir leid«, sagte er. »Ich wollte dir nicht zu nahe treten. Was ist denn los?«

Einen Moment lang stand Shelly einfach nur da und atmete schwer, dann barg sie das Gesicht in den Händen und wandte sich ab. Ihre Schultern bebten.

Josh zögerte kurz, trat dann aber hinter sie und legte ihr die Hände auf die Oberarme. »Bitte, Shelly, nun wein doch nicht. Was hast du denn? Kann ich dir irgendwie helfen?«

»Es ist nichts.« Sie schüttelte den Kopf. »Ich habe nur das Gefühl, dass mir das alles hier gerade ziemlich über den Kopf wächst. Die Farm, unsere Zukunft, die ständigen Sorgen wegen Kim …«

Langsam drehte Josh sie um. Er legte ihr die Hand unters Kinn und hob ihr Gesicht an, sodass sie ihm in die Augen schauen musste. »Du packst das schon«, sagte er dann. »Ich bin sicher, in dir steckt mehr Kraft, als du es selbst vielleicht für möglich hältst. Du bist eine Kämpferin, Shelly. Und du wirst auch diese Klippe überwinden, davon bin ich fest überzeugt.«

Sie schluckte. »Danke …«, brachte sie heiser hervor.

Sofort merkte er, wie sich tief in seinem Inneren etwas regte. Sein Herzschlag beschleunigte sich, und er verspürte die geradezu überwältigende Sehnsucht, Shelly wieder in seine Arme zu ziehen und zu küssen.

Und dann stellte sie sich auf die Zehenspitzen und küsste *ihn*.

Er war so überrumpelt, dass er zunächst nicht reagierte. Doch als er die erste Überraschung überwunden hatte, schlang er die Arme um sie und erwiderte ihren Kuss leidenschaftlich.

Es war genauso atemberaubend und doch ganz anders als beim letzten Mal. So etwas hatte er mit Helen nie erlebt. Er konnte nicht mehr klar denken. Das Blut rauschte ihm in den Ohren und hämmerte in seinen Schläfen. Die Welt um ihn herum verlor sich in Bedeutungslosigkeit. Alles, was zählte, waren er und diese zarte, zerbrechliche und doch so starke Frau in seinen Armen.

Und dann spürte er plötzlich, wie sich eine Hand in seine Schulter grub, und er wurde nach hinten weggerissen. »Lass die Finger von ihr, du Mistkerl!«

Josh brauchte einen Moment, um wieder in die Realität zurückzukehren. Zu seinem Erstaunen erblickte er den jungen McMahon, der in diesem Jahr seine zweite Saison als Hilfskraft auf Emerald Downs gearbeitet hatte.

Der Blick des Jungen war hasserfüllt. Er hielt die Arme wie ein Boxer vor dem Körper und tänzelte nervös von einem Bein aufs andere. Josh runzelte die Stirn, doch ehe er etwas sagen konnte, kam Shelly ihm zuvor.

»Zum Teufel, Lenny, was soll das denn?« Sie stellte sich zwischen Josh und den Jungen. »Was ist denn in dich gefahren?«

»Das sollten Sie lieber ihn fragen!« Anklagend deutete McMahon mit dem Finger auf Josh. »Ihn und seine feine Familie.« Er wandte sich an Shelly. »Haben Sie sich eigentlich nie gefragt, wie es zu dem Einsturz des Scheunendaches kommen konnte?«

»Was?« Shelly blinzelte irritiert. »Ich verstehe nicht …«

»Die Woods stecken dahinter, verdammt!« Wütend schüttelte Lenny den Kopf. »Ich hab bisher nichts gesagt, weil ich niemanden in Schwierigkeiten bringen wollte, aber jetzt habe ich die Schnauze voll! Ein paar Tage vor dem Zwischenfall kam dieser Anwalt Davies zu mir, als ich nach Feierabend mit Jessie noch auf ein Bier bei Cora war. Der Typ hat uns einen Haufen Kohle dafür geboten, dass wir die Arbeiten am Vorratsspeicher sabotieren. Mein Bruder und ich haben natürlich abgelehnt, aber Sie kennen das ja: Wenn genügend Geld im Spiel ist, lassen sich die meisten Menschen kaufen. Ich weiß nicht, wer sich darauf eingelassen hat, aber irgendjemand muss es getan haben, sonst wäre diese ganze Schweinerei überhaupt nicht passiert!«

»Stimmt das?« Shelly kniff die Augen zusammen und sah Josh an. Ihr Blick war argwöhnisch. »Verdammt, Josh, ich rede mit dir! Stimmt das, was Lenny gerade gesagt hat?«

»Ich weiß es nicht«, erwiderte Josh. »Wenn es so war, dann habe ich nichts davon gewusst, das musst du mir glauben.«

»Ich muss überhaupt nichts!« Ihre Stimme klirrte wie Eis.

»Was willst du damit sagen? Glaubst du diesem Burschen etwa mehr als mir?«

Sie schüttelte den Kopf. »Verschwinde, Josh. Fahr nach Hause und richte deiner Mutter von mir aus, dass ich mich weder von ihr noch von sonst jemandem vertreiben lasse. Ich bleibe hier, und wenn ich dazu zukünftig eine eigene Schafzucht aufziehen muss!«

Josh blinzelte. »Was sagst du da?«, fragte er verblüfft. »Du willst …«

»Ja, du hast richtig gehört: Ich werde in Aorakau Valley bleiben – und mich von niemandem vertreiben lassen!«

Im ersten Moment wollte Josh etwas erwidern und Shelly zur Besinnung bringen, doch dann wurde ihm klar, dass jedes weitere Wort sinnlos war. Plötzlich verspürte er widerwillige Bewunderung. Ja, er war beeindruckt von dieser Frau, die offenbar wild entschlossen war, seiner Mutter die Stirn zu bieten.

»Wenn meine Mutter tatsächlich für diese Intrige gegen dich verantwortlich ist«, sagte er schließlich doch, »dann tut es mir leid, Shelly. Aber du musst mir glauben, dass ich davon keine Ahnung hatte! Ich …«

»Es interessiert mich nicht, was du sagst«, fiel Shelly ihm ins Wort. »Bitte, Josh, geh endlich!«

Er begriff endgültig, dass es keinen Sinn hatte, noch länger auf sie einzudringen. »Also gut«, sagte er und nickte knapp. »Aber glaub nicht, dass du mich endgültig los bist. Ich komme wieder.«

Damit drehte er sich um und stieß einen schrillen Pfiff aus, um Abraxas und Nemesis zu sich zu rufen. Als er schließlich in seinem Wagen saß und den Motor startete, sah er Shelly im Rückspiegel. Sie stand noch immer an derselben Stelle und schaute ihm nach, während McMahon aufgeregt auf sie einredete.

In diesem Moment wurde ihm klar, dass er sie wollte – sie oder keine! Und er war froh zu hören, dass sie offenbar vorhatte, vorerst im Aorakau Valley zu bleiben. Die Frage war nur, wie er unter diesen Umständen noch Ronans und seinen großen Traum verwirklichen sollte. Er musste irgendeinen Weg finden, diese beiden Dinge unter einen Hut zu bringen.

Bloß wie?

»Mom!« Zwei Tage später hallte Kims aufgeregte Stimme durch das Haus, so laut, dass Shelly es bis nach oben auf den Speicher hören konnte. »Mom, komm schnell! Du glaubst nicht, was hier gerade abgeht!«

Shelly ließ augenblicklich alles stehen und liegen und eilte los. Unwillkürlich fragte sie sich, welche Katastrophe sich jetzt schon wieder ereignet haben mochte. Was für eine Boshaftigkeit sich Geraldine Wood jetzt wieder ausgedacht hatte.

Doch als sie kurz darauf nach unten kam, machte ihre Tochter keineswegs einen sonderlich entsetzten Eindruck – ganz im Gegenteil: Sie strahlte übers ganze Gesicht. Shelly ging das Herz auf. So glücklich hatte sie ihre Tochter schon lange nicht mehr gesehen. Der Anblick war wie Balsam für Shellys Seele.

Und dann erkannte sie auch den Grund für Kims überschwängliche Freude: Auf dem Hof standen Thomas Carter und sein Sohn – und zwischen ihnen das das Fohlen, das Shelly vor zwei Wochen auf die Welt geholt hatte.

»Ein Fohlen!«, rief Kim überflüssigerweise. »O Mom, ich habe mir schon immer ein Pferd gewünscht! Hier haben wir doch jede Mengen Platz. Bitte, Mom, können wir es behalten? Bitte!«

Lächelnd legte Shelly ihrer Tochter eine Hand auf die Schulter. »Wollen wir uns nicht erst einmal anhören, was Mr Carter zu sagen hat?« Gemeinsam gingen sie auf den Farmer und seinen Sohn zu. »Ich hoffe doch, Sie sind nicht hier, weil es bei unserem kleinen Schützling gesundheitliche Probleme gibt?«

»Nein, keineswegs.« Carter lachte. »*Kia ora*, Miss Makepeace. Luke und ich sind gekommen, um uns bei Ihnen für Ihre Hilfe zu bedanken – und um Sie zu fragen, ob Sie nicht jemanden wissen, der Firefly hier vielleicht adoptieren möchte.«

»Mom, bitte!«

Kimberlys Blick war so flehend, dass Shelly lachen musste. »Und Sie sind sicher, dass Sie uns dieses herrliche Tier wirklich überlassen wollen?«

»Ohne Sie wäre Firefly gar nicht am Leben.« Er zwinkerte Kim verschwörerisch zu. »Und außerdem glaube ich kaum, dass ich jetzt überhaupt noch eine Wahl habe, oder?«

»Nein«, erwiderte Kim grinsend. »Nicht, wenn's nach mir geht!«

Seufzend schüttelte Shelly den Kopf. »Ich weiß nicht, ob das wirklich so eine gute Idee ist, Schatz.«

»Aber warum denn nicht? Hast du nicht gestern erst gesagt, dass wir jetzt doch nicht weggehen werden? Du hast gesagt, das hier könnte unser neues Zuhause werden. Wo also ist das Problem?«

»Ganz recht, ich sagte, es *könnte*. Aber schau mal, Kim, wir wissen doch noch gar nicht, ob wir überhaupt die Mittel haben. Zunächst einmal müssen wir sehen, wie es finanziell weitergeht. Ich habe keine Arbeit hier und noch keine Ahnung, wie es mit der Farm weitergehen soll. Wenn sich am Ende herausstellt, dass wir doch wieder in die Stadt ziehen müssen, wirst du die Kleine nicht mitnehmen können …«

»Wenn wir aus dem Tal weggehen müssen«, fiel Kim ihr rasch ins Wort, »nimmt Mr Carter sie ganz bestimmt wieder zurück – nicht wahr, Mr Carter?«

Der alte Farmer nickte grinsend. »Aber sicher, überhaupt kein Problem.«

Shelly gab sich geschlagen. »Also gut, aber wenn es wirklich so kommt, machst du keinen Stress, versprochen?«

Jubelnd fiel Kim ihrer Mutter um den Hals. »Danke, danke, danke!«

Shelly ging das Herz über vor lauter Liebe zu ihrer Tochter. Kim endlich wieder glücklich zu sehen, war das größte Geschenk auf Erden. Und in diesem Moment fasste Shelly einen Entschluss: Sie würde ihr bis eben noch auf wackligen Beinen stehendes Vorhaben, in Aorakau Valley zu bleiben, in die Tat umsetzen. Das hier würde das neue Zuhause für die Familie Makepeace werden, und dafür würde sie alles tun. Einfach alles! Hier konnten sie glücklich werden, das spürte sie.

Etwas später am Abend, während Kim überglücklich mit ihrem Bruder und ihrem neuen Schützling draußen auf der Weide herumtobte, hockte Shelly wieder oben auf dem Dachboden und stöberte in den verstaubten Kartons und Kisten. Dabei fiel ihr eine Mappe in die Hände, die in ein vergilbtes Tuch eingeschlagen war. Neugierig schlug sie die Stoffbahnen auseinander und atmete scharf ein, als sie sah, dass sich darin eine Zeichnung befand.

Es handelte sich um die Kohlezeichnung einer jungen Frau mit Maorizügen, die an einem Fenster stand und versonnen in die Ferne blickte. Ihr langes dunkles Haar wehte in einer sanften Brise, die dunklen Augen wirkten abwesend, fast schon verträumt. Zwischen leicht geöffneten Lippen glitzerten strahlend weiße Zähne.

Sofort erkannte Shelly den kräftigen Strich ihres Großvaters. Wie oft hatte sie als Kind auf seinem Schoß gesessen und dabei zugesehen, wie er zeichnete. Dieses Bild stammte ganz eindeutig aus seiner Feder – nur: Wer war die schöne Unbekannte?

Shelly drehte die Zeichnung um. In der ordentlichen Schrift ihres Großvaters stand dort ein einziger Satz geschrieben:

May – an dem Tag, an dem ich sie zum allerersten Mal sah…

6

Aorakau Valley, 18. Juni 1954

»Das will ich sehen, Wood, los gib her!« Benjamin Makepeace griff nach dem Magazin, doch sein bester Freund Callum brachte es in Sicherheit, ehe er es packen konnte.

»Du willst Marilyn sehen?« Callum grinste. »Okay, aber dann lässt du mich eine Runde in deinem Morris fahren, Makepeace!«

Ben, der sein Auto über alles liebte, stöhnte auf. »Das ist Erpressung, Cal!«

»Nein«, entgegnete Callum lachend. »Das ist ein Deal. Also, was sagst du?« Er schlug das Magazin, das sein Cousin Larry ihm heimlich von seinem Trip nach Amerika mitgebracht hatte, wieder auf und fing an zu schwärmen. »Sie sieht so heiß aus, das kannst du dir nicht vorstellen, Ben! Diese Frau ist es wert, dass man seine Seele für sie verkauft – und du bist nicht einmal bereit, mir für ein paar Minuten deine Kiste zu überlassen? Schäm dich!«

Es war Freitagabend, und die beiden siebzehnjährigen Jungs waren auf der Suche nach ein bisschen Zerstreuung zum *U-ie* hinausgefahren. An diesem Ort etwas außerhalb von Aorakau, der nach der scharfen Wendung benannt war, die der Lauf des Silver Creek an dieser Stelle vollführte, traf sich am Wochenende die Jugend des Tals.

Aorakau Valley war nicht gerade das, was man als den Nabel der Welt bezeichnete. Wenn man als Teenager wirklich etwas erleben wollte, musste man schon bis nach Waitahuna oder Lawrence fahren. Dort gab es wenigstens ein Lichtspieltheater, in dem Filme mit Humphrey Bogart und Marlon Brando gezeigt wurden – den heimlichen Helden der beiden Jungs.

Die hübschesten Mädchen aber traf man immer noch am guten alten *U-ie*.

Der Abend war für Ben nicht schlecht gelaufen. Melinda Carruthers und Lizzie Adair hatten beide ziemlich heftig um seine Aufmerksamkeit gebuhlt, wobei es ihm schwerfiel zu entscheiden, welches der beiden Mädchen ihm besser gefiel. Beide waren hübsch – die eine blond mit blauen Augen, die andere brünett mit grünen Augen – und hatten eine tolle Figur. Allerdings fand Ben, dass Lizzie die schöneren Brüste hatte. Ben mochte Brüste. Er hatte bisher nur die von Carol-Ann Withersby berührt, und auch das nur durch den rauen Stoff ihrer Baumwollbluse hindurch.

Carol-Ann war die Schwester eines der Saisonarbeiter, die auf der Farm bei der Schafschur halfen. Da sie mit ihren zweiundzwanzig Jahren noch immer unverheiratet war, achtete Bens Mutter Abigail streng darauf, ihn möglichst von Carol-Ann fernzuhalten. Mehr als ein paar aufregende Minuten hinter dem Werkzeugschuppen waren nicht drin gewesen, und als Abigail Makepeace davon Wind bekam, hatten Carol-Ann und ihr Bruder gehen müssen.

Das lag nun schon mehr als ein Dreivierteljahr zurück, und seitdem träumte Ben davon, endlich mehr von dieser Welt der bislang unbekannten Freuden zu entdecken. Doch er hatte feststellen müssen, dass für die meisten »anständigen Mädchen« dergleichen vor der Ehe nicht infrage kam. Umso aufregender erschien ihm der Gedanke, sein Idol Marilyn Monroe nackt zu sehen – und sei es nur auf dem Papier. Aber dafür Cal hinter das Steuer seines geliebten Morris zu lassen, erschien ihm dann doch ein bisschen viel verlangt.

»Ich denk drüber nach, Bruder«, entgegnete er. Dabei bemühte er sich, den Anschein zu erwecken, nur gelinde an diesem neuen amerikanischen Magazin interessiert zu sein, für das die Monroe sich ausgezogen hatte. »Und jetzt komm, es ist schon fast Mitternacht. Nicht, dass du morgen früh während der Sonntagsmesse wieder einnickst …«

Dieses Missgeschick war Callum tatsächlich einmal passiert. Sein Vater war fuchsteufelswild deswegen gewesen, und wenn Ingram Wood wütend war, dann wollte man lieber nicht in seiner Nähe sein.

Ben beneidete seinen besten Freund nicht um dessen Familie. Der Vater ein Tyrann, die Mutter zu schwach, um sich gegen ihren Mann zur Wehr zu setzen – an seiner Stelle hätte Ben vermutlich die erste Chance genutzt, das Tal zu verlassen. Doch für Callum stand fest, dass er Emerald Downs, die Farm seiner Familie, eines Tages übernehmen würde. Deshalb erduldete er die Wutausbrüche seines Vaters schweigend und ohne großes Murren.

Nach etwa fünfzehn Minuten Fahrt erreichten sie Emerald Downs. Nur hinter einem kleinen Fenster im oberen Stockwerk des großen Farmhauses brannte noch Licht. Als Callum es bemerkte, wirkte er plötzlich fast ein wenig nervös.

»Du kannst mich hier rauslassen, Bruder«, sagte er. »Das letzte Stück gehe ich zu Fuß.«

Ben runzelte die Stirn. »Red keinen Unsinn, Wood. Oben am Haus kann ich viel besser wenden als hier auf der Zufahrt.«

Sein Freund gab sich geschlagen, wurde aber immer unruhiger, je weiter sie sich dem Haus näherten. Unwillkürlich fragte Ben sich, was wohl der Grund für seine Nervosität sein mochte. Er suchte nach irgendetwas Ungewöhnlichem, konnte aber nichts entdecken.

Und dann erblickte er das Mädchen am hell erleuchteten Fenster im Obergeschoss des Hauses, und sein Herz setzte für einen Schlag aus.

Er sah sie nur einen winzigen Moment lang, doch ihm war von der ersten Sekunde an klar, dass er dieses atemberaubend schöne Geschöpf niemals im Leben würde vergessen können. Langes dunkles Haar umrahmte ein Gesicht, das die Farbe von Milchkaffee besaß. Die großen dunklen Augen des Mädchens blickten sehnsüchtig in die tiefschwarze Nacht, doch als sie den Wagen bemerkte, der sich dem Haus näherte, nahmen sie einen erschrockenen Ausdruck an.

Rasch zog sich das Mädchen zurück, und in der nächsten Sekunde verlosch das Licht hinter ihrem Fenster.

»Wer in Gottes Namen war das?«, stieß Ben heiser hervor.

»Niemand«, entgegnete Callum ein bisschen zu schnell.

»Niemand?« Ben schüttelte den Kopf. »Komm schon, Bruder, seit wann hast du Geheimnisse vor mir?« Er ließ den Morris vor dem Haus ausrollen und stellte den Motor ab. Dann lehnte er sich mit einem leisen Seufzen auf dem Fahrersitz zurück und verschränkte die Arme hinter den Kopf. »Sag mal, glaubst du an Liebe auf den ersten Blick?«

»Du spinnst ja!« Ärgerlich funkelte Callum ihn an; dann öffnete er die Wagentür und stieg aus. »Wir sehen uns Sonntag auf dem Fest.« Mit diesen Worten eilte er die Veranda hinauf und trat, ohne sich noch einmal umzublicken, ins Haus.

Ben runzelte die Stirn. Was war bloß mit Callum los?

Er wartete noch ein paar Minuten und blickte immer wieder zum Fenster hinauf, doch das geheimnisvolle Mädchen tauchte nicht noch einmal auf. Schließlich ließ er den Motor an und fuhr davon.

In dieser Nacht träumte er von einer sanftäugigen Schönheit.

Als Ben am frühen Sonntagabend vor dem großen Farmhaus auf Emerald Downs vorfuhr, drückte er kräftig auf die Hupe.

Obwohl Callum und er sich schon so lange kannten, hatte er das Gebäude noch nie betreten. Cal hatte ihm einmal erzählt, dass sein Vater keine Besucher mochte, und im Grunde hatte Ben auch kein Problem damit. Ingram Wood war ihm irgendwie unheimlich. Er verspürte kein gesteigertes Bedürfnis, dem Mann öfter über den Weg zu laufen.

Als Cal auch nach fünf Minuten noch nicht aufgetaucht war, hupte Ben erneut. Heute war der Abend der großen Feier zur Gründung von Aorakau vor achtzig Jahren, und er wollte nicht zu spät kommen. Das ganze Tal war eingeladen, es würde Musik geben und Tanz. Genau das, was Ben im Augenblick brauchte, nach all dem Stress der vergangenen Tage.

Eine Gruppe Schafe war durch ein nicht richtig geschlossenes Gatter über Nacht ausgebüxt. Ben, sein Vater und die Arbeiter hatten mit den Hunden den ganzen Samstag gebraucht, um alle Tiere wieder zusammenzutreiben. Er war so mit seiner Aufgabe beschäftigt gewesen, dass er keine Zeit gehabt hatte, an das geheimnisvolle Mädchen auf Emerald Downs zu denken. Doch jetzt, während er auf Callum wartete, wanderte sein Blick wie von selbst zum obersten Stockwerk des Farmhauses.

Das Fenster, an dem die milchkaffeebraune Schönheit gestanden hatte, war dunkel. Aber während Ben noch hinaufschaute, bemerkte er eine Bewegung hinter einem der Vorhänge. Der Stoff wurde ein kleines Stück zur Seite gezogen, und Ben erblickte ein Gesicht mit seelenvollen dunklen Augen und fein geschwungenen Lippen.

Ihr Gesicht!

Als sie bemerkte, dass er sie entdeckt hatte, ließ sie erschrocken den Vorhang zurückfallen. Doch es war zu spät. Ben war bereits in ihrem Bann gefangen. So sehr, dass er Callum erst bemerkte, als dieser die Wagentür öffnete und sich mit einem tiefen Seufzen auf den Beifahrersitz fallen ließ.

»Lass uns bloß schnell verschwinden, Bruder«, stieß er grollend hervor. »Ich werde hier sonst noch verrückt!«

Ben hatte die Hand bereits nach dem Zündschlüssel ausgestreckt, ließ sie aber wieder sinken. »Wollen wir euren Gast nicht fragen, ob er uns begleitet?«

»Gast?« Es dauerte einen Moment, ehe Callum begriff, wen Ben meinte. Seine Miene verfinsterte sich noch weiter. »Hör endlich auf mit dem Unsinn und lass uns fahren!«

»Was soll das, Cal? Ich hab sie doch gesehen! Wer ist das Mädchen, dass du so ein Geheimnis daraus machst?«

»Das geht dich verdammt noch mal nichts an!«, entgegnete sein Freund wütend. Dann schüttelte er den Kopf. »Weißt du was, fahr allein zum Fest – ich hab keine Lust mehr.«

Er stieg aus, knallte Beifahrertür hinter sich zu und verschwand wieder im Haus.

»Idiot!« Ben drehte den Zündschlüssel und dann gab Gas. Kurz darauf ließ er Emerald Downs in einer aufwirbelnden Staubwolke zurück.

Als May drei Stunden später das Klappern des Schlüssels im Türschloss hörte, versteckte sie das Buch, in dem sie gerade las, hastig unter dem Kopfkissen. Doch es war nur ihr Cousin Callum, der gekommen war, um sie zu ihrem abendlichen Ausgang in den Garten zu lassen. Sie entspannte sich.

Seit acht Jahren lebte sie nun schon hier oben, in ihrem kleinen Zimmer im Dachgeschoss des Farmhauses. Viermal in der Woche kam ihre Tante Caroline zu ihr und gab ihr Unterricht im Rechnen, in Geschichte und Geografie. Ansonsten waren Callums Besuche und die Stunden im dunklen Garten die einzige Abwechslung in ihrem tristen Alltag. Ihren Onkel Ingram bekam sie nur sehr selten zu Gesicht – aber das konnte ihr auch nur recht sein.

Onkel Ingram machte ihr Angst. Die Art und Weise, wie er sie anschaute, jagte ihr eisige Schauer über den Rücken. Für ihn war sie der Schandfleck der Familie. Er hasste alles an ihr – ihre dunkle Haut, die schwarzbraunen Augen, das schwarze Haar. Warum sonst versteckte er sie vor der Welt und achtete tunlichst darauf, dass kein Außenstehender sie jemals erblickte?

»*Kio ora,* Cal!« May lächelte. »Hast du mir das Buch aus der Bibliothek mitgebracht, um das ich dich gebeten habe?«

Doch Callum erwiderte ihr Lächeln nicht. »Du musst damit aufhören«, sagte er ernst. »Mein Freund Ben hat dich am Fenster gesehen. Das hätte nie passieren dürfen! Mein Vater wird fuchsteufelswild, wenn er davon Wind bekommt!«

Schuldbewusst senkte May den Blick. Sie wusste genau, wovon Callum sprach. Ihr war der Junge gleich aufgefallen, der in seinem Wagen unten vor dem Haus gestanden hatte. Seine eisblauen Augen und das hellblonde Haar hatten sie fasziniert und ihr Herz schneller schlagen lassen.

Seufzend zuckte sie mit den Schultern. »Tut mir leid, ich wollte dir keine Schwierigkeiten bereiten.« Sie schlug die Augen auf. »Bist du mir jetzt böse?«

Die finstere Miene ihres Cousins entspannte sich, er lächelte. »Du weißt doch genau, dass ich dir überhaupt nicht böse sein kann. Und jetzt komm, ich lass dich in den Garten.«

Als May ins Freie trat, sog sie die kühle Abendluft tief in ihre Lungen. Über ihr glitzerten die Sterne am nachtschwarzen Himmel, und der Wind fuhr raschelnd durch die Kronen der Bäume, die das Grundstück umfassten.

»Du kommst doch allein zurecht, oder?«, fragte Callum.

May nickte. »Aber sicher. Geh ruhig.«

Sie drang tiefer in den nächtlichen Garten ein. In Momenten wie diesen fühlte sie sich dem Land um sich so nah, dass sie den Herzschlag der Erde zu spüren glaubte. May streckte die Arme aus, legte den Kopf in den Nacken und badete ihr Gesicht im Sternenglanz.

Da legte sich plötzlich eine Hand auf ihren Mund. Erschrocken riss May die Augen auf. Sie wollte sich losreißen, doch da hörte sie eine flüsternde männliche Stimme an ihrem Ohr: »Bitte, nicht schreien – ich bin ein Freund!«

Ben war nicht lange auf der Feier geblieben. Ohne Cal machte es ihm keinen rechten Spaß, und außerdem konnte er immerzu nur an das fremde Mädchen denken.

Sie ging ihm einfach nicht mehr aus dem Kopf, ganz egal, was er auch tat. Keine war so schön, so hinreißend wie sie. Obwohl er sie nur zwei Mal ganz kurz gesehen hatte, wusste er, dass *sie* es war: Das Mädchen seiner Träume, die Frau, mit der er sein ganzes Leben verbringen wollte.

Nachdem er das Fest verlassen hatte, war er eine ganze Weile einfach nur ziellos herumgefahren, bis er sich schließlich vor der Zufahrt zu Emerald Downs wiederfand. Einer spontanen Eingebung folgend, stellte er seinen Wagen ab und betrat das Gelände der Wood-Farm. Als er plötzlich Stimmen hörte, zog er sich hinter den wuchtigen Stamm eines Rata zurück.

Dann sah er *sie*, und ihm blieb fast das Herz stehen.

Er hatte einfach nicht anders gekonnt, als sich ihr zu nähern. Damit sie nicht gleich Callum auf ihn aufmerksam machte, hatte er ihr mit der Hand den Mund zugehalten. Jetzt ließ er sie los, und sie standen sich zum ersten Mal gegenüber. Ihre Schönheit raubte ihm den Atem. Sie war noch bezaubernder, als er sie in Erinnerung hatte. Diese langen, seidigen Wimpern, die vollen Lippen und diese unglaublich tiefgründigen schwarzbraunen Augen …

»Du … du bist Ben, oder?«

Überrascht schaute Ben sie an. »Du kennst meinen Namen?«

Sie lächelte schüchtern, und ihm war, als würde mitten in der Nacht plötzlich die Sonne aufgehen. »Callum hat mir von dir erzählt. Was tust du hier?«

»Ich bin gekommen, um dich zu sehen«, stieß Ben heiser hervor.

»Mich?« Ihre großen dunklen Augen wurden noch größer. »Aber … du kennst mich doch gar nicht!«

Ben lachte leise. »Stimmt. Aber ich brauchte dich nur einmal aus der Ferne sehen, und es war um mich geschehen.« Er schüttelte den Kopf. »Wer bist du? Und warum tut Callum so, als würde es dich gar nicht geben?«

Ihre Augen nahmen einen traurigen Ausdruck an. »Das ist eine lange Geschichte …«

»Ich habe die ganze Nacht Zeit, wenn es sein muss. Ich …«

»May?« Es war Cals Stimme, die plötzlich die Stille durchschnitt. »May, wo steckst du? Komm, ich muss dich wieder auf dein Zimmer bringen …«

»Ich muss zurück«, flüsterte sie atemlos. »Werden wir uns wiedersehen?«

Bens Herz klopfte heftiger. Er konnte den Gedanken kaum ertragen, sie gehen zu lassen. »Ich bin morgen um dieselbe Zeit wieder hier.«

Sie schenkte ihm ein strahlendes Lächeln, ehe sie wieder in Richtung Haus verschwand.

Seufzend ließ Ben sich gegen den Baumstamm sinken.

»May …« Er ließ sich den Namen auf der Zungen zergehen. Was für ein wunderschöner Name für das schönste Mädchen auf der ganzen Welt …

2. TEIL

1

Drei Wochen nachdem Kim von Mr Carter das Fohlen geschenkt bekommen hatte, lagen die Straßen von Aorakau wie ausgestorben da. Es war ein Samstagabend, und das einzige Lebewesen, das sich draußen blicken ließ, war eine magere dreibeinige Katze, die einen aufgeplatzten Müllsack in der schmalen Gasse neben dem *Cora's* nach Essensresten durchwühlte.

Die Bar hatte, zum ersten Mal seit Cora Miller sie führte, an einem Samstag geschlossen. Alles andere hätte auch kaum Sinn gemacht: Fast die gesamte Ortschaft hielt sich heute draußen auf der Makepeace-Farm bei dem großen Barbecue auf, mit dem Shelly sich für die unglaubliche Welle der Hilfsbereitschaft bedanken wollte, die ihr und ihrer Familie in den vergangenen Wochen zuteil geworden war.

Eigentlich war nur eine einzige Person ausdrücklich von ihrer Einladung ausgeschlossen worden. Doch jeder wusste, dass Geraldine Wood sowieso lieber gestorben wäre, als mit den Makepeace' ihren Einstand im Tal zu feiern. Ihre Abwesenheit tat der Stimmung auf dem Barbecue allerdings keinen Abbruch.

Shelly hatte eine Band organisiert, die Country und Western spielte, was bei den Leuten im Aorakau Valley sehr beliebt war. Es wurde getanzt, gelacht und vor allem viel gegessen und getrunken. Für die Kinder gab es eine Hüpfburg, ein paar Männer hatten einen Rugbyball mitgebracht und warfen sich gegenseitig lange Pässe zu. Es herrschte eine ausgelassene, fröhliche Atmosphäre, und auch Shelly amüsierte sich bestens – zumindest bis zu dem Moment, in dem sie Josh in der Menge der Feiernden erblickte.

Emily, die ihrem Blick gefolgt war, hob eine Braue. »Es gefällt Ihnen nicht, dass er hier ist«, stellte sie nüchtern fest.

»Nein«, entgegnete Shelly. »Ganz und gar nicht. Er ist ein Wood, und schon allein deshalb kann man ihm nicht trauen.«

Seufzend schüttelte Emily den Kopf. »Ich will Ihnen da nicht reinreden, und es geht mich eigentlich auch nichts an.«

»Aber?«

»Aber ich glaube immer noch, dass Sie ihm unrecht tun. Josh und seine Schwester sind nicht wie ihre Mutter. Nur weil Geraldine Ihnen Schwierigkeiten macht, bedeutetet das nicht automatisch, dass Josh auf der Seite seiner Mutter steht.«

»Es ist nett, dass Sie ihn in Schutz nehmen, Emily, aber Sie haben recht: Es geht Sie wirklich nichts an.« Shelly lächelte. »Außerdem habe ich im Moment weiß Gott andere Sorgen als meine wie auch immer geartete Beziehung zu Josh Wood.«

»Und die wären?«

»Zum Beispiel sollte ich mir endlich darüber klar werden, wie ich hier in Aorakau Valley den Lebensunterhalt für mich und meine Kinder bestreiten soll.«

»Vielleicht sollten Sie es hier einfach mit etwas Naheliegendem probieren?«

»Wie meinen Sie das?«

»Ist das wirklich so schwer zu erraten?« Emily zuckte mit den Schultern. »Warum tun Sie nicht einfach das, was Ihre Familie über viele Generationen auf diesem Land getan hat?«

Shelly blinzelte. »Sie meinen … ich soll Schafe züchten?« Fassungslos sah sie die ältere Frau an, die in den vergangenen

Wochen zu einer Freundin für sie geworden war. »Kommen Sie schon, Emily, das ist doch nicht Ihr Ernst!«

»Und was spricht dagegen? Alles, was Sie brauchen, ist vorhanden. Bis auf die Tiere. Die fehlen Ihnen noch.«

Kurz dachte Shelly über Emilys Worte nach, schüttelte dann aber den Kopf. »Nein, ich glaube, das ist keine besonders gute Idee. Ich habe nicht die blasseste Ahnung von der Schafzucht, wie sollte das also funktionieren?«

»Wenn das Ihre einzige Sorge ist«, entgegnete Emily gelassen, »würde ich es mir an Ihrer Stelle noch einmal in Ruhe durch den Kopf gehen lassen. Unterhalten Sie sich doch einmal mit Hal. Er scheint früher selbst als Schaffarmer gearbeitet zu haben, so gut wie er sich auskennt. Und er steht Ihnen mit seinem Wissen sicher gern zur Seite.«

»Apropos Hal – wo steckt er eigentlich?« Shelly stellte sich auf die Zehenspitzen und blickte sich suchend um. »Haben Sie ihn heute schon gesehen?«

»Nicht mehr, seit die ersten Gäste eingetroffen sind.«

»Dann werde ich ihn mal suchen gehen«, sagte Shelly. »Wie ich ihn kenne, hat er sich von der Feier abgesetzt, um irgendwo ein paar defekte Zäune zu reparieren. Aber heute wird nicht gearbeitet, sondern gefeiert!«

Doch in Wahrheit wollte Shelly ein bisschen allein sein, um in Ruhe nachzudenken. Hatte Emily am Ende vielleicht recht, und die Zukunft ihrer Familie lag in der Schafzucht? So, wie es schon in der Vergangenheit gewesen war? Mit der Hilfe und Unterstützung ihrer neuen Freunde konnte sie es möglicherweise tatsächlich schaffen, aber … wollte sie das überhaupt? Oder würde sie die Entscheidung, sich auf ein so gewagtes Unterfangen eingelassen zu haben, schon nach wenigen Wochen bereuen?

Einer Feuerwalze gleich raste der Brand auf die Siedlung zu. Der Wald glich einem flammenden Inferno. Dichter schwarzer Rauch erfüllte die Luft und legte sich wie ein Leichentuch über das ganze Tal. Längst konnte von geordnetem Rückzug keine Rede mehr sein. Menschen und Tiere ergriffen gleichermaßen die Flucht, jeder kämpften für sich ums nackte Überleben. Die Zustände waren apokalyptisch.

Will, der mit angewinkelten Knien an der Rückwand der frisch renovierten Vorratsscheune lehnte, schloss die Augen. Obwohl er nur ein Foto in einem Buch vor sich sah, beschlich ihn einen Moment lang das Gefühl, den beißenden Gestank des Qualms riechen und das ohrenbetäubende Brüllen der Flammen tatsächlich hören zu können.

Sein Herz fing an zu hämmern.

Was würdest du tun? Denk nach – was wäre die richtige Löschmethode für so ein Feuer?

Doch so sehr er sich auch bemühte, der Lärm der Party, der bis zu ihm auf die Rückseite der Vorratsscheune drang, machte es ihm unmöglich, sich auf das Szenario zu konzentrieren. Dabei spielte die Band gerade *Ring of Fire* von Johnny Cash – eigentlich ziemlich passend.

Will wandte sich wieder dem Buch zu, das er von seinem Vater zum siebten Geburtstag bekommen hatte. Es ging um reale Brände, vor allem aber über die heldenhaften Feuerwehrleute, die diese besiegt hatten. Er las eigentlich nur Bücher, die irgendwie mit Feuer zu tun hatten. Seine Mom hatte eine Weile versucht, ihn für die Abenteuer von Tom Sawyer oder Harry Potter zu begeistern, doch dafür interessierte er sich ebenso wenig wie für Comics und Computerspiele. Er wollte auch nicht Profifootball- oder Rugbyspieler werden wie die meisten anderen Jungs in seinem Alter. Wills großer Traum war es, eines Tages ein richtiger Firefighter zu werden. Und für gewöhnlich kümmerte es ihn auch nicht, wenn andere ihn deshalb für seltsam hielten. In letzter Zeit allerdings …

An seiner alten Schule in L. A. war er auch eher ein Außenseiter gewesen. Doch dort hatte er wenigstens ein paar Freunde gehabt. So wie Brandon aus dem Physikklub und Todd, das Mathegenie …

Hier in Neuseeland hatte er überhaupt niemanden. Man behandelte ihn wie einen Freak, und inzwischen fühlte er sich selbst auch schon wie einer. Dabei fand er sein neues Zuhause, von diesem Problem einmal abgesehen, wirklich cool. Im Gegensatz zu Kim, die immer noch ihrem alten Leben in L. A. nachtrauerte – in letzter Zeit dank ihres Fohlens Firefly jedoch bereits sehr viel seltener als zuvor –, hatte Will eigentlich vom ersten Augenblick an gewusst, dass er nie wieder aus Aorakau Valley wegwollte. Das einfache Leben auf der Farm, zusammen mit seiner Mutter und Kim und natürlich mit Emily, Hal und Lenny, gefiel ihm wirklich gut. Außer seinem Dad gab es eigentlich überhaupt nichts, weshalb er zurück nach Kalifornien gewollt hätte. Aber selbst das Leben im Paradies konnte verdammt einsam sein, wenn man niemanden zum Reden hatte. Und manchmal wünschte er sich schon, er könnte ein bisschen mehr wie Jason O'Leary sein, der Star des Schul-Rugbyteams, beliebt bei den Jungs und vor allem auch bei den Mädchen von Aorakau Valley.

Seufzend klappte Will sein Buch zu. Vielleicht stimmte es ja, was dieser Typ kürzlich in der Talkshow, die er zusammen mit Emily angesehen hatte, behauptete: Wenn du eine Sache wirklich willst, dann musst du auch bereit sein, etwas dafür zu tun.

Er wusste, dass auf der Feier auch ein paar Leute aus der

Schule waren, und er konnte ja wenigstens mal versuchen, mit ihnen warm zu werden. Möglicherweise brauchte es bloß einen kleinen Schubs, und all seine Probleme lösten sich ganz von allein.

So wirklich daran glauben konnte er aber selbst nicht.

Trotzdem stand er auf, um zur Party zurückzukehren, als er eine Gruppe von Jungs auf der kleinen Lichtung entdeckte. Einer von ihnen war Jason O'Leary.

»Das Scheißzeug brennt einfach nicht!«, hörte er Jasons besten Freund Keith Braddock fluchen.

Erst jetzt bemerkte Will den Stoß vertrockneter Äste, den die Drei in der Mitte der Lichtung aufgeschichtet hatten. Er runzelte die Stirn. Wollten sie etwa ein Lagerfeuer entzünden?

Will schüttelte den Kopf. Waren die denn völlig verrückt geworden? Seit über drei Wochen hatte es nicht mehr geregnet, der Boden war völlig ausgetrocknet, ebenso wie sämtliche Büsche und Sträucher im Tal. Unter diesen Bedingungen konnte jeder noch so kleine Funke ausreichen, um eine Katastrophe auszulösen. Offene Feuer waren daher im Augenblick strengstens verboten, und Wills Mom hatte für ihr Barbecue sogar eine Ausnahmegenehmigung besorgen müssen.

Aber dass das, was diese Idioten da machten, echt gefährlich war, kapierten sie wohl nicht. Will hatte schon Bilder von verheerenden Waldbränden und Buschfeuern gesehen, und sein Respekt vor der zerstörerischen Kraft war gewaltig. Er wusste, dass er die Jungs aufhalten musste; allerdings ahnte er schon, dass Jason über seine Einmischung nicht gerade begeistert sein würde. Und Stress mit dem beliebtesten Jungen der Schule war wirklich das Allerletzte, was Will im Augenblick brauchen konnte.

Und du willst Feuerwehrmann werden? Wie soll das gehen, wenn du es nicht mal hinkriegst, dich gegen einen dreizehnjährigen Typen aus deiner Schule durchzusetzen?

Will atmete tief durch, dann ging er langsam los.

»Versuch's mal hiermit!«, sagte Bobby Farraday und reichte Keith ein Sturmfeuerzeug. Doch ehe Keith es ausprobieren konnte, drängte Jason ihn zur Seite.

»Lass mich mal!« Der Star des Rugbyteams zog eine Flasche aus seiner Hosentasche und schraubte den Deckel auf. Dann goss er den Inhalt über den Stapel aus Holzscheiten und streckte, ohne sich dabei umzusehen, die Hand nach dem Feuerzeug aus. »So, und jetzt gib mal her.«

Will ahnte, was Jason vorhatte. Er ließ sein Buch über Brandschutz fallen und fing an zu rennen. »Jason, nicht!«, rief er, so laut er konnte.

Doch es war zu spät. Eine riesige Stichflamme schoss in die Höhe, als sich die Flüssigkeit – vermutlich Spiritus oder Benzin – entzündete. Jason und seine Freunde prallten wie von einer unsichtbaren Faust getroffen zurück. Sie hatten Glück, dass die Druckwelle sie voll erwischt hatte, denn sonst wären sie vermutlich alle drei gegrillt worden. Noch deutlich benommen und irritiert rappelten sie sich vom Boden auf und merkten gar nicht, dass das Feuer bereits auf einen Strauch übergegriffen hatte, dessen trockene Zweige bis weit über die Lichtung hingen.

Dafür entdeckte einer von ihnen Will und schlug Alarm.

»*Bugger!*«, fluchte Jason, was so viel wie »verdammter Mist« bedeutete, wie Will inzwischen wusste. Dann wirbelte er herum – und lief einfach los. Seine vier Freunde folgten ihm nach kurzem Zögern.

»Hey!«, schrie Will ihnen hinterher, doch sie blieben nicht stehen. Kurz überlegte er, ob er ihnen nachlaufen sollte, entschied sich dann aber dagegen. Jemand musste sich um das Feuer kümmern, ehe es noch weiter um sich greifen konnte. »Vollidioten!«

Im Rennen zog er seine Jeansjacke aus und schlug damit auf den brennenden Dornbusch ein, um die Flammen zu ersticken. Beißender Rauch brannte ihm in den Augen, und die Hitze, die ihm entgegenschlug, war mörderisch. Doch Will gab nicht auf, und schließlich verloschen die Flammen. Das Lagerfeuer selbst hatte er schneller unter Kontrolle, es ließ sich mit Staub und Erde ersticken. Die letzten Reste trat Will mit den Sohlen seiner Sneakers aus.

Erleichtert wischte er sich mit dem Handrücken den Schweiß von der Stirn. Geschafft!

Jetzt, wo die Zufuhr von Adrenalin langsam nachließ, spürte er, wie seine Knie anfingen zu zittern. Ein leichtes Schwindelgefühl ergriff von ihm Besitz. Vermutlich handelte es sich um die Auswirkungen des Schocks und des Rauchs, den er vorhin eingeatmet hatte. Zum Glück wusste er, was zu tun war. Um seinen Kreislauf wieder in Schwung zu bringen, beugte er sich vor, stützte sich mit den Händen auf den Oberschenkeln ab und zwang sich, tief und gleichmäßig durchzuatmen. Das Schwächegefühl ebbte langsam ab.

Er wollte sich gerade wieder aufrichten, als sich von hinten eine Hand auf seine Schulter legte. Im nächsten Moment wurde er grob herumgerissen und blickte in das finstere Gesicht von Dexter Smith, dem Bürgermeister von Aorakau.

»Kannst du mir mal erklären, was du da machst, Bürschchen?«

Erschrocken riss Will die Augen auf. »Ich … Ich war gerade zufällig in der Nähe, als ich die Flammen entdeckt habe, Sir. Ich weiß ja, dass aufgrund der Trockenheit Lagerfeuer im Moment streng verboten sind.«

Smith musterte ihn argwöhnisch. »Du behauptest also, dass du damit nichts zu tun hast?« Er schüttelte Will. »Sei ehrlich, Junge. Lügen helfen dir nicht weiter. Außer dir und mir ist kein Mensch in der Nähe. Gib doch zu, dass du es warst!«

»Sie denken, ich … Nein!« Er schüttelte verzweifelt den Kopf. »Ich habe damit wirklich nichts zu tun!«

Doch der Blick des Bürgermeisters machte mehr als deutlich, dass er ihm nicht glaubte. »Weißt du, was ich vermute, mein Sohn? Dir war es auf der Party deiner Mutter zu langweilig, deshalb hast du dich weggeschlichen und dir überlegt, wie du den Abend ein bisschen aufregender gestalten könntest. Dabei bist du dann auf die Idee mit dem Feuer gekommen, stimmt's?«

»Nein!« Wieder schüttelte Will energisch den Kopf. »Es war ganz anders, ich …« Mit einem unterdrückten Stöhnen biss Will sich auf die Unterlippe. Er konnte Bürgermeister Smith unmöglich erklären, was wirklich geschehen war. Wenn er Jason und seine Freunde ans Messer lieferte, hatte er für alle Zeiten verloren, so viel stand fest. Aber was sollte er sonst sagen? Er probierte es mit einer Notlüge: »Als ich das Feuer entdeckt habe, war schon niemand mehr auf der Lichtung. Ich habe nicht gesehen, wer es angezündet hat, ehrlich! Ich war's jedenfalls nicht!«

Dexter Smith schüttelte den Kopf und wollte gerade etwas erwidern, als hinter ihnen eine donnernde Stimme erklang.

»Was zum Teufel geht hier vor, Dexter?«

Will fiel ein Stein vom Herzen, als er sich umdrehte und Josh erblickte.

»Der Junge hat hinter dem Schuppen auf der Lichtung ein kleines Feuerchen gemacht.« Der Bürgermeister bedachte Josh mit einem herausfordernden Blick. »Nicht auszudenken, was alles hätte passieren können, wenn ich nicht zufällig aufgetaucht wäre!«

»Ist das wahr?«, fragte Josh.

Wills Herz hämmerte. Er hatte einen Kloß von der Größe eines Felsbrockens im Hals, der sich auch durch heftiges Schlucken nicht vertreiben ließ. Am liebsten hätte er in die Welt hinausgebrüllt, was wirklich passiert war – doch wer würde ihm schon glauben? Jason, Keith und Bobby galten als die Hoffnungsträger des Rugbyteams von Aorakau Valley. Sie stammten aus angesehenen Familien und waren allseits beliebt. Will dagegen wohnte erst seit kurzer Zeit im Tal und war bisher nicht großartig in Erscheinung getreten, weder im positiven noch im negativen Sinne.

Er schüttelte den Kopf. »Ich war das nicht, Josh, ehrlich!«

»Ich weiß, was ich gesehen habe«, beharrte der Bürgermeister stur auf seinem Standpunkt. »Und ich empfinde diesen Zwischenfall nach allem, was in den letzten Monaten im Tal passiert ist, als extrem beunruhigend. Jeder Brandstifter hat schließlich mal klein angefangen.«

Josh runzelte die Stirn. »Übertreiben Sie jetzt nicht ein wenig, Bürgermeister? Selbst wenn Will getan hat, was Sie ihm unterstellen, dann bestimmt nicht, um irgendwelchen Schaden anzurichten.«

»Aber ich habe nicht …!« Ein kurzer Blick von Josh, der so viel ausdrückte wie »Lass gut sein Junge, ich regle das schon«, ließ Will verstummen.

»Sie wissen doch genau, dass der Junge unmöglich unser Feuerteufel sein kann. Mit den Bränden hat es lange vor der Zeit angefangen, als Will und seine Familie hierherkamen. Könnte es nicht auch eine andere Möglichkeit geben?«

»Ich weiß doch wohl noch, was ich gesehen habe!«, protestierte Dexter Smith.

»Manchmal steckt hinter Dingen, die man glaubt zu sehen, etwas ganz anderes.«

»Zum Beispiel?«

»Nun, könnte es nicht möglich sein, dass Sie beobachtet haben, wie Will versucht hat, ein Feuer zu *löschen,* und nicht, eines zu entzünden?« Als Smith schwieg und dabei immer wieder die Stirn runzelte, hakte Josh nach. »Es sind ziemlich schwere Anschuldigungen, die Sie gegen diesen Jungen erheben, Dexter. Daher frage ich noch einmal, ob Sie wirklich absolut sicher sind, dass Sie das so stehen lassen wollen?«

Wills Herz hämmerte wie verrückt. Er vermochte immer noch nicht zu begreifen, wie jemand annehmen konnte, er habe ein Feuer gelegt. Das war absurd! Vollkommener Irrsinn! Wie war er bloß in diese merkwürdige Situation geraten? Er hatte doch nur helfen wollen!

Als er glaubte, die Anspannung keine Sekunde mehr länger aushalten zu können, knickte Smith ein.

»Diese ganze Diskussion ist einfach lächerlich«, fauchte er zornig. »Sie machen ja sowieso, was Sie wollen, Wood!«

Mit diesen Worten versetzte er Will einen unsanften Stoß zwischen die Schulterblätter, der ihn nach vorne taumeln ließ, drehte sich um und ging.

»Puh, das ist ja noch einmal gut gegangen«, sagte Josh und fuhr Will durch das strubbelige Haar. »Und jetzt geh zurück zur Feier und amüsier dich. Deine Mutter hat sich solche Mühe damit gegeben, dieses Fest zu organisieren. Es wäre doch schade, wenn es jetzt wegen dieser dummen Sache verdorben würde, nicht wahr?«

Will nickte. »Danke!« Er wollte noch viel mehr sagen, aber er fand einfach nicht die richtigen Worte. Deshalb drehte er sich um und lief, wie Josh es ihm aufgetragen hatte, zurück zum Fest. Nach Feiern war ihm allerdings jetzt nicht mehr zumute.

»Wo hast du denn so lange gesteckt, Josh?« Gracie Miller, deren Mutter das *Cora's* gehörte, begrüßte Josh mit einem lasziven Augenaufschlag – oder zumindest dem, was sie dafür hielt. »Ich habe dich ganz schrecklich vermisst. Wollen wir tanzen?«

Josh unterdrückte ein Seufzen. Gracie flirtete schon seit der gemeinsamen Schulzeit mit ihm. Die lag zwar schon eine ganze Weile zurück, doch offenbar hatte sie die Hoffnung nie wirklich aufgegeben. Und jetzt, wo seine Trennung von Helen allgemein bekannt geworden war, witterte sie anscheinend Morgenluft.

Er mochte Gracie. Sie war ein nettes Mädchen, aber sie ähnelte ihrer Mutter leider ein bisschen zu sehr, als dass Josh sie auch nur ansatzweise hätte anziehend finden können. Nur brachte er es einfach nicht übers Herz, ihr die Wahrheit zu sagen.

Im Augenblick jedoch hatte er völlig andere Dinge im Kopf. Er musste Dexter Smith suchen und noch einmal in Ruhe mit ihm reden. Es gefiel ihm nicht, wie das Gespräch vorhin zu Ende gegangen war. Irgendwie wurde er das Gefühl nicht los, dass die Sache noch nicht ausgestanden war.

»Ach, komm schon«, drängelte Gracie, als er freundlich, aber bestimmt ablehnte. »Nur einen einzigen Tanz, Josh. Das wirst du doch wohl über dich bringen können, oder nicht?«

Sie sah aus, als wolle sie jeden Moment in Tränen ausbrechen, also gab Josh schließlich nach. Kurz darauf fand er sich auf der Tanzfläche wieder. Strahlend lag Gracie in seinen Armen, während sie sich zu den Klängen eines Songs von Ann Pascoe im Kreis drehten. Wenn sie lächelte, sah sie sogar ganz hübsch aus. Doch Josh konnte immer nur daran denken, wie es wäre, stattdessen Shelly in den Armen halten zu dürfen.

Als die Band gerade das nächste Stück anspielte, erblickte er sie, wie sie sich einen Weg durch die Menge bahnte. Sie kam direkt auf ihn zu – doch ihrem Gesichtsausdruck nach zu urteilen war ihr ganz und gar nicht nach Tanzen zumute.

»Kannst du mir bitte mal erklären, was das soll, Joshua Wood?« Sie war vor ihm stehen geblieben und hatte die Arme vor der Brust verschränkt. Finster schaute sie ihn an. »Warum mischst du dich immer wieder ungefragt in meine Angelegenheiten?«

»Was?« Josh machte sich von Gracie los, die von der Störung gar nicht begeistert war und deshalb auch demonstrativ an ihrem Platz blieb. »Wovon sprichst du eigentlich?«, stellte er Shelly zur Rede.

»Will hat mir erzählt, was passiert ist. Also – was hast du dazu zu sagen?«

Gracie, die Joshs Interesse endgültig schwinden sah, drängte sich dazwischen. »Sehen Sie denn nicht, dass Josh beschäftigt ist?«, fauchte sie Shelly an. »Warten Sie gefälligst, bis Sie an der Reihe sind!«

Josh seufzte. Die Leute fingen schon an, neugierig zu gucken. Normalerweise kümmerte er sich nicht um solche Dinge, doch es ging hier um Shellys Sohn, und er wollte nicht, dass alle Welt von dem erfuhr, was vorhin geschehen war.

Er packte Shelly am Arm. »Nicht hier!« Dann wandte er sich mit einem bedauernden Lächeln an Gracie. »Wir holen das irgendwann nach, okay?«

Gemeinsam mit Shelly verließ er die Tanzfläche und ging dann weiter in Richtung Haus. Er war wütend und legte ein ordentliches Tempo vor, sodass Shelly kaum mithalten konnte.

»Verdammt, lass mich los!«, fauchte sie, als sie endlich außer Hörweite der Leute waren. »Du tust mir weh!«

Er gab ihren Arm frei und fuhr sich durchs Haar. »Tut mir leid, aber …« Verärgert schüttelte er den Kopf. »Was sollte dieser Auftritt gerade? Willst du unbedingt, dass alle Welt erfährt, was Will …«

»Was denn, hm?« In Shellys Augen loderte ein blauviolettes Feuer. »Du weißt genauso gut wie ich, dass mein Sohn niemals einen Brand legen würde, Josh Wood!«

»Richtig. Und eben aus diesem Grund habe ich ihn ja auch vor dem Bürgermeister in Schutz genommen, verdammt! Was willst du eigentlich von mir?«

»Dass du endlich damit aufhörst, dich ständig in meine Angelegenheiten einzumischen! Ist das denn wirklich so schwer zu verstehen? Ich …«

»Mom, was tust du denn da?« Sie waren so in ihre Auseinandersetzung vertieft gewesen, dass keiner von ihnen Will bemerkt hatte, der ihnen gefolgt war. Stirnrunzelnd schaute er seine Mutter jetzt an. »Josh wollte mir doch nur helfen!«

Shelly seufzte. »Wir brauchen seine Hilfe aber nicht, Schatz!«, erklärte sie leise. Dann wandte sie sich erneut an Josh, und sofort gewann ihre Stimme wieder an Schärfe. »Ich bin durchaus in der Lage, mich selbst um die Belange meiner Familie zu kümmern!«

»Mom, bitte …!«

»Geh wieder zurück auf die Feier, ja, Liebling?«

»Aber ich will nicht, dass ihr meinetwegen streitet!«

Shelly ging neben ihrem Sohn in die Hocke und lächelte. »Es hat nichts mit dir zu tun, Will. Das ist so ein Erwachsenending, okay? Josh und ich müssen das unter uns klären.

Geh jetzt bitte und such deine Schwester, und dann lasst euch von Emily ein ganz besonders saftiges Grillsteak geben, einverstanden?«

Unsicher blickte Will in Joshs Richtung, der aufmunternd nickte. Dem Jungen war deutlich anzusehen, dass er sich nicht wohl in seiner Haut fühlte. Doch schließlich drehte er sich um und kehrte zum Fest zurück.

»Nun?« Josh maß Shelly mit einem herausfordernden Blick. »Mich würde ebenfalls interessieren, warum du nicht einfach froh darüber sein kannst, dass es mir gelungen ist, die Situation zu klären …«

»Was willst du eigentlich, Josh?«, gab sie verärgert zurück. »Soll ich zum Dank vor dir auf die Knie fallen, weil du dich für meinen Sohn eingesetzt hast?«

»Das wäre dann vielleicht doch ein bisschen zu viel des Guten.« Er schüttelte den Kopf und ging nun seinerseits zum Angriff über. »Was hast du eigentlich für ein Problem, Shelly? Kannst du es generell nicht ertragen, die Hilfe eines Mannes anzunehmen, oder wird nur mir diese zweifelhafte Ehre zuteil?«

»Was bildest du dir denn ein?«

»Soll ich dir sagen, was ich glaube?« Er lächelte herablassend. »Du hast Angst, mich zu nah an dich herankommen zu lassen!«

»Was? Du bist ja verrückt!« Sie wandte sich ab, um zu gehen. »Diesen Unsinn brauche ich mir nicht anzuhören!«

Doch Josh war noch längst nicht fertig mit ihr. Er packte sie am Handgelenk und hielt sie zurück, sodass sie das Gleichgewicht verlor und in seinen Armen landete.

Ihm stockte der Atem.

Es überraschte ihn jedes Mal aufs Neue, welche überwältigende Wirkung Shelly auf ihn ausübte. Sie zu halten und sie nicht zu küssen war wie gegen einen reißenden Strom anzuschwimmen – einfach unmöglich. Alles, was er tun konnte, war das Unvermeidliche hinauszuzögern, mehr nicht. Doch wenn sie der Sache nicht bald ein Ende bereitete, indem sie sich von ihm losmachte, konnte er für nichts mehr garantieren.

Aber sie tat nichts dergleichen. Stattdessen sah sie ihn einfach nur aus großen Augen an. Ihre vollen, samtig roten Lippen waren ein wenig geöffnet, sodass er das Weiß ihrer Zähne hindurchschimmern sehen konnte. Ihre Brust hob und senkte sich hastig, ein feiner Schweißfilm lag auf ihrer Stirn.

Josh hielt die Luft an. Die Sehnsucht nach ihr wurde so übermächtig, dass er sie nicht länger im Zaum halten konnte. Er vergrub die Hände in Shellys langem, rotgoldenem Haar, zog ihr Gesicht zu sich heran und küsste sie.

Der Boden unter seinen Füßen schien zu erzittern. Wie aus weiter Ferne drangen die Geräusche der Party an sein Ohr. Fetzen von Unterhaltungen, leises Gelächter und die Band, die *When a man loves a woman* von Percy Sledge spielte. Es war, als würden Shelly und er sich in einer riesigen Seifenblase fernab der Realität befinden, wo nichts und niemand sie erreichen konnte.

Doch dann platzte diese Seifenblase ganz unvermittelt, als Shelly sich von ihm losriss und zwei Schritte zurückstolperte.

»Nein!«, stieß sie atemlos hervor, und in ihrem Blick flackerte eine seltsame Mischung aus Sehnsucht und Bestürzung. Sie schien noch etwas sagen zu wollen, doch dann schüttelte sie den Kopf, drehte sich um und lief davon.

Josh folgte ihr nicht.

Zweieinhalb Wochen später stand Shelly auf der Veranda des Farmhauses und wartete auf das Eintreffen der Lieferung, die den Grundstock für ihre neue Zukunft in Neuseeland bilden sollte.

Seit dem Abend des Barbecues hatte Shelly immer wieder über Emilys Worte nachgegrübelt. Sie als Schaffarmerin? Die Vorstellung war ihr zunächst völlig absurd erschienen. Doch je länger sie darüber nachdachte, umso logischer erschien es ihr in der Konsequenz. Warum sollte sie eigentlich nicht das tun, womit ihre Familie über viele Generationen ihren Lebensunterhalt verdient hatte?

Nach einem langen Gespräch mit Hal war Shelly schließlich zu dem Entschluss gekommen, dass sie es zumindest versuchen wollte. Das unternehmerische Risiko war im Grunde nicht besonders groß. Die entsprechenden Gebäude waren vorhanden, ebenso das notwendige Weideland, und wenn sie erst einmal nur eine überschaubare Herde anschafften, brauchten sie vorerst keine neuen Arbeiter einzustellen. Und sie war doch schließlich nach Neuseeland gekommen, um ganz von vorn anzufangen, oder etwa nicht?

Und so war sie am vergangenen Wochenende auf den großen Viehmarkt von Palmerston gefahren, der einmal jährlich veranstaltet wurde. Eigentlich hatte Hal sie begleiten wollen, doch da er tags zuvor plötzlich hohes Fieber und Schüttelfrost bekommen hatte, war er ausgefallen. Und weil Lenny wegen der Hochzeit eines Cousins das ganze Wochenende in Invercargill verbrachte, hatte sich Shelly kurzerhand allein auf den Weg gemacht.

Auf dem Viehmarkt war ihr dann recht schnell klar geworden, dass sie noch sehr viel lernen musste. Sie hatte ja keine Ahnung gehabt, wie viele verschiedene Rassen von Schafen es gab! Die Palette reichte von Merinos über Rambouillets bis hin zu Suffolk-, Leicester- und Targheeschafen.

Ebenso unterschiedlich wie die Namen und rassenspezifischen Eigenschaften der Tiere waren auch die Preise, die für sie erzielt wurden. Am Ende des Tages schwirrte Shelly der Kopf vor lauter Bezeichnungen und Zahlen – eine Herde für ihre Farm aber hatte sie noch immer nicht.

Sie war kurz schon davor gewesen, nach Hause zu fahren und ihre Niederlage einzugestehen, als sie Percy Goodspeed begegnete. Der hilfsbereite junge Mann arbeitete für einen der größten Züchter, der auf dem Viehmarkt sowohl ein- als auch verkaufte. Er hatte Shelly erklärt, dass sein Job darin bestand, für die beste Ware den niedrigstmöglichen Preis auszuhandeln. Natürlich hatte er als Experte Shellys Unsicherheit gleich bemerkt und sie unter seine Fittiche genommen. Ihm verdankte sie auch den Kontakt zu einem Züchter aus Manapouri, der ihr nach kurzer Rücksprache mit Percy ein wirklich gutes Angebot für eine kleine Herde aus drei Dutzend Tieren gemacht hatte, auf das sie sofort eingegangen war.

Und heute war es endlich so weit – der Transporter mit den Schafen musste jeden Moment eintreffen. Shelly freute sich schon darauf, Hals Gesicht zu sehen. Er hatte zwar nichts gesagt, aber die Skepsis war ihm überdeutlich anzumerken gewesen. Ihm hatte es von Anfang an nicht gefallen, dass sie auf eigene Faust zum Viehmarkt gefahren war.

»Wenn ich mich nicht täusche, kommt dort hinten Ihre Lieferung.«

Die Stimme hinter ihr riss sie aus ihren Überlegungen. Es war Hal, der aus dem Haus gekommen war und nun zu ihr an die Brüstung der Veranda trat. *Wenn man vom Teufel spricht …*

Jetzt bemerkte auch Shelly den Truck, der sich auf der holprigen Zufahrtsstraße der Farm näherte. Sie war so in Gedanken versunken gewesen, dass sie ihren großen Moment beinahe verpasst hätte.

»Fühlen Sie sich schon wieder fit genug, um aufzustehen?«, erkundigte sie sich.

Missbilligend verzog Hal das Gesicht. »Mag sein, dass ich ein alter Mann bin, aber deshalb muss ich noch lange nicht mit Samthandschuhen angefasst werden. Zum Ausruhen bleibt mir noch genug Zeit, wenn ich tot bin.«

Shelly unterdrückte ein Schmunzeln. »Natürlich, entschuldigen Sie bitte – mein Fehler …«

Seite an Seite traten sie auf den Hof hinaus, als der Wagen zwei Minuten später vor dem Haus vorfuhr. Zum ersten Mal seit vielen Jahrzehnten war auf der Makepeace-Farm wieder das Blöken von Schafen zu hören. Es war ein infernalischer Lärm, aber in Shellys Ohren klang es beinahe wie Musik. Mit Ruhe und Frieden ist es jetzt erst einmal vorbei, dachte sie lächelnd, doch die Vorstellung schreckte sie keineswegs. Im Gegenteil: Es war ein Zeichen dafür, dass die Dinge vorangingen. Ein Zeichen des Neubeginns. Sie und die Kinder waren endgültig in Neuseeland angekommen. Jetzt konnte ihr neues Leben beginnen.

Während Shelly zum Fahrer des Trucks ging, um die Lieferpapiere zu unterzeichnen, trat Hal ans hintere Ende des Fahrzeugs und begutachtete die Tiere.

»Sind das nicht ganz prächtige Exemplare?«, rief sie ihm zu. »Und kerngesund! Davon habe ich mich auf dem Viehmarkt selbst überzeugt.« Sie nahm die Durchschläge der Dokumente entgegen und drehte sich freudestrahlend zu Hal um, der gerade auf sie zukam – doch ihr Lächeln gefror angesichts seiner ernsten Miene.

»Sagen Sie nicht, dass das«, er deutete nach hinten zum Anhänger des Trucks, »die Schafe sind, die Sie bei der Viehauktion gekauft haben!«

»Doch, natürlich, ich meine …« Sie drückte ihm die Papiere in die Hand und eilte zum Ende des Fahrzeugs. Das Herz klopfte ihr vor Aufregung bis zum Hals. Hatte sie etwas falsch gemacht? Waren ihr am Ende womöglich doch kranke oder alte Tiere untergejubelt worden? Sie rechnete mit dem Schlimmsten – umso erleichterter war sie, als sie kurz darauf alles in bester Ordnung vorfand. Die Schafe auf der Ladefläche wirkten wohlgenährt und quickfidel. Neugierig blickten einige sie aus ihren schwarzen Knopfaugen an.

»Sie können abladen«, rief Shelly dem Fahrer des Trucks zu. »Fahren Sie am besten rüber zum Gatter, dann können wir die Tiere gleich hineintreiben und …«

»Nein!«, fiel Hal ihr ins Wort und hielt dem Mann die Lieferpapiere hin. »Sie nehmen die Tiere wieder mit und richten Ihrem Auftraggeber aus, dass er von uns keinen Dollar für diese Tiere bekommen wird.«

Doch der Fahrer schüttelte den Kopf. »Keine Chance. Die Viecher sind längst bezahlt, und für Beschwerden bin ich nicht zuständig …« Fragend blickte er zwischen Shelly und Hal hin und her. »Ja, was is' nun? Wohin jetzt damit?«

Hal beachtete ihn gar nicht. »Sie haben im Voraus für diese Tiere bezahlt?«, stellte er Shelly zur Rede.

Die blinzelte irritiert. »Nun, ich … Ja, natürlich habe ich das. War das falsch? Hören Sie, Hal, ich verstehe nicht, was die ganze Aufregung soll. Was ist denn los? Stimmt etwas nicht?«

Seufzend fuhr Hal sich mit der Hand durchs Haar. »Das kann man wohl sagen«, erwiderte er kopfschüttelnd. »Shelly, das hier sind ganz herrliche Tiere, gesund und munter – aber es sind Cotswolds.«

»Cots … was?« Shelly verstand kein Wort.

»Fleischschafe«, erklärte Hal. »Tiere, die zur Produktion von Schlachtlämmern gezüchtet werden. Natürlich produzieren sie auch Wolle – aber in viel geringerem Umfang und von schlechterer Qualität als beispielsweise Merinoschafe.«

Shelly spürte, wie sich eisige Kälte in ihrem ganzen Körper ausbreitete. Plötzlich wurde ihr ganz flau im Magen, und sie spürte, wie ihr sämtliches Blut aus dem Gesicht wich. »Soll das etwa heißen ...«

»Ich fürchte, man hat Sie über den Tisch gezogen, Shelly. Tut mir wirklich leid.«

»Was soll das heißen, Sie können das Land nicht an mich verkaufen?« Ungläubig schüttelte Josh den Kopf, während seine Hand das Handy immer fester umklammerte. »Wir hatten doch im Grunde bereits alles besprochen, Cameron! Der Preis stand fest, es ging nur noch darum, die Vereinbarung schriftlich zu fixieren. Sie können doch jetzt nicht einfach einen Rückzieher machen, Mann!«

Der Mann am anderen Ende der Leitung seufzte. »Hören Sie, Josh, es geht nicht gegen Sie. Ich möchte einfach keinen Ärger, und ...«

»Ach, daher weht der Wind!« Sofort horchte Josh auf. »Man hat Sie unter Druck gesetzt, stimmt's? Verdammt, Timothy, wollen Sie sich das wirklich gefallen lassen?«

»Meine Gründe gehen Sie nichts an, Wood!« Die Stimme von Timothy Cameron klang gereizt. »Es ist meine freie Entscheidung, an wen ich mein Grundstück verkaufe – und ich habe mich gegen Sie entschieden. Tut mir wirklich leid.«

»Also, das darf doch nicht ...!« Als Josh klar wurde, dass sein Gesprächspartner bereits aufgelegt hatte, warf er mit einem ungehaltenen Fluch das Handy aufs Bett.

Er war gerade von der Weide zurückkehrt und auf sein Zimmer gegangen, um sich fürs Abendessen umzuziehen, als ihn Camerons Anruf erreicht hatte. Josh stand schon seit fast einer Woche mit dem Farmer in Verhandlungen, der ein Stück Land verkaufen wollte, das direkt an Emerald Downs angrenzte. Es war zwar längst nicht so gut geeignet für seine Pläne wie die Makepeace-Farm oder die Ländereien seiner Familie. Aber da er weder bei Shelly noch bei seiner Mutter bisher einen Schritt vorangekommen war, hatte er sich nach Alternativen umgesehen.

Das Grundstück von Timothy Cameron kam dem, was Josh benötigte, recht nah. Und um nicht länger von der Vereinbarung mit seiner Mutter abhängig zu sein, hatte er sich kurzfristig zum Kauf entschlossen. Im Grunde war bereits alles unter Dach und Fach gewesen; trotzdem kam Camerons plötzlicher Sinneswandel für Josh nicht einmal sehr überraschend. Es war nun schon das zweite Mal innerhalb des vergangenen Monats, dass so etwas passierte. Zufall? Nein, daran glaubte Josh eher nicht. Und er brauchte auch nicht lange zu überlegen, um zu erraten, wem er diesen ganzen Ärger zu verdanken hatte.

So wie er war – in staubigen Jeans und einem verschwitzten Unterhemd – verließ er sein Zimmer und eilte durch den lang gestreckten Korridor. Mit seinen schweren Stiefeln polterte er die Treppe hinunter und stürmte kurz darauf in das Arbeitszimmer seiner Mutter.

Die saß hinter ihrem Schreibtisch und blickte nur flüchtig von den Unterlagen auf, in die sie gerade vertieft war. »Joshua, was gibt es?«

»Da fragst du noch?« Wütend funkelte er sie an und trat näher an den Schreibtisch heran. »Kannst du mir wohl erklären, wer zum Teufel dir das Recht gibt, dich in meine Angelegenheiten einzumischen?«

Missbilligend runzelte seine Mutter die Stirn. »Bitte nicht in diesem Ton, Joshua. Dies ist ein anständiges Haus, also zügle dein Temperament!«

»Ein anständiges Haus?« Josh lachte bitter auf. »Nun, wenn es deine Definition von Anstand ist, dem eigenen Sohn bei der Verwirklichung seiner Pläne ständig Steine in den Weg zu legen …«

Mit unbewegter Miene lehnte Geraldine Wood sich auf ihrem Stuhl zurück. Sie begegnete dem wütenden Blick ihres Sohnes gelassen. »Ach, darum geht es. Nun, was hast du erwartet? Sofern ich mich erinnere, haben wir eine Vereinbarung, mein Lieber. Wenn es dir gelingt, das Makepeace-Flittchen zum Verkauf der Farm an dich zu bewegen, sollst du deine Chance bekommen – und nur dann!« Die Andeutung eines Lächelns umspielte ihre Mundwinkel. »Wenn du mich nun bitte entschuldigen würdest, ich habe noch zu tun.«

»Es ist wirklich unglaublich, Mutter.« Er schüttelte den Kopf. »Selbst wenn es um den eigenen Sohn geht, scheust du vor hinterhältigen Intrigen nicht zurück.«

»Emerald Downs kann nur überleben, wenn wir die Wasserstelle auf dem Land dieser verfluchten Makepeace' weiterhin nutzen können«, entgegnete Geraldine steif. »Das weißt du ganz genau. Aber statt dich darum zu kümmern, deinen Teil unserer Vereinbarung zu erfüllen, suchst du lieber nach dem einfacheren Weg, von dem jedoch ausschließlich du allein profitieren würdest. Du siehst also, mir geht es nur um das Wohl der Familie.«

»Natürlich, Mutter. Ganz wie du meinst.«

Jedes weitere Wort wäre Energieverschwendung gewesen, daher drehte Josh sich einfach um und verließ schweigend das Zimmer. Doch er schwor sich, dass er seine Mutter damit nicht durchkommen lassen würde.

Wie es der Zufall wollte, ergab sich die Gelegenheit, ihr eine Lektion zu erteilen, schon kurze Zeit später. Auf seinem Handy fand er nach der Rückkehr in sein Zimmer eine Sprachnachricht vor.

Sie stammte von Shellys neunjährigem Sohn, der wegen des noch immer ausstehenden Besuchs bei der Feuerwache von Aorakau Valley nachfragte und ganz nebenbei von einem kleinen Missgeschick seiner Mutter berichtete, das ihr auf dem Viehmarkt in Palmerston unterlaufen war.

Mit einem zufriedenen Lächeln wählte Josh die Nummer eines alten Bekannten, der ihm noch einen Gefallen schuldete …

»Und was machen wir jetzt?« Niedergeschlagen saßen Shelly und ihre Kinder gemeinsam mit Hal, Emily und Lenny am nächsten Tag in der Küche des Farmhauses zusammen und hielten Krisenrat.

»Ich bin sicher, dass Trevor Brown Ihnen ein faires Angebot für die gesamte Herde machen wird«, schlug Emily vor. »Sein Schlachtbetrieb ist zwar eig…«

»Nein!«, fiel Kim ihr entsetzt ins Wort. »Unsere Schafe werden nicht geschlachtet! Wenn du das zulässt, Mom, dann rede ich nie wieder ein Wort mit dir!«

Shelly lächelte milde. Ihre Tochter ahnte ja nicht, dass sie mit ihrem Protest offene Türen bei ihr einrannte. Sie hätte es ebenfalls niemals übers Herz gebracht, die Herde einem Schlachter zu überlassen. Aber was dann? Sie hatte immerhin einen nicht gerade geringen Anteil ihrer finanziellen Reserven für den Kauf dieser Tiere investiert, die nun nicht die erhofften Erträge erwirtschaften würden.

Schlimmer noch: »Die Viecher werden uns die Haare vom Kopf fressen«, fasste Hal die Situation auf seine ganz eigene Weise sehr treffend zusammen.

Shelly hatte bereits versucht, mit dem Verkäufer der Tiere

Kontakt aufzunehmen und eine Rückabwicklung des Geschäfts zu vereinbaren. Doch davon wollte der natürlich nichts wissen. Er war drei Dutzend vorwiegend männliche, unkastrierte Schafe losgeworden, die für die Zucht verwendet worden waren und aufgrund ihres geringen Fettansatzes kaum zur Fleischproduktion taugten. Shelly war ihm und seinem Helfershelfer Percy, der den Deal zwischen ihnen vermittelt und dafür vermutlich eine dicke Provision kassiert hatte, voll auf den Leim gegangen.

War sie am Ende also doch alles viel zu naiv und blauäugig angegangen? Unter normalen Umständen hätte sie diese Erfahrung unter der Rubrik »Aus Fehlern lernt man« verbucht – doch angesichts der Tatsache, dass ihre Ersparnisse in sich zusammenschmolzen wie Butter in der Sonne, war das nicht so einfach. Ihre Kalkulation hatte von Anfang an nicht viel Spielraum geboten. Auch so hätten sie extrem sparsam mit dem verbliebenen Geld umgehen müssen, um den Zeitraum bis zur nächsten Schafschur zu überbrücken. Danach, so sah es ihr Finanzplan vor, hätten sie von den Einnahmen aus dem Verkauf der Wolle gelebt, die sie produzierten.

Doch ausgerechnet an diesem Punkt geriet nun alles ins Stocken. Mit den Schafen, die sie gekauft hatte, würde sie keinesfalls die erwarteten Gewinne erzielen. Und um höhere Erträge zu erwirtschaften, würde sie zuvor in eine neue Herde investieren müssen. Mit Geld, das sie nicht besaß.

Die Situation schien ausweglos. War ihr Traum von einem neuen Leben in Aorakau Valley damit bereits ausgeträumt?

»Mom?« Will, der am Fenster stand, drehte sich langsam um. Seine Miene drückte Verwirrung aus. »Du solltest mal herkommen und dir das ansehen …«

»Jetzt nicht, Schatz«, erwiderte Shelly seufzend. »Später vielleicht, ich …«

»Mom, du solltest dir das *wirklich* ansehen«, sagte nun auch Kim, die sofort aufgesprungen und zu ihrem Bruder ans Fenster getreten war.

Shelly wollte gerade genervt etwas erwidern, als sie das Blöken von Schafen zu hören glaubte. Stirnrunzelnd stand sie auf und ging zu ihren Kindern ans Fenster. Als sie die drei großen Trucks erblickte, die soeben auf dem Hof vorgefahren waren, stockte ihr der Atem. »Was zum Teufel …?«

Sie lief nach draußen. Dort war einer der Lastwagenfahrer gerade dabei, gut vierzig Schafe über eine Rampe ins Freie zu befördern, während die beiden anderen Fahrer die Tiere auf die von einem Gatter umzäunte Weide trieben.

Irritiert schüttelte Shelly den Kopf. »Warten Sie!«, rief sie laut. »Das muss ein Missverständnis sein …«

»Ein Missverständnis?« Der Mann an der Rampe blickte kurz auf. »Das hier ist doch die Makepeace-Farm, nicht wahr?«

Shelly nickte. »Ja, aber …«

»Dann sind wir hier richtig.«

»Was? Aber … Ich verstehe das nicht! Wer hat sie hergeschickt?«

Ohne die Tiere aus den Augen zu lassen, zog der Mann ein Bündel Papiere aus seiner Hosentasche und hielt es Shelly hin. »Hier, lesen Sie selbst.«

Mit zitternden Fingern faltete sie die Dokumente auseinander und überflog den darauf gedruckten Text. Bei einem Absatz blieb sie schließlich hängen, und ihre Stirn legte sich in Falten.

»Das darf ja wohl nicht wahr sein!«, stieß sie fassungslos hervor. Sie konnte kaum glauben, was dort schwarz auf weiß geschrieben stand, und las den letzten Abschnitt zur Sicherheit noch einmal.

»Das sind Merinos«, erklärte Hal, der sich die Schafe inzwischen genauer angesehen hatte. Ebenso wie Will und Kim, die begeistert zwischen den Tieren umherliefen und ihr weiches Fell streichelten. »Um die hundertachtzig Stück, wenn ich es richtig überschlagen habe.«

»Es sind sogar zweihundert – und sie sind bereits bezahlt«, entgegnete Shelly und atmete tief durch.

»Aber das ist ja …« Emily, die natürlich ebenfalls nach draußen geeilt war, strahlte glücklich. »Grundgütiger, das muss ein Geschenk des Himmels sein!«

Shelly schüttelte den Kopf. »Nein, nicht des Himmels. Sondern von Joshua Wood!«

Während Emilys Begeisterung sich jetzt noch weiter steigerte, zuckte Hal lediglich gleichmütig mit den Schultern. »Von wem dieses Geschenk kommt, ist egal. Unsere Sorgen sind damit jedenfalls auf einen Schlag vom Tisch.«

Doch Shelly sah das anders. »Nein, sind sie nicht. Ich werde dieses Geschenk nämlich keinesfalls annehmen!« Ehe die anderen, die sie entsetzt anstarrten, etwas erwidern konnten, wandte sie sich an den Mann, der ihr die Lieferpapiere ausgehändigt hatte. »Sie können die Tiere wieder aufladen, Mister«, erklärte sie entschlossen. »Sagen Sie Mr Wood, dass ich seine Hilfe nicht brauche und nicht will!«

»Was?« Fassungslos schaute Emily sie an. »Sie wollen Josh die Schafe zurückgeben? Aber …«

»Das ist doch die Lösung für all unsere Probleme, Mom«, mischte sich nun auch Kim ein. »Mit den Tieren können wir unsere eigene Zucht aufmachen. War es nicht genau das, was du wolltest?«

»Schon«, räumte Shelly ein. »Aber nicht, wenn ich dafür meine Seele an den Teufel verkaufen muss. Ich habe Josh schon mehr als einmal zu verstehen gegeben, dass ich durchaus in der Lage bin, meine Probleme selbst zu regeln. Ich will keine Hilfe von außen – und schon gar nicht von ihm!«

»Verstehe.« Kim runzelte die Stirn. »Du willst also unser aller Zukunft hier im Tal aufs Spiel setzen, nur weil du zu stur bist, einen Schritt auf Josh zuzumachen, richtig?«

»Pass auf, was du sagst, junge Dame!«

»Ich denke gar nicht dran! Immerhin warst du es, die uns hierher gebracht hat. Ich wollte nie nach Neuseeland! Jetzt bin ich hier, und wir haben die Chance, doch noch etwas aus all dem zu machen, und du schlägst sie in den Wind. Echt, manchmal wünschte ich, Dad könnte hier sein. Er wusste immer, was zu tun ist!«

Kims Vorwürfe trafen Shelly bis ins Mark. »Ja«, erwiderte sie scharf. »Dein Vater wusste wirklich immer, was zu tun ist – deshalb sitzt er ja jetzt auch im Gefängnis, nicht wahr?«

Man konnte förmlich mit ansehen, wie Kims Gesichtsausdruck von Schock und Überraschung zu Wut und Unverständnis wechselte. Shelly hatte ihre unbeherrschten Worte schon bereut, kaum, dass sie ihr über die Lippen gekommen waren. Sie hatte das nicht sagen wollen, und am liebsten wollte sie das Geschehene rückgängig machen – doch das war leider nicht möglich.

»Kim, ich …«

Sie streckte die Hand nach ihrer Tochter aus, doch die wich zurück. »Lass mich bloß in Ruhe!«, fauchte sie. »Du bist ja so was von gemein!«

»Nur keine Aufregung!« Beruhigend blickte Hal die anderen an, die sogleich verstummten. Dann legte er Shelly eine Hand auf die Schulter. »Hören Sie, Shelly, ich verstehe ja, dass Sie aufgebracht sind, aber … finden Sie nicht, dass die Woods Ihnen etwas schulden? Also, ich an Ihrer Stelle würde das so sehen. Nach all dem Ärger, den diese Bande Ihnen bereitet hat …«

»Sie meinen …« Shelly sah ihn an und dachte kurz über seine Worte nach. Vielleicht hatte Hal ja recht, und sie sollte die Tiere einfach annehmen. So gesehen waren die Woods ihr wirklich etwas schuldig. Vielleicht sollte sie versuchen, Joshs Geschenk nicht als Almosen zu betrachten, sondern vielmehr als Wiedergutmachung. Schließlich nickte sie. »Okay, einverstanden, wir nehmen die Tiere. Aber Josh soll nicht glauben, dass ich ihm deshalb zu ewigem Dank verpflichtet bin!«

Als das Klingeln der Pausenglocke durch den Klassenraum der Secondary School schallte, gab es für die Schüler der zweiten Jahrgangsstufe kein Halten mehr. Während ihre Geschichtslehrerin, die vorne an der Tafel stand, noch versuchte, ihren begonnenen Satz zu beenden, stürmten die Ersten bereits hinaus auf den Korridor.

Kimberly, die allein an einem Tisch in der hintersten Reihe saß, hatte es nicht so eilig. Gemächlich packte sie ihre Sachen in den großen Armeerucksack, den sie ständig mit sich herumschleppte. Darin befanden sich, neben zwei Briefen an ihren Vater, die sie aber bisher nicht abgeschickt hatte, und dem Kram für die Schule, auch immer ein paar Möhren oder Äpfel für Firefly, sodass sie, wenn sie nach Hause zurückkehrte, gleich zur Koppel gehen konnte.

Es erschien Kim immer noch ganz unwirklich, dass das Fohlen jetzt tatsächlich ihr gehörte. Manchmal wachte sie mitten in der Nacht auf und fürchtete, das alles wäre nur ein schöner Traum. Dann schlich sie sich barfuß aus dem Haus zum Stall hinüber, nur um sich davon zu überzeugen, dass Firefly noch da war.

Firefly … Seinetwegen konnte sie es sich inzwischen gar nicht mehr vorstellen, eines Tages wieder nach Kalifornien zurückzugehen. Damit hätte sie selbst nie gerechnet. Natürlich vermisste sie ihre alten Freunde in L. A. noch immer, doch die ließen inzwischen viel seltener von sich hören. Mittlerweile dauerte es manchmal Tage, bis sie die E-Mails und SMS beantworteten, die Kim ihnen schickte.

Aus den Augen, aus dem Sinn …

Wirkliche Freunde – also welche, mit denen man komplett auf einer Wellenlänge lag und mit denen man über alles reden konnte – hatte sie in Aorakau Valley bisher nicht gefunden. Klar, es gab ein paar Leute, mit denen sie in den Pausen auf dem Schulhof abhing, vornehmlich die Kids, die es irgendwie cool fanden, sich mit jemandem zu zeigen, der anders war. Und Kim fiel mit ihren schwarz gefärbten Haaren und den dunkel geschminkten Augen und Lippen nun einmal auf. Daran änderte auch die brave Schuluniform nichts, deren ursprünglich knielangen Karorock sie auf eigene Faust um ein paar Zentimeter gekürzt hatte. Die weiße Bluse, die sie dazu trug, war locker eine Nummer zu klein, sodass sie richtig schön eng saß. Außerdem hatte sie die Vorschrift, flache Schuhe zu tragen, so interpretiert, dass sie weiterhin ihre Doc Martens anziehen durfte.

Wegen ihres Aussehens driftete sie vermutlich noch weiter in die Rolle der Außenseiterin ab, aber das war ihr egal. Wenn jemand mit ihr befreundet sein wollte, dann musste er sie so nehmen, wie sie war – oder eben gar nicht.

Trotzdem – wenn sie ganz ehrlich sein wollte, dann fehlten ihr die Abende mit ihren Freunden im Hancock Park doch schon ganz schön …

»Hey, ähm … Kim? Hast du heute Nachmittag schon was vor?«

Kim blinzelte irritiert. »Was?«

Vor ihr stand Megan Raleigh, eine schlanke Blondine,

die – das hatte Kim schon registriert – zur absoluten In-Clique der Schule gehörte. Obwohl Megan und sie viele Kurse miteinander hatten, waren dies die ersten Worte, die sie miteinander wechselten.

»Ein paar Freunde und ich gehen gleich rüber ins *Mulligan's* und ich dachte …« Sie schüttelte den Kopf. »Hey, tut mir leid, es war eine dumme Idee. Du hast bestimmt was Besseres zu tun, als mit uns rumzuhängen. Vergiss einfach, dass ich gefragt hab, okay?«

Kim brauchte einen Augenblick, um zu kapieren, was hier gerade vor sich ging. »Hey, warte!«, rief sie Megan zurück, als die schon fast zur Tür heraus war. »Ihr wollt shoppen gehen?«

»Na ja, soweit man beim *Mulligan's* davon sprechen kann … Wenn man richtig shoppen gehen will, dann muss man schon woanders hinfahren, aber für ein Kaff wie Aorakau Valley ist das *Mulligan's* schon ganz okay. Da kriegst du echt alles, vom Aktenschrank bis zur Zahnbürste. Die Auswahl an Klamotten ist allerdings eher spärlich, aber ich brauche sowieso nur ein paar Laufschuhe. Stehst du auch auf Joggen? Es gibt echt nichts, wobei ich besser abschalten könnte …«

Im Nu war ein richtiges Gespräch im Gange, und bereits nach ein paar Minuten hatte Kim das Gefühl, Megan schon ewig zu kennen. Die Blondine war kein bisschen arrogant oder überheblich, wie Kim zuerst gedacht hatte. Und auch die anderen Mädchen, mit denen sie sich vor dem Schulgebäude trafen, schienen echt nett zu sein. Ihre schweren Taschen über den Schultern, fuhren sie gemeinsam mit ihren Fahrrädern ins Ortszentrum, wo sie vor der Eingangstür des Kaufhauses bereits ungeduldig erwartet wurden.

Kim kannte die große Rothaarige mit der Traumfigur und

den blauen Augen nur vom Sehen, doch ihr Ruf eilte ihr voraus. Allison Beauchamp-Smith, die von allen nur Alli genannt wurde, war mit Abstand das beliebteste Mädchen der ganzen Schule. Obwohl sie gerade einmal fünfzehn war, also nicht viel älter als Kim, verdiente sie schon ihr eigenes Geld, indem sie neben der Schule für Versandkataloge modelte. Normalerweise ließ Kim sich von solchen Äußerlichkeiten nicht so leicht einschüchtern, doch neben Allison kam sie sich ziemlich klein und unansehnlich vor. Vielleicht hatte das aber auch mit dem abschätzenden Blick zu tun, mit dem das It-Girl der Schule sie musterte.

»Du bist Kimberly, richtig?« Sie hob eine Braue. »Die Amerikanerin.« Die Art und Weise, wie sie das Wort aussprach, ließ es fast wie eine Beleidigung klingen, doch Kim ging nicht darauf ein. »Megan hatte erwähnt, dass sie dich mitbringen wollte.« Damit war ihr Interesse für Kim aber auch schon erloschen, und sie wandte sich an den Rest der Gruppe: »Was ist, Kinder? Wollen wir hier draußen auf dem Bürgersteig Wurzeln schlagen oder gehen wir rein?«

Obwohl Kim nun schon seit mehreren Wochen in Aorakau Valley lebte, betrat sie das *Mulligan's* heute zum ersten Mal. Zu ihrer Überraschung war das Kaufhaus sehr viel größer, als es von außen den Anschein machte. Und Megan hatte nicht übertrieben: Hier gab es so gut wie alles, selbst Tierfutter, Bürobedarf und Werkzeuge. Sie entdeckte sogar eine Abteilung mit Polster- und Gartenmöbeln, und gleich mehrere Regalreihen waren ausschließlich für die unterschiedlichsten Küchenutensilien reserviert.

Natürlich hielt das *Mulligan's* keinem Vergleich mit den riesigen Malls statt, die Kim von Kalifornien her kannte, doch für ein kleines Provinznest wie Aorakau war die Auswahl wirklich erstaunlich. Eine Weile schlenderte sie einfach nur zwischen den langen Regalreihen hindurch, bis sie Megan entdeckte, die vor einem Drehständer mit billigem Modeschmuck stand.

»Na, was Hübsches dabei?«

Megan lächelte. »Hey, Kim, wäre das hier nichts für dich?« Sie nahm ein Set mit Ohrringen vom Ständer. Es waren kleine Stecker mit zwei unterschiedlich langen Silberbändern. Am untersten Ende des einen baumelte eine kleine leuchtendrote Erdbeere, am anderen ein winziger silberner Totenschädel.

»Die sind echt witzig«, sagte sie. »Dass die hier so etwas führen, hätte ich nicht gedacht ...«

»Du solltest sie mitnehmen«, meinte Megan. »Sie sind nicht teuer, und ich glaube, sie würden dir echt gut stehen.«

»Ja, nimm sie mit«, sagte nun auch Allison, die unbemerkt dazugekommen war. Sie lächelte, doch ihre blauen Augen schimmerten kalt. »Aber ohne an der Kasse dafür zu bezahlen, verstanden?«

»Was?« Kim riss die Augen auf. »Du willst, dass ich die Teile *klaue*? Spinnst du?«

»Musst du wissen.« Gleichgültig zuckte Allison mit den Schultern. »Es ist nur so ...«

»Ja?«

»Also, wenn du es machst, dann beweist du damit, dass du eine von uns bist. Andernfalls ...«

»Sag mal, hast du sie noch alle!« Kim runzelte die Stirn. »Was soll das hier werden, eine Mutprobe oder so was?«

»Wenn du es so nennen willst ...« Allison fixierte Kim eindringlich und hob, als Megan sich einmischen wollte, die Hand. »Halt dich da raus, Megan. Also, was ist jetzt, Makepeace? Traust du dich? Es sind doch bloß ein paar lächerliche Ohrringe ...«

Kim klopfte das Herz vor Anspannung bis zum Hals. Zu Hause in L. A. hatte sie öfter mal etwas mitgehen lassen, wenn sie mit ihren Leuten unterwegs war, sie wusste also, dass sie es konnte – aber wollte sie es auch? Das Verrückte war – sie hatte keine Ahnung. Früher war es irgendwie immer nur darum gegangen, Schwierigkeiten zu provozieren. Je größer der Stress war, den man produzierte, umso größer der Coolnessfaktor. Zu Zack, der schon ein paar Mal Jugendarrest hinter sich hatte, hatten sie alle aufgesehen. Kim fragte sich sogar neuerdings manchmal, ob sie sich nicht überhaupt nur deswegen in ihn verliebt hatte. Weil er so perfekt die Rolle des düsteren Rebellen verkörperte.

Inzwischen sah sie aber einige Dinge mit völlig anderen Augen, und das überraschte sie nicht nur selbst, sondern jagte ihr manchmal sogar richtiggehend Angst ein. Es war, als hätte man ihr bei der Einreise nach Neuseeland unbemerkt eine Gehirnwäsche verpasst. Würde sie am Ende noch so spießig und verklemmt werden wie ihre Mutter, die offenbar gar nicht mehr wusste, dass sie selbst auch mal jung gewesen war?

Wenn diese dämlichen Ohrringe der Weg waren, hier im Tal Fuß zu fassen, dann sollte sie es vielleicht wirklich tun. Was war denn schon dabei? Sie würde die Teile in ihre Tasche stecken und zur Tür rausspazieren.

Aber dann musste sie an Lenny denken. Wie würde er wohl reagieren, wenn sie das hier tatsächlich machte? Sonderlich beeindruckt würde er ganz sicher nicht sein, das wusste sie sofort.

»Was ist jetzt, Makepeace?«, drängte Allison. »Nun mach endlich, ich habe nicht den ganzen Tag Zeit!«

»Du musst das nicht tun!« Beschwörend schaute Megan sie an. »Ehrlich, Kim, das kann keiner von dir verlangen.«

Dann wandte sie sich wieder an Allison. »Bitte, Alli, lass den Scheiß!«

Doch Allison beachtete sie gar nicht. Verächtlich schüttelte sie den Kopf. »Ich wusste doch gleich, dass du ein bloß ein Loser bist, Makepeace …«

»Was sagst du da?« Kim spürte, wie Wut in ihr hochkochte. Sie kniff die Augen zusammen. Allison hatte sie genau dort gepackt, wo sie am empfindlichsten war. »Ich bin kein Loser, kapiert?«, fauchte sie und ließ die Ohrringe in ihrem Rucksack verschwinden.

Entsetzt starrte Megan sie an. »Kim …!«

Doch Kim konnte nicht mehr zurück. Sie hatte die Herausforderung angenommen, und nun musste sie die Sache auch zu Ende bringen, komme was da wolle.

Allison grinste zufrieden, als Kim möglichst unauffällig auf den Ausgang des *Mulligan's* zu schlenderte. Sie hatte die Tür fast erreicht, als sich plötzlich von hinten eine Hand auf ihre Schulter legte.

»Dürfte ich wohl mal einen Blick in deine Tasche werfen, junge Dame?«

2

»Bitte, Mister, können wir meine Mom nicht aus dem Spiel lassen? Ich weiß ja, dass ich Mist gebaut habe, und ich bezahle Ihnen die Ohrringe auch. Wenn's sein muss, auch doppelt und dreifach. Aber bitte sagen Sie meiner Mom nichts davon, okay?«

Zusammen mit Megan, die als Einzige nicht das Weite gesucht hatte, als Kim vom Ladendetektiv des *Mulligan's* erwischt worden war, hockte sie in einem kleinen Nebenraum des Kaufhauses. Hinter dem Schreibtisch saß ein ziemlich finster dreinblickender älterer Mann mit stark ergrautem Haar und einer randlosen Brille.

»Tut mir leid, junge Dame«, sagte er kopfschüttelnd, »aber das wird wohl nicht funktionieren. Wir zeigen jeden Ladendieb an, ganz gleich, welchen Wert der gestohlene Gegenstand hat. Und da du minderjährig bist, wird dem Polizeichef gar nichts anderes übrig bleiben, als deine Mutter zu informieren.«

Kim spürte, wie ihr die Tränen kamen. Wie hatte sie bloß so dumm sein können, sich auf diese Mutprobe einzulassen? Das hatte sie nun davon, dass sie unbedingt mit dem beliebtesten Mädchen der Schule befreundet sein wollte!

Sie konnte sich schon denken, wie ihre Mutter reagieren würde, wenn sie von dieser Aktion erfuhr. Es würde das zarte Gespinst des Vertrauens, das sich in letzter Zeit wieder zwischen ihnen entwickelt hatte, mit einem Schlag zerstören. Und das Schlimmste daran war, dass sie selbst die Schuld an dem Schlamassel trug. Sie konnte es ihrer Mutter nicht einmal verübeln, wenn sie wütend wurde. Außerdem hatte Shelly im Augenblick schon genug um die Ohren, auch ohne dass ihre Tochter ihr noch mehr Stress machte. Kim hätte sich selbst ohrfeigen können für ihre Dummheit. Aber jetzt war es zu spät – passiert war passiert.

Megan schien zu spüren, wie aufgewühlt sie war, denn sie griff unter dem Tisch hinweg nach ihrer Hand und drückte sie. »Ist das denn wirklich nötig, Mr Mulligan?«, fragte sie dann. »Kim wird so was bestimmt nie wieder tun, versprochen! Und es geht doch nur um ein Paar Ohrringe für fünf Dollar …«

Kim saß da und starrte einfach nur ins Leere. In ihrem

Kopf herrschte ein heilloses Durcheinander, sie hatte das Gefühl, völlig die Kontrolle verloren zu haben. Am liebsten hätte sie losgeheult wie ein Schlosshund, doch sie war innerlich wie betäubt. Sie konnte nicht einmal etwas zu ihrer Verteidigung sagen – was auch?

Der Besitzer des Kaufhauses fuhr sich seufzend durchs Haar. »Bedaure, aber ich kann so ein Verhalten nicht tolerieren. Wenn ich einmal eine Ausnahme mache, dann kann ich meinen Laden auch gleich schließen. Ich …« Er hielt inne, als es an der Tür klopfte. »Ja bitte?«

»Walter? Haben Sie einen Augenblick Zeit für mich?«

Als Kim eine bekannte Stimme hörte, drehte sie sich überrascht auf dem Stuhl herum. »Josh, was machst du denn hier?« Sie konnte sich zwar nicht erklären, wie er erfahren haben sollte, dass sie in Schwierigkeiten steckte, aber sie war auf jeden Fall froh, ihn zu sehen. Aufschluchzend sprang sie auf, lief auf ihn zu und flog in seine Arme. »Bitte, du musst mir helfen! Ich hab total Mist gebaut und …« Nun kamen ihr doch die Tränen.

Beruhigend tätschelte Josh ihr den Rücken. »Schhhhh … Nicht weinen, Kleines, wir bringen das schon wieder in Ordnung.«

»Wirklich?« Durch einen dichten Tränenschleier blickte sie zu ihm auf. »Versprichst du mir das?«

Er lächelte. »Lass mich nur machen …« Damit wandte er sich an den Besitzer des Kaufhauses. »Walter, ich würde gern kurz unter vier Augen mit Ihnen sprechen, wäre das möglich?«

»Aber sicher, Josh«, erwiderte er und stand auf. »Wollen wir rüber in mein Büro gehen?«

Die beiden Männer verschwanden im Nebenzimmer, und plötzlich war Kim noch aufgeregter als vorhin schon. Nervös lief sie im Raum auf und ab. Das Herz klopfte ihr bis zum

Hals, und immer wieder kaute sie unruhig auf ihren dunkel lila lackierten Fingernägeln herum.

»Meinst du, Mr Wood kriegt es hin, dass du keinen Ärger bekommst?«, sprach Megan genau das aus, was auch Kim die ganze Zeit im Kopf herumging. »Mr Mulligan schien ziemlich sauer zu sein …«

»Ich weiß es nicht«, antwortete Kim und fuhr sich mit einem leisen Aufstöhnen durchs Haar. »Ich weiß es wirklich nicht – aber wenn er es nicht schafft, bin ich voll geliefert!«

Knapp zehn Minuten und eine gefühlte Ewigkeit später öffnete sich die Tür, und Mr Mulligan und Josh kamen zurück. »Wir sind uns also einig?«, fragte Josh.

Mulligan seufzte. »Also schön, ich mache eine Ausnahme – aber nur dieses eine Mal, verstanden?«

Kim riss die Augen auf. »Bedeutet das, wir können gehen? Ich bekomme keinen Ärger?«

»Na los«, sagte der Kaufhausbesitzer. »Verschwindet schon. Aber dass mir so etwas nicht noch einmal vorkommt, hört ihr? Meine Angestellten bekommen die Anweisung, euch und eure Freunde im Auge zu behalten.«

Die Erleichterung war so groß, das Kim schon wieder die Tränen kamen. Hastig wischte sie sich mit dem Handrücken über die Augen. »Danke«, stieß sie schluchzend hervor. »Ehrlich, ich mache keinen Ärger mehr, nie wieder!«

»Kommt«, sagte Josh zu den beiden Mädchen. »Lasst uns gehen. Ich fahre euch nach Hause.«

»Aber ich …« Kim drehte sich um. »Ich muss die Ohrringe doch noch bezahlen.«

»Schon erledigt«, erklärte Josh lächelnd. »Und jetzt los.«

»Woher hast du eigentlich gewusst, dass wir in Schwierigkeiten sind?«, fragte Kim, als sie das *Mulligan's* verließen und zu seinem Wagen gingen, der auf am Straßenrand stand.

»Hab ich gar nicht, das war reiner Zufall. Ich habe vor ein paar Wochen einen Satz Hängematten bestellt und wollte eigentlich nur nachfragen, ob sie inzwischen geliefert worden sind. Beim Betreten des Ladens hat mich Christy Parminger beinahe über den Haufen gerannt.«

»Verstehe.« Kim nickte. Christy war eines der Mädchen aus Megans und Allisons Clique.

»Und sie hat mir erzählt, was passiert ist. Du hattest also einfach nur Glück, dass ich gerade in der Nähe war …« Sie erreichten seinen Wagen, und er öffnete die Beifahrertür. »So, und nun steigt ein – es macht zwar besonders viel Spaß, hübsche junge Damen aus Notsituationen zu retten, aber ich habe leider auch noch ein paar andere Dinge zu tun.«

Wie ein dösendes Ungeheuer ragte der gewaltige Löschzug aus der Fahrzeughalle der Feuerwehr von Aorakau Valley. Die leuchtend rote Lackierung funkelte im strahlenden Sonnenschein, während der große Wassertank und die lange, ausfahrbare Leiter, die über das Dach der Fahrerkabine hinausragte, in einem matten Silbergrau schimmerten.

Mit einem leisen Seufzen trat Will an den Maschendrahtzaun, der das Gelände der *Aorakau Valley Fire Brigade* umgab. Wie gern würde er sich das Fahrzeug aus der Nähe anschauen und mit den Männern sprechen, die damit arbeiteten. Doch bisher hatte Josh sich nicht wieder gemeldet. Und obwohl das große Zufahrtstor jedes Mal offen gestanden hatte, wenn er auf dem Heimweg von der Schule hier vorbeikam, traute er sich nicht, einfach hineinzugehen.

»Hey, Willie-Boy!«

Erschrocken wirbelte Will herum, als jemand direkt hinter ihm seinen Namen sagte. Er unterdrückte ein Stöhnen. Jason O'Leary und seine Freunde Keith und Bobby. Sie waren, ohne dass Will es bemerkt hatte, von drei Seiten an ihn herangeschlichen. Durch den Zaun in seinem Rücken konnte er ihnen nicht entkommen.

»Was wollt ihr, Leute?«, krächzte er. Natürlich war ihm klar, dass sie ihm nicht bis hierher nachgegangen waren, um sich bei ihm zu bedanken, dass er sie nicht verraten hatte. Seit der Sache mit dem Feuer auf dem Barbecue seiner Mutter verfolgten sie ihn mit argwöhnischen Blicken. Es war nur eine Frage der Zeit gewesen, bis sie ihn irgendwo allein erwischten, um ihn zur Rede zu stellen.

Jetzt war es so weit. Und obwohl Will schon geahnt hatte, dass es dazu kommen würde, hatte er Angst. Ziemliche Angst sogar.

Jason trat vor, packte ihn am Kragen seines Hemds und zog ihn daran hoch, sodass er auf Zehenspitzen stehen musste. Angstvoll blickte Will zu dem gut zwei Köpfe größeren Jungen auf. Sein Herz hämmerte wie verrückt, und er kämpfte verzweifelt mit den Tränen.

Nicht heulen!, beschwor er sich selbst. Bloß nicht heulen! Er wusste, wenn er jetzt anfing zu weinen, dann hatte er endgültig für alle Zeiten verloren. Und außerdem wollte er sich Jason und den anderen gegenüber diese Blöße nicht geben.

»Was wir von dir wollen?« Jasons Gesicht war jetzt ganz dicht vor seinem. Er konnte den Hackbraten mit Zwiebeln riechen, den es heute Mittag in der Schulcafeteria gegeben hatte. Die Mischung mit dem kalten Zigarettenqualm, den Jasons Klamotten ausdünsteten, raubte Will fast den Atem und ließ Übelkeit in ihm aufsteigen.

Dann ließ er plötzlich los und versetzte Will einen Stoß gegen die Brust, der ihn zwei Schritte nach hinten und direkt in Keiths Arme stolpern ließ. Dieser wiederum schubste ihn in Bobbys Richtung, dessen Arme sich unter seinen Achseln durchschoben und sich dann wie eine Klammer um seine Brust legten.

»Nur ein kleines Gespräch unter Freunden führen, nichts weiter«, sprach Jason derweil weiter, so als sei überhaupt nichts geschehen. »Wir wollen nur klarstellen, dass du auch weißt, wie man sich richtig benimmt. Dich mit ein paar Regeln vertraut machen, die wir hier befolgen.«

»Ich werde nichts sagen!«, platzte es aus Will heraus. »Ich schwör's! Von mir erfährt keine Menschenseele, dass ihr das mit dem Lagerfeuer wart!«

Jason lächelte, doch es sah nicht besonders freundlich aus. »Kluger Willie-Boy ... Es ist auch besser für dich, den Mund zu halten – du könntest es ansonsten bitter bereuen. Ist das klar?«

Bobby erhöhte den Druck seines Klammergriffs, sodass Will keuchend nach Atem ringen musste.

»Ja«, flüsterte er mit erstickter Stimme.

»Ob das klar ist, will ich wissen!«

»Ja!«

»Hey, was ist denn da hinten los?« Offenbar war einer der Männer aus der Feuerwache darauf aufmerksam geworden, was sich abseits der Umzäunung abspielte, und kam jetzt direkt auf sie zu. »Lasst sofort den Jungen los, hört ihr?«

Will hörte Jason und die anderen nervös fluchen, dann löste sich der Klammergriff um seinen Hals. Nach Atem ringend, fiel er auf die Knie. Wie durch einen Schleier sah er, dass die Jungs sich eilig davonmachten.

Hastig rappelte er sich auf, ehe sein Helfer den Zaun erreichen konnte, und lief ebenfalls davon.

»Hey, Junge, ist alles okay mit dir?«, rief der Mann ihm nach.

Will drehte sich nicht um, und er blieb auch nicht stehen. Tränen der Schmach und der Niederlage strömten über seine Wangen. Seine Idole lachten bei jedem ihrer Einsätze dem Tod ins Gesicht – und er schaffte es nicht einmal, sich gegen ein paar Typen aus seiner Schule durchzusetzen.

Was war er bloß für ein erbärmlicher Schwächling …

»Und Sie meinen wirklich, dass wir … Hal?« Irritiert schaute Shelly sich um, als sie bemerkte, dass der alte Mann nicht mehr an ihrer Seite ging. Sie hatten gerade noch über die Zusammensetzung des Tierfutters diskutiert, und jetzt war er von einer Sekunde auf die andere verschwunden. Vermutlich war er, ohne einen Ton zu sagen, wieder zum Stall gegangen – aber warum?

»Hal, was soll denn das, ich …« Sie verstummte, als sie einen Wagen erblickte, der auf dem Hof vorfuhr. Ihre Miene verfinsterte sich. »Also, das darf ja wohl nicht …!« Ärgerlich beschleunigte sie ihre Schritte. »Josh Wood, was zum Teufel hast du hier zu suchen?« Sie blinzelte irritiert, als hinter ihm zuerst Kim und dann noch ein anderes Mädchen aus dem Jeep kletterten. »Kann mir wohl mal jemand erklären, was hier vorgeht?«

Josh zu sehen, erinnerte sie auf äußerst unliebsame Weise an den Abend des Barbecues vor nunmehr fast drei Wochen – genauer gesagt an das, was sich nach ihrer kleinen Auseinandersetzung abgespielt hatte. Und sie ärgerte sich darüber, dass der Gedanke an diesen unseligen Kuss ihr Herz gleich wieder schneller schlagen ließ. Dabei hatte sie allen Grund, wütend auf Josh zu sein!

Ständig mischte er sich ungefragt in ihre Angelegenheiten. Sie hatte es wirklich satt, ständig von ihm bevormundet zu werden. Und vor allem hatte sie es satt, immerzu gegen diese irritierenden Gefühle anzukämpfen, die er in ihr auslöste. Wenn sie ihn nicht sehen musste, schaffte sie es die meiste Zeit über auch, nicht an ihn zu denken. Aber sobald er vor ihr stand …

Er ist ein Wood, verdammt! Vergiss das nicht!

»Ich habe deine Tochter und ihre Freundin nach Hause gebracht«, erwiderte Josh unbeeindruckt. Er sah einfach unverschämt gut aus in seinen immer ein wenig staubigen Jeans, zu denen er die üblichen derben Stiefel trug. Lässig lehnte er sich an den Rahmen des Jeeps. »Du hast doch hoffentlich nichts dagegen?«

»Um ehrlich zu sein – das habe ich sehr wohl!«, entgegnete Shelly und stemmte die Hände in die Seiten. »Verrate mir eines, Josh: Wie oft muss ich dich noch darum bitten, uns in Ruhe zu lassen? Meine Familie geht dich nichts an, verstanden? Wir wollen nichts mit dir zu tun haben! Du musst nicht denken, dass ich mich dir in irgendeiner Weise verpflichtet fühle, nur weil ich die Schafe angenommen habe, die du mir geschickt hast!«

»Keine Sorge, das hast du mir bei unserer letzten Begegnung mehr als deutlich zu verstehen gegeben«, entgegnete er kühl. Sie waren sich vor ein paar Tagen ganz zufällig im Ort über den Weg gelaufen, und Shelly hatte die Gelegenheit genutzt, um ihm zu erklären, dass sie die Tiere als Entschädigung für den ganzen Ärger betrachtete, den Joshs Familie ihr bisher im Tal gemacht hatte. Dann war sie, ohne ihm die Gelegenheit zu einer Erwiderung zu geben, davongerauscht. »Aber deswegen bin ich auch nicht hier.«

»Sondern?« Sie verschränkte die Arme vor der Brust. »Ich bin gespannt!«

»Mom, bitte!« Kim senkte den Blick und scharrte mit den Spitzen ihrer Schuhe im Staub. »Hör auf, auf Josh herumzuhacken. Ohne seine Hilfe würde ich jetzt in echten Schwierigkeiten stecken.«

Shelly hob eine Braue. »Okay, noch einmal ganz von vorne – was ist passiert?«

»Ich… Ich habe Mist gebaut«, erwiderte Kim und seufzte schwer. »Nach der Schule sind wir mit den Rädern noch zum *Mulligan's* gefahren, diesem Einkaufszentrum am Sutton Square. Und da habe ich…« Sie ließ die Schultern hängen. »Ich habe ein Paar Ohrringe geklaut. Es tut mir leid.«

»Du hast – was?« Fassungslos starrte Shelly ihre Tochter an. »Sag mal, bist du von allen guten Geistern verlassen?«

Die Vierzehnjährige kämpfte offensichtlich mit den Tränen. »Ich weiß ja, dass das blöd war. Ich wollte das auch gar nicht, aber…«

»Ich verstehe, man hat dich also gezwungen, ja?« Ärgerlich runzelte Shelly die Stirn. »Und wie genau ist das abgelaufen? Hat dir jemand diese Ohrringe in die Tasche gesteckt?«

»Nein, ich habe die Teile schon selbst eingesteckt«, gab Kim kleinlaut zu. »Eines der anderen Mädchen hat mich zwar dazu angestiftet, aber… Na ja, ich will mich jetzt nicht rausreden oder so. Es war falsch, dass ich da mitgemacht habe, aber ich habe in dem Moment nicht so nachgedacht.«

Shelly schüttelte den Kopf. Ihre anfängliche Wut verrauchte langsam, denn Kim wirkte ehrlich zerknirscht. Natürlich war es für Shelly ein Schock, zu erfahren, dass ihre Älteste erneut drohte, auf die schiefe Bahn abzurutschen. Doch je mehr sie hörte, umso klarer wurde ihr, dass die Dinge sich etwas anders verhielten als früher in Los Angeles. Dieses Mal bereute Kim ihr Verhalten – und das war eine echte Premiere.

»Bist du jetzt sehr wütend auf mich?«, fragte Kim ein wenig ängstlich.

Zum ersten Mal meldete sich ihre Freundin zu Wort.

»Mein Name ist Megan, Mrs Makepeace. Megan Raleigh. Ich war dabei, als … als es passiert ist, und ich kann bezeugen, dass Kim das alles nur gemacht hat, weil sie von Alli so unter Druck gesetzt worden ist.« Bewundernd schaute sie zu Josh auf. »Als Kim erwischt wurde, dachte ich schon, dass wir jetzt echt Probleme kriegen, aber zum Glück ist Mr Wood aufgetaucht und hat uns gerettet.«

Shelly begegnete Joshs Blick fest. »Scheint so, als wäre ich dir nun doch zu Dank verpflichtet …«

Er hob eine Braue. »Keineswegs«, erwiderte er nüchtern. »Ich habe lediglich gemacht, was jeder andere in meiner Situation auch getan hätte. Du siehst also, es gibt keinerlei Grund, sich mir gegenüber in irgendeiner Weise verpflichtet zu fühlen.«

Shelly wusste nicht, warum – aber etwas an der Art, wie er das sagte, provozierte sie. Doch ehe sie etwas erwidern konnte, trat Emily aus dem Haus. »Du liebe Güte, Kindchen, was hast du denn angestellt?«, fragte sie und trat kopfschüttelnd auf Kim zu.

»Sie wissen es schon?«, fragte Shelly erstaunt.

Emily lächelte milde. »Aorakau ist ein kleines Provinznest. Wenn man hier die richtigen Leute kennt, weiß man Dinge manchmal schon, ehe sie überhaupt passiert sind.« Dann wandte sie sich resolut an Josh. »Na, dann komm mal mit, junger Mann. Für deinen heldenhaften Einsatz zur Rettung der Tochter meiner Hausherrin hast du dir eine Belohnung verdient. Bei uns gibt es heute Abend Rinderbraten mit Schmorkartoffeln und Salat – und wenn du mir hilfst, die Kartoffeln zu schälen und zu schneiden, bist du herzlich dazu eingeladen.«

»Emily, bitte … Josh hat bestimmt Besseres zu tun, als sich mit uns an den Tisch zu setzen!«, protestierte Shelly.

Ein Lächeln huschte über Joshs Gesicht. »Ganz und gar nicht – ich würde mich sogar sehr freuen. Wer könnte diesem verlockenden Angebot schon widerstehen …?«

»Sehen Sie?«, entgegnete Emily zufrieden. Dann schenkte sie Josh ein freundliches Lächeln. »Was ist – wollen wir?«

Stirnrunzelnd blickte Shelly ihm nach, als er hinter Emily ins Haus ging. Kim trat neben sie und legte ihr eine Hand auf die Schulter. »Ich glaube, er ist nicht so wie seine Mutter, Mom. Die soll ja ein richtiger Drachen sein, was man so hört. Aber Josh ist nett … ehrlich!«

Shelly nickte. Wie sollte sie ihrer vierzehnjährigen Tochter auch erklären, dass sie nicht so sehr befürchtete, Josh könnte sich als verschlagener Schuft erweisen. Sie wünschte wirklich von Herzen, es wäre so einfach. Doch das genaue Gegenteil war der Fall: Sie hatte schlicht Angst davor, sich am Ende eingestehen zu müssen, dass sie sich in ihm getäuscht hatte.

Und vor den Konsequenzen, die diese Erkenntnis unweigerlich nach sich ziehen würden …

»Das war ausgesprochen köstlich, Emily.« Josh lehnte sich auf seinem Stuhl zurück und seufzte zufrieden. »Ich habe noch nie einen so guten Rinderbraten gegessen. Sie haben sich wirklich selbst übertroffen.«

Shelly konnte ein Grinsen nicht unterdrücken, als sie bemerkte, wie die sonst so unerschütterliche Emily geradezu mädchenhaft errötete.

»Schmeichler«, tadelte die ältere Frau ihn sanft. »Es ist mir wirklich unverständlich, dass ein Mann wie du bisher noch von keiner Frau vor den Traualtar gezerrt worden ist.«

Er zuckte mit den Schultern. »Vielleicht liegt es daran, dass ich mich nicht habe zerren lassen …«

Zu Anfang war es für Shelly merkwürdig gewesen, mit

Josh an einem Tisch zu sitzen. Doch die Unbefangenheit, mit der Will und Kimberly ihn behandelten, schien ansteckend zu sein. Schon nach kurzer Zeit fühlte es sich an, als wäre es nie anders gewesen. Sie wunderte sich selbst ein wenig darüber, dass ihr Argwohn ihm gegenüber beinahe vollständig verschwunden war. Hal und Lenny schienen das jedoch ein wenig anders zu sehen, denn sie glänzten mit Abwesenheit. Es war offensichtlich, dass die beiden sich nicht mit Josh an einen Tisch setzen wollten. Aber das mussten sie selbst wissen – Shelly jedenfalls hatte damit kein Problem mehr.

»Kann ich vielleicht beim Abwasch helfen?«, fragte Josh, als Emily anfing, die Teller zusammenzuräumen.

Emily lächelte. »Warum nicht – ich bin sicher, Shelly wird sich über deine Unterstützung freuen. Die Kinder und ich, wir müssen uns nämlich leider jetzt verabschieden. Wir haben gemeinsam noch etwas in der Stadt zu erledigen.«

»Was?«, fragte Shelly überrascht. »Aber… Was wollt ihr denn jetzt noch in der Stadt?«

»Ich bin mit meiner Schwägerin Katie verabredet, außerdem brauchen wir dringend Milch und Toast. Das Dairy hat rund um die Uhr geöffnet, das ist also kein Problem.« Sie scheuchte Kim und Will von ihren Plätzen. »Los, Kinder, keine Müdigkeit vorschützen!« Dann wandte sie sich mit einem strahlenden Lächeln an Shelly und Josh. »Und euch beiden wünsche ich noch einen schönen Abend!«

Keine fünf Minuten später waren Shelly und Josh allein auf der Farm. Sofort war das etwas unbehagliche Gefühl von Befangenheit wieder da, das Shelly bereits abgeschüttelt zu haben glaubte.

»Hör zu«, brach Josh das Schweigen. »Ich weiß, du glaubst, dass ich mit meiner Mutter gemeinsame Sache mache, um dich aus Aorakau Valley zu vertreiben, aber du irrst dich. Es stimmt, dass ich ebenso daran interessiert bin, deine Farm zu kaufen, wie sie – aber das bedeutet nicht, dass ich auch die gleichen Methoden anwende wie sie. Überleg doch mal: Warum hätte ich dir sonst die Schafherde überlassen sollen?«

Shelly lächelte. »Und wie sieht deine Strategie aus? Rettest du so lange meine Kinder aus Krisensituationen, bis ich freiwillig nachgebe?« Seufzend strich sie ihr langes, rotgoldenes Haar zurück. »Aber im Ernst, Josh – ich glaube, ich schulde dir noch eine Entschuldigung. Wie ich mich am Abend des großen Barbecues benommen habe, war wirklich nicht fair. Du hast dich für Will eingesetzt, und dafür danke ich dir.«

»Keine Ursache. Ich mag deine Kinder, Shelly – und ich mag dich.« Er bedachte sie mit einem eindringlichen Blick, dem sie rasch auswich. Es machte sie nervös, wenn er sie so anschaute.

Abrupt wechselte sie das Thema. »Sagt dir der Name May zufällig irgendetwas?«

»May?« Irritiert runzelte Josh die Stirn. »Nein, wieso? Sollte er?«

»Ich weiß nicht. Ich habe vor Kurzem auf dem Dachboden eine Mappe mit Zeichnungen meines Großvaters entdeckt. Eine davon zeigt ein wunderschönes Maorimädchen, dessen Name der Widmung auf der Rückseite zufolge May lautete.« Sie zuckte mit den Achseln. »Das Bild hat mich neugierig gemacht, und ich würde gern mehr über sie erfahren. Du weißt also nichts?«

»Nein«, antwortete er. »Aber May ist nicht unbedingt ein klassischer Name für eine Maori. Weißt du denn, wann dein Großvater die Zeichnung gemacht hat?«

Sie schüttelte den Kopf. »Nein, leider nicht. Aber es muss ziemlich lange her sein, schließlich war er noch keine zwanzig, als er Neuseeland verließ.«

»Vielleicht lebt diese May dann schon längst nicht mehr hier im Tal«, sagte Josh. »Und selbst wenn, dann dürfte sie sich im Laufe der vergangenen mehr als fünfzig Jahre doch so stark verändert haben, dass du sie vermutlich nicht einmal erkennen würdest, wenn du ihr direkt gegenüberstündest.« Er lächelte. »Aber ein anderes Thema: Wollen wir nicht langsam anfangen?«

»Anfangen? Womit?«

Er lächelte. »Na, wir wollten doch den Abwasch erledigen, oder nicht?«

Sie gingen gemeinsam in die Küche. Josh trug das schwere Tablett mit dem schmutzigen Geschirr, Shelly den Brotkorb und die Silberplatte, auf der Emily den Braten aufgetragen hatte. Die ältere Frau verwendete dieses Teil nur zu ganz besonderen Anlässen – Joshs Besuch war in ihren Augen offenbar ein solcher.

»Abtrocknen oder spülen?«, fragte er, nachdem er das Tablett auf der Arbeitsplatte abgestellt hatte.

»Wenn du mich schon so fragst …« Sie lachte leise. »Ich *hasse* spülen!«

»Das trifft sich gut«, erwiderte er. »Ich bin nämlich zufällig ein echter Spül*profi*.«

Sie musste grinsen. »Aber sicher doch …«

»Du glaubst mir nicht?« Er hob eine Braue. »Na, dann sieh zu und staune!«

In Rekordgeschwindigkeit wusch er den groben Schmutz unter fließendem Wasser von den Tellern, dann steckte er den Stöpsel ein und ließ heißes Wasser ins Spülbecken laufen. Nachdem er einen Spritzer Reinigungsmittel hinzugegeben hatte, nahm er den Schwamm zur Hand, der auf dem Abtropfbrett lag, und fing mit der eigentlichen Arbeit an.

Noch nie hatte Shelly einen Menschen – noch dazu einen

Mann! – so schnell spülen sehen. Die nassen Teller, Messer, Gabeln und Gläser landeten mit einem so unglaublichen Tempo auf dem Abtropfgitter, dass sie mit dem Abtrocknen schon bald gar nicht mehr hinterherkam.

»Und, bist du nun endlich überzeugt?«, fragte er und zielte drohend mit dem tropfenden Schwamm in ihre Richtung. »Sag lieber nichts Falsches, ich warne dich! Ich fühle mich ziemlich schnell in meinem Küchenstolz gekränkt …«

Lachend hob sie die Arme. »Gnade, großer Spülmeister!« Ungläubig schüttelte sie den Kopf. »Das war wirklich atemberaubend. Von wem hast du das denn gelernt?«

»Von meiner Mutter jedenfalls nicht«, erwiderte er trocken. »Oder kannst du dir die hochwohlgeborene Geraldine Wood mit den Händen im Spülwasser vorstellen?«

»Nein, wirklich nicht!« Allein der Gedanke war so absurd, dass Shelly losprustete.

»Corinne, unsere Köchin, hat es heimlich meinem Bruder, meiner Schwester und mir beigebracht, als wir noch klein waren. Genauso wie Kochen, Fensterputzen und Kuchenbacken«, erklärte er. »Im Gegensatz zu meiner Mutter vertrat sie die Meinung, dass jeder Mensch in der Lage sein sollte, sich selbst zu versorgen. Du solltest mal meine Pavlovas probieren.«

»Pavlovas?«

»Sag bloß, Emily hat euch in der ganzen Zeit noch nie Pavlovas serviert! Wenn du mich fragst, sind es die köstlichsten Kuchen auf der ganzen Welt. Stell dir vor … lockerleichter Baiser, dazu cremige Schlagsahne und herrlich frische Erdbeeren, Pfirsichspalten und Kiwis.«

Allein vom Zuhören lief Shelly das Wasser im Mund zusammen. »Das klingt wirklich köstlich.«

»Willst du noch etwas sehen, was ich von Corinne gelernt habe?« Als sie nickte, lachte er leise. »Pass auf!«

Er goss noch etwas Spülmittel in das bereits abgekühlte Wasser und tauchte einen silbernen Serviettenring hinein. Als er ihn wieder hervorholte, spannte sich im Zwischenraum eine dünne, irisierende Schicht aus Seifenlauge.

Fasziniert schaute Shelly zu, wie Josh den Ring vorsichtig an die Lippen hob und dann behutsam Luft durch sein Zentrum strömen ließ. Eine Flut von Seifenblasen erhob sich in die Luft, ihre hauchzarten Körper schillerten in allen Farben des Regenbogens. Verzaubert betrachtete Shelly, wie sie durch die Luft tanzten. Sie hob die rechte Hand und streckte den Zeigefinger aus, doch als sie das fragile Gebilde aus Wasser und Seife berührte, zerstob es in einem Nebel aus winzigen Tropfen.

»Das ist … wunderschön«, flüsterte sie.

Erstaunt blickte er sie an. »Es sind doch nur Seifenblasen. Jedes Kind kann die machen.«

»Trotzdem …« Natürlich wusste sie, dass es stimmte. Und doch hatte sie sich in letzter Zeit nur selten so frei und unbeschwert gefühlt wie gerade eben, in diesem flüchtigen Augenblick.

Er zuckte mit den Achseln. »Das mit den Seifenblasen habe ich von Corinne gelernt. Willst du auch wissen, was meine Schwester Maggie mir beigebracht hat?«

Gespannt beobachtete Shelly, wie er das kalte Wasser aufdrehte. Sie fragte sich, was für Tricks er noch für sie auf Lager haben mochte – und schrie vor Schreck und Überraschung auf, als sich plötzlich ein eisiger Schwall über sie ergoss; Josh hielt mit der Hand den Auslauf so zugedrückt, dass das Wasser genau in ihre Richtung spritzte.

Im ersten Augenblick völlig perplex, stand sie da und starrte Josh fassungslos an – dann brachen sie beide in schallendes Gelächter aus. Sie lachten und lachten, bis sie sich die

Bäuche halten mussten und kaum noch Luft bekamen. Shelly klammerte sich an Josh fest, weil sie Mühe hatte, sich auf den Beinen zu halten.

Und dann lagen sie einander plötzlich in den Armen, und eines kam zum anderen. Josh küsste sie so leidenschaftlich, dass ihr die Sinne schwanden. Und sie erwiderte seinen Kuss voller Feuer.

Josh schob die Hände unter ihren Po und hob sie hoch, sodass sie auf der Küchenarbeitsplatte saß. Wie von selbst schlang sie die Beine um seine Hüften. Ihre Gesichter waren jetzt auf gleicher Höhe, und sie schauten einander direkt in die Augen. In seinem Blick sah sie dasselbe hungrige Verlangen, das auch sie selbst empfand.

Beherzt ließ sie die Hände unter sein T-Shirt wandern und strich mit den Fingern über seine glatte, muskulöse Brust.

Er stöhnte auf. »O Gott, Shelly, ist dir eigentlich klar, was du da gerade anrichtest?«

Ein Lächeln umspielte ihre Lippen. »Möchtest du, dass ich aufhöre?«

»Um Himmels willen – nein!«

Sie lachte. Es berauschte sie, dass sie in der Lage war, solche Macht auf diesen starken, unerschütterlichen Mann auszuüben. Und sie genoss dieses Gefühl so sehr, dass sie all ihre Gedanken über Bord warf und sich einfach nur dem Augenblick hingab.

Als sie spielerisch mit den Fingerspitzen über seine Brustwarzen strich, stöhnte er erneut auf, zog Shelly an sich und verschloss ihren Mund mit seinen Lippen. Flüssiges Feuer pulsierte durch ihre Adern, ihr war heiß und kalt zugleich, und in ihrem Kopf drehte sich alles. Sie atmete schwer, als Josh ihr Gesicht mit heißen Küssen überzog und zärtlich an ihrem Ohrläppchen knabberte.

»Josh …!«

Die Welt um sie herum versank im Nebel der Bedeutungslosigkeit. Shelly dachte nicht eine Sekunde an die Gefahr, dass Emily und die Kinder heimkehren und Josh und sie überraschend könnten.

Alles, was zählte, war das Hier und Jetzt. Sie wollte Josh, wollte ihn mit Haut und Haaren. All ihre Zweifel und Vorbehalte waren vergessen. Sie krallte die Finger in seine starken Schultern und bog sich ihm lustvoll seufzend entgegen, als er mit der Zunge eine Spur aus Feuer auf der empfindsamen Haut ihrer Kehle hinterließ. Hätte er sie in diesem Augenblick gebeten, mit ihm zu schlafen, sie hätte keine Sekunde gezögert.

Doch ein lautes Hämmern holte Shelly abrupt in die Realität zurück.

Sie fuhren auseinander, und es dauerte einen Moment, bis sie realisierten, dass das Hämmern in Wirklichkeit ein Klopfen war und von der Vordertür kam. Nun gesellte sich auch eine aufgeregt klingende Stimme hinzu.

»Hallo? Hey, wo steckt ihr denn alle? Es ist ein Notfall!«

Hastig richtete Shelly ihre Kleidung, eilte voraus zur Tür und riss sie auf. Vor ihr stand Max Campbell. Er arbeitete eigentlich für Thomas Carter, doch der Farmer hatte ihn an Shelly ausgeliehen – so lange, bis die neue Situation sich einigermaßen eingespielt hatte.

»Gott sei Dank, dass Sie da sind, Miss Makepeace«, stieß Max – ein Kerl, groß wie ein Baum und mindestens ebenso massig – atemlos hervor. »Es brennt!«

Shelly riss die Augen auf. »Was sagen Sie da? Feuer? Um Himmels willen, wo denn?«

»Drüben, auf dem Land von Tim Cameron. Man kann den Qualm bis hierher sehen! Schnell, alarmieren Sie die Feuerwehr!«

»Was ist los?« Josh drängte sich an Shelly vorbei, die sofort zum Telefon eilte.

»Es brennt – drüben auf der Cameron-Farm. Die Rauchsäule ist riesig! Schauen Sie!«

Während Shelly mit dem Diensthabenden auf der Feuerwache sprach, stürmte Josh nach draußen. Sie hatte gerade aufgelegt, da erschien er wieder im Türrahmen. »Ich fahre rüber und sehe nach, ob ich helfen kann.«

»Warte!«, rief sie und folgte ihm, als er zu seinem Wagen lief. »Ich komme mit!«

»Auf keinen Fall«, protestierte Josh, doch da hatte Shelly bereits die Beifahrertür aufgerissen und war auf den Sitz geklettert.

»Du glaubst doch nicht ernsthaft, dass ich einfach tatenlos hier herumsitzen werde!«, entgegnete sie entschlossen und legte den Sicherheitsgurt an. »Was ist jetzt – willst du nicht endlich losfahren?«

Josh schüttelte den Kopf, sagte aber nichts mehr. Stattdessen gab er Gas.

»Verdammt, das sieht nicht gut aus«, knurrte Josh, als sie wenige Minuten später die Zufahrt zur Camerons Farm erreichten. Er war gerast wie der Teufel, war aber ein so erfahrener und guter Fahrer, dass Shelly sich keine Sekunde unsicher auf dem Beifahrersitz gefühlt hatte. Jetzt war schon von Weitem der orangerote Widerschein der Flammen am immer dunkler werdenden Abendhimmel zu sehen.

Sein Wagen machte einen Ruck nach vorn, als Josh den Gang wechselte und die Geschwindigkeit noch einmal erhöhte. Shelly klammerte sich am Armaturenbrett fest, weil das Fahrzeug auf der schlecht befestigten Straße bockte wie ein wildes Pferd. Schließlich erreichten sie die Kuppe des

Hügels, hinter dem das Wohnhaus und die angeschlossenen Wirtschaftsgebäude lagen, und Josh bremste abrupt.

Shelly stockte der Atem. Das Ausmaß der Zerstörung übertraf ihre schlimmsten Befürchtungen.

Es war ein regelrechtes Inferno. Eine Scheune war bereits unrettbar zum Opfer der Flammen geworden, doch das Feuer hatte auch auf die Nebengebäude übergegriffen. Nur das Wohnhaus, das zum Glück für die Bewohner etwas abseits stand, war bisher nicht in Mitleidenschaft gezogen worden.

»O Gott!«, murmelte Shelly erschüttert. Sie hatte so etwas noch nie zuvor gesehen – zumindest nicht im wahren Leben. Jetzt musste sie erkennen, dass die Darstellungen aus Film und Fernsehen keineswegs übertrieben grausam und schockierend waren. Ganz im Gegenteil spiegelten sie sogar nur einen Bruchteil des Grauens wider, das sie in diesem Augenblick empfand.

Es war, als wären sie geradewegs in die Hölle gerast.

Von ihrer erhöhten Position aus wirkten die Menschen unten auf dem Hof wie Spielzeuge. Einige von ihnen liefen völlig desorientiert hin und her, während andere mit Wassereimern und Gartenspritzen versuchten, das Feuer zu löschen. Das Toben der Flammen war indes ohrenbetäubend. Selbst aus der Entfernung kam es Shelly so laut vor, dass es sogar die Gedanken in ihrem Kopf zu übertönen schien. Alles in ihr drängte danach, umzukehren und sich in Sicherheit zu bringen. Sie musste sich immer wieder ermahnen, dass die Menschen dort unten Joshs und ihre Hilfe brauchten. Das lähmende Gefühl von Angst, das ihr förmlich die Kehle zuschnürte, blieb trotzdem. Und hätte Josh nicht am Steuer des Wagens gesessen, sie wusste nicht, ob sie die Kraft besessen hätte, ihre eigene Furcht zu überwinden.

Ihr Herz hämmerte wie wild, als Josh wieder Gas gab und sie den Hügel hinunterrasten. Offenbar ahnte er, was in ihr vorging, denn er griff, ohne den Blick von der Straße zu nehmen, nach ihrer Hand und drückte sie. »Keine Angst, dir wird nichts passieren. Das werde ich nicht zulassen, hörst du?«

Seltsamerweise zeigten seine beruhigenden Worte fast auf der Stelle Wirkung. Shelly spürte, wie die innerliche Starre, die sie fest im Griff gehabt hatte, von ihr abfiel. Endlich konnte sie wieder einigermaßen frei durchatmen, und – noch wichtiger als das – klar denken.

»Was glaubst du, wie lange wird die Feuerwehr brauchen, bis sie eintrifft?«

Josh runzelte nachdenklich die Stirn. »Ich vermute, dass sie schon vor deinem Anruf alarmiert worden ist. Also etwa zwanzig Minuten, würde ich schätzen. Aorakau Valley verfügt nur über eine freiwillige und keine Berufs-Feuerwehr. Dazu ist der Ort einfach zu klein«, erklärte er. »Leider bedeutet das auch, dass die Männer vor jedem Einsatz zuerst mobilisiert werden müssen. Das geht zwar dank zahlreicher Übungen relativ schnell, aber bei einem Feuer wie diesem zählt jede Minute.«

Vor dem Farmhaus hielt Josh an und sprang sofort aus dem Wagen. Shelly zögerte nur kurz, ehe sie ihm folgte. Sie fürchtete sich nun kaum mehr, Joshs Nähe gab ihr neue Sicherheit und Selbstvertrauen. Solange er bei ihr war, konnte ihr nichts Schlimmes zustoßen. Sie wusste selbst nicht, woher sie die Überzeugung nahm – sie war ganz einfach da.

Als er merkte, dass sie ihm nachgekommen war, blieb Josh abrupt stehen. »Was glaubst du, wo du hingehst?«

»Na, ich will dir helfen!«

Entsetzt schüttelte er den Kopf. »Kommt nicht infrage. Hilf

den anderen Frauen dabei, Wasser heranzuschaffen, oder mach dich sonst irgendwie nützlich – aber bleib um Himmels willen von diesem Feuer weg! Das ist viel zu gefährlich!«

»Und was ist mit dir?« Wütend stemmte sie die Hände in die Seiten. »Für dich ist das Risiko weniger groß, oder was?«

»Nein«, entgegnete Josh fest. »Aber ich trage nicht die Verantwortung für zwei halbwüchsige Kinder.« Er umfasste ihre Schultern und sah Shelly eindringlich an. »Bitte, sei ein einziges Mal vernünftig. Denk an Will und Kim – die beiden brauchen dich!«

Aber ich brauche dich doch auch!

Der Gedanke war ihr unwillkürlich durch den Kopf geschossen, doch sie wagte es nicht, ihn laut auszusprechen. Dazu gab er einfach zu viel von ihren wahren Empfindungen preis. Empfindungen, die sie bisher nicht einmal sich selbst hatte eingestehen können – geschweige denn Josh gegenüber.

Sie atmete tief durch. »Ich werde vorsichtig sein«, sagte sie. »Das verspreche ich dir – aber ich will auch helfen. Lass mich nicht hier zurück, bitte!«

»Also schön«, knurrte er unwillig. »Aber dann sieh wenigstens zu, dass du mir nicht im Weg herumstehst, verstanden?«

Mit diesen Worten drehte er sich einfach um und lief weiter. Unterwegs nahmen sie von irgendjemandem Eimer mit Wasser entgegen. Je näher sie dem Feuer kamen, umso schlimmer wurde die Hitze, die ihnen entgegenschlug. Shelly bereitete das Atmen bereits Mühe, und die beiden schweren Wassereimer zogen wie Bleigewichte an ihren Armen. Doch sie zwang sich, die Zähne zusammenzubeißen. Wenn Josh auch nur das geringste Anzeichen von Schwäche an ihr bemerkte, würde er sie garantiert endgültig zum Wagen zurückschicken. Und das wollte sie auf keinen Fall riskieren!

»Was ist passiert, Tim?«, fragte Josh einen Mann, der ihnen mit einem leeren Wassereimer entgegenkam. Er musste schreien, um gegen das Brüllen des Feuers anzukommen.

»Keine Ahnung! In der Scheune hat es angefangen, dabei gibt es dort nichts, was von allein in Brand geraten sein könnte«, erwiderte der Mann, den Josh mit Tim angesprochen hatte. Der Blick seiner grauen Augen in dem mit dunklem Ruß verschmierten Gesicht spiegelte zu gleichen Teilen Wut, Verzweiflung und Resignation wider. »Da steckt Methode dahinter, Wood!«

»Du denkst, unser Feuerteufel hat wieder zugeschlagen?«

Die Bezeichnung, die Josh verwendete, ließ Shelly trotz der mörderischen Hitze einen eisigen Schauer über den Rücken laufen.

»Du hast bestimmt schon davon gehört; die Feuer haben bereits vor ein paar Monaten angefangen«, erklärte er ihr. »Zuerst betraf es nur ein paar leer stehende Schuppen und Baracken, doch es handelte sich ganz offensichtlich um Brandstiftung. Schon damals hat die Feuerwehr eng mit der örtlichen Polizei zusammengearbeitet, aber der Täter war wie ein Phantom. Und dann brannte die erste Farm und …« Er verstummte abrupt. Seine Stirn legte sich in Falten. »Hast du das gehört? Das klang wie ein …!« Er lief los, ohne den Satz zu beenden – geradewegs auf eines der Nebengebäude zu, dessen Untergeschoss bereits in Flammen stand.

»Josh!«, schrie Shelly entsetzt, als sie erkannte, was er vorhatte. Wollte er etwa dort hinein? Mitten in das unvermindert heftig wütende Feuer?

Hilflos rannte sie ihm nach. Jetzt hörte sie es ebenfalls: ein leises Rufen, immer wieder unterbrochen von heftigem Husten. Und dann, als eine Windbö den dichten Qualm und Rauch aufwirbelte, sah sie ein kleines Mädchen am Dachfenster der Scheune, und ihr gefror das Blut in den Adern. »Grundgütiger!«

Auch andere bemerkten die Kleine. Irgendwo hinter Shelly schrie eine Frau auf. »Mein Kind!« Ihre Stimme überschlug sich vor Angst und Entsetzen. »O Gott, Tim! Es ist Tara! Tara!«

Das Rufen des Mädchens – Shelly schätze es auf sechs oder sieben Jahre – wurde immer verzweifelter und jämmerlicher. Als die Flammen sich nun auch bis zum Heuboden durchfraßen, kletterte das Kind auf das schmale Fensterbrett.

»Eine Leiter«, schrie Josh. »Wir brauchen eine Leiter!«

Gleich mehrere Leute rannten los, doch Shelly ahnte, dass sie nicht rechtzeitig zurückkommen würden, um das Mädchen aus der Flammenhölle zu befreien. Hektisch blickte Shelly sich um und raufte sich das Haar. Wo blieb denn bloß die Feuerwehr? Mit dem Leiterwagen hätten sie vielleicht noch eine Chance, aber so …

Das Feuer breitete sich rasend schnell aus, und das Fenster unter dem Dach der Scheune lag zu hoch, als dass die Kleine sich mit einem Sprung hätte retten können. Der einzige andere Weg ins Freie führte durch das Innere des Gebäudes, doch das stand lichterloh in Flammen. Das würde das Mädchen niemals schaffen!

Josh schien zu einem ähnlichen Schluss gekommen zu sein wie Shelly. Entschlossen goss er den Inhalt des Wassereimers über sich aus und lief, ohne noch einmal zurückzublicken, auf die brennende Scheune zu.

3

Aorakau Valley, 8. Juli 1954

»Du brauchst mir wirklich keine Gesellschaft zu leisten, Cal.« May hoffte, dass man ihrem Lächeln die Nervosität nicht gleich anmerkte. »Ich weiß, dass du für deine Nachprüfung in Geometrie nächste Woche lernen musst, und ich bin gern allein draußen.«

Callum runzelte die Stirn. »Ich weiß nicht – du bist in letzter Zeit ziemlich oft ohne Begleitung im Garten. Du wirst doch keinen Unsinn aushecken, Cousinchen? Wenn Vater davon wüsste …«

»Von mir wird er es gewiss nicht erfahren«, entgegnete sie mit einem Augenzwinkern. »Und wir wissen doch beide, dass du diese Prüfung unbedingt bestehen musst, wenn du das Jahr nicht wiederholen willst.«

Seufzend fuhr Cal sich durchs Haar. »Also schön, aber geh nicht zu weit weg, ja?«

Als ihr Cousin im Haus verschwand, atmete May erleichtert auf. Geschafft! Sie musste sich beherrschen, um nicht loszurennen, so sehr sehnte sie sich danach, Bens Gesicht zu sehen.

Ben!, dachte sie glücklich. Ben, Ben – mein süßer Ben!

Seit jenem Tag vor etwas weniger als drei Wochen konnte sie kaum mehr an etwas anderes denken als an ihn. Sie wusste, dass er jeden Abend hinter dem Rosenbusch auf sie wartete, doch nicht immer hatten sie die Möglichkeit, sich zu sehen, denn Callum war fast ständig bei ihr. Sie mussten also äußerst vorsichtig sein.

May mochte Callum. Er behandelte sie stets freundlich und gab sich alle Mühe, ihr das einsame Leben oben in ihrer Kammer unter dem Dach so angenehm wie möglich zu machen. Manchmal, wenn er sie besuchte, erzählte er ihr von der Schule, von seinen Freunden und von Samstagabenden an einem Platz unten am Fluss, den die Jugendlichen im Tal *U-ie* nannten. Wenn sie so zusammensaßen und redeten, kam es May fast so vor, als seien sie Freunde. Aber ihr war auch klar: Cals Furcht vor seinem Vater war sehr viel größer als die Zuneigung, die er für sie empfand.

May verstand das sehr gut. Onkel Ingram ließ sich nur selten in ihrer kleinen Kammer blicken, doch jedes Mal, wenn er es tat, lief es ihr eiskalt den Rücken hinunter. Die Aura dieses Mannes war einfach furchterregend. Diese kalten Augen, die schmalen Lippen und der Ausdruck von Verbitterung in seiner Miene …

Sein Hass auf sie war trotz all der Jahre, die sie nun schon unter seinem Dach lebte, ungebrochen. Von Callum wusste sie, dass sein Vater alle Maori hasste. Für ihn waren sie Abschaum. Minderwertig.

Er hatte es seinem jüngeren Bruder Ian niemals verziehen, dass er mit einem Maorimädchen durchgebrannt war. Und dieses Maorimädchen war ihre Mutter gewesen. Sie, May – das lebende, atmende Zeugnis dieser Verbindung –, war für ihn der Inbegriff der Schande, denn in ihren Adern vermischte sich das Blut seiner Familie mit »unreinem« Maoriblut.

Das war der Grund, warum er May vor dem Rest der Welt versteckte. Und es interessierte ihn nicht im Mindesten, dass es da draußen nicht mehr allzu viele Menschen gab, die seine Sicht der Dinge teilten. Heutzutage, das wusste sie von Cal, waren Ehen zwischen Maori und Pakeha keine Seltenheit mehr. Die Kulturen wuchsen zusammen.

Doch zu allen Zeiten hatte es Menschen gegeben, die sich gegen die natürliche Entwicklung der Dinge sperrten.

Ingram Wood war einer davon.

»May?«

Als sie Bens leises Flüstern hörte, tat ihr Herz einen erfreuten Sprung. Sie beschleunigte ihre Schritte, und im nächsten Augenblick erreichte sie endlich ihren Liebsten.

Ben zog sie in seine Arme, kaum dass man sie vom Haus aus nicht mehr sehen konnte. Er strich über ihr seidiges schwarzbraunes Haar und küsste ihre Stirn und ihre Wangen. May wünschte sich, er würde sie einmal so küssen wie Ferdinand seine Luise in dem Stück *Kabale und Liebe* von Schiller, das sie gerade las, doch sie wagte es nicht, ihn darum zu bitten. Trotzdem war sie ein wenig enttäuscht, als er schließlich von ihr abließ. Aber als sie in sein vor Aufregung und Freude erhitztes Gesicht blickte, war aller Verdruss vergessen, und ihr Herz ging auf vor lauter Liebe zu ihm.

»O Ben, wie hab ich dich vermisst! Komm!«

Sie gingen zu der alten Eiche, deren dichte Krone fast den gesamten hinteren Teil des Gartens beschattete. An ihren mächtigen Stamm gelehnt saßen die beiden im Gras, das noch warm war von der Hitze des zurückliegenden Tages. May legte ihren Kopf an Bens Brust und lauschte dem gleichmäßigen Pochen seines Herzens.

Es waren diese flüchtigen Momente des Glücks, von denen sie in den langen Tagen ihrer Gefangenschaft zehrte. Denn nichts anders war sie im Haus ihrer Tante und ihres Onkels: eine Gefangene.

Nur wenn sie mit Ben zusammen war, war sie wirklich frei.

»Ben, ich habe mir etwas überlegt.« Sie setzte sich auf und schaute ihn an. »Einen Weg, wie wir miteinander in Verbindung bleiben können, auch wenn wir getrennt sind.«

Aufmerksam neigte er den Kopf. »Und wie?«

May atmete tief durch. »Du weißt doch, dass Cal mir alle paar Tage neue Bücher aus der Schulbibliothek holt.« Als Ben nickte, fuhr sie fort. »Ich werde ab jetzt jeden Abend einen Brief für dich schreiben und ihn unter dem Einband eines der Bücher verstecken, die Cal zur Bücherei zurückbringt. Ich sage dir vorher, welches Buch es ist und was ich mir als Nächstes mitbringen lasse.«

»Und ich lege dir dann ebenfalls einen Brief hinein, richtig?« Ben lächelte, und May wünschte sich, sie könnte diesen Augenblick einfangen und auf ewig in ihrem Herzen einschließen: Ben, in silbernes Mondlicht getaucht, ein verschmitztes Funkeln in den gletscherblauen Augen …

»Du findest die Idee gut?«

»Sehr gut sogar.« Er umfasste ihr Gesicht mit beiden Händen und schaute sie einen Moment lang einfach nur an.

»Was ist?« Das Herz schlug ihr jetzt bis zum Hals.

»Du bist einfach wunderschön, weißt du das?« Er sagte es mit einer solchen Ernsthaftigkeit, dass May beinahe die Tränen kamen. »Ich … Ich sollte das jetzt nicht tun, aber ich kann einfach nicht anders. Bitte verzeih …«

Und dann senkte er langsam, ganz langsam, seine Lippen auf ihren Mund und küsste sie so zärtlich, dass May zu schweben glaubte.

Es war noch viel besser, als Schiller es in seinem Stück beschrieben hatte. Viel besser als alles, was May in ihrem fünfzehnjährigen Leben bisher widerfahren war. Atemlos wisperte sie seinen Namen, immer und immer wieder. War es das, was man Liebe nannte? Nun, wenn ja, dann wollte May es niemals wieder missen.

Aber wie soll das gehen? Onkel Ingram wird niemals zulassen, dass du gehst …

Rasch verdrängte sie den Gedanken an ihn. Die Realität

würde sie noch früh genug wieder einholen – jetzt zählten nur Ben und sie …

Aorakau Valley, 9. Juli 1954

Liebster Ben,
die ganze Nacht habe ich wach gelegen, weil ich einfach nicht aufhören konnte, an Dich zu denken. Nie in meinem ganzen Leben hätte ich gedacht, dass mir so etwas Wunderbares widerfahren könnte.
Dass ich jemals einen Menschen treffen würde, der meine Seele und mein Herz berührt, so wie Du es tust. Du bist es, der mein Dasein mit Sinn erfüllt. Ich weiß nicht, wie ich all die Jahre ohne Dich ertragen habe, allein in meinem Zimmer hier oben unter dem Dach, umgeben von so viel Kälte und Hass.
Ich will nicht ungerecht sein, Liebster. Tante Caroline war immer gut zu mir, und Callum ist mir stets ein guter Freund und Zuhörer gewesen. Ich glaube, ohne ihn wäre ich manches Mal verrückt geworden vor Einsamkeit.
Doch es ist nicht dasselbe, verstehst Du?
Erst seit ich Dich kennengelernt habe, weiß ich, was mir gefehlt hat. Es ist schwer zu beschreiben, aber ich habe das Gefühl, Dich schon immer zu kennen. Du bist mir so vertraut, als wärst Du ein Teil von mir. Und jede Minute des Tages trage ich Deine Liebe in mir, sodass ich Dich um mich habe, selbst wenn Du nicht bei mir sein kannst.
Trotzdem sehne ich Dich herbei, mein liebster Ben. Ich stelle mir vor, wie wir Hand in Hand gemeinsam durch die Nacht gehen, der funkelnde Sternenhimmel über uns. Und wir sind frei und müssen uns nicht verstecken. Jeder kann unsere Liebe sehen.

Aber leider weiß ich, dass dieser Traum sich niemals erfüllen wird. Mein Onkel wird mich niemals ziehen lassen. Und eines Tages wirst du ein anderes Mädchen finden. Eines, das nicht in einer kleinen Kammer unter dem Dach eingesperrt ist, eines, mit dem Du überallhin gehen kannst. Und dann wirst Du mich vergessen, und ich bin wieder einsam und verloren – nur dass ich dieses Mal weiß, wie es sich anfühlt, geliebt zu werden.

Manchmal frage ich mich, ob es nicht besser gewesen wäre, wir wären einander niemals begegnet. Ich…

Eine Träne einzelne Träne löste sich von Mays Kinn, fiel auf das Papier und ließ die Tinte verschwimmen. Als es im selben Moment an der Tür zu ihrem Zimmer klopfte, ließ sie den Brief rasch unter ein paar Heften in der obersten Schublade ihres Schreibtisches verschwinden. Hastig wischte sie sich die letzten verräterischen Tränenspuren aus dem Gesicht und straffte die Schultern. »Ja?«

Es war Callum. »Ich fahre in die Stadt. Soll ich für dich etwas in der Bibliothek holen?«

»O ja, bitte!« May musste sich zügeln, um sich ihre Nervosität nicht allzu deutlich anmerken zu lassen. Cal durfte auf keinen Fall misstrauisch werden. Sie atmete tief durch. »Aber … könntest du mir einen Gefallen tun, und noch eine halbe Stunde warten? Von einem Buch habe ich nur noch ein paar Seiten zu lesen, und du könntest es dann direkt mitnehmen.«

»Meinetwegen.« Cal lächelte. »Du weißt doch, dass ich dir ohnehin nie einen Wunsch abschlagen kann.«

May erwiderte sein Lächeln ein wenig gezwungen. Hätte Cal gewusst, dass er nur warten sollte, damit sie ihren Brief zu Ende schreiben und dann unter den Umschlag von

Katherine Mansfields Kurzgeschichtenband *Bliss* verstecken konnte, wäre er wohl kaum so freundlich gewesen.

Sobald sie allein war, holte sie den Brief wieder aus der Schublade hervor und las noch einmal durch, was sie bisher geschrieben hatte. Dann strich sie energisch den letzten Absatz durch und schrieb stattdessen:

Was immer die Zukunft uns auch bringen mag, eines sollst Du wissen, Liebster: Ich werde niemals bereuen, dass wir uns getroffen haben. Denn Du hast Licht in meine Welt gebracht, die vor Dir nur von Dunkelheit erfüllt war.

Ich liebe Dich, Ben. Deine May.

4

Josh hatte das Gefühl, mitten in der Hölle gelandet zu sein.

Egal, wohin er blickte, überall war Feuer. Und die Hitze war mörderisch. Er spürte, wie seine Haut sich spannte, wie bei einem starken Sonnenbrand. Obwohl er sich den nassen Stoff seines Hemdes vor die Lippen presste, schien die Luft in seinen Lungen zu kochen. Jeder Atemzug verursachte stechende Schmerzen, und seine Augen tränten so heftig, dass er nur wie durch einen dichten Schleier sehen konnte.

»Tara!«, rief er gegen das Brüllen der Flammen an. »Tara, wo steckst du?«

Er blickte sich nach einem Weg um, hinauf auf den Heuboden zu gelangen. Wie durch ein Wunder war die schmale Stiege, die nach oben führte, bisher von den Flammen verschont geblieben. Ohne auch nur eine Sekunde an die Gefahr zu denken, in die er sich begab, begann er den Aufstieg.

Es war schwieriger, als er erwartet hatte. Der Mangel an Sauerstoff machte ihm zu schaffen, und er spürte, wie seine Kräfte zu schwinden begannen. Keuchend zog er sich das letzte Stück hinauf und blieb dann nach Luft ringend neben der Dachluke liegen.

Steh auf! Du darfst jetzt nicht schlappmachen!

Josh wusste, wenn er jetzt liegen blieb, würde er über kurz oder lang das Bewusstsein verlieren und sterben.

Wenn er leben wollte, durfte er der bleiernen Müdigkeit nicht nachgeben.

»Tara …«

Auf allen Vieren kroch er durch den schwarzen Rauch. Der Dachstuhl über ihm brannte inzwischen lichterloh. Es war nur noch eine Frage der Zeit, bis die gesamte Konstruktion in sich zusammenbrechen und ihn mitsamt dem Mädchen unter sich begraben würde.

Doch er würde nicht eher von hier verschwinden, bis er die kleine Tochter der Camerons gefunden und in Sicherheit gebracht hatte.

»Tara!«

Und dann entdeckte er die Kleine – sie war in der Nähe des Fensters, in dem sie gestanden hatte, bewusstlos geworden und zu Boden gesunken. Josh eilte zu ihr und fühlte ihren Puls – er war schwach, aber immerhin noch deutlich spürbar. Josh konnte nicht einschätzen, wie viel Rauch sie inzwischen eingeatmet hatte, aber eines stand fest: Er musste sie so schnell wie möglich hier wegbringen!

Hastig schaute er zum Fenster hinaus. Vor der Scheune hielten sich ein gutes Dutzend Leute auf, doch von einer Leiter war noch immer keine Spur zu entdecken. Vermutlich waren Geräte und Werkzeug in einem der anderen Wirtschaftsgebäude aufbewahrt worden und verbrannt – so wie es auch der kleinen Tara und ihm bevorstand, wenn er nicht endlich etwas unternahm. Ihm blieb nichts anderes übrig, als denselben Weg zu nehmen, auf dem hergelangt war.

Entschlossen hob er das Mädchen hoch. Obwohl Tara nicht viel mehr wiegen konnte als fünfundvierzig Pfund, überstieg es beinahe seine Kräfte, sie zu tragen. Er bekam kaum noch Luft, seine Lungen brannten wie Feuer, doch er schleppte sich vorwärts.

Taumelnd gelangte er so bis zur Luke und musste zu seinem Entsetzen erkennen, dass das untere Drittel der Stiege bereits in Flammen aufgegangen war.

Und nun?

Verzweifelt schaute er sich um. Es musste doch noch einen anderen Ausweg geben, irgendwo!

Sein Blick blieb an der großen Luke auf der anderen Seite des Bodens hängen, durch die das Heu hinaufgeschafft wurde. Natürlich konnte er nicht sagen, was er drüben vorfinden würde, aber ihm blieb keine andere Wahl – er musste es einfach versuchen. Entschlossen legte er sich die bewusstlose Tara über die Schulter.

Die Hitze, die ihm entgegenschlug, als er den Heuboden überquerte, war mörderisch, doch er ging weiter, kämpfte sich Schritt vor Schritt voran. Sein Kopf fühlte sich plötzlich ganz leicht an, während seine Glieder schwer wie Blei zu sein schienen. Er spürte, dass er nicht mehr lange durchhalten würde. Aber auch die Scheune stand kurz vor dem endgültigen Zusammenbruch, wenn er das immer lauter werdende Knarren und Stöhnen im Gebälk richtig deutete.

Hustend stemmte er die breite Luke auf und fluchte, als er sah, dass sich unterhalb der Öffnung nichts befand, was einen Sprung aus mehr als vier Metern Höhe abdämpfen konnte. Und doch war es die einzige Chance, die er noch hatte. Vielleicht gelang es ihm wenigstens, die kleine Tara heil hier herauszubringen. Er nahm Anlauf – und stoppte ihm letzten Moment, als er die Heuballen erblickte, die neben ihm an der Wand aufgestapelt standen.

Natürlich! Warum war er nicht gleich darauf gekommen?

Vorsichtig legte er Tara auf dem Boden ab, schnappte sich einen der Heuballen und warf ihn durch die offen stehende Luke ins Freie. Diesen einen, und noch einen, und noch einen …

Als er das nächste Mal nach unten blickte, stapelten sich unter ihm ein halbes Dutzend Heuballen. Er hob Tara wieder hoch und trat bis an den Rand der Luke. Im selben Moment, in dem er sprang, hörte er ein ohrenbetäubendes Poltern. Im Fallen sah er, wie der hintere Teil des lichterloh brennenden Heubodens nach vorne wegbrach.

Trotz des aufgeschichteten Heus war der Aufprall auf dem Boden so hart, dass Josh einen Moment lang glaubte, sich jeden Knochen im Leib gebrochen zu haben. Doch ihm blieb nicht lange Zeit, sich zu erholen. Ein Regen aus Funken und brennendem Staub ergoss sich auf ihn und Tara – und auf das trockene Heu, das sofort Feuer fing.

Josh mobilisierte noch einmal all seine Kräfte.

»Ich muss da rein!« Holly Cameron stemmte sich verzweifelt gegen den Griff, mit dem Shelly und ein Arbeiter von der Farm sie hielten. »Mein Kind! Tara!«

Tim Cameron war kurz nach Josh zur Scheune gelaufen, doch da war überall Feuer, und er fand einfach keinen Weg hinein.

Schluchzend brach Holly zusammen und barg das Gesicht in den Händen. Shelly spürte grenzenloses Mitleid mit der Frau, die um das Leben ihres kleinen Mädchens fürchtete – doch auch sie selbst hatte Angst.

Angst um Josh.

Sie schluckte hart. Noch vor weniger als einer Stunde hatte er sie leidenschaftlich geküsst, und jetzt … Was, wenn er es nicht schaffte, der Feuerhölle zu entkommen? Wenn er …?

Sie verscheuchte den Gedanken sofort. Unsinn, Josh würde nichts zustoßen, ganz bestimmt nicht. Jeden Moment würde er, die kleine Tara auf dem Arm, aus der brennenden Scheune kommen – gesund und unversehrt.

Und was, wenn nicht?

Und plötzlich tat sie etwas, das sie schon seit vielen Jahren nicht mehr getan hatte: Sie schloss die Augen und betete. Bitte nicht!, flehte sie stumm zum Himmel. Bitte, lass nicht zu, dass ihm oder dem Mädchen etwas zustößt!

Ein lautes Rumpeln ließ sie erschrocken die Augen wieder aufschlagen. Sie erblickte Tim Cameron, der auf sie zugelaufen kam, sein Gesicht eine Maske des Entsetzens. »Zurück!«, brüllte er, packte seine Frau am Arm und zerrte sie mit sich. »Hier bricht gleich alles zusammen!«

Wie von selbst setzte auch Shelly sich in Bewegung. Im Laufen warf sie einen Blick über ihre Schulter zurück und sah gerade noch, wie der vordere Teil des Dachstuhls der Scheune einstürzte. Im nächsten Augenblick brach das gesamte Gebäude wie ein brennendes Kartenhaus in sich zusammen.

»Nein!«, stieß sie atemlos hervor. »Josh!«

Eine Wolke aus Qualm und brennendem Staub erhob sich in die Luft und raubte Shelly den Atem. Doch noch viel mehr als das lähmte sie die Angst um Josh.

Sie sank auf die Knie, Tränen strömten ihr über die Wangen, doch sie merkte es kaum. Wie betäubt kniete sie im Staub, unfähig zu begreifen, was hier gerade passiert war. Irgendwo tief in ihr drin hatte sich ein schmerzhafter

Knoten gebildet, der einfach nicht platzen wollte. Wie aus weiter Ferne drang das Geräusch einer Sirene an ihr Ohr. Die Feuerwehr – endlich! Jetzt, wo schon fast alles vorbei war …

Shelly stieß einen Laut, irgendwo zwischen Lachen und Schluchzen aus. Im zuckenden roten Widerschein des Signallichts drang endlich die grausame Realität zu ihr durch.

Josh hatte es nicht geschafft. Er war …

Sie blinzelte irritiert, als eine Windbö den Rauch auseinandertrieb und sie inmitten der grauen Wirbel eine dunkle Gestalt auszumachen glaubte. Ihr Herz hämmerte heftig. Sie wagte es nicht, die Hoffnung zuzulassen, die in ihr aufkeimte.

War es möglich, dass …?

»O Gott, Tara! Josh hat Tara bei sich!«

Die Stimme von Holly Cameron riss sie endgültig aus ihrer Lethargie. Josh – er war es wirklich! Und er hatte das kleine Mädchen der Camerons bei sich!

»Josh!« Sie rappelte sich auf und lief ihm entgegen, doch Holly und Tim Cameron waren vor ihr bei ihm. Lachend und weinend zugleich nahmen sie ihre Tochter entgegen. Die Kleine wirkte verstört, so als sei sie gerade aus einer tiefen Bewusstlosigkeit erwacht, aber sie lebte.

Und Josh lebte ebenfalls!

Doch in dem Moment, in dem er Tara in Sicherheit wusste, schienen ihn einfach die Kräfte zu verlassen. Seine Knie gaben unter ihm nach, er sackte in sich zusammen und schlug auf dem Boden auf.

Sofort waren Shelly und Tim Cameron bei ihm. Shelly erschrak, als sie sah, wie schrecklich bleich er war. Und der Anblick der übel aussehenden Kopfwunde, die zu allem Überfluss mit Schmutz und Staub verschmiert war, ließ Shelly angst und bange werden.

»Holly, hol den Notarzt her!«, rief Tim seiner Frau zu. »Wir brauchen Hilfe!«

Innerhalb kürzester Zeit traf eine Gruppe aus einem Arzt und vier Sanitätern mit Tragen ein. Da Aorakau Valley über kein eigenes Krankenhaus verfügte, hatte man vom St. Andrews Hospital in Gore einen Wagen geschickt, der kurz nach der Feuerwehr am Ort des Geschehens eingetroffen war. Während sich einer um die verängstigte, aber sonst anscheinend wohlbehaltene Tara kümmerte, untersuchte ein anderer Josh. Der Gesichtsausdruck des Mannes blieb dabei die ganze Zeit über undeutbar, sodass Shelly seiner Miene nicht entnehmen konnte, wie es um Josh stand.

Auf ein knappes Kopfnicken wurde er auf eine Trage gehoben und zum Krankenwagen transportiert.

»Halt!«, rief Shelly. »Was ist mit ihm? Er kommt doch wieder in Ordnung, oder?«

Der Arzt bedachte sie mit einem kurzen Blick. »Sind Sie mit ihm verwandt?«

»Ich …« Sie atmete tief durch, dann nickte sie kurzentschlossen. »Ich bin seine Frau.«

»Dann steigen Sie hinten in den Wagen. Wir unterhalten uns auf dem Weg ins Krankenhaus.«

Nervös lief Shelly vor der Behandlungskabine auf und ab, hinter deren Vorhang Josh untersucht wurde. Während der Fahrt ins Krankenhaus hatte der Notarzt ihr erklärt, dass die Platzwunde am Kopf zwar übel aussah, aber im Grunde nicht besonders bedrohlich war. Viel größere Sorgen machte er sich wegen der Rauchvergiftung, die Josh bei seiner Rettungsaktion erlitten hatte.

Und dass er bisher noch nicht aus seiner Bewusstlosigkeit erwacht war, gefiel ihm gar nicht.

Shelly hatte schon ein paar Mal versucht, Joshs Familie auf Emerald Downs zu erreichen, doch nachdem sie einem Hausangestellten ihren Namen genannt hatte, war sofort aufgelegt worden. Seitdem nahm am anderen Ende niemand mehr den Hörer ab.

Inzwischen war gut eine halbe Stunde vergangen, seit sie das St. Andrews Hospital in Balclutha erreicht hatten. Und genauso lange befand sich Josh nun auch schon in dieser Kabine. Die Krankenhausatmosphäre mit den klinisch weiß getünchten Gängen und dem Quietschen der Gummisohlen auf dem Linoleumboden machte Shelly fast verrückt. Sie stand kurz davor, die Wände hochzugehen, als der Arzt endlich wieder auf den Flur hinaustrat.

»Wie geht es ihm?«, überfiel Shelly ihn sofort. Sie rang die Hände. »Bitte, sagen Sie doch etwas, Doktor! Was ist mit Josh?«

Der Arzt lächelte. »Mein Name ist John Shepard«, stellte er sich vor. »Ich habe Ihren Mann auf Herz und Nieren untersucht, Ma'am. Und ich bin zu dem Schluss gekommen, dass Sie einen echten Glückspilz geheiratet haben.«

Erleichtert atmete Shelly auf. Sie hatte ihre kleine Notlüge, dass sie Joshs Ehefrau sei, bisher nicht aufgeklärt, denn sie wusste, dass man ihr ansonsten keine Auskunft über seinen Zustand gegeben hätte. »Dann kommt er also wieder in Ordnung?«

»Es sieht alles danach aus, dass er lediglich eine leichte Rauchvergiftung erlitten hat. Die Platzwunde war nur oberflächlich, sodass sie mit ein paar Stichen genäht werden konnte. Er ist auch schon einige Male kurz aufgewacht, und die Überprüfung seiner Reaktionsfähigkeit war unauffällig.«

»Er ist also wach?«

»Im Augenblick schläft er gerade.« Der Arzt nickte in

Richtung Untersuchungskabine. »Er wird gleich in ein normales Zimmer gebracht. Ich möchte ihn wenigstens noch über Nacht zur Beobachtung hier behalten. Aber Sie können trotzdem gern zu ihm, wenn Sie möchten.«

»Darf ich wirklich?«

»Sonst würde ich es nicht vorschlagen«, entgegnete Doktor Shepard lächelnd. »Gehen Sie schon, ich sehe doch, dass Sie es kaum mehr erwarten können.«

Es überraschte Shelly fast selbst ein bisschen, wie zutreffend seine Worte waren. Mit klopfendem Herzen trat sie durch den Vorhang, der den Korridor von der Kabine trennte.

Joshs Anblick traf sie wie ein Stich ins Herz.

Sein Gesicht war so bleich, dass es gegen das blütenweiße Kopfkissen beinahe grau wirkte. Ein riesiger Tapeverband zog sich von der Hälfte der Stirn bis hinunter zur rechten Schläfe. Josh lag so still da, dass man kaum erkennen konnte, ob er atmete, und für einen schrecklichen Augenblick fürchtete sie, dass Dr. Shepard sich getäuscht hatte und dass er …

Als Josh plötzlich leise stöhnte und seine Lider zu flattern begannen, fiel Shelly ein solcher Stein vom Herzen, dass ihr unwillkürlich die Tränen kamen. Sie kämpfte dagegen an – umsonst. Die Ereignisse der vergangenen Stunden waren auch an ihr nicht spurlos vorübergegangen.

»Shelly?«, murmelte Josh. Er blinzelte heftig, vermutlich mussten seine Augen sich erst einmal wieder an das grelle Krankenhauslicht gewöhnen. »Was ist los? Warum weinst du?« Trotz seines geschwächten Zustands glitt ein Lächeln über seine Lippen. »Doch nicht etwa meinetwegen?«

Seine Worte ließen bei Shelly endgültig die letzten Dämme brechen. Aufschluchzend barg sie das Gesicht in den Händen. Tränen rannen über ihre Wangen, sie konnte sich gar nicht mehr beruhigen.

Sie hörte das Bett quietschen, als Josh sich aufsetzte. Dann zog er sie in seine Arme und strich ihr beruhigend übers Haar. »Schhh … Nicht weinen, es ist doch alles gut … Der Doc sagte, der Kleinen geht es gut, und ich fühle mich auch schon viel besser.«

Seine Nähe half ihr, die Angst zu überwinden, die wie eine Welle über sie hinweggerollt war. Sie konnte wieder freier atmen, und langsam wich die Kälte, die von ihr Besitz ergriffen hatte. »Tu das nie, nie wieder, hörst du?«, sagte sie mit fester Stimme. »Ich habe mir solche Sorgen um dich gemacht!«

»Allein das macht es das Risiko schon wert«, versuchte er zu scherzen, doch Shelly fand das alles andere als witzig.

Abrupt löste sie sich von ihm. »Um Himmels willen, wie kann man nur so unsensibel sein?« Sie schüttelte den Kopf. »Ich habe das ernst gemeint, Josh. Versprich mir, dass du dich nie wieder in solche Gefahr bringst! Schwöre es mir!«

Doch noch während sie diese Forderung aussprach, wurde ihr klar, dass sie ihm eine solche Zusicherung gar nicht abverlangen konnte. Er hatte sich so verhalten, wie sein Gewissen es ihm diktiert hatte. Und war es nicht genau das, was sie an ihm schätzte? Dass er sich für Menschen einsetzte, ohne auch nur eine Sekunde an sein persönliches Risiko zu denken?

Er nahm ihre Hand. Seine graublauen Augen wirkten plötzlich sehr ernst. »Es tut mir leid, Shelly, aber das kann ich nicht.«

Sie atmete tief durch. »Ich weiß«, sagte sie schließlich. »Und mir tut es auch leid – ich habe die Nerven verloren.« Nervös fuhr sie sich übers Haar, das sich rau und schmutzig unter ihren Fingern anfühlte, weil sich der Qualm und der

Ruß des Feuers darin festgesetzt hatten. Sie hatte die Nerven verloren, ja – aber warum? Waren es nur die Nachwirkungen des Schocks gewesen? Oder gab es in Wahrheit nicht noch einen anderen, viel tiefer reichenden Grund dafür, dass die Sorge um Joshs Zustand sie derart die Kontrolle hatte verlieren lassen? Empfand sie am Ende vielleicht doch mehr für ihn, als sie bisher bereit gewesen war, sich selbst einzugestehen?

Unsinn!, schalt sie sich sogleich. Was für eine vollkommen absurde Idee! Josh war immerhin ihr Feind, und in einen Feind verliebte man sich nicht!

So war es doch – oder …?

»Sag mal, ist das nicht Lenny McMahon? Der Typ, der bei euch auf der Farm arbeitet?«

Kim und Megan saßen im hinteren Teil des *Buzzy Bee*, dem einzigen Restaurant der Stadt, vor sich auf dem Tisch eine riesige Peperonipizza und zwei Gläser mit Coke. Eigentlich hatte Emily mit Will und ihr noch zu ihrer Schwägerin Katie hinausfahren wollen, angeblich, weil sie unbedingt noch etwas mit ihr besprechen musste – in Wahrheit wohl aber viel eher, um Kims Mom und Josh Wood Gelegenheit zu geben, ein bisschen allein zu sein. Kim konnte das nur recht sein. Sie war nicht gerade erpicht darauf, ihrer Mutter zu begegnen. Zwar hatte diese die Nachricht, dass man Kim beim Klauen erwischt hatte, relativ gefasst aufgenommen. Aber vielleicht lag es nur daran, dass Josh dabei gewesen war. Als sie Megan zufällig im *Dairy* getroffen hatten, war es Kim dann tatsächlich gelungen, Emily zu überreden, sie allein weiterziehen zu lassen. So waren sie schließlich im *Buzzy Bee* gelandet.

»Was?« Kim, die gerade von ihrem Pizzastück abbeißen wollte, folgte dem Blick ihrer Freundin. Ihre Hand erstarrte mitten in der Luft, und Kim fixierte wie hypnotisiert die Eingangstür des Lokals, durch die soeben Lenny in Begleitung von ein paar anderen Jungs getreten war.

Sofort fing Kims Herz an heftiger zu klopfen.

Das war nichts Neues – so ging es ihr jedes Mal, wenn sie Lenny sah, und es schien nichts zu geben, was sie dagegen tun konnte. Sie bekam Herzflattern, weiche Knie und Schweißausbrüche. Und – was sie noch viel schlimmer fand – es wollte ihr in seiner Gegenwart einfach nicht gelingen, auch nur einen halbwegs vernünftigen Satz über die Lippen zu bringen.

»Wow, der ist ja echt zum Anbeißen«, seufzte Megan und holte Kim damit zurück auf den Boden der Tatsachen. »Du weißt nicht zufällig, ob er noch zu haben ist, oder?«

Kims Kopf ruckte herum. »Was?«

»Weißt du, ob er Single ist?«, wiederholte ihre Freundin. Dann verzogen sich ihre Lippen zu einem Schmunzeln. »Oh … Da bin ich wohl in ein Fettnäpfchen getreten, was? Warum hast du denn nicht gleich gesagt, dass du auf ihn stehst?«

»Tu ich doch überhaupt nicht!«, protestierte Kim energisch und spürte, wie ihr das Blut ins Gesicht schoss. »Keine Ahnung, wie du darauf kommst!«

»Hm, lass mich mal überlegen. Liegt es möglicherweise daran, dass du bei seinem Anblick förmlich angefangen hast zu sabbern? Oder ist es dieser leicht dümmliche Ausdruck, mit dem du ihn anstarrst, seit er und seine Freunde zur Tür hereingekommen sind?«

Unwillkürlich fingen Kims Wangen an, wie Feuer zu brennen. »Du spinnst ja … Lenny und ich, wir sind bloß Freunde. Er ist nett, das ist aber auch alles.«

Kim hatte keine Ahnung gehabt, wie viel Skepsis man

mit dem Heben einer Braue zum Ausdruck bringen konnte. Doch Megan hakte nicht weiter nach. »Okay, okay, ganz wie du meinst. Aber dann hast du ja sicher auch nichts dagegen, wenn ich ihn zu uns an den Tisch bitte, oder?«

Noch ehe sie überhaupt eine Chance hatte, etwas zu erwidern, war Megan aufgestanden und ging geradewegs auf Lenny zu. Entsetzt wollte Kim ihre Freundin zurückrufen, doch mehr als ein heiseres Krächzen bekam sie nicht über die Lippen. O nein, nur das nicht! Sie unterdrückte ein Stöhnen. Am liebsten wäre sie einfach im Erdboden versunken, doch den Gefallen wollte ihr das Schicksal natürlich nicht tun.

»Hey, Kim. Wie geht's?«

Lennys Lächeln hatte eine Wirkung auf sie, die mit Worten kaum zu beschreiben war. Ihr Puls raste, und ihr Kopf, in dem sich alles drehte, fühlte sich so leicht an, als würde er über den Dingen schweben. »Hi ...« Ihre Stimme brach. »Hi Lenny. Alles bestens, danke.«

Alles bestens, danke? Herzlichen Glückwunsch, Kimberly Makepeace, wirklich geistreich! Wenn Lenny bisher noch nicht davon überzeugt war, dass du die einzig Richtige für ihn bist – jetzt ist er es ganz sicher!

Doch Lenny lachte sie nicht aus und machte sich auch nicht über sie lustig. Er saß einfach nur da und schaute sie aus seinen umwerfenden gletscherblauen Augen an, als sei sie die interessanteste Person, der er je begegnet war.

Und dann sagte er: »Ich habe gesehen, wie du mit Firefly umgehst. Du hast echt ein Händchen für Tiere, weißt du das?«

Kim wusste selbst nicht, woran es lag, doch als er von ihrem Fohlen sprach, lockerte sich plötzlich ihre Zunge. Es schien fast, als wäre irgendwo tief in ihr drin ein Knoten aufgegangen.

»Firefly macht es einem aber auch leicht!«, erwiderte sie strahlend. »Ich hab mir immer schon ein eigenes Pferd gewünscht, aber früher in L. A. war das nicht drin. Wir haben in einem Haus in Westside L. A. gewohnt, da wären die Nachbarn schon bei einem größeren Hund total durchgedreht – aber ein Pferd?« Sie winkte lachend ab. »Und eine Reitbeteiligung, wo man sich ein Tier mit jemand anderem teilt, hätte ein kleines Vermögen gekostet.«

»Na, dann kannst du ja froh sein, dass ihr von da weg seid.«

»Ich weiß nicht…« Nachdenklich neigte Kim den Kopf. Seltsam, irgendwie hatte sie es von dieser Seite noch gar nicht betrachtet. Zwar war sie inzwischen nicht mehr sauer auf ihre Mom, weil die sie gezwungen hatte, mit nach Neuseeland zu kommen. Aber froh darüber? Dabei hatte Lenny schon recht: Vieles war besser geworden, seit sie hier lebten. Sicher, Aorakau Valley konnte man nicht gerade das Zentrum der Unterhaltungsindustrie bezeichnen, aber wenn sie jetzt darüber nachdachte – hatten sie und ihre Freunde sich früher in L. A. nicht auch die meiste Zeit gelangweilt? Hatten sie nicht vielleicht auch deshalb diesen ganzen Mist gebaut – Schule geschwänzt, geklaut, randaliert und andere Leute tyrannisiert? Weil das ihr Kick war, ihr einziger Weg, sich von der grauen Masse abzuheben und anders zu sein als alle anderen?

»Sag mal, warum trägst du eigentlich dieses schräge Outfit?«, fragte Lenny und riss sie damit aus ihren Gedanken. Er grinste jungenhaft. »Ich meine, nicht, dass es dir nicht steht. Mich interessiert einfach nur, ob du damit irgendeine Botschaft rüberbringen willst oder so.«

Kim spürte seinen Blick auf sich ruhen, und es kribbelte in ihrem Bauch. Seine Frage irritierte sie. Noch nie hatte jemand wissen wollen, warum sie sich so kleidete, wie sie sich kleidete. In ihrer früheren Clique war es völlig normal gewesen, so rumzulaufen: Alle ihre Freundinnen hatten entweder lange, wallende Gewänder mit geschnürten Korsagen oder ultrakurze Röckchen mit engen Tops und schweren Stiefeln getragen. Natürlich in Schwarz, mit blutroten, violetten oder grell pinkfarbenen Akzenten. Sie hatten alle mehr oder weniger dieselbe Musik gehört, dieselben Bücher gelesen und die gleichen Filme gut gefunden. Es war irgendwie so ein Zusammengehörigkeitsding gewesen. Etwas, das jetzt nicht mehr existierte.

»Ich …« Sie schüttelte den Kopf. »Ich weiß nicht. Früher mal, ja. Aber inzwischen …«

Er lächelte wieder, und ihr stockte der Atem. Unglaublich, wie mühelos es ihm gelang, sie nur mit einem Lächeln vollkommen verrückt zu machen. Mit Zack war sie schon sehr viel weiter gegangen, und doch hatte er nie ein derartiges Gefühlschaos in ihr ausgelöst.

»Mir ist es hier drin zu stickig«, sagte er. »Hast du vielleicht Lust auf einen kleinen Spaziergang?«

Unsicher blickte sie in Megans Richtung, doch die zuckte bloß grinsend mit den Schultern. »Na los, hau schon ab – dann bleibt mehr Pizza für mich übrig. Wir sehen uns dann um kurz vor zehn bei mir, okay? Und sei pünktlich – Emily wird nämlich stinksauer, wenn sie rausfindet, dass du dich abgesetzt hast.«

Kim nickte, dann stand sie auf und verließ mit Lenny das *Buzzy Bee*. Sie überquerten die Straße und betraten die kleine Parkanlage, die das Herz des Sutton Square darstellte.

Die Luft hier draußen war nach der Hitze des Tages angenehm kühl und duftete würzig nach frischem Gras und Harz. Raschelnd fuhr der Wind durch die Blätter der Riesenfarne. Silbriges Licht sickerte durch die dichten Kronen der Südbuchen und verlieh dem spätabendlichen Park etwas Unwirkliches, fast schon Magisches.

Kim atmete tief durch, doch auch das half ihr nicht, ihre Nervosität in den Griff zu bekommen. In ihrem Bauch schien ein ganzer Schwarm Schmetterlinge herumzuflattern, ihr war heiß und kalt zugleich. Aus den Augenwinkeln musterte sie Lenny, der nur eine Handbreit neben ihr ging. Im Mondschein wirkte sein blondes Haar fast weiß, was einen noch stärkeren Kontrast zu seiner tief gebräunten Haut darstellte. Er sah völlig anders aus als Zack und all die anderen Jungs, mit denen sie bisher ausgegangen war und die mit ihrem schwarz gefärbten Haar und der bleichen Haut eher Vampiren aus einem Schauermärchen glichen.

Lenny war anders – aber nicht weniger anziehend.

Sie setzten sich auf eine Bank im Schatten eines Eisenholzbaums. Kim rechnete damit – ja, sie hoffte es! –, dass er jetzt gleich versuchen würde, den Arm um sie zu legen und sie zu küssen, und ihr Herz flatterte wie verrückt.

Doch Lenny tat nichts dergleichen.

»Was ist eigentlich mit deinem Dad?«, fragte er stattdessen nach einer Weile. »Shelly und er haben sich getrennt, oder?«

Die Frage kam unerwartet. »Ich … Warum interessiert dich das?«

»Nur so«, erwiderte er ausweichend. »Sag mal, wie alt ist deine Mutter eigentlich? Sie sieht noch ziemlich jung aus, aber du bist ja auch schon vierzehn, von daher muss sie ja schon über dreißig sein, oder?«

»Sie ist dreiunddreißig«, antwortete Kim irritiert.

»Und sonst? Hat sie einen festen Freund? Doch nicht etwa dieser Wood, oder? Der ist nichts für sie! Aber was für Männer mag sie denn so? Eher Ältere oder Jüngere?«

Kim runzelte die Stirn. Was sollte das denn jetzt?

»Woher soll ich das wissen?«, entgegnete sie kühl, doch Lenny schien überhaupt nicht mitzukriegen, dass ihre Stimmung langsam dem Nullpunkt entgegensank.

»Sie sieht ziemlich gut aus, dafür, dass sie schon über dreißig ist«, schwärmte er einfach weiter. »Ich glaube, sie ist eine der Frauen, nach denen sich die Männer auch noch umgucken, wenn sie vierzig oder fünfzig ist…«

Jetzt hatte Kim aber wirklich genug! Endlich schien Lenny sie einmal wirklich bemerkt zu haben, und jetzt fragte er sie nur über ihre Mutter aus! Sie war tief enttäuscht.

Hastig sprang sie auf. »Hör mal, wenn meine Mom dich so brennend interessiert, dann solltest du wohl besser mit ihr spazieren gehen! Tut mir leid, ich muss jetzt gehen!«

»Aber Kim…«

Ohne ein weiteres Wort lief sie davon, und Lenny machte keinerlei Anstalten, ihr zu folgen.

Kim konnte das alles nicht fassen. Wie oft hatte sie davon geträumt: Lenny und sie allein, über ihnen der Sternenhimmel – aber dass es so sein würde…

Als sie sicher sein konnte, dass sie außer Sichtweite war, ließ sie den Tränen der Enttäuschung freien Lauf.

»Hast du Durst? Dr. Shepard hat gesagt, du musst viel trinken, um die Giftstoffe aus deinem Körper zu schwemmen. Soll ich dir etwas holen?«

»Ja, ein eiskaltes Bier wäre jetzt genau das Richtige«, entgegnete Josh schmunzelnd. Er war inzwischen seit knapp zwei Stunden wach und fühlte sich fast schon wieder, als könnte er Bäume ausreißen. »Und wenn du schon dabei bist, bring uns doch gleich eine schöne fettige Pizza mit, ja?«

Shelly kniff die Augen zusammen. »Du bist wirklich unmöglich, Josh Wood, weißt du das eigentlich?« Dann lachte sie – und ihr Lachen tat ihm besser als jede Medizin der Welt. »Kamillentee ist zwar nicht ganz dasselbe, aber so lange du hier im Krankenhaus bist, wirst du damit vorliebnehmen müssen.«

Angewidert verzog er das Gesicht. »Weißt du, was ich glaube? Die servieren dieses fürchterliche Gebräu nur, um die Patienten zu vergiften, damit sie möglichst lange hierbleiben.«

Wieder lachte Shelly – und wieder kam er nicht umhin, festzustellen, wie sehr er diesen Anblick liebte! Da waren diese zwei niedlichen Grübchen etwas oberhalb der Mundwinkel, die immer dann zum Vorschein kamen, wenn sie lachte. Ihre veilchenfarbenen Augen strahlten heller als die Sonne über Aorakau Valley an einem schönen Sommertag, und ihre Wangen nahmen einen zartrosa Schimmer an.

Als ihm klar wurde, dass er ins Schwärmen geriet, rief er sich zur Ordnung. Shelly Makepeace war keine Frau für ein flüchtiges Abenteuer – dagegen sprach schon die Tatsache, dass sie Kinder hatte. Und für mehr stand Josh auf absehbare Zeit nicht zur Verfügung. Besser also, er hielt sich das stets vor Augen.

»Bis gleich«, sagte sie und schnappte sich seinen Teebecher. Dann war sie auch schon verschwunden.

Josh war aus der Untersuchungskabine in ein kleines Einzelzimmer verlegt worden. Doc Shepard hatte angekündigt, dass er zum Ende seiner Schicht noch einmal vorbeischauen wollte. Eigentlich wollte er Josh über Nacht zur Beobachtung im Krankenhaus behalten, aber Josh hoffte, dass er, wenn alles gut lief, doch noch heute nach Hause gehen könnte.

Seit Ronans Tod waren ihm Krankenhäuser ein Gräuel. Was damals passiert war, hatte ihm die Augen geöffnet und ihm die Illusion genommen, unsterblich zu sein. Als vollkommen gesunder junger Mann war Joshs Bruder in die Klinik gegangen, um einen einfachen Routineeingriff vornehmen zu lassen. Aber während der OP war es zu unerwarteten Komplikationen gekommen. Die Ärzte hatten alles in ihrer Macht Stehende getan, um Ronan zu retten, doch es hatte nichts gebracht.

Ronan war nicht mehr aus der Narkose aufgewacht.

Josh atmete tief durch und zwang sich, die Erinnerung an seinen Bruder abzuschütteln. Doch die Richtung, in die seine Gedanken stattdessen gingen, behagte ihm auch nicht sonderlich.

Natürlich ging es wieder um Shelly.

Er wusste selbst nicht, was los war – aber in letzter Zeit schienen sich seine Gedanken unentwegt um sie zu drehen. So sehr er sich auch dagegen sträubte, es gefiel ihm, mit ihr zusammen zu sein. Da war dieses merkwürdige Gefühl von Vertrautheit, so als würden sie sich schon eine Ewigkeit kennen und nicht gerade erst ein paar Monate. Schon jetzt stand Shelly ihm näher, als es Helen jemals getan hatte. Und das, obwohl sie bisher nicht einmal miteinander im Bett gewesen waren!

Wenn er ehrlich mit sich sein wollte, ging es ihm schon lange nicht mehr um die Farm ihres Großvaters, wenn er mit ihr zusammen war. Das änderte jedoch nichts an seiner festen Absicht, den Plan zu realisieren, den Ronan und er zusammen entwickelt hatten. Er bemühte sich ja bereits darum, ein anderes, ebenfalls geeignetes Grundstück zu finden. Doch selbst wenn ihm das gelang – es änderte nichts an der Tatsache, dass Emerald Downs auf die Wasserstelle auf Shellys Land angewiesen war. Er zweifelte nicht einmal daran, dass Shelly bereit wäre, einer gemeinsamen Nutzung zuzustimmen, wenn seine Mutter sie nur darum bat. Doch er fürchtete, dass eher die Hölle zufrieren würde, bevor Geraldine Wood vor einer Makepeace zu Kreuze kroch.

Davon abgesehen war das mit Shelly und ihm vermutlich ohnehin keine besonders gute Idee. Du solltest einen Schlussstrich unter die Sache setzen, ehe es zu spät ist, sagte er zu sich selbst. Und es stimmte: Ehe und Familie, das war einfach nichts für ihn. Für so ein Leben war er nicht geschaffen, er gehörte zu den Männern, die ein freies und ungebundenes Dasein bevorzugten.

Ach ja, ist das so? Und warum fühlst du dich dann in letzter Zeit immer nur dann frei, wenn du mit Shelly zusammen bist?

Er wurde abgelenkt, als vom Krankenhausflur aufgeregte Stimmen zu ihm ins Zimmer drangen. Eine davon gehörte Shelly, das erkannte er sofort. Und die andere …

»O nein!«

Ohne zu zögern, schwang er die Beine über den Bettrand und schlüpfte rasch in seine Jeans, die über der Rückenlehne eines Stuhls hingen. Dann eilte er zur Tür hinaus – gerade noch rechtzeitig, um zu verhindern, dass seine Mutter und Shelly sich zerfleischten.

»Joshua Wood, was hat diese Frau hier verloren?« Anklagend deutete Geraldine Wood mit dem Finger auf Shelly. Ihr Blick zeigte unverhohlene Verachtung. »Hast du denn überhaupt keinen Respekt mehr vor deiner Familie?«

»Im Augenblick sehe ich hier nur eine Person, die ganz gut daran täte, ein wenig mehr Respekt zu zeigen – und das bist du, Mutter«, entgegnete Josh mit einer Gelassenheit, die er gar nicht empfand. Es gelang ihm zwar, nach außen hin die Fassade zu wahren, doch tief in seinem Innern brodelte es gewaltig. »Wir befinden uns hier in einem Krankenhaus, falls es dir noch nicht aufgefallen sein sollte. Hier gibt es Menschen, die Ruhe und Erholung brauchen. Wenn du also bitte deine Lautstärke etwas mäßigen könntest …« Erst jetzt bemerkte er, dass abgesehen von seiner Mutter auch sein Vater und seine Schwester Maggie da waren. »Was macht ihr überhaupt hier?«

»Eine Bekannte von Maggie, die in der Notaufnahme arbeitet, hat uns verständigt«, erwiderte seine Mutter – deutlich leiser, aber mit einer Stimme, die wie Eis klirrte. »Du hast es ja offenbar nicht für nötig befunden, deine Familie zu informieren!«

Wenn er ehrlich war, hatte er tatsächlich nicht daran gedacht, auf Emerald Downs anzurufen. Dazu war er viel zu viel mit sich selbst, vor allem aber auch mit Shelly beschäftigt gewesen. Nun, da er die Besorgnis in der Miene seiner Schwester bemerkte, tat es ihm leid. Die Beziehung zwischen ihm und seiner Mutter mochte schwierig sein, doch mit Maggie verstand er sich gut. Sie war so etwas wie die gute Seele von Emerald Downs.

Jetzt drängte sie sich an ihrer Mutter vorbei und umarmte ihn herzlich. »Ich bin so froh, dass es dir gut geht«, stieß sie erleichtert hervor. »Was ist denn bloß passiert?«

»Es hat wieder ein Feuer gegeben, dieses Mal bei den Camerons. Tim Camerons Tochter war in den Flammen gefangen, aber die Ärzte sagen, dass sie noch einmal mit dem Schrecken davongekommen ist.«

»Josh hat sie gerettet«, meldete Shelly sich zu Wort. »Er ist todesmutig in die brennende Scheune gelaufen und hat sich und die Kleine im letzten Moment in Sicherheit bringen können, ehe alles in sich zusammengekracht ist.« Fest blickte sie Geraldine an. »Ganz gleich, was Sie von mir halten mögen, Mrs Wood – Ihr Sohn ist ein Held!«

»Ein Held?«, entgegnete Joshs Mutter kühl. »Ich würde eher sagen, er ist ein Narr!« Aus zusammengekniffenen Augen sah sie Josh an. »Hast du denn nicht eine Sekunde daran gedacht, was dein Handeln für uns alle hätte bedeuten können? Immerhin bist du nach Ronans Tod der einzige männliche Erbe!«

»Mutter!« Entsetzt schüttelte Maggie den Kopf. »Wie kannst du so etwas nur sagen!«

»Weil es genau das ist, was sie denkt«, erwiderte Josh an ihrer Stelle.

»Ich denke jedenfalls nicht daran, mit dir weiter in der Gegenwart dieser Person darüber zu diskutieren.« Geraldine musterte Shelly herablassend. »Das ist eine Familienangelegenheit, Miss Makepeace. Wenn Sie daher die Güte hätten, uns von Ihrer Anwesenheit zu befreien …«

»Shelly bleibt!« Josh begegnete dem Blick seiner Mutter fest. Sie hatte den Bogen eindeutig überspannt. Auch seine Geduld hatte einmal ein Ende, und jetzt reichte es ihm. »Wenn dich etwas stört, kannst *du* ja gehen.«

Ungläubig starrte seine Mutter ihn an; dann wirbelte sie auf dem Absatz herum. »Nathan! Margaret!«, rief sie ihren Mann und ihre Tochter. »Kommt bitte. Wie es aussieht, sind wir hier nicht erwünscht.«

Nathan Debbenham-Wood seufzte kaum hörbar, folgte jedoch der Anweisung seiner Frau ohne jeglichen Protest.

Maggie hingegen zögerte. Lächelnd umarmte Josh seine Schwester. »Geh ruhig«, sagte er und strich ihr übers Haar. »Du sollst meinetwegen keine Schwierigkeiten bekommen.«

»Margaret!« Geraldines Stimme hätte sehr viel besser auf den Korridor einer Kaserne gepasst als auf den eines Krankenhauses. »Bitte!«

»Pass auf dich auf«, flüsterte Maggie und strich Josh mit dem Handrücken über die Wange.

Dann drehte sie sich um und folgte ihrer Mutter.

Obwohl der Himmel über Aorakau Valley am nächsten Tag strahlend blau und heiter war, schien eine düstere graue Wolke über Emerald Downs zu liegen. Jeder spürte es, vom kleinen Angestellten bis hin zum Familienmitglied: Die Luft schien elektrisch aufgeladen zu sein, so wie kurz vor einem Gewitter, wenn sich die Spannung in Blitz und Donner entladen konnte.

Nur dass es sich in diesem Fall bei der Quelle nicht um ein Wetterphänomen handelte, sondern um eine Person.

Geraldine Wood.

Josh war gestern Abend zwar noch entlassen worden, aber nicht nach Hause gekommen. Vermutlich hatte er bei irgendeinem Freund geschlafen. Zumindest hoffte sie das – die Vorstellung, dass er bei dem Makepeace-Flittchen übernachtet haben könnte, machte sie schier verrückt.

Seit diese Frau ins Tal gekommen war, machte sie nichts als Schwierigkeiten, und nun brachte sie auch noch Geraldines Sohn gegen sie auf. Es wurde Zeit, dieser Person einen Denkzettel zu verpassen, den sie so schnell nicht vergessen würde.

Natürlich hatte Geraldine bereits ihren Anwalt und engsten Vertrauten Preston Davies auf Shelly Makepeace angesetzt, doch er hatte bisher noch nichts über sie zutage bringen können, was sich irgendwie gegen sie verwenden ließe. Mit der Hilfe ihrer Kinder durfte sie auch nicht rechnen – Josh stellte sich schließlich ganz unverhohlen auf die Seite dieses Flittchens, und auch auf Margaret schien in dieser Angelegenheit kein Verlass zu sein. Und Nathan …

Sie verschlug den Gedanken an ihren Mann, um ihre Stimmung nicht noch mehr zu verschlechtern. Nathan war ein Schwächling ohne jeglichen Kampfgeist und eigenen Willen. Er tat, was sie ihm sagte, und hatte im Laufe ihrer Ehe nicht ein einziges Mal versucht, seine eigene Meinung zu vertreten –

vermutlich, weil er ganz einfach keine besaß. Was ihr vor nunmehr zweiundvierzig Jahren wie ein perfektes Arrangement erschienen war, konnte sie heute nur noch mit Mühe ertragen. Doch das war im Augenblick ihr geringstes Problem.

Das Klingeln des Telefons riss Geraldine aus ihren Gedanken. Als sie abnahm, meldete sich ihre alte Freundin Renée, die zusammen mit ihrem Mann Carl das einzige Kaufhaus von Aorakau Valley, das *Mulligan's*, aufgebaut hatte, das nun von ihrem Sohn Walter und dessen Frau Sophie geführt wurde.

»Ich rufe an, um dich an den alljährlichen Wohltätigkeitsball der Kirchengemeinde zu erinnern, meine Liebe.« Renée engagierte sich bei fast allen öffentlichen Einrichtungen von Aorakau Valley – jedoch weniger ihres Seelenheils als vielmehr der nützlichen Kontakte wegen, die sie auf diese Weise machte. »Du hast dir den Termin doch hoffentlich in deinem Kalender notiert? Ich rechne fest mit deinem Kommen.«

Geraldine, die Wohltätigkeitsveranstaltungen ungefähr so viel Gegenliebe entgegenbrachte wie ihrem Ehemann Nathan, seufzte. »Tut mir wirklich leid, Renée, aber in diesem Jahr wird es sich nur schwer einrichten lassen. Ich habe im Augenblick ein paar unangenehme Dinge vor der Brust. Du hast doch sicher bereits gehört, dass die Enkelin vom alten Ben Makepeace nach Aorakau Valley gekommen ist und es sich in den Kopf gesetzt hat, die Farm ihres Großvaters zu bewirtschaften.«

»Allerdings«, entgegnete Renée – man konnte ihrer Stimme anhören, wie sie die Nase rümpfte. »Und wie mir scheint, hat sich auch das schlechte Blut vom alten Ben auf folgende Generationen übertragen.«

Die Bemerkung ihrer Freundin ließ Geraldine aufhorchen. »Wie meinst du das?«

»Nun ja, eigentlich ist es keine große Sache, und Walter möchte auch nicht, dass ich darüber spreche, aber … unser Ladendetektiv hat die kleine Makepeace beim Stehlen erwischt.«

»Shelly Makepeace?«

»Nein, ihre Tochter – Kimberly.« Renée seufzte. »Walter hat auf Drängen deines Sohnes darauf verzichtet, die Kleine anzuzeigen. Wenn du mich fragst, ich halte das für grundverkehrt. Leute, die einmal mit der Hand im Honigtopf ertappt werden …«

Den Rest bekam Geraldine kaum noch mit. Sie hatte genug gehört, und ihre Laune hob sich augenblicklich.

Endlich hatte sie etwas gegen Shelly Makepeace und ihre Familie in der Hand. Und sie besaß auch schon eine klare Vorstellung davon, wie sie ihr neu erworbenes Wissen gegen die verhasste Sippe anwenden würde.

5

Flink wie ein Wiesel rannte der Junge, den eiförmigen Ball fest an die Brust gepresst, im Zickzackkurs über das Spielfeld. Von allen Seiten drängten die Spieler der gegnerischen Mannschaft auf ihn zu, doch mit spektakulären Ausweichmanövern gelang es ihm immer wieder, sich frei zu spielen.

Schon näherte er sich dem gegnerischen Malfeld, und es sah nicht so aus, als ob ihn noch jemand aufhalten könnte. Wenn es ihm gelang, den Ball hinter der Mallinie abzulegen, waren seiner Mannschaft vier Punkte sicher. Schaffte er es, den Ball mit einem Fußtritt über die Querstange des drei Meter hohen Tors zu befördern, kamen sogar noch einmal zwei Punkte hinzu.

Die Anspannung stand dem Jungen deutlich ins Gesicht geschrieben. Er wollte diese Punkte, wollte sie unbedingt! Doch dann tauchte plötzlich, wie aus dem Nichts, ein Verteidiger der gegnerischen Mannschaft auf und warf sich seitlich gegen ihn.

Der Zusammenstoß riss die beiden Kontrahenten von den Füßen, und der Aufprall war so heftig, dass man leises Ächzen hören konnte, als die Luft brutal aus ihren Lungen gepresst wurde.

»Stopp!« Der schrille Laut einer Trillerpfeife hallte über den Platz. Sofort ließen die beiden Jungs voneinander ab und rappelten sich hastig auf.

Will konnte von seinem Platz auf der leeren Tribüne aus nicht hören, was unten auf dem Spielfeld gesprochen wurde – doch die finstere Miene von Coach O'Leary verhieß nichts Gutes.

Joe O'Leary stand an der Schule in dem Ruf, ein knallharter Brocken zu sein. Und nach allem, was Will in der letzten halben Stunde mit angesehen hatte, war das keineswegs übertrieben. Und am härtesten von allen Spielern im Team packte er Jason an – seinen eigenen Sohn.

Er machte ihm ordentlich Druck. Während der ganzen Zeit hatte er nicht ein freundliches Wort für Jason übrig gehabt. Der Dreizehnjährige erntete für alles, was er machte, stets nur böse Blicke und Geschrei. Man erzählte, dass der Coach in jungen Jahren kurz davor gewesen war, bei den *All Blacks* aufgenommen zu werden – der neuseeländischen Rugby-Nationalmannschaft, die zu den besten der Welt gehörte. Eine Sportverletzung hatte seinen Träumen jedoch ein abruptes Ende gesetzt. Vielleicht drillte er seinen Sohn deshalb so hart: Weil er wollte, dass dieser erreichte, was ihm selbst verwehrt geblieben war.

Will wusste selbst nicht so genau, warum er nach der Schule nicht nach Hause, sondern zum Training der Rugbymannschaft gegangen war. Normalerweise interessierte er sich nicht für Sport, schon gar nicht für eine Sportart, die so grob und brutal wirkte wie Rugby. Doch irgendwie bewunderte er Jason nach wie vor, trotz allem, was zwischen ihnen vorgefallen war. Und er wünschte sich nichts sehnlicher, als mit ihm befreundet zu sein.

Der Trainer versetzte seinem Sohn einen Stoß gegen die Schulter, der Will vermutlich umgeworfen hätte, Jason aber nur zurückstolpern ließ. Offenbar war sein Vater nicht besonders zufrieden mit ihm, und was Jason jetzt sagte, ließ ihn noch wütender werden. Was der Coach daraufhin brüllte, konnte Will sogar bis in den obersten Rang der Tribüne deutlich verstehen.

»Du bist eine Null, Jason! Ein Nichts, verstanden? Jeder Vollidiot hätte den Angriff voraussehen können, aber du hast dich überrumpeln lassen wie ein blutiger Anfänger! Was stimmt bloß nicht mit dir?«

Einen Augenblick lang sah es so aus, als wollte Jason etwas erwidern – doch schließlich entschied er sich dagegen und senkte stattdessen stumm den Blick.

Der Coach blies in seine Trillerpfeife, verkündete damit das Ende des heutigen Trainings und verschwand sofort in Richtung Schule. Zuerst wollte Will warten, bis alle fort waren, und dann ebenfalls verschwinden. Doch schließlich nahm er all seinen Mut zusammen und ging direkt auf die Jungs, die gerade ihre Sachen zusammenpackten, zu.

Er räusperte sich angestrengt. »Hey, Jason«, rief er. »Ich wollte dir nur sagen, dass ich finde, dein Vater täuscht sich: Du hast echt super gespielt!«

Bobby und Keith, die ebenfalls zum Team gehörten, musterten ihn erstaunt. Will fühlte sich ein bisschen wie ein Kaninchen inmitten eines Rudels von Wölfen. Sein Fluchtinstinkt meldete sich, doch er kämpfte ihn nieder. Auf keinen Fall wollte er vor Jason und den anderen als Feigling dastehen!

»Na, wen haben wir denn da?«, sagte Jason nun mit einem hintergründigen Lächeln. »Sieht ganz so aus, als hättest du mehr Mumm in den Knochen, als ich dir zugetraut habe, Makepeace. Was ist – Lust, ein paar Bälle mit uns zu werfen?«

Will zögerte. Er wusste genau, dass er in so ziemlich jeder Sportart eine absolute Niete war und sich auf dem Spielfeld mit Sicherheit völlig lächerlich machen würde. Er hatte Angst, aber er wäre lieber gestorben, als es den anderen gegenüber zuzugeben.

Freundschaftlich legte Jason ihm einen Arm um die Schultern, sodass Will deutlich die harten Muskeln unter seiner Sportkleidung fühlen konnte. »Wir dachten, du könntest vielleicht bei uns im Team einsteigen, Makepeace«, erklärte er. »Aber dazu müssen wir uns natürlich erst mal davon überzeugen, dass du aus dem richtigen Holz geschnitzt bist. Alles klar?«

»Ich … Ich hab noch nie Rugby gespielt«, sagte er zögerlich. Zwischen all den größeren und viel kräftigeren Jungs, die nun aufs Spielfeld strömten, kam er sich ziemlich klein und verloren vor. »Was muss ich denn genau machen?«

Jason grinste schief. »Laufen, Makepeace. Einfach nur laufen und versuchen, schneller zu sein als die Jungs, die hinter dir her sind.« Ein paar Spieler, darunter Keith und Bobby, lachten hämisch und tuschelten leise, ehe sie ihre Positionen einnahmen. »Und? Bist du bereit?«

Will war alles andere als bereit – er wollte weg, einfach nur weg. Doch jetzt gab es nur noch einen Weg, einigermaßen mit Anstand aus dieser Geschichte herauszukommen.

Er nickte und hoffte, dass man ihm seine Unsicherheit nicht allzu deutlich anmerkte. Und ehe er sichs versah, kam der Ball auch schon geradewegs auf ihn zu.

Will war zu überrascht, um sofort zu reagieren, und so prallte ihm das lederne Ei mit voller Wucht gegen die Brust und trieb ihm die Luft aus den Lungen.

Wie von selbst legten sich seine Hände um den Ball und hielten ihn fest. Es war, als würde er einem inneren Instinkt gehorchen. Vielleicht hatte Jason ja recht, und Rugby war doch nicht so verkehrt für ihn. Mit ein bisschen Training …

Er kam nicht dazu, seinen Gedanken zu Ende zu bringen, denn auf einmal hörte er ein Furcht einflößendes Gebrüll. Die Erde unter seinen Füßen schien zu beben, und als er aufblickte, sah er die Mannschaft wie eine Horde wütender Elefanten auf ihn zulaufen.

Will fing an zu rennen.

Er rannte so schnell, wie ihn seine Beine trugen – doch das war bei Weitem nicht schnell genug. Als er einen brutalen Stoß zwischen die Schultern erhielt, wusste er, dass es vorbei war. Im Stürzen ließ er den Ball fallen und ruderte verzweifelt mit den Armen, doch er konnte sich nicht halten. Der Aufprall war mörderisch. Will hatte so etwas noch nie erlebt, es fühlte sich an, als wäre er frontal mit einem Bulldozer zusammengestoßen. Stöhnend rollte er sich auf den Rücken und rang keuchend nach Atem, gerade noch rechtzeitig, um zu sehen, wie Keith Braddock auf ihn zugelaufen kam und sich auf ihn stürzte.

Wieder wurde Will die Luft aus den Lungen gepresst. Heiße Wellen aus Schmerz jagten durch seinen Körper, als Keith' Knie ihn seitlich am Oberkörper traf. Und es ging noch weiter. Ein Junge nach dem anderen warf sich auf ihn, etwas – ein Ellbogen, ein Knie oder eine Faust – erwischte ihn am Kopf, und Will sah Sterne. Er konnte nicht atmen, nicht schreien und sich nicht rühren. Erst als er glaubte, es nicht länger aushalten zu können, war es plötzlich vorbei.

Lachend rappelten sich die Mitglieder des Rugbyteams auf. Wie durch einen Schleier sah Will, dass einige von ihnen direkt in Richtung Sporthalle schlurften.

Zusammengekrümmt blieb Will auf dem Spielfeld liegen. Der Schmerz überall am Körper ebbte langsam ab, doch in seinem Kopf hämmerte es mit unverminderter Wut.

Jemand stieß ihn mit der Fußspitze an. Dann ging die Person neben ihm in die Knie.

Es war Jason.

»Hey, Makepeace«, raunte er ihm mit einem bösartigen Grinsen zu. »Wie sieht's aus – hat dir diese kleine Lektion in Sachen Rugby genauso viel Spaß gemacht wie mir?«

Dann stand er wieder auf und ging davon, ohne sich noch einmal nach Will umzublicken.

Etwa zur selben Zeit trat Shelly zusammen mit Hal aus dem Halbdunkel des Stalls zurück ins Freie. Eines der Cotswold-Schafe, die auf dem Hof ihr Gnadenbrot fristeten, war krank geworden. Shelly hatte es vom Rest der Herde getrennt, um es zu beobachten. Inzwischen ging es ihm ein wenig besser, aber so ganz gefiel der Zustand des Tieres ihr noch nicht.

»Wie würden Sie in einem solchen Fall vorgehen?«, wandte sie sich an Hal. Sie wusste, dass viele ihrer Tierarzt-Kollegen niemals einen Außenstehenden um seinen Rat oder seine Meinung bitten würden. Shelly hingegen hielt es für grundverkehrt, die langjährige Erfahrung und das umfassende praktische Wissen von Menschen wie Hal zu ignorieren, nur weil man den eigenen Berufsstand als den einzig wahren Quell der Weisheit betrachtete. »Sie haben doch bestimmt eine Idee, oder nicht?«

»Also, ich würde …« Er verstummte abrupt und runzelte die Stirn. Wie von selbst folgte Shelly seinem Blick – erst jetzt fiel ihr der Jeep auf, der im Schatten des großen Rata neben dem Haus parkte.

Das war doch … Joshs Wagen!

Drei Tage waren vergangen, seit sie Josh zum letzten Mal gesehen hatte. Drei Tage, in denen es ihr irgendwie gelungen war, nicht allzu häufig an ihn zu denken. Und das, obwohl Kim und Will ihn als ihren großen Helden feierten, seit sie wussten, dass er das Cameron-Mädchen aus den Flammen gerettet hatte. Und auch Emily zeigte sich voll des Lobes über Josh. Trotzdem (oder gerade deshalb?) hatte Shelly es irgendwie geschafft, sich einzureden, dass diese Gefühle, die sie in der Nacht des Feuers und später im Krankenhaus überkommen hatten, rein sentimentaler Natur gewesen waren.

Nun aber musste sie feststellen, dass allein der Anblick seines Wagens ausreichte, um diese Illusion wie eine Seifenblase zerplatzen zu lassen.

Das Herz schlug ihr bis zum Hals, und ihre Knie wurden weich. Diese Reaktion hatte weder etwas mit Mitgefühl noch mit Anteilnahme oder Bewunderung zu tun – und das jagte ihr Angst ein. Sie hatte sich schon jetzt sehr viel mehr auf Josh Wood eingelassen, als gut für sie sein konnte. Gleichzeitig schien es nichts zu geben, was sie dagegen tun konnte.

»Sie haben Besuch«, sagte Hal und riss sie damit aus ihren Gedanken. »Wir sprechen später weiter. Ich will nicht stören …«

»Aber Sie stören doch nicht!«, entgegnete Shelly, doch Hal hatte sich bereits abgesetzt. Stirnrunzelnd schüttelte sie den

Kopf. Bildete sie es sich nur ein, oder verschwand Hal immer gerade dann, wenn Josh zu Besuch kam?

Sie fand Josh in der Küche vor, wo er mit Emily am Tisch saß und Earl Grey trank. Als Shelly eintrat, stand er auf. Im Blick seiner graublauen Augen lag etwas, das sie nicht genau einordnen konnte. Fest stand, dass er ihr Schmetterlinge im Bauch verursachte, und sie wusste, dass es vermutlich besser wäre, der ganzen Sache gleich hier und jetzt einen Riegel vorzuschieben, ehe es am Ende zu spät war.

Es gab nur einen Haken: Sie konnte es einfach nicht.

»Ich bin gekommen, um mich für das Verhalten meiner Mutter zu entschuldigen«, sagte er nun, und ihm war deutlich anzusehen, dass er es ehrlich meinte. »Wie sie sich dir gegenüber im Krankenhaus aufgeführt hat, war mehr als unwürdig.«

Shelly machte eine wegwerfende Handbewegung. »Ich habe mich inzwischen daran gewöhnt, von ihr angefeindet zu werden. Aber es ist wirklich nicht nötig, dass du dich für sie entschuldigst. Sie mag deine Mutter sein, aber deshalb bist du noch lange nicht für ihr Handeln verantwortlich.«

»Du bist mir also nicht böse?«

Lächelnd schüttelte Shelly den Kopf. »Nein, natürlich nicht. Du … du hast dich wie ein wahrer Held benommen in jener Nacht. Ohne dich wäre die kleine Cameron nicht mehr am Leben …«

Verlegen senkte er den Blick. »Ich habe nur getan, was jeder andere in meiner Situation auch gemacht hätte.«

»Außer dir habe ich aber niemanden in das brennende Gebäude laufen sehen.«

»Wie auch immer – ich bin nicht hier, um mit dir zu diskutieren. Ich wollte dich zu einer Tiki-Tour einladen.«

Shelly blinzelte. »Einer – was?«

»Einer Tiki-Tour. So nennen wir hier kleine Ausflüge.«

»Aha. Und wie komme ich zu der Ehre?«

»Nun, da du dich ja offenbar inzwischen entschieden hast, dir mit deinen Kindern im Tal eine Zukunft aufzubauen, solltest du dich auch ein bisschen in der Umgebung auskennen, findest du nicht?«

Shelly zögerte. Auf der einen Seite konnte sie sich nichts Schöneres vorstellen, als mit Josh einen Ausflug zu unternehmen. Sie mochte ihn, und je mehr Zeit verging, desto besser schienen sie miteinander auszukommen. Andererseits durfte sie aber auch nicht vergessen, wer er war. Er hatte ihr gegenüber nie geleugnet, dass er ihr die Farm ihres verstorbenen Großvaters abkaufen wollte. Und nach der Sache mit Adrian sollte sie wirklich ein bisschen vorsichtiger sein, was Männer betraf.

»Ich weiß nicht«, erwiderte sie daher ausweichend. »Eigentlich wollte Hal heute noch ein paar Ideen mit mir besprechen, um die Wollqualität zu steigern.«

Doch zu ihrer Überraschung war es ausgerechnet Emily, die ihre Bemühungen sabotierte, standhaft zu bleiben. »Ach was, das kann er Ihnen doch immer noch erklären!«, sagte sie. »Los jetzt, gehen Sie schon! Die Kinder müssen jeden Moment aus der Schule kommen, und das bisschen Arbeit schaffen wir mit Lennys Hilfe schon allein. Aber denken Sie an das Pfarrfest heute Abend – wenn Josh möchte, kann er Sie ja vielleicht begleiten.«

Shelly atmete tief durch, dann gab sie ihrem Herzen einen Ruck. »Also schön, wo fahren wir hin?«

»Lass dich überraschen«, entgegnete er mit einem geheimnisvollen Lächeln.

»Schau nur, dort hinten!« Aufgeregt deutete Shelly, die auf dem Beifahrersitz von Joshs Jeep saß, auf einen Punkt unterhalb der Straße, wo sich das Wasser des Pazifiks schäumend gegen die felsige Küste warf. Sie waren jetzt gerade einmal seit zwanzig Minuten unterwegs, doch Shelly kam aus dem Staunen gar nicht mehr heraus. All die neuen Eindrücke, die auf sie einstürzten – dabei lag die Farm ihres Großvaters kaum mehr als ein paar Meilen entfernt. »Sind das etwa …«

»Delfine«, bestätigte Josh lachend. Der Wind spielte mit seinem dunkelblonden Haar, und seine Wangen waren gerötet, was ihm, wie Shelly fand, etwas unwiderstehlich Jungenhaftes verlieh. »Davon gibt es hier in der Gegend eine ganze Menge. Ein Bekannter von mir hat in der Nähe ein Segelboot in einem kleinen Hafen liegen. Wer weiß, vielleicht können wir es uns demnächst einmal ausleihen und eine kleine Tour entlang der Küste unternehmen. Was hältst du davon?«

Shelly gab sich alle Mühe, sich ihre Begeisterung nicht allzu deutlich anmerken zu lassen, doch sie bezweifelte, dass es ihr wirklich gelang. Sie fühlte sich wie ein junges Mädchen beim ersten Rendezvous. Und die herrliche Umgebung tat ihr Übriges, um sie in einen wahren Freudentaumel zu versetzen.

»Ich glaube, der Vorderste springt gleich«, sagte Josh und richtete ihre Aufmerksamkeit damit wieder auf die Gruppe von Delfinen. Und tatsächlich schnellte eines der Tiere plötzlich aus dem Wasser und vollführte einen eleganten Bogen durch die Luft, ehe es wieder abtauchte und sich dann mit seinen Artgenossen in den Weiten des Pazifiks verlor.

Glücklich lehnte Shelly sich auf dem Beifahrersitz zurück, reckte das Gesicht dem Himmel entgegen und genoss die wärmenden Sonnenstrahlen auf der Haut. Sie konnte sich nicht daran erinnern, wann sie sich zum letzten Mal so unbeschwert, so frei gefühlt hatte. All ihre Probleme und

Sorgen schienen für den Moment unbedeutend und klein, und sie ließ sich ganz mitreißen vom Zauber des Augenblicks.

An einer Abzweigung folgte Josh dem Hinweisschild mit dem Aufdruck *Nugget Point – 5 Meilen.* »Jetzt ist es nicht mehr weit«, verkündete er.

Shelly setzte sich auf und atmete scharf ein, als sich ihr hinter einer Kurve der Blick auf ein unvergleichliches Panorama eröffnete. Auf einem steil ansteigenden Kap, das weit ins tiefblaue Meer hineinreichte, reckte sich ein mächtiger weißer Leuchtturm zum Himmel empor. Sein schiefergraues Dach schien die Wolkenberge, die sich über ihm auftürmten, beinahe zu berühren. Rings um das Kap ragten Felsbrocken aus der tosenden Brandung empor, einige kaum größer als ein Mensch, andere so gewaltig wie ein Haus. Sie wirkten wie die vergessenen Spielzeuge eines Giganten, ihre schroffen Umrisse von Wind und Wasser über Jahrtausende geformt.

Es war ein wunderbarer, imposanter Anblick.

»Das ist der Nugget Point«, erklärte Josh. Er musste seine Stimme heben, um gegen das Tosen der See anzukommen. »Die Felsen haben diesem Ort seinen Namen gegeben, wie du dir sicher schon gedacht hast. Gefällt es dir?«

»Ob es mir gefällt?« Shelly lachte. »Es ist herrlich, einfach fantastisch! Ich habe gar nicht gewusst, dass es ganz in der Nähe so einen wunderbaren Ort gibt. Bisher war ich viel zu sehr damit beschäftigt, mein Leben und das der Kinder neu zu organisieren, um mich wirklich mit unserem neuen Zuhause zu beschäftigen.«

»Ich weiß – deshalb sind wir ja auch hier. Was meinst du, wollen wir zum Leuchtturm hinauf?«

Staunend schaute Shelly ihn an. »Darf man das denn?«

Er schmunzelte. »Würde ich es sonst anbieten?« Wie

selbstverständlich nahm er ihre Hand, und Shelly erhob keinen Widerspruch. »Komm, gehen wir.«

Allein der kurze Spaziergang über die Landzunge war schon ein Erlebnis. Der Wind fegte über die Felsen hinweg, so als wollte er die beiden Menschen, die dem schmalen Weg zum Leuchtturm hinauf folgten, davonblasen. Shellys Herz klopfte aufgeregt – jedoch nicht, weil sie sich fürchtete. Auch die fantastische Aussicht über den endlosen Pazifik hatte damit nichts zu tun. Nein, es war allein Joshs Nähe und seine Hand, welche ihre fest umfasst hielt, die sie so empfinden ließ.

»*Nugget Point Lighthouse* wurde bereits im Jahr 1869 erbaut, um zu verhindern, dass Schiffe auf die gefährlichen Untiefen und Klippen rund um das Kap auflaufen«, erklärte Josh, als sie den Leuchtturm erreichten. »Der Turm ist knapp unter hundert Meter hoch, und man kann sein Leuchtfeuer bis zu zweiundzwanzig Meilen weit sehen.«

Shelly legte den Kopf in den Nacken, um einen Blick auf das Leuchtfeuer zu erhaschen, doch sie konnte nichts erkennen. »Ist er noch in Betrieb?«

Josh nickte. »Ist er. Wobei er allerdings seit den Achtzigerjahren automatisiert von Wellington aus gesteuert wird. Der Leuchtturmwächter ist damit also arbeitslos geworden, aber …« Plötzlich hielt er inne und blieb stehen. Sein Blick war auf einen Punkt unten in der Brandung gerichtet, und als Shelly ihm folgte, entdeckte sie einen dunklen Fleck unterhalb der Wellen.

Sie runzelte die Stirn. »Was ist das?«

Der Fleck bewegte sich, wurde größer und brach schließlich, begleitet von einem Laut, der irgendwo zwischen einem Bellen und einem Jaulen angesiedelt war, durch die Wasseroberfläche.

Erschrocken machte Shelly einen Schritt zurück, doch als sie dann erkannte, wovor sie sich gefürchtet hatte, begann sie zu lachen. »Das ist ja ein Seelöwe!«

»Nein«, korrigierte Josh schmunzelnd. »Aber dicht dran – es ist ein Seebär. Die besitzen nämlich im Gegensatz zu den Seelöwen ein dichtes Unterfell. Rings um den Nugget Point gibt es eine ganze Kolonie dieser Tiere, und außerdem Basstölpel, Löffler und sogar Pinguine.«

»Pinguine? Ich dachte immer, die gibt es nur am Nordpol!«

»Im Gegenteil! Pinguine sind ausschließlich in der südlichen Hemisphäre verbreitet. Man findet sie vor allem in der Antarktis, aber auch entlang der Küsten Australiens, Neuseelands, Südamerikas und Südafrikas. Hier am Nugget Point gibt es vor allem Gelbaugenpinguine. Wer weiß, vielleicht läuft uns heute ja noch einer über den Weg. Aber ich schlage vor, dass wir uns vorher den Leuchtturm ansehen.«

Sie gingen das letzte Stück zum Leuchtturm, der von einer schmalen Plattform umgeben war, von der aus man einen herrlichen Blick auf die gesamte Umgebung hatte. Tief sog Shelly die klare, kühle Luft in ihre Lungen. Sie schmeckte einen Hauch von Salz, als sie sich mit der Zunge über die Lippen fuhr, und schloss die Augen.

Im nächsten Moment spürte sie, dass Josh hinter sie getreten war. Der markante Duft seines Aftershaves stieg ihr in die Nase, und sie konnte seine Wärme spüren. Ihr Herz klopfte heftiger; es flatterte wie ein kleiner Vogel im Käfig, der versuchte, aus seinem Gefängnis zu entkommen. Das Tosen der Brandung und die Schreie der Möwen traten so weit in den Hintergrund, bis Shelly nur noch das Hämmern ihres eigenen Pulsschlags hörte. Als sich Joshs Hände schließlich auf ihre Hüften legten, ging ein Schauer der Erregung durch ihren Körper.

Langsam drehte sie sich um. Sie musste aufschauen, um ihm in die Augen zu blicken. »Josh …«

Er senkte den Kopf, um sie zu küssen, doch es ging ihr nicht rasch genug. Und so stellte sie sich auf die Zehenspitzen und küsste *ihn*.

Es war ein leidenschaftlicher, verlangender Kuss. Ein Kuss, in dem all die Sehnsucht lag, die sich seit der Feuernacht in ihr aufgestaut hatte. Sie wollte Josh, wollte ihn mehr als alles andere auf der Welt. Aber durfte sie sich diesen Wunsch erfüllen? Durfte sie dieses eine Mal nur an sich selbst denken, ohne die möglichen Konsequenzen zu beachten?

Josh zog sie in seine Arme und hielt sie so fest, als wollte er sie nie wieder loslassen. Seine Hände wanderten ihren Rücken hinunter und über ihren Po, während sie die Finger in die harten Muskeln seiner Arme und Schultern grub. Ein Stöhnen entrang sich ihrer Kehle. Sie war kurz davor, die Welt um sich herum zu vergessen – aber nicht ganz.

Hastig machte sie sich von ihm los. »Nein«, stieß sie heiser hervor. »Nicht hier …«

Josh lachte kehlig. Seine graublauen Augen blitzten herausfordernd. »Wir sind ganz allein, Shelly. So spät am Nachmittag verirrt sich so gut wie niemand hierher. Kein Mensch wird uns stören.«

»Nein, tut mir leid.« Sie schüttelte den Kopf. »Ich kann das nicht.«

Er lächelte. »Also gut, ich hatte ohnehin noch etwas anderes mit dir vor. Komm …«

Gemeinsam gingen sie den Weg, auf dem sie gekommen waren, zurück und folgten dann einem gewundenen Fußpfad, bis sie knapp zehn Minuten später eine Bucht mit einem schmalen Sandstrand erreichten.

Etwas oberhalb des Strandes gab es eine kleine Holzhütte.

»Was ist denn das?«, fragte Shelly überrascht, als sie kurz darauf die Hütte betraten. Auf dem Boden ausgebreitet lag eine Wolldecke, darauf stand ein geflochtener Weidenkorb, aus dem der Hals einer Champagnerflasche ragte.

»Ein guter Bekannter von mir hat sein *Bach* hier in der Nähe – so nennen wir Kiwis unsere Strandhäuser. Er schuldete mir noch einen Gefallen …«

Shelly lachte. »Du bist ja verrückt!«

»Schon möglich – aber gerade das findest du doch so anziehend an mir, oder nicht?«

»Wie kommst du darauf, dass ich dich anziehend finde?«, ging Shelly auf sein Spielchen ein. »Um ehrlich zu sein, manchmal bist du sogar richtig unausstehlich!«

Josh grinste. »Na, dann wollen wir doch mal sehen, ob es mir gelingt, das negative Bild mit diesem kleinen Überraschungspicknick zu ändern.« Er machte eine einladende Geste. »Setz dich doch.«

Shelly staunte nicht schlecht, welche Köstlichkeiten Josh aus dem Korb hervorzauberte. Es gab Lachs, Shrimps und sogar Lammhäppchen mit Rosmarinkruste. Wie kleine Kinder lachten und alberten sie herum. Josh fütterte Shelly mit frischen Erdbeeren und Schlagsahne, deren köstlicher Geschmack ihr ein Seufzen entlockte.

»Diese Erdbeeren sind einfach köstlich, du musst sie unbedingt kosten«, schwärmte Shelly, stibitzte eine der saftigen roten Früchte aus der Schale, tauchte sie in Sahne und hielt sie Josh vor die Lippen.

Und dann begegneten sich ihre Blicke, und Shelly stockte der Atem. Die Atmosphäre in der kleinen Hütte war plötzlich wie elektrisch aufgeladen. Und als Josh den Mund öffnete und seine Lippen sacht ihre Finger streiften, als er von der Erdbeere abbiss, entfuhr Shelly ein heiseres Stöhnen.

Im nächsten Moment war das Picknick vergessen. Shelly lag mit dem Rücken auf der Decke, Josh beugte sich über sie und küsste sie, als ob es kein Morgen gäbe. Wie im Fieber ließ Shelly ihre Hände über seinen ganzen Körper wandern. Ihre Finger glitten unter sein Hemd und berührten seine glatte Haut, die von innen heraus zu glühen schien, fuhren durch sein weiches Haar, strichen seinen Rücken hinunter und umfassten seinen muskulösen Hintern. Sie war so in Trance, dass sie einen Augenblick brauchte, um das nervtötende Klingeln, das plötzlich losschrillte, mit ihrem Handy in Zusammenhang zu bringen. Schwer atmend machte sie sich von Josh los.

»Es … tut mir leid«

»Lass es doch klingeln«, sagte Josh und machte Anstalten, sie wieder in seine Arme zu ziehen, doch sie schüttelte bedauernd den Kopf.

»Vielleicht sind es die Kinder.« Sie holte das Telefon aus ihrer Tasche. »Ja, hallo?«

Am anderen Ende der Leitung knackte es, dann schließlich meldete sich Emily. »Shelly?« Sie klang schrecklich aufgeregt. »Gott sei Dank, ich hatte schon Angst, dass ich Sie nicht erreichen würde!«

»Was ist denn los?«, fragte Shelly alarmiert. »Ist etwas mit den Kindern?«

»Es geht um Kim. Keine Angst, es geht ihr gut. Aber Michael O'Shea von der Polizei hat eben angerufen, um mir mitzuteilen, dass sie sich zum Verhör auf der Wache befindet. Sie …«

»*Was?*« Shelly fiel aus allen Wolken. »Kim ist auf der Polizeiwache? Aber wieso? Was ist denn los? Was hat sie denn jetzt wieder angestellt?«

»Wenn ich es richtig verstanden habe, geht es immer noch um die Sache mit dem Ladendiebstahl bei *Mulligan's*.«

»Was?« Das überraschte Shelly. »Die haben meine Tochter wegen ein paar geklauter Ohrringe verhaftet? Aber ich dachte, das wäre längst geklärt!« Sie runzelte die Stirn. Hatte Josh nicht gesagt, dass der Besitzer des Kaufhauses die Angelegenheit auf sich beruhen lassen wollte? »Aber das spielt auch keine Rolle. Wir machen uns jetzt gleich auf den Weg und brauchen ungefähr …« Hilfe suchend schaute sie Josh an, der drei Finger hob. »Ungefähr dreißig Minuten. Tun Sie mir bitte einen Gefallen, Emily? Fahren Sie schon mal voraus zur Wache und schauen, ob Sie irgendetwas für Kim tun können?«

»Das ist doch selbstverständlich«, erwiderte Emily mitfühlend.

Shelly beendete das Gespräch und rieb sich mit den Handballen so fest über die Augen, dass Blitze vor ihren Netzhäuten explodierten. Doch auch das half ihr nicht dabei, einen klaren Kopf zu bekommen. Die Sorge um Kim machte sie fast verrückt.

»Es tut mir wirklich leid, Josh, aber Kim ist in Schwierigkeiten …« Sie blinzelte überrascht, als sie bemerkte, dass er während ihres Telefonats bereits alles zusammengepackt hatte und nun abmarschbereit vor ihr stand.

»Die Sachen können wir einfach hierlassen«, sagte er. »Mein Freund wird sie heute Abend abholen. Sollen wir dann?«

Sie lächelte dankbar. Fünf Minuten später erreichten sie den Wagen und machten sich auf den Rückweg nach Aorakau Valley.

»Sei doch vernünftig, Shelly«, bat Josh, als er mit dem Jeep knapp eine halbe Stunde später vor dem Polizeirevier von Aorakau Valley vorfuhr. »Ich kenne die meisten Leute hier von klein auf. Wenn du mich mitkommen lässt, kann ich Kim und dir vielleicht nützlich sein.«

Doch Shelly, die gerade den Sicherheitsgurt löste, schüttelte den Kopf. »Nein«, sagte sie. »Ich schaffe das schon allein. Außerdem ist Emily ja auch noch da. Sie wollte gleich nach unserem Telefonat losfahren.«

Vielleicht war es verrückt, seine Hilfe einfach so abzulehnen, doch Shelly konnte nicht anders. Noch immer verspürte sie den Drang, sich selbst und allen anderen zu beweisen, dass sie es allein schaffen konnte. Nie wieder wollte sie sich von einem Menschen so abhängig machen wie von Adrian. Und außerdem war Joshs letzter Versuch, ihr zu helfen, nicht besonders erfolgreich gewesen. Warum sonst stand der Vorwurf des Ladendiebstahls plötzlich wieder im Raum?

Josh seufzte. »Es ist deine Entscheidung …«

»Du sagst es.« Sie zwang ein Lächeln auf ihre Lippen. »Trotzdem vielen Dank für das Angebot. Ich weiß das wirklich zu schätzen …«

Sie stieg aus und schlug die Tür hinter sich zu. Dann atmete sie tief durch und betrat die Polizeistation von Aorakau Valley. Emily, die auf einer harten Holzbank im Eingangsbereich saß, sprang sofort auf, als sie Shelly erblickte.

»Endlich!«, rief sie. »Ich bin so schnell hergekommen, wie ich konnte, aber sie wollten mich nicht zu Kimberly lassen.« Sie warf einen wütenden Blick zu dem jungen Beamten hinter dem Empfangstresen. »Angeblich, weil ich keine Verwandte von ihr bin!«

»Wo ist meine Tochter?«, wandte Shelly sich nun selbst an den jungen Constable. Sein Namensschild wies ihn als Michael O'Shea aus – den Beamten, von dem Emily vorhin gesprochen hatte. »Ich verlange, dass Sie mich auf der Stelle zu ihr bringen!«

O'Shea stieß ein unterdrücktes Seufzen aus. »Natürlich, Ma'am.« Er hielt ihr eine niedrige Schwingtür auf, die in den hinteren Bereich der Polizeiwache führte. »Kommen Sie bitte mit.«

Kim wurde in einem kleinen Raum auf der Rückseite des Gebäudes festgehalten. Er war minimalistisch eingerichtet, verfügte nur über einen einfachen Holztisch, zwei Stühle und eine Lampe, deren Glühbirne ständig flackerte. Auf dem Tisch stand ein Plastikbecher mit Wasser sowie ein Pappteller mit einem Donut, dessen Schokoglasur bereits halb geschmolzen war. Dahinter saß ein älterer Mann in Polizeiuniform.

»Chief Hawthorne«, sagte der Constable. »Das ist Kimberlys Mutter.«

Als Kim ihre Mutter erblickte, sprang sie sofort auf, lief auf sie zu und fiel ihr um den Hals. »Mom, Gott sei Dank bist du da!«

Shelly wartete, bis ihre Tochter sich ein wenig beruhigt hatte, dann machte sie sich sanft von ihr los und wandte sich dem Mann zu, der auf seinem Stuhl sitzen geblieben war und auch jetzt keine Anstalten machte, aufzustehen.

»Ich bin Shelly Makepeace, und Sie erklären mir jetzt bitte, was das hier zu bedeuten hat, Mister …«

»Hawthorne, Jackson Hawthorne«, erklärte er seelenruhig und mit einem leicht herablassenden Lächeln auf den Lippen. »Ich bin der Polizeichef von Aorakau Valley. Ich habe Ihre Tochter hierher aufs Revier bringen lassen, weil der dringende Tatverdacht des Ladendiebstahls besteht. Ihre Tochter soll ein Paar Ohrringe im *Mulligan's* eingesteckt haben, ohne dafür zu bezahlen, Ma'am. Können Sie dazu irgendwelche Angaben machen?«

Shelly runzelte die Stirn. Es ging also tatsächlich um diese verflixten Ohrringe!

»Ja, allerdings«, erwiderte sie. »Und zwar, dass Mr Mulligan uns eigentlich zugesagt hatte, die Angelegenheit auf sich beruhen zu lassen!«

In einer Geste des Bedauerns zuckte Hawthorne mit den Schultern. »Der Diebstahl ist uns zur Anzeige gebracht worden, und Sie haben sicher Verständnis dafür, dass wir der Sache nun nachgehen müssen.«

»Selbstverständlich«, erwiderte Shelly alles andere als begeistert. Sie fragte sich, was den Inhaber des *Mulligan's* dazu bewogen haben mochte, die Sache nun doch zur Anzeige zu bringen. Doch das war im Grunde unwichtig – jetzt galt es erst einmal, Kim aus dieser unsäglichen Lage zu befreien. »Wofür ich allerdings beim besten Willen kein Verständnis aufbringen kann, ist, dass Sie meine Tochter wegen einer solchen Lappalie wie eine Schwerverbrecherin behandeln! Finden Sie es nicht ein wenig übertrieben, Kim auf dem Heimweg von der Schule abzufangen und sie gleich hierher zum Verhör zu schleppen? Ich lebe zwar noch nicht lange in Neuseeland, Chief, aber ich kann mir nicht vorstellen, dass das hierzulande die gängige Methode im Umgang mit mutmaßlichen jugendlichen Ladendieben sein soll!«

»Von Abfangen und Schleppen kann nicht die Rede sein«, protestierte Hawthorne. »Ich gebe Ihrer Tochter lediglich die Möglichkeit, zu den Vorwürfen, die gegen sie erhoben werden, Stellung zu nehmen. Aber vielleicht haben Sie ja recht und das ist gar nicht mehr nötig. Ich habe nämlich Erkundigungen über Kimberly bei den kalifornischen Kollegen eingeholt. Und dabei erfahren, dass sie schon früher wegen ähnlicher Delikte zu Sozialstunden verurteilt wurde.«

Aus zusammengekniffenen Augen blickte Shelly ihn an. »Wollen Sie mir etwa drohen?«

»Selbstverständlich nicht!« Er begegnete ihrem Blick fest.

»Alles, was ich gesagt habe, möchte ich lediglich als freundschaftlich gemeinten Ratschlag verstanden wissen. Das gilt selbstverständlich auch für den Hinweis, dass unsere Richter im Allgemeinen nicht gut auf unkooperative Wiederholungstäter zu sprechen sind.«

Shelly runzelte die Stirn. »Dann verstehen auch Sie mich bitte richtig: Generell habe ich nichts dagegen, dass sie meine Tochter befragen – aber ich muss Sie doch bitten, dies zukünftig nur nach vorheriger Rücksprache mit mir zu tun. Sollte so etwas noch einmal vorkommen, sehe ich mich gezwungen, eine Beschwerde über Ihr fragwürdiges Verhalten bei Ihrer vorgesetzten Behörde einzureichen. Haben wir uns verstanden?«

Das herablassende Lächeln war dem Polizeichef mittlerweile vergangen. Mit offenem Mund starrte er Shelly an. Er war es offenbar nicht gewöhnt, dass jemand ihm gegenüber einen solchen Ton anschlug – erst recht nicht eine Frau. Doch auf seinen männlichen Stolz konnte Shelly keine Rücksicht nehmen. Es ging hier um ihre Tochter, und dieser Mann hatte sich ganz eindeutig zu viel herausgenommen.

»Und da Kim den Diebstahl der Ohrringe bereits zugegeben hat, nehme ich an, dass ich meine Tochter jetzt mit nach Hause nehmen kann«, wandte die sich fragend an Chief Hawthorne. »Sollten trotzdem noch offene Fragen verbleiben, steht sie Ihnen natürlich gern nach kurzer telefonischer Voranmeldung bei uns auf der Farm zur Verfügung.«

Sie nahm ihre Tochter an der Hand und verließ dann, ohne auf eine Antwort des Polizeichefs zu warten, den Raum. Zusammen mit Emily traten sie keine zwei Minuten später ins helle Sonnenlicht.

»Danke, Mom«, stieß Kim kleinlaut hervor. »Dafür, dass du mich da rausgeholt hast.«

Shelly, deren Adrenalinpegel sich nur langsam wieder senkte, blieb stehen und funkelte ihre Tochter ärgerlich an. »Eigentlich wäre es dir ganz gut bekommen, mal eine Nacht hinter Gittern zu verbringen, junge Dame. Auf diese Weise würdest du vielleicht endlich die Konsequenzen deines Handelns begreifen!«

»Was? Aber ich habe mich doch bereits dafür entschuldigt!«

»Mit Entschuldigungen allein ist es aber eben nicht immer getan«, entgegnete Shelly gereizt. »Du hast gehört, was Chief Hawthorne gesagt hat: Wenn die Angelegenheit vor Gericht landet, kannst du nicht damit rechnen, noch einmal glimpflich davonzukommen.« Sie schüttelte den Kopf. »Und das alles nur, weil mein liebes Fräulein Tochter mal wieder vergessen hat, ihren Kopf einzuschalten, bevor sie handelt, und sich beschwatzen lässt, ein Paar billige Ohrringe zu klauen!«

Wie vom Donner gerührt starrte Kim sie an; ihre Augen füllten sich mit Tränen. »Du bist ja so was von gemein!«, schluchzte sie; dann wirbelte sie herum und lief davon.

»Kim, bleib stehen!« Shelly wollte ihrer Tochter nachsetzen, doch Emily, die mit offensichtlicher Missbilligung der Auseinandersetzung gelauscht hatte, hielt sie zurück.

»War das denn wirklich notwendig?«, fragte sie. »Kim hatte Ihnen die Sache mit den Ohrringen doch schon längst gebeichtet. Es ist nicht gerade fair, ihr jetzt deshalb wieder Vorwürfe zu machen, finden Sie nicht auch?«

Shelly schluckte die bissige Antwort, die ihr auf der Zunge lag, hinunter und atmete tief durch. »Ich mache mir doch nur Sorgen, verdammt!« Nervös fuhr sie sich mit der Hand durchs Haar. »Kim scheint sich gar nicht darüber im Klaren zu sein, in was für Schwierigkeiten sie sich mit ihrer Aktion gebracht hat.«

»Nun, wenn Sie sich Sorgen machen, dann sollten Sie ihr das vielleicht auch so sagen – statt sie einfach nur anzuschreien.«

Damit verrauchten auch die letzten Überreste von Shellys Wut. Sie fühlte sich wie ein Luftballon, aus dem die Luft entwichen war. Und es tat ihr leid, dass sie Kim so ruppig behandelt hatte. »Sie haben ja recht«, räumte sie seufzend ein. »Es wird wohl am besten sein, wenn ich sie suchen gehe und mich bei ihr entschuldige.«

Emily lächelte. »Ich würde an Ihrer Stelle abwarten, bis sie sich ein bisschen beruhigt hat. Im Augenblick sind die Gemüter einfach noch zu erhitzt. Sie würden gleich wieder in Streit geraten. Lassen Sie Kim ein wenig Zeit. Sie wird schon nach Hause kommen, wenn sie Hunger bekommt. Und dann sollten Sie vielleicht auch einmal gemeinsam darüber nachdenken, wem Sie dieses unerwartete Nachspiel der Diebstahlsache zu verdanken haben …«

»Sie meinen …«

»Ich habe O'Shea entlocken können, dass Renée Mulligan die Angelegenheit zur Anzeige gebracht hat. Und die ist nicht nur die Mutter des Kaufhauseigentümers, sondern auch eine gute Freundin von Geraldine Wood!«

»Diese Makepeace ist auf jeden Fall ganz schön temperamentvoll!« Abgehackt klang Chief Hawthornes Lachen aus dem Telefonhörer. »Aber ich glaube, dass sie trotz ihres selbstbewussten Auftretens ziemlich besorgt war.«

Geraldine Wood nickte. Sie saß hinter dem Schreibtisch ihres Arbeitszimmers, den Telefonhörer in der linken Hand. »Gut«, sagte sie. »Das wird dieser Person vielleicht endlich eine Lehre sein. Ihr Aufenthalt im Tal dauert für meinen Geschmack ohnehin schon viel zu lange.«

Geraldine war zufrieden, vor allem mit sich selbst. Dabei war es nicht einmal allzu schwer gewesen, ihre Freundin Renée Mulligan davon zu überzeugen, sich über die Entscheidung ihres Sohnes hinwegzusetzen und den Polizeichef in der Diebstahlsache Kim Makepeace doch noch einzuschalten. Danach hatte sie Hawthorne durch die Blume zu verstehen gegeben, dass sie die Makepeace' lieber heute als Morgen aus Aorakau Valley verschwunden sehen wollte.

Und wie so oft hatte er sich als äußerst hilfreiches Werkzeug erwiesen.

»Ach, übrigens«, fügte er jetzt noch beiläufig hinzu. »Es wird Sie vielleicht interessieren, dass es eine erste Spur gibt, die uns vielleicht endlich die Identität unseres Feuerteufels offenbaren könnte.«

Geraldine horchte auf. »Tatsächlich? Und wie sieht diese Spur aus?«

»Nun, wir haben einen Knopf gefunden«, erklärte der Polizeichef eifrig. »Und zwar genau der an der Stelle, wo der letzte Brand laut Angaben des Sachverständigen ausgebrochen sein muss.«

Skeptisch runzelte Geraldine die Stirn. »Einen Knopf?«

»Ganz recht. Allerdings handelt es sich nicht um irgendeinen x-beliebigen Knopf, Ma'am! Wie es scheint, stammt er von einer historischen Uniform des *Australian and New Zealand Army Corps*. Das ist natürlich nur ein Anhaltspunkt, aber …«

Er redete noch weiter, doch Geraldine hörte ihm schon gar nicht mehr zu. Die Erwähnung des Uniformknopfes hatte einen kurzen Erinnerungsblitz in ihr ausgelöst. Sie kannte eine Person, die einen solchen ANZAC-Uniformknopf besaß. Diese Person hatte ihr selbst einmal erzählt, dass ein Familienmitglied im Ersten Weltkrieg gedient und die Tradition eingeführt hatte, den Knopf als Andenken von Generation zu Generation weiterzureichen.

Als ihr wieder einfiel, um wen es sich dabei handelte, beendete sie das Gespräch mit dem Polizeichef abrupt und wählte aus dem Gedächtnis heraus eine andere Telefonnummer. Mit einem Mal fühlte sie so etwas wie Aufregung in sich aufkeimen. Nicht auszudenken, wenn sich ihr Verdacht bestätigte!

Nach dem dritten Tuten wurde abgehoben. Die Person am anderen Ende der Leitung wirkte ein wenig überrascht über den Anruf. »Mrs Wood, was kann ich für Sie tun?«

Geraldine lehnte sich zurück. »Nun, wie mir scheint, sollten Sie viel eher fragen, was *ich* für *Sie* tun kann, mein Lieber.«

Ein Räuspern erklang. »Wie meinen Sie das?«

»Könnte es vielleicht sein, dass Sie etwas vermissen? Ich habe heute in der Stadt einen Knopf gefunden.«

»Sagten Sie einen Knopf?«

»Ganz recht. Und er ähnelt dem Uniformknopf, den Sie mir einmal gezeigt haben, doch sehr. Ist es vielleicht möglich, dass Sie ihn vermissen?«

»Ja, allerdings! Sie haben ihn gefunden? Aber das ist ja wunderbar! Ich war untröstlich, als ich bemerkte, dass ich ihn verloren haben muss, und …«

Geraldine hatte genug gehört. »Lassen wir doch das Geplänkel«, unterbrach sie ihren Gesprächspartner brüsk. »Ich muss Ihnen nämlich mitteilen, dass Sie den Knopf ganz woanders verloren haben. Chief Hawthorne hat mich soeben darüber informiert, dass er zwischen den Überresten der Cameron-Scheune entdeckt worden ist – und zwar genau dort, wo aller Wahrscheinlichkeit nach das Feuer ausgebrochen ist.«

Plötzlich herrschte am anderen Ende der Leitung betroffenes Schweigen. Anschließend wieder ein Räuspern. »Ich … ich …«

»Jetzt hören Sie gefälligst auf zu stottern! Lassen Sie uns zur Sache kommen. Also: Ihr Geheimnis ist bei mir in sicheren Händen. Allerdings nur, sofern Sie bereit sind, mir den einen oder anderen Gefallen zu erweisen. Haben Sie das verstanden?«

Erneut ein Räuspern. Dann: »Jawohl, Ma'am.«

»Gut. Dann hören Sie mir jetzt genau zu …«

Als Emily und Shelly zu Hause eintrafen, war Kim noch nicht zurückgekehrt. Dafür fanden sie Will in der Küche vor, der ein blaues Auge mit einem Eispack kühlte.

»Um Himmels willen, was ist denn mit dir passiert?«, rief Shelly erschrocken, als sie die Verletzung ihres Sohnes bemerkte.

»Nichts weiter, Mom«, entgegnete Will und entzog sich ihr, als sie sich sein Auge anschauen wollte.

»Nichts weiter?« Shelly runzelte die Stirn. »Das sieht mir aber ganz anders aus, mein Lieber!« Sie stemmte die Hände in die Seiten. »Also?«

Will zuckte mit den Achseln. »Ich hab halt nicht aufgepasst und bin mit dem Fahrrad gegen einen Strompfosten geknallt.«

Gegen einen Strompfosten? Shelly fand, dass es viel eher so aussah, als sei sein Gesicht mit einer fremden Faust zusammengestoßen, doch sie sprach ihren Gedanken nicht aus. Will würde es ohnehin nicht zugeben, wenn er Ärger mit irgendwelchen anderen Kindern aus dem Tal hatte.

Sie gestattete sich einen kurzen Moment des Selbstmitleids. Mit Will hatte es solche Probleme bisher nie gegeben. Kim war bekannt dafür, dass sie bei jeder sich bietenden Gelegenheit irgendwo aneckte – nicht aber Will. Warum also ausgerechnet jetzt? Hatte sie wegen der Sache mit dem Ladendiebstahl nicht schon mehr als genug um die Ohren? Die Lust auf das Pfarrfest war ihr jedenfalls gründlich vergangen. Selbst wenn Kim rechtzeitig nach Hause kam – für Shelly war die Feier jetzt schon verdorben.

»Also schön«, sagte sie mit einem Seufzen. »Ganz wie du willst. Du hast nicht zufällig etwas von deiner Schwester gehört?«

»Nein, warum? Steckt sie schon wieder in Schwierigkeiten?«

Shelly seufzte. Manchmal war ihr das Gespür ihres neunjährigen Sohnes schon fast ein bisschen unheimlich. Doch sie hielt es nicht für richtig, mit Will darüber zu sprechen, ehe sie sich zuvor noch einmal mit Kim unterhalten hatte. »Schick sie einfach zu mir, wenn sie auftaucht, okay? Ich bin oben auf dem Boden.«

Der Dachboden war für Shelly in schwierigen Zeiten wie diesen zu einem Rückzugsort geworden. Hier fand sie die Gelegenheit, in Ruhe über alles nachzudenken, wenn ihr die Dinge über den Kopf wuchsen.

So wie jetzt.

Im hinteren Bereich des Speichers hatte sie einen alten Sekretär entdeckt, von dem sie hoffte, dass man ihn wieder herrichten könnte. Es war ein antiker Schreibtisch aus dunklem, gemasertem Holz, der über zahllose Schubladen und Fächer verfügte. Shelly plante, ihn für das Arbeitszimmer zu benutzen, das sie sich im Untergeschoss der Farm einrichten wollte.

Doch erst einmal musste das sperrige Möbelstück ausgeräumt werden. Schon im leeren Zustand wog es gut und gerne zweihundert Pfund – voll ließ es sich nicht einmal einen Zentimeter von der Stelle bewegen.

Wie immer brauchte Shelly einen Moment, um sich an das schummrige Halbdunkel auf dem Boden zu gewöhnen, und der Staub der Jahrzehnte kitzelte ihr in der Nase. Doch es dauerte nicht lange, da hatte die ganz besondere Atmosphäre hier oben sie wieder in ihren Bann gezogen. Und so gelang es ihr sogar, ihre eigenen Sorgen und Probleme für eine Weile zu vergessen.

Es war, als würde man eine Reise in die Vergangenheit unternehmen. Auf dem Speicher befanden sich die Schätze, aber auch der nutzlose Krempel aus mehr als vier Generationen Makepeace-Familiengeschichte. Shelly hatte einen großen Überseekoffer entdeckt, in dessen Innenfutter noch ein Reisebillet aus dem Jahr 1852 steckte, ausgestellt auf Shellys Ururgroßmutter Adele Makepeace.

Der Sekretär hatte es ihr ganz besonders angetan, doch sie brachte es nicht über sich, die ganzen Dokumente, Briefe und Urkunden darin einfach wegzuwerfen. Deshalb hatte sie nun bereits zwei Nachmittage damit verbracht, die Unterlagen Stück für Stück durchzusehen.

Ganz hinten in einer Schublade entdeckte sie nun einen mit einem roten Seidenband zusammengehaltenen Stapel Briefe, dem noch immer ein leichter Duft von Parfum anhaftete. Neugierig geworden, löste Shelly das Band, nahm einen der Briefe und legte alle übrigen auf der Schreibtischplatte ab.

Dann faltete sie das Papier auseinander und begann zu lesen.

6

Aorakau Valley, 20. August 1954

Liebster Ben,
ich vermag gar nicht zu beschreiben, wie ich jeden Deiner Briefe – jedes Wort, jede Silbe – verschlinge. Und während ich eine Zeile nach der anderen in mich aufsauge, spüre ich, wie Deine Liebe mein Herz erfüllt. Dann bin ich sicher, dass es uns eines Tages gelingen wird, alle Grenzen und Hindernisse zu überwinden. Und dann wird nichts und niemand auf der Welt uns mehr voneinander trennen können.
Oh, könnten wir uns doch nur öfter sehen! Ich kann Dir gar nicht sagen, wie sehr ich mich danach sehne, deine Hand zu halten, Dich zu küssen. Mir ist klar, dass das keine Gedanken sind, die ein anständiges Mädchen gegenüber einem Jungen äußern sollte. Doch mein Vertrauen zu Dir ist übermächtig. Es ist, als wären unsere Seelen miteinander verbunden. So als wären wir eins. Geht es Dir auch manchmal so, mein Liebster?
Wenn ich des Nachts an meinem Fenster sitze und die Sterne betrachte, dann stelle ich mir vor, dass Du in diesem Moment genau dasselbe tust. Und dann bilde ich mir ein, dass das Sternenzelt uns beiden allein gehört. All die Millionen und Abermillionen funkelnder Diamanten in einem Meer aus schwarzem Samt.
Klingt das jetzt sehr albern für Deine Ohren? Manchmal kann ich eben doch nicht leugnen, dass ich nur ein Backfisch von noch nicht einmal sechzehn Jahren bin – obwohl ich mich selbst schon sehr erwachsen fühle. Erwachsen genug jedenfalls, um mir zu wünschen, den Rest meines Le-

bens mit Dir zu verbringen. Dich zu heiraten und mit Dir weit, weit weg zu gehen. An einen Ort, an dem niemand unserer Liebe Steine in den Weg legen kann.
Aber jetzt will ich lieber aufhören, ehe ich Dich noch mit meinen überschwänglichen Jungmädchenfantasien verschrecke.
Ich hoffe so sehr, dass wir uns heute Abend sehen können.
Deine Dich über alles liebende May.
P. S. Falls es heute Abend nicht klappen sollte: Ich werde Callum bitten, mir als nächstes Sturmhöhe *von Emily Brontë mitzubringen, und erwarte Deine Antwort sehnsüchtig!*

Seufzend ließ Ben den Brief sinken, den er eben unter dem Einband von Jane Austens *Stolz und Vorurteil* hervorgeholt hatte. May, dachte er versonnen. Kleine, süße, unschuldige May …

Bisher hatte ihre Idee, Briefe über die Romane auszutauschen, die Callum für sie in der Schulbibliothek auslieh, ganz wunderbar funktioniert. So blieben sie wenigstens in Kontakt, wenn sie einander schon so selten sehen konnten.

Natürlich vermochten ihm Briefe allein Mays Gesellschaft nicht zu ersetzen. Doch sie machten es ihm ein wenig leichter, so lange durchzuhalten, bis sich das nächste Mal eine Gelegenheit ergab, May in seinen Armen zu halten. Und jedes Mal, wenn die Sehnsucht nach ihr übermächtig wurde, holte er den stetig anwachsenden Stapel Briefe aus seinem Versteck ganz hinten in der untersten Schublade des großen Sekretärs und begann, in ihnen zu lesen.

Auf Dauer konnte es so jedoch nicht weitergehen. Er wollte mit May zusammen sein – und zwar nicht immer nur dann, wenn Callum sie ausnahmsweise einmal nicht auf ihren nächtlichen Spaziergängen im Garten von Emerald Downs begleitete. Er konnte an nichts anderes mehr denken als an sie und …

»Was, zum Teufel, machst du denn hier, Makepeace? Du willst doch nicht allen Ernstes behaupten, dass du lesen kannst!«

Als er Callums Stimme hörte, war Ben für einen Augenblick vor Schreck wie erstarrt. Unauffällig ließ er Mays Brief in seiner Hosentasche verschwinden, während er sich zu seinem Freund umdrehte.

»Jane Austen?« Callum hob eine Braue. »Ist das nicht eher was für Mädchen?«

»Das sagt gerade der Richtige«, entgegnete Ben und stellte die Ausgabe von *Stolz und Vorurteil*, die er noch immer festgehalten hatte, zurück ins Regal. Dabei deutete er auf den dicken Band, den Callum sich unter den Arm geklemmt hatte. »*Krieg und Frieden*, he?«

Ben hatte das Gefühl, dass Callum ihn leicht misstrauisch musterte, aber vermutlich bildete er sich das bloß ein. Was allerdings keineswegs seiner Einbildung entsprang war die Tatsache, dass sich die Beziehung zwischen Cal und ihm in letzter Zeit verändert hatte.

Sie waren schon miteinander befreundet, so lange Ben zurückdenken konnte. Spätestens seit der Schule traten sie eigentlich immer nur im Doppelpack auf, und bis vor Kurzem wäre Ben noch bereit gewesen, Callum sein Leben anzuvertrauen.

Doch jetzt, wo er das dunkle Geheimnis der Woods kannte, hatte dieses Vertrauensverhältnis Risse bekommen. Er war furchtbar wütend auf Callum, und es fiel ihm zunehmend schwer, seine Gefühle vor seinem besten Freund zu verbergen. Wie hatte er ihm Mays Existenz bloß all die Jahre verschweigen können? Und schlimmer noch – wie war es möglich, dass er das unsägliche Verhalten seines Vaters May gegenüber einfach so tolerierte? Ben konnte das nicht verstehen – und im Grunde wollte er es auch gar nicht!

»Nichts für ungut, Makepeace«, Callum legte ihm freundschaftlich einen Arm um die Schulter. »Was ist, kommst du mit? Ich wollte raus zum *U-ie*, um mich mit den anderen zu treffen. Du hast dich lange nicht mehr blicken lassen.« Mit einem süffisanten Grinsen fügte er hinzu: »Lizzie Adair hat schon ein paar Mal nach ihr gefragt …«

Ben schüttelte den Kopf. »Heute passt's echt ganz schlecht, tut mir leid«, entgegnete er. »Vielleicht schau ich am Wochenende mal vorbei.«

Cal runzelte die Stirn. »Sag mal, was ist eigentlich los mit dir? Mir fällt schon seit ein paar Wochen auf, dass du dich irgendwie abkapselst. Hab ich was falsch gemacht, dass du mir aus dem Weg gehst?«

»Quatsch«, log Ben. »Alles in bester Ordnung, das bildest du dir nur ein!«

Dabei hatte Callum genau den Nagel auf den Kopf getroffen. Ben konnte einfach nicht mehr mit ihm zusammen sein, ohne ständig daran zu denken, was er und seine Familie der armen May antaten. Aber wie sollte er ihm das erklären, ohne seine Liebste damit in Schwierigkeit zu bringen? Das war wirklich das Allerletzte, was er wollte!

»Hast du dir eigentlich schon überlegt, was du an deinem Geburtstag nächsten Monat machst?«, riss Callum ihn aus seinen Gedanken. »Ich dachte, wir könnten vielleicht wieder zusammen feiern, was meinst du?«

»Ich denke darüber nach«, erwiderte Ben ausweichend. »Du, ich muss jetzt los, okay? Wir unterhalten uns ein anderes Mal darüber!«

Mit diesen Worten nickte er seinem Freund noch einmal zu und verließ dann die Bibliothek. Draußen verbarg er sich hinter dem breiten Stamm eines Eisenholzbaumes und wartete, bis auch Callum ins Freie trat. Als er außer Sichtweite war, kam Ben hinter seinem Versteck hervor und kehrte wieder in die Bücherei zurück.

Dort holte er Emily Brontës *Sturmhöhe* aus dem Regal und ging damit zum Ausgabeschalter.

Aorakau Valley, 24. September 1954

Es war das erste Mal seit Wochen, dass Ben wieder zum *U-ie* hinausfuhr, um sich mit seinen Freunden zu treffen. Große Lust darauf verspürte er zwar nicht, doch heute war sein achtzehnter Geburtstag, und Callum, der in einer Woche ebenfalls achtzehn wurde, hatte für sie beide eine große Feier organisiert. Und wenn Ben sich nicht wenigstens diesmal blicken ließ, würde das bloß zu Gerede führen, und er wollte lieber nichts riskieren.

Seufzend strich er mit den Fingern über den Einband von *Jane Eyre*, der neben ihm auf dem Beifahrersitz lag. Unter dem Schutzumschlag verborgen steckte ein Brief von May. Wie viel lieber wäre er jetzt mit ihr zusammen! In letzter Zeit ertappte er sich immer wieder dabei, wie er davon träumte, mit ihr Hand in Hand über eine grüne Wiese zu laufen. Die Sonne stand strahlend am makellos blauen Himmel, und über ihnen zogen die für Neuseeland so typischen weißen Wolken entlang, denen es seinen Maori-Namen *Aotearoa* – Land der langen weißen Wolke – verdankte.

Ben sehnte sich so sehr danach, May nah zu sein, dass es beinahe körperlich schmerzte. Er war dieses ewige Versteckspiel so satt! Am liebsten wäre er auf der Stelle nach Emerald

Downs gefahren, um sie da rauszuholen. Dass er das nicht längst getan hatte, lag nur daran, dass sie ihn so inständig darum gebeten hatte. Sie fürchtete sich vor Callums Vater Ingram. Sie hatte Angst, dass er sie niemals freiwillig gehen lassen und sie für alle Ewigkeit mit seinem Zorn verfolgen würde.

Als er den *U-ie* erreichte, war die Feier bereits in vollem Gange. Aus dem Autoradio eines der Wagen, die am Ufer des Silver Creek parkten, drang laute Musik. Ein Lagerfeuer prasselte, über dem an einem improvisierten Spieß eine Lammkeule brutzelte. Bens Freunde tanzten, lachten und tranken Bier, die Stimmung war ausgelassen.

»Hey, Makepeace!«, wurde er laut jubelnd von den anderen begrüßt, als er aus seinem Morris stieg. Callum, der sich gerade noch mit Ruth Miller unterhalten hatte, kam auf ihn zugelaufen und klopfte ihm lachend auf die Schulter.

»Da bist du ja endlich!«, rief er aus. »Ich dachte schon, du willst dich wieder drücken, Makepeace! Komm, wir holen uns ein Bier und stoßen auf deinen großen Tag an!«

Sie gingen zum Silver Creek hinunter, wo die Flaschen mit Lion Beer zum Kühlen im Wasser lagen. Callum fischte zwei heraus und warf Ben eine zu. Der öffnete den Kronkorken und kippte den Inhalt mit einem Zug hinunter. Normalerweise trank er nur selten Alkohol, doch heute brauchte er einfach etwas, um seine Nerven zu beruhigen. Er wusste wirklich nicht, wie lange er diese Heimlichtuerei noch aushalten konnte. Am liebsten hätte er Callum die Wahrheit einfach entgegengeschrien!

»Lizzie Adair ist übrigens auch hier«, sagte Cal und wischte sich mit dem Handrücken über die Lippen, nachdem er einen Schluck Bier getrunken hatte. »Sie wird sich freuen, dich zu sehen …«

Ben sah sich um. Lizzie stand mit ihrer Freundin Melinda am Lagerfeuer. Immer wieder blickte sie verstohlen zu ihm herüber. Früher wäre er vermutlich zu ihr gegangen, um mit ihr zu flirten. Jetzt ließ ihn Lizzies Interesse an ihm vollkommen kalt.

Stattdessen dachte er an May. An ihr langes, schwarzbraunes Haar und die glutvollen dunklen Augen. An ihre Küsse, die so süß schmeckten wie wilder Honig, und an ihren sinnlichen Duft, der ihm die Sinne verwirrte und sein Herz schneller schlagen ließ …

»Ben? Sag mal, hörst du mir überhaupt zu, Kumpel?«

»Hm?« Ben blickte auf. »Tut mir leid, aber ich war gerade mit meinen Gedanken ganz woanders. Was hast du gesagt?«

»Ja, ja, ich sehe schon: Lizzie hat's dir immer noch angetan, was? Aber wer könnte es dir verübeln? Die Kleine ist echt heiß! Nicht ganz so wie Marylin, aber …«

Er verstummte, als plötzlich lautes Gelächter von den parkenden Wagen her erklang. Die beiden Freunde drehten sich um – und Ben blieb vor Schreck fast das Herz stehen, als er die Situation erfasste.

Rory Adair, Lizzies älterer Bruder, stand neben Bens Wagen und hielt das Buch in der Hand, das auf dem Beifahrersitz gelegen hatte. »Is' nich' dein Ernst, Makepeace! Jane Austen? Was bist du denn für 'ne Schwuchtel?«

Wie von der Tarantel gestochen lief Ben los, riss Rory das Buch aus der Hand und versetzte dem Jungen einen Stoß vor die Brust. »Lass gefälligst die Griffel von meinen Sachen, Adair!«

Sofort kam Lizzie ihrem Bruder zur Hilfe geeilt. Wütend funkelte sie Ben an. »Sag mal, spinnst du? Rory hat sich den Schmöker doch bloß angeschaut! Was ist denn schon dabei?«

Wütend warf Ben das Buch zurück auf den Beifahrersitz. Dann stieg er in seinen Wagen und griff nach dem Zündschlüssel.

»Ben, warte!« Callum riss die Tür auf der Beifahrerseite auf und setzte sich neben Ben, ehe der ihn daran hindern konnte. Ben stockte der Atem, als er sah, wie das Buch vom Sitz rutschte. »Was ist denn los mit dir?«, wollte Callum wissen. »Warum bist du angespannt, Makepeace? Adair hat's sicher nicht so gemeint. Komm schon, gehen wir zurück und feiern deinen Geburtstag.« Beiläufig hob er das Buch auf – aber dabei flatterte Mays Brief in den Fußraum.

Hastig beugte Ben sich vor, doch sein Freund kam ihm zuvor. »Was ist das denn?« Er grinste. »Sag bloß, ein Liebesbrief?« Er hob eine Braue. »Na, dann wollen wir doch mal sehen, wer dir da geschrieben hat …«

»Das geht dich überhaupt nichts an!« Ben wollte Callum den Brief entreißen, doch der reagierte gedankenschnell, stieg aus dem Wagen und faltete den Brief auseinander.

Als Ben ihn endlich erreichte, war es bereits zu spät. Callum war kreidebleich geworden. »Das kann doch nicht …«

»Das geht dich verdammt noch mal nichts an, Wood!«, fuhr Ben ihn wütend an und riss ihm Mays Nachricht aus der Hand.

Ungläubig starrte sein Freund ihn an. »Sag, dass das nicht wahr ist … Sag, dass du dich nicht hinter meinem Rücken an meine Cousine herangemacht hast, Makepeace!«

Bens Augen wurden schmal. »Ausgerechnet du wagst es, mir Vorwürfe zu machen? Wie lange kennen wir uns jetzt? Fünfzehn Jahre? Oder länger?« Er schüttelte den Kopf. »Ich dachte, wir wären Freunde, Wood! Ich dachte, wir könnten über alles reden und hätten keine Geheimnisse voreinander. Aber du hast es wohl nicht für nötig gehalten, mir zu erzählen, dass deine Familie ein junges Mädchen in einer Kammer unter dem Dach versteckt hält, was?«

»Halt den Mund!«, fauchte Callum. »Du hast doch überhaupt keine Ahnung, Mann!«

»Ich habe genug Ahnung, um zu begreifen, dass du mich all die Jahre von vorn bis hinten belogen hast!« Wütend funkelte Ben ihn an. »Aber weißt du, was ich wirklich nicht kapiere? Wie konntest du May das antun? Sie ist der liebste und sanftmütigste Mensch, der mir je begegnet ist. Besteht deine ganze Familie nur aus Feiglingen, dass es keiner schafft, sich gegen deinen Vater durchzusetzen?«

Ben trat auf ihn zu und packte ihn am Kragen. »Ich warne dich«, stieß er heiser aus. »Lass deine dreckigen Finger von meiner Cousine! Wenn mein Vater erfährt, was passiert ist, wird er völlig ausrasten. Und dir ist hoffentlich klar, dass es May sein wird, die dann darunter zu leiden hat!«

»Da habe ich auch noch ein Wörtchen mitzureden! Ich werde nicht zulassen, dass einer von euch May auch nur ein Haar krümmt, verstanden?«

Mit diesen Worten riss er sich von Callum los, lief zu seinem Wagen und fuhr mit quietschenden Reifen davon.

Sein Ziel war Emerald Downs.

7

»Abraxas! Nemesis!« Josh stieß einen schrillen Pfiff aus, der durch das ganze Tal hallte. »Kommt her Jungs, Schluss für heute!«

Doch die beiden Hunde, die ansonsten immer aufs Wort gehorchten, blieben verschwunden. Fluchend schüttelte Josh den Kopf und packte das Werkzeug, mit dem er eine defekte Stelle im Weidezaun repariert hatte, zurück in Rocks Satteltasche. Dann stieg er auf und ließ den Hengst durch leichten Druck seiner Schenkel antraben.

Nachdem er Shelly vor der Polizeiwache abgesetzt hatte, war er nur nach Hause gefahren, um Rock zu satteln und die Hunde zu holen. Wenn es darum ging, einen klaren Kopf zu bekommen, dann war körperliche Arbeit draußen auf der Weide immer noch die beste Medizin.

Doch heute hatte ihm selbst dieses Allheilmittel nicht helfen können. Er verstand einfach nicht, warum Shelly sich nicht von ihm helfen lassen wollte. Viel mehr als das irritierte ihn aber, dass ihr fehlendes Vertrauen ihn derart mitnahm. Aber war das wirklich verwunderlich? Schließlich waren sie einander sehr nahegekommen – wie konnte sie immer noch daran zweifeln, dass er auf ihrer Seite stand?

Vielleicht, weil sie keinen Grund dazu hat, vom Gegenteil auszugehen? Oder bist du etwa nicht mehr daran interessiert, ihr das Land ihres Großvaters abzuschwatzen? Haben ihre veilchenblauen Augen dich so sehr verzaubert, dass du all die Pläne vergessen hast, die du in Ronans Namen verwirklichen wolltest?

Er schüttelte den Kopf. Natürlich hatte er das Konzept, das er gemeinsam mit seinem Bruder entwickelt hatte, nicht vergessen. Er versuchte nach wie vor, ein geeignetes Stück Land zu kaufen – doch inzwischen wusste so ziemlich jeder im Tal, dass seine Mutter sein Vorhaben nicht billigte, und das machte es ihm nicht eben leichter.

Niemand wollte sich Ärger mit Geraldine Wood einhandeln, und bis zu einem gewissen Grad konnte Josh das auch verstehen. Dennoch war er nicht bereit aufzugeben. Zur Not musste er das Projekt eben außerhalb von Aorakau Valley verwirklichen. Seine Mutter würde schäumen vor Wut, doch davon ließ er sich schon lange nicht mehr beeindrucken.

Die Frage lautete nur: Wollte er wirklich fort von hier? Er hatte praktisch sein ganzes Leben hier verbracht, in diesem Tal lebten all die Menschen, die er kannte und schätzte. Hier lebte Shelly mit ihrer Familie …

Rasch lenkte er seine Gedanken in etwas weniger gefährliche Gewässer. Er nahm sich vor, nachher bei Walter Mulligan vorbeizufahren, um ihn zur Rede zu stellen. Es kam ihm merkwürdig vor, dass der Kaufhausbesitzer sich überraschend doch zu einer Anzeige entschlossen hatte; dafür schuldete er ihm zumindest eine Erklärung.

Doch zunächst einmal musste Josh seine Hunde suchen. Seltsam, normalerweise gehorchten die beiden aufs Wort. Es passte gar nicht zu ihnen, seine Anweisungen einfach zu ignorieren.

Josh pfiff erneut. Dieses Mal dauerte es nicht lange, bis er das aufgeregte Kläffen seiner Hunde hörte. Als er dem Geräusch folgte, entdeckte er die beiden Tiere im Schatten eines mächtigen Eisenholzbaumes sitzend – zusammen mit Shellys vierzehnjähriger Tochter.

Josh stieg ab und nahm Rock bei den Zügeln. »Kim? Alles okay bei dir?«

Das Mädchen fuhr zusammen, als es seine Stimme hörte. Offenbar war Kim mit den Gedanken ganz woanders gewesen. Hastig blinzelte sie die Tränen weg und wischte sich mit dem Handrücken über die Wangen.

»Hey, Josh.« Sie zwang sich zu einem Lächeln, das jedoch ziemlich verunglückte. »Was machst du denn hier?«

»Dasselbe könnte ich dich fragen«, entgegnete Josh. Er ging zu ihr herüber und setzte sich neben sie. »Also, was ist los? Ich sehe doch, dass es dir nicht gut geht. Gab's Stress mit deiner Mom?«

»Was ist mit deinem Pferd?«, überging Kim seine Frage und nickte in Rocks Richtung. »Hast du gar keine Angst, dass es dir wegläuft?«

Josh schmunzelte. »Keine Sorge, Rock weiß, zu wem er gehört. Aber du lenkst ab, Kleines. Willst du lieber nicht darüber reden?«

Natürlich konnte er sich bereits denken, um was es ging. Doch er wollte, dass Kim sich ihm von selbst anvertraute.

»Ich weiß nicht …« Kim seufzte. »Ja, doch, schon … Es ist wegen dieser bescheuerten Ohrringe!«

»Die du bei *Mulligan's* … mitgenommen hast?«

Abraxas legte einen Stock neben Kim auf den Boden und stupste sie mit seiner feuchten Nase am Arm an. Doch sie schob den Ast weg. »Ich hab sie geklaut«, sagte sie. »Du kannst es ruhig aussprechen, es ist schließlich wahr. Und ja, es ist deswegen. Wegen diesen Mistdingern hab ich jetzt eine Anzeige am Hals! Der Polizeichef höchstpersönlich hat mich auf dem Rückweg von der Schule abgefangen und gleich auf die Wache verfrachtet. Als Mom auftauchte, um mich abzuholen, war ich erst mal echt froh, aber dann …«

Tröstend legte Josh ihr einen Arm um die Schulter. »Mach dir keine Sorgen, Kleines, ich rede noch mal mit Walter Mulligan. Ich bin sicher, dass ich ihn umstimmen kann.«

»Spar dir die Mühe, das hat ja doch keinen Sinn.« Abraxas sprang auf und wedelte erfreut mit dem schwarz-weiß gefleckten Schwanz, als Kim den Ast nun doch hochnahm und nachdenklich hin und her drehte. Sofort war auch Nemesis mit von der Partie. Wie gebannt starrten die beiden Hunde den Stock an, doch Kim schien davon gar nichts mitzubekommen.

»Ich hab Mist gebaut«, sprach sie weiter. »Und dafür muss ich jetzt geradestehen, das ist schon okay. Aber dass meine Mom mir jetzt deshalb die Hölle heiß macht …« Frustriert schleuderte sie den Ast weg – sofort sprangen Nemesis und Abraxas auf und jagten laut kläffend hinterher. »Das ist so unfair!« Trotzig verschränkte sie die Arme vor der Brust, doch Josh merkte, wie sie mit den Tränen kämpfte. »Ich hatte mich doch schon längst entschuldigt! Mann, ich weiß ja selbst, dass ich das nicht hätte tun dürfen! Da war es kaum nötig, dass sie mir deshalb jetzt auch noch Vorwürfe macht!«

Josh nickte bedächtig. »Verstehe, aber … meinst du nicht, dass deine Mutter sich vielleicht nur deshalb so aufgeregt hat, weil sie sich Sorgen um dich macht?«

»War ja klar, dass du dich auf ihre Seite stellst«, motzte Kim. Sie machte Anstalten, aufzustehen, doch Josh hielt sie zurück.

»Hey, warte«, sagte er. »Du hast ja recht, es ist nicht fair, wenn deine Mom dir plötzlich wieder eine Predigt wegen der Geschichte mit den Ohrringen hält. Aber kannst du sie nicht auch ein bisschen verstehen? Die ganze Situation hat sie wahrscheinlich überfordert. Bestimmt tut es ihr jetzt schon wieder leid.«

»Meinst du?«

Er lächelte. »Ganz bestimmt sogar. Also, was sagst du – soll ich dich nach Hause mitnehmen? Rock hat sicher kein Problem damit, dein Fliegengewicht auch noch zu tragen.«

Kim zögerte kurz, dann nickte sie. »Meinst du … Könntest du könntest dann vielleicht noch kurz mit reinkommen?«

»Angst, deiner Mutter allein gegenüberzutreten?«

»Ein bisschen«, entgegnete sie kleinlaut. »Also, kommst du mit?«

»Kein Problem«, sagte er, stand auf und reichte Kim die Hand. »Was ist, wollen wir los?«

»Ich weiß, ich weiß. Emily hat gesagt, dass ich Kim Zeit geben soll, sich zu beruhigen, aber …« Nervös fuhr Shelly sich mit der Hand durchs Haar. »Sie ist jetzt schon seit Stunden fort, und so langsam fange ich doch an, mir Sorgen zu machen.« Unruhig lief sie vor der Bank im Schatten des großen Rata auf und ab, auf der Hal saß und konzentriert an einer Holzfigur schnitzte. »Verdammt, Hal, wie können Sie so ruhig bleiben? Machen Sie sich denn gar keine Gedanken?«

Bedächtig legte Hal sein Schnitzmesser zur Seite. Er blickte auf – seine sturmgrauen Augen strahlten eine unglaubliche Ruhe aus. »Ich glaube, Kim ist sehr viel verantwortungsbewusster, als Sie denken.«

»Wie bitte?« Shelly schnaubte leise. »Das kann ja wohl kaum Ihr Ernst sein. Haben Sie schon vergessen, was sie sich geleistet hat? In einem Kaufhaus Ohrringe zu klauen und sich dabei auch noch erwischen zu lassen zeugt in meinen Augen nicht gerade von großem Verantwortungsbewusstsein!«

Hal lächelte. »Nein, vermutlich nicht«, lenkte er ein, doch sein Gesichtsausdruck ließ keinen Zweifel daran, dass er Shellys Reaktion für übertrieben hielt. »Also schön, ich trommle ein paar Leute für einen Suchtrupp zusammen und …« Er hielt inne und kniff die Augen zusammen. »Wenn man vom Teufel spricht«, sagte er dann. »Schauen Sie mal, wer da hinten kommt.«

Shelly drehte sich um und blickte in die Richtung, in die Hal deutete. Zuerst erkannte sie nur einen verschwommenen Fleck, der schnell größer wurde und sich bald als Pferd samt Reiter entpuppte, der von zwei Hunden begleitet wurde.

Nein, korrigierte Shelly sich dann. Es waren *zwei* Reiter. Vorne auf dem Rücken des stolzen braunen Hengstes saß Josh, die Zügel in der Hand. Und bei dem jungen Mädchen hinter ihm, dessen schwarzes Haar im Wind wehte, handelte es sich um niemand anderen als ihre Tochter.

»Kim!« Sofort ließ Shelly alles stehen und liegen und lief den Neuankömmlingen entgegen. Die beiden Hunde – einer mit lohfarbenem und einer mit schwarz-weißem Fell – sprangen aufgeregt kläffend um sie herum, bis Josh sie mit einem grellen Pfiff zurückrief. Dann zügelte er sein Pferd und half Kim beim Absteigen. Nach kurzem Zögern rannte sie auf Shelly zu und fiel ihr in die Arme.

»Mom, es tut mir leid«, schluchzte sie. »Ich wollte das nicht, ich …«

»Schon gut, Liebes.« Shelly strich ihr übers Haar. Vor Rührung hatte sich in ihrer Kehle ein Kloß gebildet, der sich auch durch heftiges Schlucken nicht vertreiben ließ. »Ich bin diejenige, die sich entschuldigen muss. Ich hätte dich vorhin vor dem Polizeirevier nicht so anfahren dürfen. Es tut mir leid.«

Josh, der inzwischen ebenfalls vom Pferd gestiegen war und es an den Zügeln hielt, blieb zurück und beobachtete die Versöhnungsszene aus der Entfernung. Als Kim sich einigermaßen beruhigt hatte, nahm Shelly ihre Tochter bei der Hand und ging auf ihn zu.

»Danke, dass du sie mir wiedergebracht hast«, sagte sie. »Ich kann schon gar nicht mehr zählen, wie oft du den Kindern und mir geholfen hast.«

Er schmunzelte. »Es scheint sich tatsächlich langsam zu einer schlechten Angewohnheit zu entwickeln …«

Doch Shelly schüttelte den Kopf. »Ich meine das durchaus ernst, Josh. Du hast mir inzwischen mehr als einmal bewiesen, dass mein Misstrauen gegen dich nicht gerechtfertigt ist. Ich wüsste nicht, wo ich heute stehen würde ohne dich. Du und ein paar andere Menschen haben es mir überhaupt erst möglich gemacht, hier in Aorakau Valley Fuß zu fassen. Was kann ich tun, um das wiedergutzumachen?«

»Unsinn«, protestierte Josh energisch. »Du bist mir überhaupt nichts schuldig. Kim wäre auch ohne mich heimgekommen.« Er zwinkerte ihr verschwörerisch zu. »Sie brauchte nur einen kleinen Schubs in die richtige Richtung. Davon abgesehen habe ich nur getan, was auch jeder andere in meiner Situation gemacht hätte.«

Das sagte er immer, stellte Shelly fest; sie sah es allerdings ein bisschen anders – genauso wie Emily, die inzwischen aus dem Haus getreten und zu ihnen herübergekommen war. »Nun stell dein Licht mal nicht unter den Scheffel, Josh Wood«, mischte sie sich ein. »Männer – immer dasselbe! Warum könnt ihr nicht einfach mal den Mund halten und ein Dankeschön annehmen? Mein Jim war genauso, und unser Hal ist auch nicht besser.«

»Hal?«, fragte Josh, sichtlich irritiert.

»Er arbeitet seit ein paar Wochen für uns«, erklärte Emily. »Schon ein etwas älteres Semester, aber sehr erfahren. Ich stelle ihn dir bei Gelegenheit mal vor, er wird dir gefallen.« Sie blickte sich um. »Keine Ahnung, wo er gerade steckt. Vorhin war er noch beim Haus … seltsam … Aber nun lenk bloß nicht ab, Josh Wood!«

Es war das erste Mal, dass Shelly ihre mütterliche Freundin anders als in einem schlichten Baumwollkleid und Schürze bekleidet sah, und die Verwandlung war wirklich erstaunlich.

Sie trug ein geblümtes Sommerkleid, dessen fröhliche Farben ihrem sonnengebräunten Teint schmeichelten, dazu Schuhe mit kleinen Absätzen und eine hübsche zweireihige Perlenkette. Ihr Haar, das sie sonst meist zu einem praktischen Zopf im Nacken zusammengefasst hatte, umschmeichelte heute Abend ihr Gesicht und ließ es viel weicher und weiblicher erscheinen als üblich.

»Wie könnte ich einer so bezaubernden Frau widersprechen?«, entgegnete Josh nun auch charmant. »Trotzdem – ich freue mich, wenn ich helfen kann, und ich erwarte für meine Hilfe keine Gegenleistung.«

»Na, wenn das so ist«, entgegnete Emily schmunzelnd, »dann kannst du Shelly ja gleich noch einmal ganz unbürokratisch deine Hilfe anbieten. Wie du weißt, findet heute Abend in der Stadt das große Pfarrfest statt. Wir wollten eigentlich alle zusammen hingehen, aber leider hat Shelly es bisher vor lauter Sorge um Kim versäumt, die Tiere zu füttern. Ich würde das ja liebend gern für sie übernehmen, bloß habe ich dem Pastor versprochen, am Buffet mitzuhelfen. Aber wenn du ihr zur Hand gehst, seid ihr bestimmt viel schneller mit der Arbeit fertig. Ich fahre dann schon mal mit den Kindern vor zum Fest, und ihr kommt nach, sobald alles erledigt ist.«

»Moment mal«, meldete Kim sich zu Wort. »Ich kann Mom doch helfen! Auf diesem bescheuerten Pfarrfest ist es bestimmt sterbenslangweilig, und außerdem hat sich garantiert schon herumgesprochen, dass ich auf der Polizeiwache antanzen musste. Nein danke, ich hab echt keine Lust, wie ein Freak auf dem Jahrmarkt angestarrt zu werden! Außerdem muss ich mich noch um Firefly kümmern – sein Stall gehört dringend ausgemistet, und ich wollte ihn auch noch striegeln und …«

Doch Emily kannte kein Erbarmen. »Nichts da, junges Fräulein, du kommst schön mit. Wenn du dich verkriechst, werden die Leute nur annehmen, dass du etwas zu verbergen hast. Die beste Taktik in deiner Situation heißt: Augen zu und durch!«

Hilfe suchend wandte Kim sich an Josh, doch der zuckte bedauernd mit den Achseln. »Tut mir leid, aber ich fürchte, ich muss Emily zustimmen. Wenn du auf dem Pfarrfest erscheinst, nimmst du den Lästermäulern im Ort von Anfang an den Wind aus den Segeln. Und um dein Pferd können deine Mom und ich uns kümmern.«

»Siehst du«, sagte Emily. »Ich hab's dir doch gesagt. Und nun geh rein und zieh dich um. Ich würde gern noch vor dem letzten Tanz auf dem Fest ankommen.«

»Umziehen?« Deutlich irritiert blickte Kim an sich hinunter. »Was stimmt denn nicht mit den Sachen, die ich anhabe?«

Shelly unterdrückte ein Grinsen. Ihre Tochter trug knallenge graue Jeans und ein ebenfalls eng anliegendes schwarzes Tanktop mit Totenkopfaufdruck. Dazu kombinierte sie ihre lila Doc Martens und fingerlose grell pinkfarbene Netzhandschuhe. Nicht gerade optimal für ein biederes Pfarrfest – eben ein typisches Kim-Outfit.

Emily seufzte mit einem Gesichtsausdruck, der zu fragen schien: Warum immer ich? »Komm«, sagte sie dann und legte Kim eine Hand auf die Schulter. »Wir schauen nach, ob dein Bruder schon fertig ist – und bei der Gelegenheit werfen wir einmal einen Blick in deinen Kleiderschrank …«

Ein bisschen verdutzt blieben Shelly und Josh zurück. Sie schauten sich an – und lachten.

»Wollen wir anfangen?« Josh zuckte mit den Schultern.

»Du musst das nicht tun«, protestierte Shelly. »Emily kann manchmal ganz schön … nun ja, eigensinnig sein. Es ist aber wirklich nicht nötig, dass du mir hilfst. Ich schaffe das auch allein.«

»Mag sein«, erwiderte Josh. »Aber dann wirst du viel länger dafür brauchen, und ich würde mich selbst des Vergnügens berauben, mit dir auf das Pfarrfest zu gehen.«

Jetzt war Shelly wirklich überrascht. »Du willst mit mir da hin? Ist das dein Ernst?«

»Warum überrascht dich das so? Wir mussten unseren Ausflug heute Mittag ziemlich abrupt unterbrechen, du schuldest mir also noch etwas, findest du nicht? Also, was ist? Bist du einverstanden?«

Da brauchte sie nicht lange zu überlegen. Sie konnte sich nichts Schöneres vorstellen, als den Abend zusammen mit Josh zu verbringen. Trotzdem zögerte sie.

Sei vorsichtig, Shelly, ermahnte sie sich selbst. *Du bist verrückt, wenn du denkst, dass du die Situation noch unter Kontrolle hast. Denk nur daran, was heute Nachmittag in der Beobachtungshütte beinahe passiert wäre. Hätte dieser Constable O'Shea nicht angerufen …*

Sie unterdrückte ein Seufzen. War das wirklich erst ein paar Stunden her? Seitdem war so viel passiert, dass ihr eine Ewigkeit vergangen zu sein schien. Und – verdammt! – was war denn schon dabei? Sie fühlte sich zu Josh hingezogen, und offensichtlich ging es ihm auch nicht anders. Hatte er nicht oft genug bewiesen, dass sie sich auf ihn verlassen konnte?

Und hast du nicht auch jahrelang geglaubt, Adrian vertrauen zu können?

Es war schon eine ganze Weile her, dass sie zum letzten Mal an Adrian gedacht hatte, und auch jetzt schob sie den Gedanken beiseite. Josh war nicht wie Adrian. Er würde sie ganz bestimmt nicht in eine solch schreckliche Situation bringen, in der sie zwischen dem Glück ihrer Familie und der Stimme ihres Gewissens wählen musste.

Ach ja? Kannst du dir da wirklich so sicher sein?

Sie musste an Emilys Worte denken und runzelte die Stirn. Hatte Geraldine Wood bei der Anzeige gegen Kim tatsächlich ihre Finger im Spiel? Und wenn ja – wusste Josh von der Intrige seiner Mutter?

Unwillig schüttelte sie den Kopf. Es war blanker Unfug, sich darüber überhaupt den Kopf zu zerbrechen. Josh wollte mit ihr schließlich nur auf ein Pfarrfest, und nicht gleich vor den Traualtar treten!

»Also schön«, sagte sie. »Dann lassen wir wohl besser mal die Köttel rasseln!«

Erstaunt hob Josh eine Braue. »Was hast du gerade gesagt?«

Shelly hatte die Redewendung von ein paar einheimischen Arbeitern aufgeschnappt und sich von Hal erklären lassen, dass es so viel wie »sich beeilen« bedeutete – erst jetzt fiel ihr wieder ein, dass er dabei amüsiert geschmunzelt hatte.

Sie spürte, wie ihr das Blut ins Gesicht schoss.

»Nun rede schon«, forderte sie Josh auf, der ganz offensichtlich gegen einen Lachanfall ankämpfte, und stemmte die Hände in die Seiten. »Was habe ich gerade gesagt?«

»Na ja«, entgegnete Josh grinsend. »Diese Redensart ist nicht ganz … sagen wir stubenrein. Hast du schon mal gehört, wie es klingt, wenn eine Schafherde durch ein Gatter getrieben wird? Die im Fell der Tiere angetrockneten Fäkalien verursachen ein rasselndes Geräusch, wenn sie beim schnellen Laufen gegeneinanderstoßen. Das ist es, was wir meinen, wenn wir *Lass die Köttel rasseln* sagen, um jemanden zur Eile anzutreiben, verstehst du?«

»Oh …« Shellys Mundwinkel zuckten zunächst nur, dann lachte sie. »Nun, dann weiß ich jetzt wenigstens, warum mich der junge Maori, der den kleinen Laden in der Stadt führt, so seltsam angeschaut hat, als ich ihn darum gebeten habe, sich ein bisschen mit dem Einpacken meiner Einkäufe zu beeilen …«

Einen Moment lang schaute Josh sie ungläubig an, dann brach er in schallendes Gelächter aus, in das Shelly nach kurzem Zögern mit einfiel.

»So, jetzt reicht es mir aber, das ist ja nicht mehr auszuhalten!«, stöhne Megan theatralisch. »Wie lange willst du denn noch hier herumsitzen und deinen Lenny aus der Ferne anstarren? Jetzt geh endlich rüber und mach ihn klar – sonst muss ich es tun, klar?«

Seufzend fuhr Kim sich durchs Haar. Wenn das doch bloß so einfach wäre …

Zuerst hatte sie ja noch versucht, sich davor zu drücken, Emily zum Pfarrfest in der Stadt zu begleiten. Inzwischen war sie aber ganz froh darüber, doch mitgegangen zu sein. Zu ihrer Überraschung war Megan nämlich ebenfalls hier, und vor etwas mehr als einer Stunde war dann auch noch Lenny McMahon mit ein paar Freunden eingetroffen.

Die Feier fand in dem kleinen Park am Sutton Square gegenüber der Kirche statt. In den Bäumen hingen Papierlampions und Laternen in allen Farben, Formen und Größen, und über den gewundenen Spazierwegen spannten sich Girlanden. Im Zentrum des Parks war eine kleine Bühne aufgebaut worden, auf der eine Band eine bunte Mischung aus Country und aktuellem Pop spielte. Es wurde viel gelacht, getanzt, gegessen und getrunken, denn auch für das leibliche Wohl hatte man gesorgt. Es gab einen Grillstand und ein großes Buffet, das sich unter der Last von frischen Salaten, Aufläufen und anderer Köstlichkeiten bog. Alles war kostenlos von den Gemeindemitgliedern gestiftet worden, und für eine Spende beliebiger Höhe durfte sich jeder den Teller so vollschlagen, wie er wollte. Die Einnahmen kamen dann einem Hilfsfond zugute, der Opfer von Naturkatastrophen in der ganzen Welt unterstützte.

Kim und Megan saßen an einem Tisch in der Nähe der Tanzfläche – doch Kims Aufmerksamkeit war allein auf Lenny gerichtet. Natürlich hatte sie nicht vergessen, dass er sie bei ihrem letzten Zusammensein über ihre Mutter ausgefragt hatte – doch das änderte nichts daran, dass sie in seiner Gegenwart immer Schmetterlinge im Bauch bekam.

Wie gut er aussah, wenn er lachte! Ihr Herz klopfte wie verrückt. Aber einfach zu ihm hingehen? Nein, das traute sie sich nicht. Seit sie bei ihrem Spaziergang hier im Park einfach davongelaufen war, hatten Lenny und sie kein Wort mehr miteinander gesprochen. Kim fürchtete, dass er deswegen sauer auf sie sein könnte. Sie hatte sich ziemlich dumm angestellt, das sah sie inzwischen selbst ein. Bloß weil Lenny sich für ihre Mutter interessiert hatte, bedeutete das schließlich noch lange nicht, dass er auch etwas von ihr wollte. Shelly war immerhin beinahe doppelt so alt wie er, während Kim und ihn nur knapp drei Jahre trennten. Wie hatte sie nur auf so eine absurde Idee kommen können?

»Wowowow«, rief Megan in dem Augenblick aus. »Jetzt ganz cool bleiben, Kim, er kommt rüber!«

Kim, die ganz in Gedanken gewesen war, blinzelte irritiert. »Was?«, fragte sie heiser – und als sie dann Lenny erblickte, der geradewegs auf sie zukam, verschlug es ihr glatt die Sprache. Sein Lächeln ließ einen ganzen Schwarm von Schmetterlingen in ihrem Bauch aufflattern, und ihre Kehle war vor Aufregung wie zugeschnürt.

»Hey, Kim«, begrüßte er sie und streckte die Hand nach ihr aus. »Möchtest du vielleicht tanzen?«

Kim schluckte mühsam. Was sollte sie jetzt sagen? Sie

war sich ja nicht einmal sicher, ob sie überhaupt einen Ton hervorbringen konnte. Ungläubig blickte sie zu Lenny auf, und wäre Megan nicht gewesen, die ihr einen kräftigen Schubs versetzte, hätte sie ihre große Chance womöglich versäumt.

So aber stand sie hastig auf. »Ich … Ja, klar, warum nicht?«

Sie vergaß die Welt um sich herum, als sie in Lennys Armen lag und sich gemeinsam mit ihm im Rhythmus der Musik wiegte. Sie schaute zu ihm auf und versank förmlich in dem tiefen Blau seiner Augen. Ihr war, als würde sie auf Wolken schweben. Und als die Musik ausklang und Lenny sie bei der Hand nahm und von der Tanzfläche führte, fühlte sie sich fast willenlos.

Ein schmaler Weg führte seitlich um die Kirche herum. Die Geräusche der Feier blieben hinter ihnen zurück, als sie tiefer in den nächtlichen Kirchgarten eindrangen. Der Wind fuhr raschelnd durch die Wipfel der Bäume, hin und wieder erklang der krächzende Ruf eines Keas – die grüngrau gefiederten Papageien waren bis ins Hochgebirge verbreitet.

»Wo gehen wir hin?«, fragte Kim schüchtern.

Lächelnd blickte er sich zu ihr um. »Wart's ab. Es wird dir gefallen – garantiert!«

Sie folgte ihm bis zu einer kleinen Lichtung, die von schlanken Buchen umstanden war. Dort ließ sich Lenny einfach ins Gras fallen und streckte die Hände nach Kim aus. »Na komm«, sagte er und klopfte mit der flachen Hand lächelnd neben sich. »Der Boden ist noch ganz warm von der Sonne.«

Kims Mund war mit einem Mal staubtrocken. Lenny sah so gut aus, wie er da im Mondschein vor ihr lag. Noch nie hatte sie sich zu einem Jungen so stark hingezogen gefühlt. Dabei war er eigentlich gar nicht ihr Typ. In seinen Jeans und dem weißen Rippenshirt und mit dem langen dunkelblonden Haar, das sich in seinem Nacken kräuselte, hätte der Kontrast zu Zack und ihren früheren Freunden in L. A. kaum größer sein können. Und doch … Sie schüttelte kaum merklich den Kopf. Ach, es war alles so schrecklich verwirrend!

Seufzend ließ sie sich neben Lenny auf die Wiese sinken. Er zog sie zu sich heran und bettete ihren Kopf auf seiner Schulter. Über ihnen glitzerten Millionen und Abermillionen von Sternen. Der Anblick ließ Kims Herz höher schlagen. Sie hielt Lennys Hand und kuschelte sich in seine Armbeuge, und plötzlich fühlte sie sich einfach nur unendlich wohl und geborgen. Wenn es nach ihr gegangen wäre, hätte sie ewig so daliegen und zum Himmel hinaufschauen können.

Doch dann stützte sich Lenny auf die Ellbogen und schaute ihr tief in die Augen. »Bist du eigentlich noch sauer auf mich?«, fragte er leise.

»Sauer?«, fragte sie nach. »Warum das denn?«

»Na, du weißt schon – wegen unserem etwas verunglückten Spaziergang neulich. Ich wollte dich echt nicht …«

Kim schüttelte den Kopf. »Ich bin nicht sauer«, fiel sie ihm ins Wort und seufzte verträumt. »Ganz im Gegenteil sogar …«

Lennys Gesicht war jetzt direkt über ihrem, und Kim stockte der Atem. Langsam beugte sich sein Kopf zu ihr hinunter, und als er sie dann küsste, schmolz sie förmlich dahin vor lauter Seligkeit.

Noch nie zuvor war sie so glücklich gewesen. Und mit einem Mal trauerte sie ihrem alten Leben in Los Angeles auch gar nicht mehr nach. Warum sollte sie auch? Sie war schließlich genau da, wo sie sein wollte: in Neuseeland – und in Lenny McMahons Armen.

»So!« Josh stach die Heugabel ins trockene Stroh und wischte sich mit dem Unterarm den Schweiß von der Stirn. »Das wäre geschafft! Wie sieht's bei dir aus?«

Sie hatten zuerst gemeinsam die Schafe versorgt und sich dann um Firefly gekümmert. Doch spätestens nachdem Josh sein Hemd ausgezogen und mit bloßem Oberkörper weitergearbeitet hatte, war es Shelly nicht mehr gelungen, sich auf ihre Aufgabe – das Striegeln – zu konzentrieren. Fasziniert hatte sie das Spiel seiner Muskeln unter der sonnengebräunten Haut beobachtet, die schon bald von einer dünnen Schicht aus Schweiß bedeckt war.

Dieser Anblick ließ sie unwillkürlich daran zurückdenken, wie es sich angefühlt hatte, diesen von harter körperlicher Arbeit gestählten Körper zu berühren, und eine unbestimmte Sehnsucht ergriff von ihr Besitz.

»Wie lange brauchst du noch, Shelly?«, fragte Josh.

Firefly drehte den Kopf und stupste sie an, dabei wieherte er leise. Shelly blinzelte irritiert – und bekam heiße Wangen, als ihr klar wurde, dass Josh nicht entgangen sein konnte, wie sie ihn angestarrt hatte. Rasch senkte sie den Blick und strich mit der Bürste über das glänzende schwarze Fell des Fohlens. »Bin gleich fertig.«

Josh trat aus der Box und blieb dicht hinter ihr stehen. Es kostete Shelly alle Mühe, die Selbstbeherrschung zu wahren. Früher, wenn Adrian ungeduscht aus dem Fitnessstudio gekommen war, weil er die öffentlichen Duschen nicht benutzen wollte, hatte sie seinen Schweißgeruch als unangenehm empfunden. Wie anders es doch jetzt bei Josh war!

Ihr Mund wurde trocken, und sie konnte nicht mehr klar denken. Sie spürte die Hitze, die sein Körper ausstrahlte, und sein unglaublich männlicher Duft benebelte ihr die Sinne. Shelly schloss die Augen und stellte sich vor, wie es wäre, sich zu ihm umzudrehen und mit den Händen über seine starke Brust zu streichen. Es fühlte sich so echt, so wirklich an, dass ihr der Atem stockte.

Erst als sie die Lider wieder hob, erkannte sie, dass sie es sich nicht nur vorgestellt, sondern wirklich getan hatte.

Mit heftig klopfendem Herzen blickte sie zu Josh auf. Unter ihren Fingern konnten sie spüren, wie sich sein Brustkorb bei jedem Atemzug hob und senkte. Es war ein unglaublich berauschendes Gefühl. Eine Weile – sie vermochte nicht zu sagen, ob es sich um Sekunden, Minuten oder Stunden handelte, denn ihr Zeitgefühl war völlig aus den Fugen geraten – standen sie einfach nur da und schauten sich an. Im schwachen Schein der Stallbeleuchtung wirkten Joshs Augen viel dunkler als sonst. Wie schwarzer Schiefer schimmerten sie, und in ihnen loderte ein Feuer, das ihr den Atem raubte.

Doch er hielt sich zurück – noch.

»Bist du sicher, dass du das wirklich willst? Dieses Mal hast du vielleicht nicht das Glück, dass das Klingeln eines Telefons dich im letzten Augenblick rettet …« Er strich ihr eine Haarsträhne aus dem Gesicht. Hauchzart streifte er dabei ihre Wange, und Shelly atmete scharf ein.

Ob sie es wirklich wollte? Die Frage war leicht zu beantworten: Sie begehrte Josh so sehr, dass sie fürchtete, den Verstand zu verlieren, wenn er sie nicht jetzt gleich auf der Stelle küsste. Aber sie musste sich auch darüber im Klaren sein, dass es bei einem Kuss allein nicht bleiben würde.

Kurz zögerte sie. Eine zweifelnde Stimme sagte ihr, dass sie drauf und dran war, einen folgenschweren Fehler zu begehen. Hatte sie, als sie ihre alte Existenz in L. A. hinter sich ließ, nicht auch den Männern abgeschworen? Reichte die Katastrophe mit Adrian nicht aus, um ihr vor Augen zu halten, wohin es führte, wenn man sein Leben zu sehr auf einen anderen Menschen ausrichtete? Wollte sie sich jetzt wirklich nach so kurzer Zeit auf eine Affäre mit einem anderen Mann einlassen? Noch dazu dem Mann, dessen Mutter es sich zur Aufgabe gemacht hatte, sie und ihre Kinder aus dem Tal zu vertreiben?

»Was denkst du?«, fragte er heiser. »Wenn du es lieber ruhig angehen willst… Du sollst wissen, dass ich dafür Verständnis hätte. Aber wenn du mich jetzt küsst, kann ich für nichts mehr garantieren…« Er hob ihr Gesicht an, fuhr mit dem Finger an der Kinnlinie entlang und dann sehr langsam ihre Kehle hinunter. »Ich konnte den ganzen Tag an nichts anderes denken als an dich. Du machst mich völlig verrückt…«

Ein Zittern der Erregung durchlief Shellys Körper. Sie vergaß alle Zweifel und Bedenken, schlang beide Arme um seinen Nacken und zog seinen Kopf zu sich herunter.

Und als ihre Lippen endlich aufeinandertrafen, durchfuhr es sie wie ein Blitz. Es war nicht ihr erster gemeinsamer Kuss, dennoch ließ er sich nicht mit den vorherigen vergleichen. Auf das sanfte Drängen von Joshs Zunge hin öffnete sie die Lippen, und der Kuss wurde tiefer und drängender, ja schon beinahe schmerzvoll in seiner Intensität.

Entzückt und überwältigt zugleich seufzte Shelly auf. Sie wollte mehr – viel mehr! Und Josh schien das zu spüren. Er unterbrach den Kuss und begann, langsam ihre Bluse aufzuknöpfen. Dann streifte er den Stoff über ihre Schultern zurück, bis er leise raschelnd zu Boden glitt. Jetzt stand sie nur noch in Shorts und BH vor ihm, und sie spürte seinen bewundernden Blick, der über ihren Körper glitt.

Die Leidenschaft in seinen Augen machte sie mutig. Mit beiden Daumen hakte sie sich unter den Bund seiner Jeans und zog ihn zu sich heran. Dann öffnete sie zuerst seinen breiten Gürtel und anschließend die Knöpfe seiner Hose, einen nach dem anderen.

Als Josh scharf einatmete, durchströmte Shelly ein nie empfundenes Machtgefühl. Sie schob die Jeans samt Boxershorts über seine Hüften und ging dabei, ohne den Blickkontakt zu ihm zu unterbrechen, in die Hocke. Mit einem kehligen Knurren zog er Shelly wieder zu sich hoch und verschloss ihren Mund mit einem stürmischen, fast schon Besitz ergreifenden Kuss.

Shelly hielt den Atem an. Flüssiges Feuer schien durch ihre Adern zu pulsieren. Die Flammen der Leidenschaft loderten so hoch, dass sie glaubte, verglühen zu müssen vor Lust. Zügellos drängte sie sich ihm entgegen und stöhnte heiser auf, als sie spürte, wie sehr er sie begehrte. Ohne den Kuss zu unterbrechen, hob er sie auf seine Arme und trug sie hinüber zum Stroh, auf das er sie bettete.

Hastig befreite er sie von ihrem BH und liebkoste ihre Brüste zuerst mit den Händen, dann mit der Zunge. Shelly unterdrückte einen heiseren Schrei. Heute Mittag in dem Unterstand hatte er sie mit seinen Küssen schon fast um den Verstand gebracht. Doch so etwas wie jetzt hatte sie noch nie erlebt. Zwischen Adrian und ihr hatte es im Bett gut funktioniert. Doch die wahre Erfüllung, von der man immer so viel las und hörte, hatte sie in seinen Armen niemals gefunden. Vermutlich, so nahm sie damals an, weil sie ganz einfach nicht die Frau für so etwas war.

Doch wie falsch hatte sie damit gelegen! Es war, als hätte schon ihr ganzes Leben lang ein Vulkan in ihr geschlummert, der nun erst durch Josh aus seinem tiefen Schlaf erwachte.

Nun konnte auch sie nicht mehr an sich halten. Mit beiden Händen fuhr sie über seinen schlanken, von harter Arbeit gestählten Körper. Sein heiseres Stöhnen, als sie eine Brustwarzen mit den Lippen umschloss und vorsichtig an ihr saugte, wirkte auf sie berauschend wie eine Droge.

Sie wollte mehr, so viel mehr!

Als sie den eindrucksvollen Beweis seiner Männlichkeit umfasste, keuchte er auf.

»O Gott, Shelly …!«

Pure Euphorie pulsierte durch ihre Adern, als sie sich der Macht bewusst wurde, die sie über ihn besaß. Und als er schließlich zu ihr kam, erfüllte sie das unglaubliche Gefühl, angekommen zu sein. Sie öffnete ihm ihr Herz und ihre Seele, ohne einen Gedanken an die möglichen Konsequenzen zu verschwenden.

Und in dem Moment, in dem sie gemeinsam einen überwältigenden Höhepunkt erreichten, wurde ihr klar, dass sie ihn liebte.

8

Geraldine Wood saß auf der Rückbank ihres Wagens und blickte zum Fenster hinaus. Es war der Morgen nach dem Pfarrfest, und sie befand sich auf den Weg in die Stadt, wo sie in aller Frühe einen Termin mit dem Direktor der örtlichen Bank hatte. Jethro, ihr Fahrer, steuerte die schwere schwarze Limousine mit schlafwandlerischer Sicherheit die Marangai Road entlang, die parallel zum Ufer des Silver Creek verlief.

Als sie an einer schmalen Zufahrtsstraße vorbeifuhren, klopfte Geraldine gegen die Trennscheibe.

»Jethro, drehen Sie bitte um«, sagte sie. Joshua war in der vergangenen Nacht nicht nach Hause gekommen. Natürlich war es möglich, dass er bei irgendeinem seiner zahlreichen

Freunde übernachtet hatte. Doch aus irgendeinem Grund spürte Geraldine, dass dies nicht der Fall war.

»Wohin, Ma'am?«

»Zur Makepeace-Farm«, erwiderte sie. »Aber nur bis zum Hügel hinauf, Jethro.«

»Sehr wohl, Ma'am.«

Es widerstrebte Geraldine, sich dazu herabzulassen, ihrem Sohn nachzuspionieren. Nicht etwa, weil sie davor zurückscheute, seine Privatsphäre zu stören, nein, das war ein Luxus, den er als zukünftiger Erbe von Emerald Downs nicht für sich beanspruchen durfte. Doch sie betrachtete es als unter ihrer Würde, sich mit solchen Dingen zu befassen. Trotzdem ließ das ungute Gefühl, das sie beschlich, ihr einfach keine Ruhe.

Der Wagen erklomm die sanfte Steigung, hinter der das Land der verhassten Familie begann. Das Land, das sie so dringend brauchte, um die Zukunft von Emerald Downs zu sichern.

Tiefgrün erstreckte sich die Ebene bis zum Meer hin, das als tiefblauer Streifen in der Ferne glitzerte. Am Fuße der schneebedeckten Berge erhoben sich kleine Wälder aus mächtigen Kauri-Bäumen und Scheinbuchen. Und inmitten dieser urwüchsigen Idylle stand das Farmhaus mit den angeschlossenen Stallungen, einem großen hölzernen Wasserturm und den Wirtschaftsgebäuden. Die hellblaue Fassade des zweistöckigen Gebäudes wetteiferte mit dem makellosen Sommerhimmel, an dem träge einige bauschige weiße Wolken entlangzogen. Die prächtige, leuchtend rot gefärbte Krone eines Rata warf seinen Schatten auf das Dach des Farmhauses.

Doch Geraldine hatte kein Auge für die Schönheit des Landes. Ihr Blick war auf das Pferd gerichtet, das unten auf der Koppel graste.

Es war Rock – Joshuas Hengst.

Ihre Hände ballten sich zu Fäusten, doch ihre Miene blieb unbewegt. Ihre schlimmsten Befürchtungen schienen sich zu bewahrheiten. Hatte das Makepeace-Flittchen es also tatsächlich geschafft, Joshua den Kopf zu verdrehen!

Geraldine atmete tief durch und zwang sich zur Ruhe, ehe sie sich wieder an ihren Fahrer wandte. »Sie können weiterfahren, Jethro«, sagte sie. »Mr Malcolm erwartet uns bereits, und es wäre unhöflich, ihn noch länger warten zu lassen.«

Kommentarlos kam Jethro ihrer Anweisung nach. Mit keiner Regung ließ er erkennen, dass er den inneren Aufruhr seiner Dienstherrin bemerkte. Dazu war er viel zu gut ausgebildet.

Er weiß wenigstens, was sich gehört, dachte Geraldine bitter – *ganz im Gegensatz zu meinem eigenen Sohn!*

Glaubte Joshua denn wirklich, sie würde es zulassen, dass sich Shelly Makepeace in ihre Familie einschlich? Nein, das würde ganz gewiss niemals geschehen. Nicht, solange sie auf Emerald Downs noch etwas zu sagen hatte.

Und deshalb wurde es jetzt Zeit, dass sie andere Saiten aufzog …

»Was soll das heißen, die Bestellung ist storniert worden? Aber das kann nicht sein! Da muss ein Irrtum vorliegen!«

Es war knapp eine Woche nach dem Pfarrfest, und Shelly stand im Korridor des Farmhauses und hielt den Telefonhörer fest ans Ohr gepresst. Als sie eben telefonisch bei dem Futtermittellieferanten nachgefragt hatte, wo die längst überfällige Lieferung blieb, und der Mann von Stornierung sprach, hatte sie erst geglaubt, sich verhört zu haben. Nach der langen Dürre hatte es heute Morgen endlich angefangen zu regnen. Das Trommeln der Tropfen auf dem Verandavordach war so laut, dass sie fast ihr eigenes Wort nicht mehr verstehen konnte. Doch nachdem der Mann seine Aussage wiederholt hatte, konnte kein Zweifel mehr bestehen: Irgendetwas war ganz gründlich schiefgelaufen.

Shelly schüttelte den Kopf. »Hören Sie, was soll ich denn jetzt machen? Wir warten schon seit Tagen auf die Futterlieferung, all unsere Vorräte sind inzwischen aufgebraucht. Wir benötigen die Fuhre dringend! Bis wann können wir also mit der Nachlieferung rechnen? Ich… Was, so lange?« Entsetzt schüttelte sie den Kopf. »Nein, das geht auf gar keinen Fall! Ich… Wie bitte? Lieferschwierigkeiten? Dann lassen Sie sich gefälligst etwas einfallen, verdammt. Sie haben schließlich die Lieferung zugesagt, und von meiner Seite aus wurde nichts storniert!«

Wütend beendete sie das Gespräch und kehrte in die Küche zurück, wo zu ihrer Überraschung anstelle von Hal nun Josh bei Emily am Esstisch saß, vor sich eine dampfende Tasse Kaffee. Emily schälte seelenruhig Kartoffeln. Rechts und links neben der Tür dösten Joshs Hunde, die Köpfe auf die Pfoten gelegt. Als Shelly eintrat, blickten sie auf – ebenso wie Josh.

»Probleme?«, erkundigte er sich.

»Kann man wohl sagen«, knurrte sie. »Angeblich haben wir unsere Bestellung storniert, und nun sollen wir zwei Wochen auf die nächste Lieferung warten!«

»Zwei Wochen?«, echote Emily erschrocken. »So lange können wir unmöglich warten! Der Herbst steht vor der Tür, und die Weiden sind zu einem großen Teil bereits abgegrast. Auf einer größeren Farm könnten wir die Tiere einfach auf eine andere Koppel schicken, aber dazu fehlt uns schlicht und einfach das Land!«

»Wem sagst du das? Aber ich habe nicht vor, mir das gefallen zu lassen. Da steckt doch mehr dahinter!«

Josh runzelte die Stirn. »Du glaubst also nicht an ein Versehen?«

»Keine Sekunde.« Sie schüttelte den Kopf. »Da hat jemand anders seine Finger im Spiel, und ich brauche nicht lange überlegen, um zu erraten, wer dieser Jemand ist.«

»Du denkst an meine Mutter«, schlussfolgerte er, ohne eine Miene zu verziehen.

Sie zögerte kurz, dann nickte sie. »Ja, genau. Tut mir leid.«

Sie sah ihn an. Josh war am Abend des Pfarrfests bei ihr auf der Farm geblieben, doch er hatte in einem der Gästezimmer übernachtet. Über das, was zwischen ihnen passiert war, hatten sie seitdem nicht mehr gesprochen. Dabei konnte Shelly kaum an etwas anderes denken.

Nachts, wenn sie allein in ihrem großen Bett lag, schlich er sich in ihre Träume. Sie sah ihn vor sich, sobald sie die Augen schloss. Und immer wenn sie im Stall arbeitete und ihr der würzige Duft von Heu und Stroh in die Nase stieg, flogen ihre Gedanken wie von selbst zurück zu jenen gemeinsamen Stunden. Sie versuchte ständig, sich mit Arbeit abzulenken – doch selbst das funktionierte nur bedingt. Den Gedanken an Liebe hatte sie hingegen nicht noch einmal zugelassen. Sie konnte sich selbst nicht erklären, was in sie gefahren war, so weit zu gehen. Offenbar hatte sie aus der Sache mit Adrian doch nicht so viel gelernt, wie sie geglaubt hatte.

»Es muss dir nicht leidtun.« Josh schüttelte den Kopf. »Nach allem, was sie schon angerichtet hatte, kann ich verstehen, dass dieser Gedanke für dich naheliegt. Allerdings bezweifle ich, dass du damit auf der richtigen Spur bist. Ich kann mir einfach nicht vorstellen, dass Geraldine …«

Er kam nicht dazu, seinen Satz zu Ende zu sprechen, denn in diesem Moment stürzte Lenny McMahon in die Küche. Keuchend stützte er sich auf dem Küchentisch ab und rang nach Atem, während Joshs Hunde aufgeregt um ihn herumsprangen.

»Du liebe Güte, Lenny«, sagte Shelly besorgt. »Was ist denn mit dir los?«

»Die Herde«, stieß er angestrengt hervor. »Das Gatter!«

»Nun hol erst Mal Luft«, schaltete sich nun Emily ein, legte ihm eine Hand auf die Schulter und bugsierte ihn auf einen freien Küchenstuhl. »So, und jetzt erzähl der Reihe nach: Was ist passiert?«

Es dauerte noch ein paar Sekunden, ehe Lenny in der Lage war, einen zusammenhängenden Satz hervorzubringen. Doch was er dann atemlos berichtete, ließ Shelly erbleichen.

»Die Schafe«, sagte er noch immer japsend. »Wir wollten sie wegen des Unwetters zurück in den Stall treiben. Doch als wir zur Weide kamen, stand das Gatter offen. Und jetzt laufen die Tiere ungehindert im ganzen Tal herum!«

»Verdammt, wie konnte das denn passieren?«, mischte Josh sich ein. »Jeder Idiot weiß, dass man ein Gatter nicht offen stehen lassen darf!«

»Sie brauchen mich gar nicht so anzusehen«, polterte Lenny ärgerlich los. »Keinem der Männer, die hier arbeiten, würde ein solcher Fehler unterlaufen. Das war Sabotage!« Er musterte Josh argwöhnisch. »Aber das wissen Sie ja vermutlich besser als ich, nicht wahr, Mr Wood?«

Joshs Miene verfinsterte sich. Shelly konnte sehen, wie es in ihm brodelte. Doch anstatt sich auf einen Streit mit Lenny einzulassen, schüttelte er den Kopf. »Ich habe damit ganz sicher nichts zu tun, wenn es das ist, was Sie meinen. Und statt Zeit damit zu verschwenden, lange herumzudiskutieren, würde ich vorschlagen, dass wir etwas unternehmen. Das Gatter ist inzwischen wieder sicher verschlossen?«

»Natürlich«, entgegnete Lenny ärgerlich – es passte ihm

ganz offensichtlich ganz und gar nicht, dass Josh einfach so die Führung an sich gerissen hatte. »Ein großer Teil der Herde wurde unten am Silver Creek gesehen, aber ein paar vereinzelte Tiere streunen auch in der Nähe der alten Kohlemine herum.«

»Teufel auch!«, stieß Josh hervor, und sein Gesicht nahm einen besorgten Ausdruck an.

»Was ist los?«, wollte Shelly wissen. »Gibt es da etwas, das ich wissen sollte?«

Josh nickte. »Die Silbermine wurde schon vor Jahrzehnten stillgelegt, als der Betreiber Pleite ging. Ein Käufer fand sich nicht, da die Erträge rückläufig waren. Und so beschloss der damalige Stadtrat schließlich, einfach den Zugang zu sprengen. Niemand hat daran gedacht, welche Konsequenzen sich daraus auf lange Sicht ergeben würden.«

»Was meinst du?«

»Das Gelände ist unterhöhlt, und die alten Stollen halten dem Gewicht des Gesteins, das auf ihnen lastet, nicht mehr stand. Die Gegend ist so löchrig wie ein Schweizer Käse, deshalb stehen überall Warnschilder, die das Betreten untersagen.«

Aufstöhnend fuhr Shelly sich durchs Haar. »Und nun? Was machen wir denn jetzt?«

»Du trommelst all eure Leute zusammen und kümmerst dich um die Tiere unten am Silver Creek, McMahon«, wandte sich Josh an Lenny. »Ich fahre mit meinen Hunden runter zur Miene.«

»Ich komme mit dir!« Shelly lief in die Diele und schnappte sich ihre Regenjacke vom Garderobenhaken.

»Warte einen Moment«, versuchte Josh sie zu bremsen. »Ich halte das für keine besonders gute Idee, Shelly. Es ist einfach zu gefährlich.«

»Nichts da!«, erwiderte sie ungerührt und streifte sich die Jacke über. »Ich begleite dich, ganz egal, was du auch einzuwenden hast!« Herausfordernd schaute sie ihn an. »Was ist jetzt – kommst du, oder muss ich mich allein auf den Weg machen?«

Josh stieß ein unwilliges Knurren aus, sah dann aber offenbar ein, dass jede weitere Diskussion unnötig war. »Wie du meinst.« Rasch nahm auch er seine Jacke von der Stuhllehne und eilte, gefolgt von seinen Hunden, zur Tür. »Dann aber los.«

Es regnete in Strömen. Die Scheibenwischer des Geländewagens arbeiteten auf Hochtouren, doch den Wassermassen, die vom schiefergrauen Himmel herabstürzten, konnten sie nicht Herr werden. Shelly hatte so etwas noch nie erlebt. Der Graben rechts und links der Straße hatte sich in einen reißenden Bach verwandelt, und Shelly zuckte immer wieder erschrocken zusammen, wenn direkt neben ihnen Blitze aus der dichten Wolkendecke herabzuckten.«

Sie bewunderte Josh, der trotz der widrigen Umstände die Ruhe selbst blieb. Er steuerte seinen Wagen mit der gleichen traumwandlerischen Sicherheit über breite asphaltierte Straßen und schlecht befestigte Feldwege. Shelly selbst hätte sich das nicht zugetraut. Und sie fing an sich zu fragen, ob es nicht ein Fehler gewesen war, seine Warnung einfach so in den Wind zu schlagen. Was, wenn sie Josh am Ende nur im Weg herumstand, statt ihn zu unterstützen?

»Wir sind da«, verkündete er angespannt und lenkte den Jeep an den Straßenrand.

Stirnrunzelnd schaute Shelly zum Seitenfenster hinaus. Sie konnte beim besten Willen nicht sagen, wo sie sich befanden. Alles sah gleich aus, grau in grau. Doch Josh war seiner Sache offenbar sicher, und so folgte sie ihm, als er mit seinen Hunden aus dem Wagen stieg. Sie wollte geradewegs an ihm vorbeilaufen, doch Josh hielt sie zurück.

»Ab hier wird es wirklich gefährlich«, schrie er gegen das Brüllen des Sturms an. »Am besten, du hältst dich direkt hinter mir.«

Der Wind peitschte ihr den Regen ins Gesicht, und sie war trotz Regenjacke und Gummistiefeln bald bis auf die Haut durchnässt. Den Hunden schien der Sturm wenig auszumachen, sie tollten wie junge Welpen durch Pfützen und Schlammlöcher. Trotzdem war es Shelly schleierhaft, wie sie bei diesem Wetter die vermissten Schafe finden sollten, doch sie vertraute Josh. Was blieb ihr schon anderes übrig?

Plötzlich musste sie daran denken, was Lenny gesagt hatte. Es stimmte, sowohl die Sache mit der stornierten Futterlieferung als auch das geöffnete Gatter trug die Handschrift der Person, die Shelly bereits seit ihrer Ankunft in Aorakau Valley das Leben schwer machte: Joshs Mutter.

Sie wischte sich das Wasser aus dem Gesicht und musterte Josh unauffällig. Trotz der unförmigen schwarzen Öljacke, deren Kapuze er sich tief ins Gesicht gezogen hatte, sah er verdammt gut aus. Er war einfach ganz anders als die Männer, die sie aus L. A. kannte. Ehe sie Adrian kennengelernt hatte, war sie eigentlich nur mit Kommilitonen von der Uni ausgegangen. Sie waren allesamt freundlich, zuvorkommend und charmant gewesen. Doch Josh spielte in einer vollkommen anderen Liga.

Er war ein richtiger Mann – Shelly wusste nicht, wie sie es anders beschreiben sollte. Er war so konsequent in allem, was er tat. Wenn er etwas sagte, dann meinte er es auch so. Bei ihm gab es einfach kein Herumgerede um den heißen Brei, und das schätzte sie sehr.

Aber er war auch der Sohn von Geraldine Wood.

Trotzdem – ihr Bauchgefühl sagte ihr, dass er nichts mit ihren Intrigen zu tun hatte. Die Frage war – konnte sie sich auf ihr Bauchgefühl verlassen? Oder *wollte* sie einfach nur glauben, dass Josh ehrlich zu ihr war?

Als sie merkte, dass sie bereits ein gutes Stück hinter Josh zurückgeblieben war, verscheuchte sie den Gedanken und beeilte sich, wieder zu ihm aufzuholen. Die Hunde waren vorausgelaufen. Nur zwischendurch hörte sie die beiden kläffen.

Sie folgten einem schmalen Fußpfad, der steil nach oben führte. Mehr als einmal rutschte sie auf dem aufgeweichten Boden aus, und Josh musste ihr aufhelfen, damit sie weitergehen konnten. Doch wenigstens hatte der Regen inzwischen nachgelassen. Die Wolken rissen auf, und als sie die Kuppe des Hügels erreichten, eröffnete sich zu ihren Füßen ein Anblick, der ihr den Atem raubte.

Durch die tief über dem Tal hängende Wolkendecke drang ein einzelner, breiter Sonnenstrahl und tauchte das ganze Land in einen unwirklichen goldenen Schein. Das Licht brach sich in den Regentropfen, die jeden Grashalm und jedes Blatt bedeckten, und verwandelte die Ebene in ein Meer aus Diamanten. Ein Gefühl von tiefer Ehrfurcht und Verbundenheit durchströmte sie. Dieses wunderbare Fleckchen Erde würde auch dann noch existieren, wenn sie alle – Mensch und Tier – schon längst zu Staub zerfallen waren.

»Dort hinten sind sie«, sagte Josh.

Sie folgte seinem Blick. In der Nähe einer Gruppe mächtiger Bäume entdeckte sie schließlich einige weiße Flecken, die sich vom Grün der Wiesen und Weiden abhoben – die vermissten Schafe.

Sofort wollte Shelly weitermarschieren, doch Josh hielt sie zurück.

»Nein«, sagte er, »da können wir nicht runter. Siehst du den Unterstand dort hinten?« Als sie in die Richtung blickte, in die er deutete, erkannte sie in einiger Entfernung tatsächlich ein kleines Holzhäuschen.

»Was ist das?«, fragte sie.

»Das ist die Grenze des Grundstücks deiner Familie. Der Bereich vom Fuß des Hügels bis zu dieser Hütte ist vollkommen untergraben. Es wäre viel zu riskant für einen Menschen, dieses Terrain zu betreten. Unser Gewicht könnte ausreichen, um die ohnehin schon marode unterirdische Stützkonstruktion zum Einsturz zu bringen.«

Shelly hob eine Braue. »Und was schlägst du vor?«

»Wir schicken die Hunde. Sie können sich dort unten relativ gefahrlos bewegen, außerdem sind sie genau für solche Aufgaben ausgebildet.« Er legte Daumen und Zeigefinger zusammen und führte sie an die Lippen. Als er schlagartig die Luft ausstieß, hallte ein schriller Pfiff durch das ganze Tal.

Die beiden Hunde, die schon wieder ein Stück vorausgelaufen waren, blieben abrupt stehen und schauten sich nach ihrem Herrn um. Der brauchte nur ein paar kurze Gesten, um ihnen klarzumachen, was er von ihnen erwartete. Laut bellend jagten die Tiere gleich einem rotbraunen und einem schwarz-weißen Blitz über das Gelände. Die Schafe bemerkten sie sofort, hörten auf zu grasen und hoben die Köpfe.

Fasziniert beobachtete Shelly, wie der lohfarbene Abraxas, kurz bevor er die ausgerückten Tiere erreichte, abrupt abbremste und eines der Schafe mit starrem Blick fixierte, während Nemesis die übrigen zusammentrieb.

»Was tut er denn da?«, fragte sie kopfschüttelnd.

»Er ist der sogenannte *strong eyed dog*«, erklärte Josh. »Abraxas erkennt aus Erfahrung das unsicherste Tier in der Gruppe. Er fixiert es mit einem so starren, intensiven Blick, dass der angeborene Fluchtreflex des Schafes greift und es davonläuft – selbstverständlich in die gewünschte Richtung. Nemesis treibt derweil die anderen Schafe zusammen, die instinktiv dem fliehenden Tier folgen – er ist der *Huntaway*, der mehr für die groben Hütearbeiten zuständig ist. Die beiden sind ein absolut eingespieltes Team.«

Shelly war ehrlich beeindruckt. Innerhalb kürzester Zeit hatten die beiden Hunde es geschafft, die Ausreißer auf das Gelände hinter dem Unterstand zu treiben.

»Komm, wir gehen zurück zum Jeep und folgen ihnen über die Straße.« Als sie Shellys fragenden Blick bemerkte, lächelte er. »Keine Sorge, Nemesis und Abraxas haben die Situation im Griff. Sie wissen aus Erfahrung, dass Sie die Tiere zurück zur Farm treiben müssen. Meine Hilfe brauchen sie dafür nicht, die beiden kommen hervorragend allein klar.«

Obwohl es inzwischen nicht mehr regnete, gestaltete sich der Rückweg zu Joshs Wagen schwierig. Es ging steil hangabwärts, und der Boden war aufgeweicht und glitschig, sodass Shelly immer wieder ins Rutschen geriet.

Und dann passierte es: Sie glitt aus, und ein heiserer Schrei entfuhr ihrer Kehle. Hilfe suchend ruderte sie mit den Armen, doch es gelang ihr nicht, das Gleichgewicht zu halten, und sie kippte nach hinten weg. Nur Joshs beherztes Zugreifen verhinderte, dass sie schmerzhafte Bekanntschaft mit dem Boden machte.

Er zog sie in seine Arme.

»Hoppla!«, rief er lachend. »Was war das denn?«

Ein wohliger Schauer durchrieselte Shelly. Sie schaute zu Josh auf, sein Blick hielt sie gefangen. Das Herz klopfte ihr bis zum Hals, und sie hatte weiche Knie. Die Zeit schien stillzustehen.

Zärtlich strich Josh ihr übers regennasse Haar und zeichnete mit den Fingerspitzen die Konturen ihres Gesichts nach. Es war ein Gefühl, als würde sie auf Wolken schweben, und sie sehnte sich danach, seine Lippen auf ihren zu spüren.

Doch als er den Kopf herabsenkte, um sie zu küssen, machte sie sich von ihm los. »Nein, nicht …!«

»Was ist los?« Er trat auf sie zu, wollte sie wieder umarmen, doch sie wandte sich ab und verschränkte die Arme vor der Brust.

Was los war? Genau auf diese Frage hätte sie selbst gern eine Antwort gehabt. Sie hatte sich so sehr gewünscht, dass er sie küssen würde. Doch als es dann so weit war, meldete sich plötzlich eine warnende innere Stimme zu Wort. Konnte sie wirklich absolut sicher sein, dass Josh auf ihrer Seite stand? Dass er nichts mit den gemeinen Intrigen zu tun hatte, mit denen seine Mutter versuchte, sie und ihre Familie aus dem Tal zu vertreiben?

Shelly atmete tief durch und drehte sich wieder zu ihm um. »Josh, ich muss dich etwas fragen.«

»Wenn's weiter nichts ist …« Er zuckte mit den Achseln. »Schieß los.«

»Sag mir die Wahrheit: Hast du es immer noch darauf abgesehen, mir die Farm meines Großvaters abzukaufen?«

Shellys innere Anspannung stieg, während sie auf Joshs Antwort wartete. Er hatte nie einen Hehl daraus gemacht, dass er ebenso wie seine Mutter das Grundstück kaufen wollte. Doch in den vergangene Wochen waren sie einander so nahegekommen, wie sie es nie für möglich gehalten hätte. Er hatte ihnen so oft geholfen – sie konnte, nein sie wollte nicht daran glauben, dass er noch immer gegen sie arbeitete.

Aber zu ihrer völligen Überraschung nickte Josh. »Natürlich«, sagte er. »Das weißt du doch.«

Seine Worte trafen sie bis ins Mark. Mit einem Mal war

ihr eisig kalt. Abrupt kehrte sie ihm den Rücken zu, damit er nicht bemerkte, wie aufgewühlt sie war. Sie schlang die Arme um ihren Körper. »Dann haben wir das ja geklärt«, entgegnete sie kühl. »Du bist eben doch nur der Sohn deiner Mutter.«

»Was soll das heißen?« Er griff nach ihrem Arm und wollte sie zu sich herumdrehen, doch sie riss sich los und funkelte ihn an.

»Muss ich dir das wirklich noch erklären?« Sie schüttelte den Kopf. »Weißt du, worüber ich mich am meisten ärgere? Darüber, dass ich beinahe tatsächlich auf dich hereingefallen wäre! Dabei bist du eigentlich noch viel schlimmer als Geraldine! Sie hat mich von Anfang an offen angefeindet, aber du …! Du hast versucht, dich in mein Vertrauen zu schleichen!«

Irritiert runzelte er die Stirn; dann verfinsterte sich seine Miene, als er begriff, worauf sie anspielte. »Du glaubst, ich helfe dir nur, um dich im Anschluss über den Tisch zu ziehen?«

»Ich weiß überhaupt nicht, was ich noch denken soll. Der letzte Mann, dem ich mein Vertrauen geschenkt habe, hat es mit Füßen getreten. Woher soll ich wissen, dass du anders bist?«

Er schnaubte. »Wenn du dir meiner Gefühle für dich immer noch nicht sicher bist, kann ich dir auch nicht helfen! Jetzt komm – ich fahre dich nach Hause, damit wir uns um die Schafe kümmern können. Und danach ist es wohl besser, wenn ich dich nicht mehr mit meiner Gesellschaft belästige!« Damit ließ er Shelly einfach stehen und ging zu seinem Jeep zurück.

Die Rückfahrt zur Farm verlief unter eisigem Schweigen.

Das Jugendgericht von Dunedin liegt etwa auf halber Strecke zwischen dem alten Bahnhofsgebäude und dem Oktagon. Dieser achteckige Platz, auf dem ein Bronzedenkmal des Dichters Robert Burns steht, bildet das Herz der Stadt am *Otago Harbour*. Hier befindet sich sowohl die *St. Paul's Cathedral* und die *Townhall*, das Rathaus von Dunedin.

Doch als Shelly knapp zwei Wochen später zusammen mit Kim die Stewart Street hinunterging, hatte sie andere Dinge im Kopf, als die Sehenswürdigkeiten der Stadt zu bewundern.

Nur wenige Tage nach ihrem Streit mit Josh war Kim eine Vorladung zu einer Anhörung des *Youth Court* ins Haus geflattert. Hal hatte angeboten, sie nach Dunedin zu begleiten, doch wer sollte sich dann um die Farm kümmern? Emily hatte alle Hände voll mit dem Haushalt zu tun, und schließlich musste sie auch noch Will und die Arbeiter versorgen. Und obwohl Shelly Lenny McMahon voll und ganz vertraute, wollte sie ihm doch nicht Verantwortung für den gesamten Betrieb überlassen. Notgedrungen war sie also am frühen Morgen allein mit ihrer Tochter aufgebrochen.

»Mom, ich pack das nicht!«, stöhnte Kim. Sie hielt die Hand ihrer Mutter so fest umklammert, dass es wehtat. »Was, wenn die mich gleich einsperren? Ich will nicht ins Gefängnis! Warum haben wir Josh nicht mitgenommen? Er könnte mir bestimmt helfen!«

Shelly unterdrückte ein Seufzen. Insgeheim wäre es ihr auch lieber gewesen, Josh in dieser Situation an ihrer Seite zu haben. Doch nach allem, was zwischen ihnen vorgefallen war, konnte sie nicht einfach zu ihm gehen und ihn um Hilfe bitten. Das war schlichtweg unmöglich!

»Wir schaffen das schon allein, Spätzchen«, beschwichtigte sie daher. »Es geht hier doch auch nur um eine Anhörung. Niemand kommt ins Gefängnis, hörst du?«

Doch wirklich beruhigen konnte sie ihre Tochter damit nicht. Und als sie schließlich das altehrwürdige Gebäude mit dem von stattlichen Pfeilern flankierten Portal, den weiß umrahmten Bogenfenstern und Fensterrosen im oberen Stockwerk erblickte, fiel es ihr selbst immer schwerer, ihre stetig wachsende Unruhe zu verbergen. Obwohl sie sich nicht vorstellen konnte, dass Kim wirklich eine schwere Strafe zu erwarten hatte – immerhin ging es hier um einen recht einfachen Fall von Ladendiebstahl –, hatte sie Angst. Angst davor, dass Geraldine Woods Einfluss bis ans Jugendgericht von Dunedin reichte. Immerhin hatte diese Frau es bereits geschafft, dass die Angelegenheit überhaupt bis hierher gelangt war. Denn nur weil sie den Polizeichef von Aorakau Valley dazu gebracht hatte, die Akten aus Kalifornien anzufordern, war Kim als Wiederholungstäterin eingestuft worden. Ansonsten wäre es vermutlich nicht einmal zu einer Verhandlung gekommen.

Natürlich hatte Geraldine es nicht zugegeben, als Shelly gleich am Morgen nach Erhalt der Vorladung nach Emerald Downs gefahren war, um sie zur Rede zu stellen. Doch abgestritten hatte sie auch nicht, dass sie ihre Finger bei dieser miesen Intrige mit im Spiel hatte.

Hand in Hand betraten Shelly und ihre Tochter das Gebäude. Der Anwalt, mit dem sie von Aorakau Valley aus in Kontakt getreten war, erwartete sie bereits draußen vor dem Saal, in dem die Anhörung stattfinden sollte. Er redete Shelly und Kim gut zu, doch das mulmige Gefühl blieb, als Kim schließlich zur Anhörung aufgerufen wurde.

Umso erleichterter waren Mutter und Tochter, als sie knapp eine Stunde später aus dem Saal traten – Kim war noch einmal mit einem blauen Auge davongekommen.

»Ich hätte nicht gedacht, dass Mr Mulligan persönlich erscheinen würde, um ein gutes Wort für mich einzulegen«, seufzte Kim, die wie befreit wirkte. »Das war richtig nett von ihm, und den Richter fand ich auch echt okay. Dass er mir Sozialstunden verordnet hat, ist voll in Ordnung, schließlich habe ich ja wirklich Mist gebaut!«

Es war ein herrliches Gefühl für Shelly, ihre Tochter so strahlen zu sehen. Die Vierzehnjährige sprudelte förmlich über vor lauter Glück, jetzt, wo das Damoklesschwert, das die ganze Zeit drohend über ihrem Kopf gehangen hatte, endlich verschwunden war.

»Und was machen wir jetzt?«, fragte Shelly. »Zur Feier des Tages sollten wir irgendetwas unternehmen, findest du nicht?«

Kim nickte, dann runzelte sie die Stirn und fixierte einen Punkt auf der gegenüberliegenden Straßenseite. »Sag mal, ist das nicht … Josh!« Aufgeregt winkend hob sie die Stimme. »Josh! Hier sind wir!«

Shellys Lächeln gefror, als sie den Mann erblickte, den sie einfach nicht vergessen konnte, obwohl sie sich doch genau das am Allermeisten wünschte. Sie machte gute Miene zum bösen Spiel, als Kim sie bei der Hand nahm und mit sich zog. Dabei stand ihr der Sinn nach allem Möglichen, nur nicht danach, Josh zu begegnen.

Trotzdem konnte sie nicht verhindern, dass sein warmes Lächeln, das er ihrer Tochter schenkte, etwas in ihr auslöste. Etwas, an das Shelly lieber nicht rühren wollte.

»Josh!«, rief Kim begeistert und fiel ihm halb um den Hals. »Was machst du denn hier? Bist du zufällig in der Stadt?«

»Um ehrlich zu sein – nein, nicht ganz. Ich bin deinetwegen hier, Kim.«

»Meinetwegen?« Ihre Augen wurden groß.

»Ganz recht. Nun sag schon: Wie ist die Anhörung gelaufen? Als ich hörte, dass du vorgeladen worden bist, habe ich meinen alten Studienfreund Jeff angerufen, der als Richter hier am *Youth Court* arbeitet. Natürlich konnte er die Angelegenheit nicht einfach so auf sich beruhen lassen, aber … Na ja, jedenfalls war Walter Mulligan sofort bereit, sich für dich einzusetzen. Seine Mutter Renée hat die ganze Sache überhaupt ins Rollen gebracht, indem sie den Diebstahl der Ohrringe zur Anzeige brachte. Und ich fürchte …« Er zuckte mit den Schultern. »Nun, Renée wiederum ist eine gute Freundin meiner Mutter – ebenso wie der Polizeichef von Aorakau Valley.«

Jetzt konnte Shelly nicht mehr still bleiben. »Soll das heißen, du gibst zu, dass wir diesen ganzen Ärger deiner Mutter zu verdanken haben?«

»Was soll ich sagen?« Seufzend hob er die Schultern. »Ich hatte deswegen einen ziemlich üblen Streit mit ihr.« Er schaute Shelly direkt in die Augen. »Meine Mutter … Nun, sie glaubt, das alles für die Familie, für Emerald Downs tun zu müssen. Ich habe versucht, ihr klarzumachen, dass sie dieses Mal wirklich zu weit gegangen ist, aber davon wollte sie natürlich nichts hören. Auch deshalb bin ich hier – um dir, um euch beiden zu sagen, dass es mir leidtut. Mir und dem Rest meiner Familie. Meine Schwester Maggie ist ein herzensguter Mensch, und selbst mein Vater …«

»Ist schon gut«, fiel Kim ihm ins Wort. Sie nahm seine Hand und drückte sie sanft. »Du kannst nichts dafür, dass deine Mutter so eine miese Schlange ist.« Sie grinste. »Eigentlich finde ich dich sogar ganz cool, wenn man bedenkt, dass du schon über dreißig bist!«

»Frechdachs, du!« Josh zauste ihr das Haar, woraufhin Kim seine Hand protestierend wegschlug.

»Spinnst du? Meine Frisur …!«

Sie lachte, und Shelly stand da und spürte, wie sich ein Kloß in ihrer Kehle bildete, der immer größer und größer wurde. Diese Szene zwischen Kim und Josh hatte etwas so Vertrautes an sich – ein Außenstehender hätte vermutlich angenommen, dass es sich bei ihnen um Vater und Tochter handelte. Dabei saß Kims Dad fast 7000 Meilen entfernt im Gefängnis – und zwar, weil sie, Shelly, ihn dort hineingebracht hatte.

Nicht, dass sie ihre Entscheidung infrage stellte oder gar bereute, nein! Sie hatte das einzig Richtige getan, so viel stand fest. Wie hätte sie sich selbst denn noch im Spiegel ansehen sollen, wenn sie zugelassen hätte, dass Adrian weiterhin Menschen ins Unglück stürzte?

Das Einzige, das sie sich wünschte, war, ihren Kindern einen anderen, besseren Vater bieten zu können.

Jemand wie Josh …

Als sie spürte, dass ihr die Tränen kamen, wandte sie sich rasch ab. Doch nicht rasch genug, wie es schien, denn plötzlich stand Josh hinter ihr.

»Hey, alles okay?«, fragte er sanft.

Mit dem Handrücken fuhr sie sich über die Wangen und setzte ein Lächeln auf, ehe sie sich wieder umdrehte. »Schau mal, Kim, dort hinten an der Kreuzung steht ein Eiswagen. Hier hast du etwas Geld – lauf rasch rüber und hol für Josh und uns beide einen Becher, ja?«

Als Kim verschwunden war, wandte sie sich schließlich Josh zu. »Ich …« Sie schüttelte den Kopf. »Es tut mir leid; ich war schrecklich zu dir, als wir uns das letzte Mal gesehen haben. Ich hätte dir vertrauen müssen, aber …«

Lächelnd strich er ihr eine Strähne zurück hinters Ohr, die sich aus ihrem Zopf gelöst hatte. Diese winzige, eigentlich vollkommen harmlose Geste ließ Shellys Herz Purzelbäume schlagen.

»Es ist okay, Shelly… Ich gebe zu, dass ich zuerst ziemlich wütend auf dich war. Aber nach und nach wurde mir klar, dass ich dich nicht verlieren will. Und damit es keine weiteren Missverständnisse zwischen uns gibt, möchte ich Folgendes klarstellen: Ja, ich bin nach wie vor an der Farm deines Großvaters interessiert, Shelly – aber nicht um jeden Preis. Ich billige die Methoden meiner Mutter keineswegs.« Zögernd ergriff er ihre Hand. »Was meinst du – haben wir eine Chance, noch einmal von vorn anzufangen? Das, was in jener Nacht zwischen uns passiert ist, geht mir nicht mehr aus dem Kopf, und ich…«

Er kam nicht dazu, den Satz zu Ende zu bringen, denn in diesem Moment kehrte Kim mit drei riesigen Eisbechern zurück. Gemeinsam gingen sie zurück zum Oktagon und setzten sich auf eine Parkbank.

»Wenn wir schon mal hier sind – könnten wir uns dann nicht auch gleich die Stadt ansehen?«, fragte Kim. »Du kennst dich doch bestimmt hier aus und kannst uns alles zeigen, nicht wahr, Josh?«

Eigentlich hatte Shelly vorgehabt, gleich nach der Anhörung nach Aorakau Valley zurückzukehren. Doch die Aussicht auf eine Stadtführung durch Dunedin unter der Leitung von Josh war einfach zu verlockend.

»Gute Idee«, pflichtete sie ihrer Tochter bei. »Hast du nicht selbst gesagt, dass es langsam an der Zeit ist, unser neues Zuhause ein bisschen besser kennenzulernen, Josh?«

Lachend ergab er sich in sein Schicksal. »Also schön, wenn ihr darauf besteht… Gegen so viel geballte Frauenpower komme ich einfach nicht an!«

Zwei Tage später war Josh am frühen Nachmittag gerade mit den Hunden draußen auf der Weide von Emerald Downs, als sein Handy klingelte.

Es war Shelly.

»Ich bin auf der Farm von Don Wolvesley«, erklärte sie. Am Klang ihrer Stimme erkannte er gleich, wie erschöpft sie war. »Es hat wieder ein Feuer gegeben. Zum Glück ist es Wolvesley und seinen Männern gelungen, den Brand zu löschen, ehe er weiter um sich greifen konnte. Aber einige seiner Tiere wurden verletzt und mussten versorgt werden. Und da Doc Halligan nicht erreichbar war …«

»Haben sie sich an dich gewandt«, vollendete Josh den Satz für sie. Er kannte Wolvesley, dessen Farm auf der anderen Seite des Tals lag, ziemlich gut, da er mit dessen Sohn Ted schon seit der Schulzeit befreundet war. »Kann ich dir irgendwie helfen?«

»Wenn du mich vielleicht hier abholen könntest … Emily war mit den Kindern in der Stadt, als der Anruf kam, sodass ich keinen Wagen hatte. Tom Carter hat mich gefahren, und er würde mich bestimmt auch wieder zurückbringen, aber die Männer haben eigentlich alle Hände voll damit zu tun, hier alles auf Vordermann zu bringen. Ich möchte ihn nur ungern darum bitten.«

»Ich mache mich sofort auf den Weg«, erklärte Josh. »Gib mir zehn Minuten, okay?«

Er schaffte es in sieben.

Wie es schien, war die Sache für Don Wolvesley wirklich glimpflich ausgegangen. Nur ein kleiner, etwas abseits gelegener Stall war ein Raub der Flammen geworden. Nichtsdestotrotz machte dieser Beweis sinnloser Zerstörungswut Josh wütend. Er zweifelte keine Sekunde daran, dass auch in diesem Fall der Brandstifter am Werk gewesen war, der die Bewohner von Aorakau Valley schon seit Monaten in Angst und Schrecken versetzte.

»Alles in Ordnung?«, fragte er Shelly, als sie eingestiegen war.

Sie nickte. »Es geht schon. Die meisten der verletzten Schafe habe ich retten können, aber bei einigen waren die Verbrennungen einfach zu schlimm, und ich …« Sie barg das Gesicht in den Händen und schluchzte laut auf. »Tut mir leid«, stieß sie heiser hervor. »Ich bin sonst nicht so weinerlich, aber …«

Tröstend legte Josh seinen Arm um sie. Er hatte schon mehrfach erlebt, wie hingebungsvoll Shelly mit den Tieren auf ihrer eigenen Farm umging. Sie war einfach zur Tierärztin geboren, und das Leid ihrer Patienten ging ihr verständlicherweise nahe. »Schhhh …«, machte er leise. »Du hattest einen harten Tag. Niemand kann es dir verübeln, dass dir die Sache mit den Tieren an die Nieren geht.«

Sie blickte auf. »Wolvesley meint, dass dieser Brandstifter dahintersteckt.« Sie schüttelte den Kopf. »Ich verstehe einfach nicht, wie jemand so etwas tun kann, Josh! Dieser Verbrecher nimmt scheinbar, ohne mit der Wimper zu zucken, in Kauf, dass Menschen und Tiere zu Schaden kommen. Dieser Mangel an Achtung vor dem Leben macht mich einfach schrecklich zornig!«

Josh zog sie in seine Arme und hielt sie fest. Er verstand sehr gut, was in ihr vorging, denn er empfand dasselbe. Überhaupt stellte er immer wieder fest, wie oft sie einer Meinung waren. Sie ergänzten sich einfach hervorragend, viel besser, als es bei Helen und ihm der Fall gewesen war. Mit ihr hatte er im Grunde nur im Bett gut harmoniert – bei Shelly war das anders. Mit ihr zu schlafen war wie ein Erwachen für ihn gewesen. Noch nie hatte er etwas Ähnliches für eine Frau empfunden, und diese Erkenntnis stellte alles infrage, was er bisher als gegeben angenommen hatte.

Denn es ging hier um mehr als Sex. Sehr viel mehr. Immer, wenn er mit ihr zusammen war, verspürte er den unbändigen Drang, sie zu beschützen. Sein anfängliches Vorhaben, Shelly dazu zu bewegen, ihm die Farm ihres Großvaters zu verkaufen, war schon längst nicht mehr der ausschlaggebende Grund, ihre Nähe zu suchen. Er liebte es, wie sie lachte. Wie sie den Kopf in den Nacken legte, wie ihre Augen zu glänzen anfingen und diese süßen Grübchen auf ihren Wangen erschienen. Zu sehen, wie liebevoll sie mit Will und Kim umging, ließ sein Herz höher schlagen. Auch wenn die Beziehung zwischen den Dreien nicht immer unkompliziert war – Shelly würde im Zweifelsfall wie eine Löwin für ihre Kinder kämpfen. Sie war so anders als seine Mutter, für die der Fortbestand von Emerald Downs stets an erster Stelle gestanden hatte und der jedes Mittel recht war, um dieses Ziel zu erreichen.

Auch Shelly war, wie Geraldine, eine Kämpfernatur, die niemals aufgab, ganz gleich, wie schwierig die Situation auch sein mochte. Doch sie war eine Kämpferin mit Herz, die über allem, was sie tat, die Menschen nicht vergaß.

Und für all das, und noch viel mehr, liebte er sie.

Liebe? Er wunderte sich über sich selbst. Hatte er den Glauben daran nicht längst verloren?

Shellys Handy meldete sich, und sie machte sich von ihm los. Dann holte sie das Telefon hervor und warf einen Blick aufs Display. »Entschuldige, ich muss da kurz ran«, sagte sie. »Es ist Emily.«

Das Gespräch dauerte kaum mehr als zwei Minuten, doch Josh konnte förmlich mit ansehen, wie Shelly immer blasser wurde. Eine tiefe Sorgenfalte hatte sich auf ihrer Stirn gebildet, als sie die Verbindung schließlich beendete.

»Was ist passiert?«, fragte er alarmiert. »Du siehst aus, als hättest du ein Gespenst gesehen!«

»Emily sagt, die Polizei hat sie schon erwartet, als sie aus der Stadt zurückkehrten.«

»Etwa wieder wegen Kim?« Er ballte die Hände zu Fäusten. »Verdammt, was glaubt Chief Hawthorne eigentlich, wer er ist? Deine Tochter wurde vom Jugendrichter in Dunedin zu Sozialstunden verurteilt – sie hat ihre Strafe bekommen, er kann doch nicht …«

Er verstummte, als Shelly den Kopf schüttelte. »Nein, sie waren nicht wegen Kim da, sondern wegen Will.« Der Schock stand ihr noch immer ins Gesicht geschrieben. »Angeblich sind in den Ruinen der Cameron-Scheune Indizien gefunden worden, die auf die Identität des Brandstifters hindeuten.«

»Tatsächlich?« Plötzlich fühlte Josh sich wie elektrisiert. Dann aber runzelte er die Stirn. »Moment mal, aber was hat das mit Will zu tun?«

»Sie behaupten, dass er es war«, stieß Shelly schluchzend hervor. »Will soll das Feuer gelegt haben!«

»Was sagst du da?« Josh blinzelte irritiert. »Wie kommen die denn auf so einen Unfug. Will ist doch noch ein Kind, und außerdem hat es schon Brände gegeben, lange bevor ihr ins Tal gekommen seid!« Er schüttelte den Kopf. »Was hat Emily noch gesagt, rede schon!«

»Sie meint, dass Will nach dem Gespräch mit der Polizei vollkommen verstört war. Er hat sich sein Fahrrad geschnappt und ist einfach abgehauen. Und jetzt weiß niemand, wo er ist!« Aufschluchzend barg sie das Gesicht in den Händen. »Hört das denn niemals auf?«

Es tat Josh in der Seele weh, sie so leiden zu sehen. Doch im Moment konnte er nur eines tun, um ihr zu helfen.

Er ließ den Wagen an und gab Gas.

9

Emerald Downs, Aorakau Valley –
24. September 1954

Als sie die aufgebrachten Stimmen unten auf dem Hof hörte, zuckte May erschrocken zusammen. Das war doch …

»Ben!«, stieß sie heiser hervor, stürzte zum Fenster und riss es auf. Sofort drangen die Stimmen lauter an ihr Ohr – und es handelte sich unzweifelhaft um Ben und ihren Onkel Ingram. Sie hob die Hand zum Mund und nagte an ihren Fingerknöcheln. Was ging da unten bloß vor?

»Lassen Sie mich durch, verdammt!«, hörte sie Ben fordern. »Hören Sie, Sir, es ist mir gleich, wie lange ich warten muss, aber ich versichere Ihnen, dass Sie mich nicht von hier wegbekommen werden, ehe Sie mir May nicht herausgegeben haben!«

Gütiger Gott! May hatte das Gefühl, innerlich zu Eis zu erstarren. Was dachte sich Ben bloß dabei, ihren Onkel auf sie anzusprechen? Damit war ihr Geheimnis aufgedeckt! Nie wieder würde sie sich auf ihren nächtlichen Spaziergängen mit ihm treffen können! Onkel Ingram würde dafür sorgen, dass sie ohne Bewacher keinen Schritt mehr aus dem Haus tat!

O nein, Ben! Warum tust du das?

Schwer stützte sie sich aufs Fensterbrett. Ihre Knie waren vor Schreck ganz weich geworden, und in ihrem Kopf drehte sich alles.

»Sie sollten jetzt besser ganz schnell verschwinden, Makepeace«, knurrte Ingram. Seine Stimme klang so eisig, dass May unwillkürlich erschauerte. Sie wusste nicht, was passieren würde, aber ihr schwante nichts Gutes.

Ihre Gedanken wirbelten wild durcheinander. Was sollte sie jetzt tun? Sie lief zur Tür und rüttelte daran, doch sie war wie immer fest verschlossen. Ein Schluchzen schnürte ihr die Kehle zu, sie hatte das Gefühl, nicht mehr atmen zu können.

Und dann hörte sie auf einmal Callums Stimme, und sie lief zurück zum Fenster. Sie beugte sich so weit hinaus, wie sie es wagte, ohne fürchten zu müssen, hinunterzustürzen. Vor Schreck atmete sie scharf ein, als sie ihren Cousin erblickte, der Ben am Kragen gepackt hielt und wutentbrannt anfunkelte. »Was soll der Scheiß, Makepeace? Du hast hier nichts zu suchen, verstanden? May geht dich verdammt noch mal nichts an, also lass deine dreckigen Finger von ihr!«

Mit einem empörten Schnauben riss Ben sich los. »Du wagst es, dich noch als Mays Beschützer aufzuspielen? Nach allem, was passiert ist?« Er spuckte vor seinem Freund in den Staub. »Ich verachte dich, Callum Wood! Ich verachte dich und deine ganze feine Sippschaft. Ihr behandelt May wie eine Gefangene, nur weil Maoriblut in ihren Adern fließt!« Er wandte sich an Ingram. »Wie können Sie das tun, Sir? Dieses Mädchen ist die Tochter Ihres jüngeren Bruders! Haben Sie denn gar kein Herz im Leib?«

»Sei verdammt noch mal still!« Wieder wollte Callum auf ihn losgehen, doch sein Vater hielt ihn mit einer harschen Geste zurück. »Mach dir die Finger nicht an so einem schmutzig«, knurrte der alte Mann. »Und was Sie betrifft, Makepeace: Verschwinden Sie von meinem Land, sonst wird es Ihnen noch leidtun!«

Doch Ben zeigte sich unbeeindruckt. »Ich werde nicht gehen«, entgegnete er entschieden. »Nicht ohne May!«

»Also gut, dann lassen Sie mir keine andere Wahl.« Ingram Wood drehte sich zu seinem Sohn um. »Geh hinein und sag deiner Tante, sie soll die Polizei anrufen.«

May hielt den Atem an. Ihre Hände umklammerten den Fensterrahmen so fest, dass ihre Fingerknöchel weiß hervortraten. Kalter Schweiß stand ihr auf der Stirn.

Geh, Ben!, flehte sie stumm. Geh, ehe du meinetwegen noch Schwierigkeiten bekommst!

Doch Ben dachte offenbar gar nicht daran, kampflos aufzugeben. »Gute Idee«, erwiderte er und begegnete dem stechenden Blick ihres Onkels ungerührt. »Na los, rufen Sie doch die Polizei! Der Chief wird sich sicher sehr dafür interessieren, dass Sie eine junge Frau gegen ihren ausdrücklichen Willen in Ihrem Haus festhalten!«

May atmete scharf ein. Trotz ihrer Verzweiflung stieg ein Gefühl von Stolz in ihr auf. Sie kannte niemanden, der sich gegen Ingram Wood jemals auf diese Weise zur Wehr gesetzt hatte. Entweder war ihr Liebster also ganz besonders mutig – oder er wusste einfach nicht, mit wem er sich da anlegte.

Das Herz klopfte ihr bis zum Hals. Fieberhaft wartete sie auf Ingrams Reaktion. Für einen kurzen Augenblick keimte sogar ein Fünkchen Hoffnung in ihr auf, das von den nächsten Worten ihres Onkels jedoch wieder zerstört wurde: »Wenn ich es mir recht überlege, ist es gar nicht notwendig, die Polizei wegen einer solchen Lappalie zu bemühen«, zischte er. »Callum, hol die Hunde!«

»Nein …« May spürte, wie ihr sämtliches Blut aus dem Gesicht wich. Sie kannte die Hunde ihres Onkels – arme, schreckliche Bestien, die vom Vorarbeiter von Emerald Downs mit Schlägen und Tritten darauf gedrillt worden waren, zu jagen, zu verletzen und zu töten.

Mit einem Mal hatte sie panische Angst um Ben. »Geh!«, schrie sie verzweifelt. »Lauf weg, bring dich in Sicherheit!«

Unwillkürlich richteten sich alle Blicke auf sie.

»May!« Erneut machte Ben Anstalten, sich an Ingram vorbeizudrängen.

May stöhnte auf. Heiße Tränen strömten ihr übers Gesicht. Sie konnte nur daran denken, wie sehr sie Ben liebte, und dass sie auf keinen Fall wollte, dass ihm ein Leid geschah.

»Zurück ins Zimmer und das Fenster zu«, befahl Ingram und bedachte sie mit einem Blick, der ihr das Blut in den Adern gefrieren ließ.

Doch sie gehorchte nicht.

»Bitte, Ben, geh«, schluchzte sie. »Tu es für mich …«

In dem Moment wurden die Hunde vom Vorarbeiter aus der Scheune geführt. Laut kläffend und zähnefletschend zerrten die Tiere an ihrer Leine. Verunsichert schaute Ben zwischen ihnen und May hin und her.

Mays Lippen formten ein letztes, lautloses: »Geh …«, und schließlich schien Ben sie endlich zu erhören. Noch einmal blickte er zu ihr hoch, dann drehte er sich um und lief zurück zu seinem Wagen.

Als er mit quietschenden Reifen losfuhr, schloss May das Fenster und sank auf die Knie.

Dumpf hörte sie das triumphierende Geheul ihres Onkels. »Lass dich bloß nie wieder hier blicken«, brüllte er dem davonpreschenden Ben nach. »Das Mädchen wirst du niemals bekommen! Niemand wird je erfahren, dass es sie gibt!«

Weinen und schluchzend, die Arme fest um den Körper geschlungen, wiegte May sich vor und zurück.

Sie wusste, sie würde Ben niemals wiedersehen, dafür würde ihr Onkel sorgen.

Der Gedanke daran zerriss ihr das Herz.

Emerald Downs, Aorakau Valley, zwei Stunden später

Unruhig rutschte Ben auf dem Beifahrersitz des Streifenwagens hin und her. Er war, nachdem Callum und sein Vater ihn vom Hof gejagt hatten, gleich zur Polizeiwache in die Stadt gefahren. Greg Simmons, nur zwei Jahre älter als er und heute zum ersten Mal allein im Dienst, war alles andere als begeistert gewesen, als er Bens Geschichte hörte. Allerdings weniger deshalb, weil die Tatsache, unter welchen Umständen May auf Emerald Downs gefangen gehalten wurde, ihn entsetzte – nein: Vielmehr war ihm deutlich anzumerken, dass er eine Konfrontation mit Ingram Wood scheute.

Doch Ben hatte sich nicht abwimmeln lassen. Er machte sich schreckliche Sorgen um May. Ingram Wood war zu allem fähig, daran hegte er keinen Zweifel. Dieser Mann hatte ganz offenbar vor lauter Hass und Bitterkeit vollkommen den Verstand verloren. Und Callum unterstützte diesen Wahnsinn auch noch!

»Bitte, kannst du nicht etwas schneller fahren?«, drängte Ben. »Wer weiß, was der alte Wood mit May anstellt, jetzt wo sein Geheimnis ans Licht gekommen ist!«

Simmons bedachte ihn mit einem frostigen Blick. »Ich fahre schon, so schnell ich kann. Außerdem kannst du froh sein, dass ich dieser Sache überhaupt nachgehe. Deine Geschichte klingt für mich nämlich immer noch ziemlich an den Haaren herbeigezogen.« Er stieß ein herablassendes Schnauben aus. »Ein Mädchen, das seit Jahren im Haus der Woods wohnt und das niemand je gesehen hat? Lächerlich! Und noch dazu eine Halbmaori? Jeder weiß, dass der alte Ingram in der Hinsicht ziemlich hinterm Mond lebt. Er akzeptiert ja nicht einmal Saisonarbeiter mit Maori-Abstammung auf Emerald Downs!«

Mühsam schluckte Ben die bissige Entgegnung hinunter, die ihm auf der Zunge lag. Irgendwie konnte er Greg sogar verstehen. Er selbst war ja auch fünfzehn Jahre mit Callum befreundet gewesen, ohne ihm und seiner Familie auf die Schliche zu kommen. Wie hätte er reagiert, wenn jemand versucht hätte, ihm eine solche Geschichte aufzutischen? Wahrscheinlich ganz ähnlich wie Greg …

Als sie Emerald Downs endlich erreichten, zeugte nichts mehr von der Szene, die sich erst knapp zwei Stunden zuvor abgespielt hatte. Die Vorhänge von Mays Kammer unter dem Dach waren zugezogen, die Hunde waren wieder in ihrem Zwinger im Stall verschwunden, und niemand hielt sich draußen auf. Es herrschte eine fast schon erdrückende Stille.

»Sieht nicht so aus, als würde hier jemand gefangen gehalten«, kommentierte Greg Simmons überflüssigerweise.

Um zu verhindern, dass er es sich im letzten Moment noch anders überlegte und unverrichteter Dinge wieder davonfuhr, öffnete Ben die Beifahrertür und stieg aus.

»Komm mit«, sagte er. »Du wirst schon sehen, dass ich mir das alles nicht bloß eingebildet habe.«

Mit einem Seufzen kletterte nun auch der Constable aus dem Wagen. Mit deutlichem Widerwillen folgte er Ben die Veranda hinauf zur Haustür. Der hatte bereits geklopft.

»Machen Sie auf, Mr Wood«, forderte er lautstark. »Und dieses Mal behalten Sie Ihre Hunde lieber im Zwinger, denn ich bin mit der Polizei zurückgekommen!«

»Sei still, Makepeace«, zischte Simmons. »Wenn du dich nicht im Griff hast, kannst du gleich im Wagen warten!«

Ben nickte stumm.

Es dauerte nicht lange, bis geöffnet wurde und Callums Gesicht im Türspalt erschien. Er musterte Ben und den Constable abschätzend. »Ja, was kann ich für die Herren tun?«

»Wir würden gern mit deinem Vater sprechen«, erklärte Simmons. »Würdest du uns bitte zu ihm führen?«

Callum nickte. Wenn er nervös war, ließ er es sich nicht anmerken. Ben war immer noch entsetzt über seinen alten Freund. Wie konnte er sich nur derart schäbig verhalten?

Callum führte sie durch eine kleine Eingangshalle zu einem Zimmer, das im rückwärtigen Teil des Gebäudes lag. Ben, der Callums Elternhaus noch nie betreten hatte, schaute sich aufmerksam um. Hier war es vor allem sehr düster. Dunkle, schwere Eichenmöbel dominierten die Halle, schwere Vorhänge vor den Fenstern sperrten das Sonnenlicht aus. Unwillkürlich fragte Ben sich, wie Callum es in einer solchen Umgebung und mit einem solchen Vater all die Jahre ausgehalten hatte. Doch dann dachte er daran, dass sein angeblich bester Freund ihn die ganze Zeit über belogen und sich von seinem Vater zum Gefängniswärter für May hatte machen lassen, und er verwarf den Gedanken wieder. Callum hatte jede Minute verdient, die er in diesem finsteren Loch zubringen musste.

Ingram Wood erwartete sie in seinem Arbeitszimmer, einem großen Raum, der sicherlich hell und freundlich gewesen wäre, hätten nicht auch hier Vorhänge die hohen Fenster verdunkelt. Der alte Mann hockte wie eine Krähe hinter seinem wuchtigen Schreibtisch. Sein von Grau durchwirktes Haar hatte er streng zurückgekämmt, und wie immer trug er einen schlichten schwarzen Anzug. Seine gewittergrauen Augen blitzten bösartig, als er aufschaute und ihre Blicke sich begegneten.

»Was verschafft mir das Vergnügen Ihres Besuchs, Constable Simmons?« Er erhob sich und trat auf Ben und seinen Begleiter zu. Callum hatte sich inzwischen mit einer gemurmelten Entschuldigung zurückgezogen. »Sagen Sie nicht, Sie haben den langen Weg aus der Stadt nur aufgrund der Hirngespinste dieses jungen Herrn hier auf sich genommen.«

Sofort spürte Ben, wie unbändige Wut in ihm hochkochte. »Hirngespinste?« Er wollte den alten Mann am Kragen packen, doch Simmons hielt ihn zurück.

»Schluss jetzt!«, herrschte er ihn an. »Das ist meine letzte Warnung, Makepeace! Reiß dich zusammen, oder du wartest draußen vor der Tür!«

Nur mit Mühe gelang es Ben, sich zu beruhigen. Und Ingram Woods herablassendes Lächeln machte es ihm nicht leichter. »Ich will zu May«, stieß er heiser hervor. »Wo ist sie?«

»Das habe ich Ihnen doch bereits erklärt, Mr Makepeace«, erwiderte der alte Mann überfreundlich. Dann wandte er sich an Simmons. »Sie müssen wissen, wir hatten für ein paar Tage einen Gast hier auf Emerald Downs. May, eine Nichte meiner Frau aus Oban auf Stewart Island. Sie war auf dem Weg nach Christchurch, um dort zu heiraten. Inzwischen ist sie aber weitergereist.«

»Wenn das wahr ist und du mich wirklich umsonst hierher …« Simmons bedachte Ben mit einem seltsamen Blick und ließ den Rest des Satzes unausgesprochen in der Luft hängen.

Ben schüttelte heftig den Kopf. »Glaub ihm kein Wort«, polterte er. »Der Mann lügt, wenn er den Mund aufmacht!«

»Ich muss doch sehr bitten, Mr Makepeace«, protestierte Callums Vater empört.

»Zeigen Sie uns das Zimmer!«, forderte Ben. Aufgeregt wandte er sich an den Constable. »Sie wird in einer winzigen Kammer unter dem Dach gefangen gehalten, Greg! Wenn Wood nichts zu verbergen hat, soll er uns das Zimmer zeigen!«

Simmons seufzte, zuckte dann aber mit den Schultern. »Gibt es in Ihrem Haus einen solchen Raum, Sir?«

Ingram Wood nickte gleichmütig. »Natürlich.«

»Und wären Sie wohl bereit, uns dorthin zu führen?«

»Haben Sie die richterliche Erlaubnis, mein Haus zu durchsuchen?«

»Natürlich nicht«, gab Simmons zu. »Ich kann Sie lediglich bitten, aus freien Stücken einzuwilligen, um diese unschöne Angelegenheit ein für alle Mal aus der Welt zu schaffen.«

Angespannt rang Ben die Hände. Er rechnete fest damit, dass Callums Vater ablehnen würde. Und dann musste Greg doch sehen, dass der Alte etwas zu verbergen hatte!

Doch als Wood stattdessen mit den Schultern zuckte, ahnte Ben, dass etwas faul war. »Warum nicht«, sagte der Alte. »Kommen Sie, ich führe Sie nach oben. Danach muss ich Sie allerdings bitten, mich nicht länger zu behelligen. Ich bin ein viel beschäftigter Mann und kann es mir nicht erlauben, mir meine Zeit stehlen zu lassen.«

»Selbstverständlich », beeilte sich Simmons zu versichern. Es war offensichtlich, dass er sich alles andere als wohl in seiner Haut fühlte.

Sie verließen das Arbeitszimmer und gelangten über eine breite Treppe ins erste Obergeschoss. Eine zweite, wesentlich schmalere Holzstiege führte direkt unters Dach. Hier oben gab es nur eine Tür, am Ende eines kurzen Korridors.

Bens Herz hämmerte wie wild. Dies *musste* einfach die Kammer sein, in der May gefangen gehalten wurde. Es *musste*! Doch das selbstzufriedene Lächeln, das Callums Vater zur Schau trug, verhieß nichts Gutes.

Was, zum Teufel, geht hier vor?

Die Tür zur Kammer war unverschlossen. Ingram Wood ließ die Besucher wortlos ein.

Nun stand Ben zum ersten Mal in Mays Zimmer. Ihr zarter Duft hing in der Luft, und er glaubte, sie noch immer spüren zu können – doch sie selbst war fort.

»Wo ist sie?« Wütend starrte er Callums Vater an. »Was haben Sie mit ihr gemacht?«

Hektisch blickte er sich in der Kammer um. An den Wänden hingen Bilder von amerikanischen Filmsternchen, ausgeschnitten aus Illustrierten. Bücher lagen auf dem Nachttisch neben dem einfachen Bett, eines davon aufgeschlagen, so als wäre gerade eben noch darin gelesen worden. Über einer Stuhllehne hing ein dünnes, dunkelblaues Strickjäckchen. Alles wirkte so, als wäre May noch vor wenigen Minuten hier gewesen.

Ben lief zum Schrank und riss die beiden Flügeltüren auf. Der Luftzug ließ die Kleiderbügel, die an der Garderobenstange hing, klappern – davon abgesehen war das Möbelstück leer.

Was bedeutete das? Hatten sie geahnt, dass Ben mit der Polizei zurückkommen würde, und May daher bereits weggeschafft?

Aber wo war sie? Irgendwo hier im Haus musste sie doch sein!

»Ich will die anderen Zimmer sehen«, forderte er. »Wenn es sein muss, stelle ich das ganze Haus auf den Kopf – aber ich gehe ohne May nicht von hier weg!«

»Jetzt reicht es aber, Makepeace!«, herrschte Simmons ihn an.

»Aber sie ist hier irgendwo, Greg!« Verzweifelt schüttelte Ben den Kopf. »Ich bin ganz sicher, dass sie hier irgendwo ist. May!« Er lief in den Korridor. »May, wo bist du? Antworte, wenn du mich hören kannst!«

Doch es war nichts zu vernehmen. Resignierend hielt Ben

inne. Entweder konnte May ihn dort, wo sie festgehalten wurde, nicht hören, oder man hatte einen anderen Weg gefunden, sie zum Schweigen zu bringen.

»May!«

Schwere Schritte erklangen auf der Treppe; kurz darauf erschien Callum am Ende des Flurs. »Was zum Teufel ist denn hier los? Was soll der Radau, Makepeace?«

»Callum!« Flehentlich wandte Ben sich an seinen Freund. »Wo ist May? Bitte, sag endlich die Wahrheit!«

Kurz schien Callum zu zögern und mit sich selbst zu ringen, und Ben schöpfte schon neue Hoffnung. Doch dann trat sein Vater in Begleitung von Greg Simmons hinaus in den Korridor, und seine Miene veränderte sich schlagartig.

»Gut, dass du kommst, mein Sohn. Würdest du dem Constable bitte bestätigen, dass die Nichte deiner Mutter inzwischen weitergereist ist? Ich fürchte, der junge Makepeace hier leidet unter Wahnvorstellungen …«

»Cal, bitte, ich flehe dich an!« Ben klopfte das Herz bis zum Hals. »Wir sind doch beste Freunde, fast wie Brüder! Sag endlich die Wahrheit und mach, dass dieser Albtraum ein Ende findet!«

Er sah in Callums Augen, dass er mit sich kämpfte – und das entging auch seinem Vater nicht.

»Mein Sohn …!«

Callum schluckte, dann nickte er. »Natürlich, es ist so, wie Vater sagt. May ist meine Cousine mütterlicherseits. Sie war auf der Durchreise und ein paar Tage zu Gast bei uns. Inzwischen ist sie aber weitergereist.«

In diesem Moment zerbrach etwas in Ben. »Nein«, stieß er tonlos hervor. »Das könnt ihr nicht machen … May! MAY!«

»Nun ist es aber wirklich gut, Makepeace«, murmelte Simmons, packte Ben am Arm und zerrte ihn zum Treppenabsatz. »Noch einmal verbindlichsten Dank, dass Sie so kooperativ waren, Mr Wood. So hätte sicherlich nicht jeder in Ihrer Situation reagiert.«

»Aber das war doch selbstverständlich, Constable.« Ingram Wood lächelte, doch das Lächeln erreichte seine Augen nicht – die blieben kalt und unnachgiebig wie Gletschereis. »Aber jetzt muss ich Sie wirklich bitten …«

Ben fühlte sich wie betäubt, als er hinter Simmons aus dem Haus taumelte. Er hatte auf einen Schlag alles verloren, was ihm je etwas bedeutet hatte: die Freundschaft zu Cal – und May. Er hatte May verloren! Wie sollte er mit dieser Last nur weiterleben?

Doch dann regte sich sein Kampfgeist. Nein, so leicht würde er nicht aufgeben! Ingram Wood hatte vielleicht eine Schlacht gewonnen, nicht aber den Krieg. Energisch riss er sich von Greg Simmons los, als dieser ihn in den Streifenwagen bugsieren wollte, und lief zum Haus zurück.

»May«, rief er, so laut er konnte. »Hab keine Angst, ich komme wieder und hole dich da raus. Ich schwöre, ich werde dir helfen!«

»Verdammt, Makepeace, wenn du nicht auf der Stelle einsteigst, werde ich das als Widerstand gegen die Staatsgewalt ansehen – und dann kannst du die kommende Nacht auf Kosten der Allgemeinheit in einer schönen, behaglichen Gefängniszelle verbringen. Haben wir uns verstanden?«

Ohne ein weiteres Wort kehrte Ben zum Wagen zurück und stieg auf der Beifahrerseite ein. Er würde seinen Schwur erfüllen – und nichts und niemand würde ihn davon abhalten können!

10

Will stand auf der Kuppe eines Hügels und blickte sich suchend nach irgendeinem Anzeichen von Zivilisation um. Doch alles, was er sehen konnte, waren endlose grüne Wiesen und Wälder. Sie erstreckten sich bis zu den Bergen hin, die schroff und majestätisch zugleich in den Himmel ragten.

Weit und breit keine Spur von einem Haus, einer Straße oder auch nur einem Lagerschuppen. Es war, als befände er sich auf einem fremden Planeten, Lichtjahre entfernt von seiner Familie. Dabei konnte die Farm, die seine Mutter von ihrem Großvater geerbt hatte, nicht allzu weit entfernt sein – oder?

Will wusste nicht mehr genau, wie lange er mit seinem Fahrrad unterwegs gewesen war, als plötzlich der Vorderreifen geplatzt war und ihm nichts anderes übrig geblieben war, als seine wilde Flucht zu unterbrechen. Die ganze Zeit hatte er immer wieder daran denken müssen, was der Polizeichef behauptet hatte: Angeblich war sein alter Büchereiausweis aus der Highschool in Kalifornien halb verschmort zwischen den Überresten der Cameron-Scheune gefunden worden. Und nun glaubte man, er habe das Feuer gelegt!

Will seufzte. Er konnte sich nicht erinnern, den Ausweis seit ihrer Ankunft in Neuseeland gesehen zu haben. Wozu auch? Vermutlich hatte er ihn mit dem anderen unnützen Kram, den er nicht mehr brauchte, weggeschmissen. Doch seinen Hinweis, dass praktisch jeder ihn aus dem Müll gefischt und absichtlich in der Brandruine deponiert haben könnte, hatte Chief Hawthorne nicht gelten lassen. Stattdessen war er wieder auf den Abend des großen Barbecues zu sprechen gekommen. Er schien noch immer fest davon überzeugt zu sein, dass Will schon damals um ein Haar eine Katastrophe verursacht hätte. Dass er eigentlich nur bemüht gewesen war, das Feuer, das jemand anders entfacht hatte, zu *löschen*, glaubte er nicht.

Wütend und frustriert versetzte er seinem Bike, das er die letzten Meilen geschoben hatte, einen Schubs, sodass es scheppernd den Hang hinunterrutschte.

Verdammt!

Will bekam einfach nicht in den Kopf, wie ihn jemand allen Ernstes für einen Feuerteufel halten konnte. Ausgerechnet ihn! So lange er zurückdenken konnte, träumte er davon, Feuerwehrmann zu werden. Sein Bestimmung war es, Brände zu *löschen* – nicht, sie zu legen! Aber wer würde ihm das noch glauben, wenn schon Chief Hawthorne ihn für schuldig hielt?

Er wusste einfach nicht mehr weiter. Was sollte er denn jetzt tun? Nach Hause konnte er nicht. Sie würden wiederkommen und ihn ins Gefängnis stecken! So wie seinen Dad! Natürlich würde seine Mom niemals glauben, dass er mit den Feuern etwas zu tun hatte. Aber er wollte auch nicht, dass sie seinetwegen noch mehr Schwierigkeiten bekam. Sie hatte auch so schon genug um die Ohren.

Nein, sagte Will zu sich selbst. Ab jetzt muss ich mich allein durchschlagen. Und das schaffe ich, schließlich bin ich kein kleines Kind mehr!

Doch im Grunde wusste er selbst, dass er nur versuchte, sich Mut zu machen. In Wahrheit hatte er Angst. Große Angst.

Als er spürte, wie die Tränen über seine Wangen liefen, wischte er sie hastig fort. Jungs weinen nicht, hatte sein Dad ihn immer ermahnt.

Er kletterte den Hügel hinunter, wo sein Fahrrad lag.

von Aorakau Valley, hatte das Rentenalter längst erreicht und machte nur deshalb weiter, weil sich bisher kein Nachfolger für seine Praxis gefunden hatte. Was, wenn Shelly wieder als Tierärztin arbeitete und die Belange der Farm in Joshs vertrauenswürdige Hände übergab?

Fest stand, dass Hal und Lenny McMahon sicher nicht begeistert auf diesen Vorschlag reagieren würden. Besonders der junge McMahon begegnete Josh immer wieder mit offener Feindseligkeit, während Hal ihm einfach nur aus dem Weg zu gehen schien. Nun, die beiden würden sich schon damit abfinden – zumindest hoffte sie das sehr.

Aber konnte sie das wirklich, wieder als Tierärztin arbeiten? Als sie Kalifornien verlassen hatte, hatte sie sich geschworen, alles hinter sich zu lassen, was sie an ihre Vergangenheit erinnerte. Und dazu gehörte nun mal auch ihr Beruf.

Inzwischen aber war sie mehr und mehr davon überzeugt, damit einen Fehler begangen zu haben. Sie liebte ihre Arbeit, und wer sagte, dass man alles aufgeben musste, nur um mit der Vergangenheit abzuschließen?

Ein Entschluss reifte in ihr heran, und jetzt, wo sie wusste, was sie tun würde, fühlte sie, wie bleierne Müdigkeit von ihr Besitz ergriff. Sie schaffte es gerade noch bis nach oben zu Josh, der leise murmelnd einen Arm um sie legte.

Dann fielen ihr einfach die Augen zu.

California State Prison, Vereinigte Staaten von Amerika

Die Sonne flirrte über dem hässlichen grauen Betonbau, der von hohen, mit Stacheldraht gekrönten Mauern umgeben war. Ein Summen erklang, dann schwangen die ockerfarben gestrichenen Torflügel auf, und ein Mann trat ins Freie.

Mit einer Hand beschattete er seine Augen vor dem grellen

Licht. Die Aussicht war wenig verlockend. Eine zweispurige asphaltierte Straße, einige schäbige Häuser, die ihn an Baracken erinnerten, ansonsten nur staubige Einöde. Doch er war frei – und das war weit mehr, als sein Verteidiger ihm noch vor wenigen Tagen in Aussicht gestellt hatte.

Ohne sich noch einmal umzublicken, ging er los und ließ den tristen Gefängnisbau hinter sich zurück. Er wusste nicht, wer für seine Kaution aufgekommen war. Jeder Angeklagte, der über einen festen Wohnsitz verfügte, konnte sich mit der Zahlung einer vom Gericht festgesetzten Summe ein vorübergehendes Ticket in die Freiheit erkaufen. Dummerweise hatte er selbst das Geld hierfür beim besten Willen nicht aufbringen können. Er war schon drauf und dran gewesen, sich mit der Aussicht zu arrangieren, die Zeit bis zur Verhandlung seines Falles – und bis dahin konnte gut und gern ein Jahr vergehen – auf Staatskosten im Gefängnis zu verbringen.

Nun hatte sich das Blatt zu seinen Gunsten gewendet. Und seiner Frau, diesem Miststück, hatte er die unerwartete Freiheit ganz sicher nicht zu verdanken!

Als er hörte, wie ein Wagen langsam hinter ihm anrollte, blieb er nicht stehen. Auch nicht, als die getönte Seitenscheibe der schwarzen Limousine mit einem leisen Surren hinunterglitt und das Gesicht eine Frau dahinter zum Vorschein kam.

Einer äußerst attraktiven Frau, wie er gleich darauf feststellte.

»Mr Shelley-Makepeace?« Ihre Stimme klang samtigweich, aber sie hatte einen auffälligen Akzent, den er nicht gleich zuordnen konnte.

Adrian blieb nun doch stehen und verzog das Gesicht. »Nur Shelley bitte – der Name erinnert mich schon genug einsehen, dass es an der Zeit war, die alten Feindseligkeiten zu beenden – selbst wenn es im Moment weiß Gott nicht danach aussah.

Nun, vielleicht würde Shellys Idee einer friedlichen Koexistenz dazu beitragen, Geraldine zu überzeugen. Vermutlich würde sie anfangs nur zähneknirschend einwilligen, doch selbst ihr musste klar sein, dass sie auf anderem Wege wohl kaum das so dringend benötigte Nutzungsrecht für die Wasserstelle auf Shellys Land bekommen würde.

Bisher hatte Shelly weder mit Josh noch mit seiner Mutter darüber gesprochen. Es mochte albern sein, doch sie wollte sich zunächst den Segen von Hal und Lenny McMahon holen – und Hal war, wie so oft in letzter Zeit, mal wieder spurlos verschwunden. Lenny hingegen hatte sich, völlig entgegen Shellys Erwartung, erfreulich positiv geäußert. Überhaupt schien er seine feindselige Haltung Josh gegenüber abgelegt zu haben. Nun wartete Shelly nur noch darauf, dass Hal zurückkehrte; seine unangekündigten Ausflüge dauerten normalerweise nicht länger als achtundvierzig Stunden, doch inzwischen war er schon fünf Tage fort.

»Wenn du auf mich wartest, könnten wir nachher zusammen in die Stadt fahren, um die Einkäufe zu erledigen«, schlug Josh vor und riss sie damit aus ihren Gedanken.

»Das ist lieb gemeint, aber nicht nötig«, entgegnete Shelly. »Emily und ich schaffen das schon, und für dich ist in den letzten Tagen sicherlich einiges an Arbeit liegen geblieben. Ich will deiner Mutter keine zusätzliche Angriffsfläche bieten, indem ich dich von deinen Aufgaben auf Emerald Downs abhalte.«

Kurz nachdem Josh gegangen war, machten sich auch Will und seine Schwester auf den Schulweg. Zusammen mit Emily ging Shelly noch einmal in Ruhe die Einkaufsliste durch, wobei die ältere Frau immer wieder mit einem versonnenen Lächeln den Kopf schüttelte.

»Was ist so komisch?«, fragte Shelly, der das seltsame Verhalten ihrer mütterlichen Freundin nicht entging, und runzelte die Stirn.

»Ach, nichts weiter«, entgegnete Emily noch immer lächelnd. »Ich stelle nur gerade verwundert fest, dass die Dinge nun doch endlich einen guten Verlauf zu nehmen scheinen.«

»Wenn nur die Gerüchte wegen Will nicht wären ...«

»Das dumme Geschwätz gelangweilter Klatschtanten nehmen Sie doch wohl nicht ernst, oder? Jedem, der über ein bisschen gesunden Menschenverstand verfügt, müssen Joshs Argumente eingeleuchtet haben.« Emily schnaubte empört. »Ich begreife immer noch nicht, was Chief Hawthorne sich dabei gedacht hat, den Jungen überhaupt zu verdächtigen. Will kam doch mit Ihnen erst lange nach den ersten Feuern nach Neuseeland! Nein, nein, machen Sie sich da mal keine Sorgen, Shelly. Niemand kann ernsthaft glauben, dass Ihr Junge der Brandstifter ist. Aber nun zu etwas anderem.« Sie zwinkerte ihr zu. »Er macht Sie glücklich, nicht wahr?«

Shelly spürte, wie ihre Wangen heiß wurden. Sie musste gar nicht fragen, von wem Emily da sprach. Und außerdem war es vergebene Liebesmüh, ihr etwas vormachen zu wollen. »Ich hätte es nicht für möglich gehalten, aber ich glaube, das zwischen Josh und mir ...« Sie zuckte mit den Schultern, weil ihr die richtigen Worte nicht einfallen wollen. »Nun ja, es könnte funktionieren«, sagte sie schließlich.

Emily lachte leise. »Ja, das denke ich auch. Und auch wenn es mich vielleicht nichts angeht: Ich finde, Sie haben es verdient, Shelly. Nach allem, was Sie und Ihre Familie durchgemacht haben, war es an der Zeit, dass die Sonne auch für Sie endlich wieder scheint.«

Nur mühsam gelang es Shelly, die Tränen zurückzuhalten. Sie schluckte hart. »Danke«, sagte sie und umarmte Emily. »Ich wüsste nicht, wo die Kinder und ich heute ohne Ihre Hilfe wären …«

Auch Emily wirkte gerührt und fuhr sich mit dem Handrücken über die Augen. »Ach, Kindchen«, stieß sie halb lachend, halb weinend hervor. »Wir wollen doch nicht gleich sentimental werden. Lassen Sie uns in die Stadt aufbrechen, ehe wir mit unseren Tränen noch das ganze Tal überschwemmen!«

Knapp eine halbe Stunde später fuhren die beiden Frauen vor dem *Dairy* vor, wo sie die Einkäufe für die nächsten Wochen erledigen würden. Shelly betrat den Laden allein, da Emily noch kurz zur Bank wollte, um Kontoauszüge abzuholen. Gewohnt freundlich wurde Shelly von Ken Rawiri begrüßt. Der Ladenbesitzer war, wie sie inzwischen wusste, halb Maori und halb Samoaner.

»Ist die Überraschung für meine Tochter schon eingetroffen?«, fragte Shelly. Sie hatte für Kims fünfzehnten Geburtstag nächsten Monat eine riesige Packung *Ben & Jerry's Cherry Garcia* bestellt, ihr absolutes Lieblings-Eis, das normalerweise weder in Aorakau Valley noch in der näheren Umgebung zu bekommen war.

»Leider noch nicht«, erwiderte der junge Mann. »Aber ich bin sicher, dass es bei der Lieferung Ende der Woche dabei sein wird. Ich …« Er kam nicht mehr dazu, seinen Satz zu beenden, denn in diesem Moment stürzte Emily in den Laden. Sie musste den Weg von der Bank hierher gerannt sein, denn sie war völlig außer Atem und brachte zunächst keinen zusammenhängenden Satz hervor. Alles, was Shelly verstand, war »Will« und »Brandstifter«.

»Was ist los?«, fragte sie alarmiert und bugsierte Emily zu

dem Stuhl neben der Eingangstür, auf dem für gewöhnlich Mr Rawiris fast neunzigjähriger Vater Platz nahm, wenn er seinen Sohn besuchen kam. »Jetzt holen Sie erst einmal tief Luft, und dann erzählen Sie!«

Emily nickte, atmete tief durch und sagte dann deutlich ruhiger als zuvor: »Es geht um den Brandstifter. Sie haben ihn endlich erwischt. Ich konnte es zuerst gar nicht glauben, als ich hörte, wer es ist.«

»Wer?«, hakte Shelly nach, der das Herz bis zum Hals klopfte. Wenn der echte Feuerteufel gefasst war, dann mussten auch die letzten Klatschmäuler endlich damit aufhören, ihren Sohn zu beschuldigen.

»Tom O'Leary«, platzte es aus Emily heraus. »Es war Tom O'Leary.«

»Der Feuerwehrchef von Aorakau Valley?« Shelly kannte den Mann nur aus Erzählungen von Josh, doch der hatte immer nur voller Respekt von O'Leary gesprochen. »Aber wieso …?«

»Es heißt, es sei krankhaft – Pyromanie nennt man das wohl.« Emily schüttelte verständnislos den Kopf. »All diese Feuer zu legen und sie anschließend zu löschen, verlieh ihm wohl ein Gefühl von Macht. Doch als er heute Nacht wieder zuschlagen wollte, hat man ihn auf frischer Tat ertappt. Er hat gleich gestanden.«

Shelly war, als würde ein tonnenschweres Gewicht von ihr abfallen. Endlich war Will vollkommen entlastet. Doch bevor sie wirklich daran glauben konnte, musste sie es sich erst einmal von offizieller Stelle bestätigen lassen. Mit einer gemurmelten Entschuldigung ließ sie Emily im *Dairy* zurück, überquerte die Straße und lief zur Polizeiwache hinüber, die sich etwas abseits vom Sutton Square an der Kreuzung Kainga Road und Main Street befand. Als sie das niedrige Gebäude mit den vergitterten Fenstern betrat, traf sie zu ihrer Überraschung auf eine Person, mit der sie an diesem Ort zuallerletzt gerechnet hätte.

Geraldine Wood!

Hoch erhobenen Hauptes ließ Joshs Mutter sich von Constable O'Shea zu der Bank führen, auf der auch Emily an dem Tag gesessen hatte, an dem Kim zum Verhör auf der Wache gewesen war. Geraldine tat so, als hätte sie Shelly gar nicht bemerkt. Starr blickte sie geradeaus; ihre Miene zeigte nicht die geringste Regung.

»Chief Hawthorne wird Sie gleich abholen«, sagte O'Shea. »Er will Sie persönlich wegen des Vorwurfs der Erpressung und Begünstigung befragen, den Tom O'Leary gegen Sie vorgebracht hat, Ma'am.«

»Erpressung und Begünstigung?« Shelly runzelte die Stirn. »Sie wussten, dass der Feuerwehrchef zugleich auch der Brandstifter ist, nach dem alle suchen?«, schlussfolgerte sie mit gepresster Stimme. Wut stieg in ihr auf, als sie an die kleine Tara Cameron dachte – und an Josh, der bei der Rettung der Kleinen sein Leben riskiert hatte. Nur mühsam schaffte sie es, ihre Gefühle im Zaum zu halten. »Wie konnten Sie das nur für sich behalten?«

»Fragen Sie sie lieber, was sie von O'Leary als Gegenleistung dafür verlangt hat, dass sie ihn nicht verrät«, mischte O'Shea sich ein, als Geraldine keine Anstalten machte, auf Shellys Frage zu antworten. Seine Miene war finster und drückte Abscheu aus. Es verwunderte Shelly, dass der junge Mann sich so offen gegen das Oberhaupt der Woods stellte. Das wagte wahrlich nicht jeder, und der Constable machte eigentlich keinen besonders mutigen Eindruck. Aber wenn nicht einmal ihre guten Beziehungen zum Polizeichef von Aorakau Valley Geraldine davor schützten, wie ein gewöhnlicher Verbrecher im Vorraum der Wache auf ihr Verhör warten zu müssen …

»Was meint er damit?«, wandte Shelly sich erneut an Joshs Mutter, die weiterhin stoisch geradeaus blickte. Doch dann schien sie es sich doch anders zu überlegen und erwiderte Shellys Blick kühl.

»Es wird Ihnen ja ohnehin früher oder später zu Ohren kommen«, sagte sie, und ein herablassendes Lächeln umspielte ihre Mundwinkel. »Warum sollten Sie es also nicht von mir persönlich erfahren? Ich konnte Chief O'Leary tatsächlich für einen kleinen Gefallen gewinnen.«

»Und von was für einem Gefallen sprechen Sie?«

»Nun, O'Leary hat ein paar Hinweise gestreut. Hinweise, die darauf hindeuteten, dass eine ganz gewisse Person für die letzten Brände verantwortlich war.«

Shelly spürte, wie ihr alles Blut aus dem Gesicht wich. Gab diese Frau etwa gerade zu, dass … Nein, das konnte nicht wahr sein! Und doch …

»Sie!«, keuchte Shelly atemlos. »Sie und O'Leary haben dafür gesorgt, dass mein Sohn in Verdacht gerät, nicht wahr? Mein Gott, wie konnten Sie nur so etwas tun? Schämen Sie sich denn gar nicht? Ist Ihnen überhaupt klar, was Sie beinahe angerichtet hätten? Wenn Ihre Intrige geglückt wäre, hätten Sie die Zukunft eines unschuldigen Jungen zerstört!«

»Er ist ein Makepeace«, stieß Geraldine Wood ungerührt hervor, und in ihren Augen loderte Hass auf. »Mein Großvater Ingram Wood hatte ganz recht: Eure ganze Sippschaft gehört ausgerottet wie ein Rudel Possums!«

Erschrocken über so viel Bösartigkeit taumelte Shelly zurück. Constable O'Shea musterte sie besorgt.

»Sie sind ja ganz blass«, sagte er. »Warten Sie, ich hole Ihnen rasch ein Glas Wasser.«

»Zum Glück sind nicht alle Woods wie Sie.« Shelly konnte nichts anderes als Zorn für diese böse, hartherzige Frau empfinden. »Es ist kaum zu glauben, aber aus Ihren Kindern sind trotz des Hasses, den Sie ihnen von klein auf eingeimpft haben, aufrechte Menschen geworden!«

Die ältere Frau lachte freudlos in sich hinein. »Ach, davon sind Sie also überzeugt? Hat Joshua Ihnen nicht von dem Plan erzählt, den er sich zusammen mit seinem älteren Bruder Ronan ausgedacht hat? Die beiden wollten Blockhütten für Urlauber auf Emerald Downs bauen. Ferien auf der Schaffarm – lächerlich!« Sie verzog das Gesicht. »Ich hätte nie mein Einverständnis für so ein albernes Projekt gegeben, doch nach Ronans Tod steigerte Joshua sich regelrecht in diese Idee hinein.«

»Warum erzählen Sie mir das alles?«, fragte Shelly kühl. »Ich weiß über Joshs Pläne Bescheid. Er hat mir gesagt, dass er mir die Farm meines Großvaters deshalb abkaufen wollte – weil Sie ihm die Chance nicht geben wollten!«

»Dann hat er Ihnen sicher auch von unserer kleinen Abmachung berichtet, nicht wahr?« Sie senkte die Stimme, sodass O'Shea, der sich im Hinterzimmer der Wache befand, sie nicht hören konnte. »Joshua bekommt das Land für die Umsetzung seiner Pläne – allerdings nur dann, wenn Sie Ihre Farm an uns abtreten. Und wenn Sie meinen Sohn wirklich kennen würden, Miss Makepeace, dann wüssten Sie, dass er alles tun würde, um das Andenken an seinen verstorbenen Bruder zu bewahren.«

»Wollen Sie damit etwa sagen …?«

»Er hat alles gewusst«, erwiderte Geraldine triumphierend. »Von Anfang an war er in alle meine Pläne eingeweiht!«

»Nein …« Shelly schüttelte den Kopf. »Sie lügen! Das glaube ich einfach nicht!«

»Meinetwegen können Sie glauben oder nicht glauben, was Sie wollen«, entgegnete Geraldine mit einem wissenden Lächeln. »Sie haben ihm wirklich abgekauft, dass er etwas für Sie empfindet, nicht wahr? Um Himmels willen, beinahe könnten Sie mir tatsächlich leidtun …«

Shelly hatte das Gefühl, in einen tiefen Abgrund zu stürzen. Konnte es wirklich sein, dass Josh sie die ganze Zeit belogen hatte? Dass sie sich so sehr in ihm getäuscht hatte? Wie betäubt stolperte sie aus dem Polizeirevier, ohne auf O'Sheas Rückkehr zu warten. Sie wollte nicht glauben, was Joshs Mutter ihr soeben gesagt hatte, doch sie konnte die leise, aber beharrliche Stimme in ihrem Kopf nicht zum Verstummen bringen. Und diese Stimme stellte immer wieder dieselbe Frage: *Warum sollte Geraldine Wood in diesem Fall lügen?*

Als Josh am frühen Nachmittag von seiner Arbeit auf Emerald Downs zurückkehrte, freute er sich so sehr darauf, Shelly wiederzusehen, als wären sie Tage und Wochen anstatt weniger Stunden getrennt gewesen. Er hätte es nie für möglich gehalten, dass er irgendwann für eine Frau einmal so empfinden könnte. Es war irritierend, manchmal sogar regelrecht beängstigend, wie groß ihr Einfluss auf ihn war. Und nicht nur ihrer – ihre Kinder lagen ihm ebenso am Herzen wie sie.

Er brauchte ja nur daran zu denken, wie er empfunden hatte, als Will nach dem Erdbeben nicht nach Hause zurückgekehrt war. Er hätte sich nicht mehr um Will sorgen können, wäre der Junge sein eigener Sohn gewesen. Schon seltsam, noch vor Kurzem war ihm seine Verbindung zu Helen Beauchamp-Smith praktisch und vorteilhaft erschienen – und jetzt konnte er schon gar nicht mehr begreifen, wie er es an der Seite dieser kühlen Frau so lange ausgehalten hatte.

Wie anders war es doch mit Shelly…

Ob sie schon wusste, dass der Brandstifter gefasst war? Ausgerechnet Tom O'Leary, der Feuerwehrchef – Josh konnte es noch gar nicht richtig fassen. Wie oft hatte er mit diesem Mann über die vielen Feuer gesprochen? Er hatte geglaubt, sie stünden auf derselben Seite, und nun das!

Aber wenigstens würden nun endlich auch die letzten Gerüchte um Will verstummen. O'Leary hatte bereits gestanden, sämtliche Brände der vergangenen Monate gelegt zu haben.

Zwei Stufen auf einmal nehmend, eilte er die Veranda hinauf, nachdem er seinen Wagen neben dem großen Rata abgestellt hatte. Die Tür war wie immer unverschlossen, und er fand Shelly allein in der Küche vor. Stürmisch umarmte er sie von hinten und vergrub das Gesicht in ihrem duftenden rotgoldenen Haar. »Jetzt haben wir endlich Zeit für uns, mein Herz. Hast du es schon gehört? Der Brandstifter ist endlich gefasst und… « Er runzelte die Stirn, als er bemerkte, wie Shelly sich in seinen Armen versteifte. »Was ist los? Ich weiß, es hat etwas länger gedauert, aber du wolltest doch, dass ich meinen Aufgaben auf Emerald Downs gewissenhaft nachkomme. Ich…«

Er verstummte, als Shelly sich mit einem Ruck von ihm losmachte. In ihren veilchenfarbenen Augen schimmerten Tränen, als sie sich zu ihm umwandte.

»Warum?«, stieß sie heiser hervor und schüttelte den Kopf. »Hasst du meine Familie und mich wirklich so sehr, dass du dich ohne Skrupel in unser Vertrauen schleichen konntest, nur um uns im passenden Augenblick den Dolch in den Rücken zu stoßen?«

Verständnislos starrte Josh sie an. »Ich …« Er schüttelte den Kopf. »Wovon sprichst du eigentlich?« Er wollte auf sie zugehen, doch sie wich zurück.

»Bleib wo du bist!«, wehrte sie ab. »Komm mir nicht zu nahe, Joshua Wood! Komm mir nie wieder zu nahe!«

Josh spürte, wie leiser Ärger in ihm aufkeimte. »Verdammt, Shelly, ist es zu viel verlangt, wenn du mir erst einmal sagst, was du mir eigentlich vorwirfst? Was, zum Teufel, habe ich getan?«

»Du brauchst dich nicht länger zu verstellen«, entgegnete sie eisig. »Deine Mutter hat mir alles gestanden. Ich kann noch immer kaum glauben, dass du so tief gesunken bist, sie bei ihrer bösartigen Intrige gegen Will zu unterstützen. Sie hat ihr Wissen darüber, dass niemand anderer als Chief O'Leary der Feuerteufel ist, schamlos ausgenutzt, um diesen Verbrecher zu erpressen. Dass der als Gegenleistung mit Freuden Indizien gestreut hat, die auf Will als Täter hinweisen, kann ich ja beinahe noch verstehen. Aber dass du bei dieser Sache deine Finger mit im Spiel hattest …« Unwillig wischte sie die Tränen fort, die ihr jetzt über die Wangen strömten. »Das werde ich dir niemals verzeihen!«

Josh brauchte einen Moment, um zu realisieren, was Shelly da sagte. Seine Mutter sollte dafür verantwortlich sein, dass Will unter Verdacht geraten war? Aber das … Nein, so weit würde selbst sie nicht gehen! Geraldine Wood war weiß Gott für so manche Schandtat verantwortlich, und Joshua traute ihr einiges zu – aber dass sie einen unschuldigen Jungen in ihre Intrigen mit hineinziehen würde …

»Das kann nicht sein!« Er schüttelte den Kopf. »Du musst dich täuschen, ich kann nicht glauben, dass …«

»Hast du mir überhaupt zugehört?«, fiel Shelly ihm ins Wort. »Deine Mutter hat es mir gegenüber zugegeben! Von ihr weiß ich auch, dass du über alles Bescheid gewusst hast. Du hast mich und meine Familie verraten, Josh Wood! Ich will dich nie wiedersehen, hast du mich verstanden? Verschwinde! Raus aus meinem Haus!«

Josh konnte es nicht fassen. Sollte es tatsächlich wahr sein? Hatte seine Mutter die Identität des Brandstifters gekannt und ihn dann erpresst, damit er Shellys Sohn belastete? Aber selbst wenn – wie konnte Shelly nur glauben, dass er in diese schlimme Angelegenheit eingeweiht gewesen war? Nach allem, was sich zwischen ihnen entwickelt hatte? Wusste sie denn nicht, dass er für sie und ihre Kinder bereit gewesen wäre, durchs Feuer zu gehen?

»Du glaubst das wirklich, oder?«, fragte er, und seine Enttäuschung war deutlich vernehmbar.

Shelly indes schien das zu entgehen. Sie begegnete seinem fragenden Blick trotzig. »Was soll ich denn sonst denken, Josh? Oder willst du etwa behaupten, dass deine Mutter mich belogen hat?«

»O nein, wie könnte ich auch?« Er lachte bitter auf. »Schließlich hat sie ja oft genug bewiesen, dass du ihr vertrauen kannst, nicht wahr?« Als Shelly zögerte, schüttelte er den Kopf. »Es ist wohl besser, wenn ich jetzt gehe«, sagte er. »Ich hole nur noch kurz meine Sachen von oben, dann bin ich fort, und du musst mich niemals wiedersehen!«

»Dann wäre ich dankbar, wenn du dich beeilst!«, entgegnete sie kühl. »Ich muss ohnehin kurz in die Stadt. Du hast Zeit, bis ich wiederkomme!«

Mit diesen Worten blickte sie ihn noch einmal an; dann wandte sie sich ab und ging hastigen Schrittes davon.

Mit zusammengekniffenen Augen sah Josh ihr nach. Für einen kurzen Moment war da der Impuls, ihr nachzulaufen, um noch einmal über alles zu sprechen. Doch dann schüttelte er den Kopf und stapfte stattdessen wütend die Treppe ins Obergeschoss des Farmhauses hinauf. Als er schließlich in Shellys Schlafzimmer stand und das Bett betrachtete, in dem sie sich erst am frühen Morgen geliebt hatten, verrauchte sein Zorn schlagartig und machte Platz für ein Gefühl grenzenloser Trauer.

Für eine kurze Weile hatte er den Traum von einer eigenen kleinen Familie gelebt – umso schmerzhafter traf ihn nun der Verlust. Er hatte Shelly verloren, und mit ihr alles, was ihm auf der Welt etwas bedeutete.

In diesem Moment wurde ihm in voller Deutlichkeit bewusst: Er konnte nicht länger in Aorakau Valley leben, so nah bei seiner vom Hass zerfressenen Mutter. Und so nah bei Shelly – der Frau, die er liebte und die ihm dennoch niemals wirklich von ganzem Herzen vertrauen würde.

Und deshalb würde er das Tal verlassen. Hier hielt ihn nichts mehr, nicht einmal der Traum, die Pläne seines Bruders doch noch in die Tat umzusetzen.

»Hör zu, ich weiß echt nicht, ob das so eine gute Idee ist …« Unbehaglich blickte Lenny McMahon sich um, folgte Kim aber schließlich doch zur Treppe des Farmhauses, die ins erste Obergeschoss führte. »Seit Josh Wood gestern den Abgang gemacht hat, ist deine Mutter ziemlich schräg drauf. Wenn sie uns zusammen in deinem Zimmer erwischt …«

»Pssst!« Kim legte einen Finger an die Lippen. »Sei still, um Himmels willen! Mom denkt, dass ich mich mit Megan in der Stadt treffe. Aber wenn du dich ruhig verhältst, erwischt sie uns ganz bestimmt nicht, keine Sorge.« Sie lächelte geheimnisvoll, als sie Lennys fragenden Blick bemerkte. »Lass dich einfach überraschen. Und was Mom betrifft: Es ist ihr Problem, wenn sie meint, Josh rausschmeißen zu müssen. Ich find's echt voll daneben, wo er uns doch schon so oft aus der Patsche geholfen hat.«

Kim sprach die Worte gelassen aus, und das, obwohl es in Wahrheit in ihr brodelte. Sie konnte einfach nicht fassen, dass ihre Mutter so reagiert hatte. Kim selbst glaubte keine Sekunde daran, dass Josh sich von seiner Mutter für ihre miese Intrige vor den Karren hatten spannen lassen. Er war in Ordnung, und sie war sicher, dass er nie etwas tun würde, was ihr oder Will schadete. Und dafür, dass Geraldine Wood ein echtes Miststück zu sein schien, konnte man Josh ja wohl kaum verantwortlich machen!

Doch im Moment hatte sie anderes im Kopf, und deshalb zwang sie sich, nicht länger über ihre Mutter und Josh nachzudenken. Die beiden waren schließlich erwachsen. Es war ihr Leben, das sie lebten – sie, Kim, hatte ihr eigenes Leben.

Leise eilte sie nun die Stufen hinauf, wandte sich am Kopf der Treppe nach links und zog Lenny mit zu ihrem Zimmer am Ende des Korridors. Dort angekommen, schloss sie vorsichtig die Tür hinter sich.

So ganz wohl war ihr auch nicht bei der Sache. Lenny hatte recht: Ihre Mutter würde nicht gerade begeistert darauf reagieren, ihn hier anzutreffen. Obwohl Kim nächsten Monat schon fünfzehn wurde, behandelte Shelly sie immer noch wie ein kleines Kind – dabei war sie es doch, sie sich im Moment mehr als kindisch aufführte. Jeder konnte schließlich sehen, dass Josh und sie wie füreinander geschaffen waren!

Manchmal ertappte sich Kim sogar dabei, dass sie sich ausmalte, wie es wohl wäre, Josh zum Vater zu haben. Ihr schlechtes Gewissen ihrem echten Dad gegenüber hielt sich dabei in Grenzen. Sie hatte ein bisschen im Internet recherchiert und ein paar Dinge über ihn herausgefunden, die ihr ganz und gar nicht gefielen. Dinge, über die ihre Mutter nicht gesprochen hatte, vermutlich um Will und sie zu schützen.

So seltsam es sich auch anfühlte, so etwas über ihren eigenen Vater zu denken, aber Kims Meinung nach gehörte er ins Gefängnis, und sie war nicht sicher, ob sie ihn jemals wieder sehen wollte.

»Du zeichnest ziemlich gut«, sagte Lenny anerkennend, während er sich ein bisschen in ihrem Zimmer umsah.

Kim strahlte. Sie war inzwischen selbst froh darüber, dass sie ihrem ersten Impuls, das ganze Zimmer schwarz anzustreichen, nicht nachgegeben hatte. Auch die Poster der Bands, die sie früher in L. A. gehört hatte, waren in irgendeiner Schublade verschwunden. Stattdessen erstrahlte die Wand vor ihrem Bett jetzt in einem satten Brombeerton und war mit zahlreichen Bleistiftzeichnungen dekoriert. Zeichnungen, die sowohl sie selbst als auch Megan und Firefly und sogar Will zeigten. Und eines, wie sie zu ihrer Verlegenheit feststellte, auch Lenny …

»Und was ist nun die Überraschung?«, fragte der jetzt ungeduldig.

»Komm mit, du wirst schon sehen!« Sie nahm seine Hand und führte ihn zu ihrem Einbaukleiderschrank, der in eine Nische in der Wand eingelassen war.

Lenny stöhnte, als sie ihn öffnete. »Ehrlich, Kim, als Modeberater tauge ich nichts.«

»Darum geht's doch gar nicht«, entgegnete Kim lachend. Dann kniete sie sich hin und drückte mit der flachen Hand gegen die Rückwand des Kleiderschranks, während sie mit der anderen nach einem verborgenen Druckpunkt am Boden tastete.

»Was zum Teufel …?«, stieß Lenny überrascht hervor, als die untere Hälfte der Rückwand aufschwang und den Blick auf einen erstaunlich breiten Gang freigab. Er spähte an Kim vorbei in den Schrank, doch es war viel zu dunkel, als dass er viel hätte erkennen können. »Wo führt das hin?«, wollte er wissen.

»In eine niedrige Zwischenetage zwischen dem Erdgeschoss und dem ersten Stock, gerade hoch genug, dass ich aufrecht drin stehen kann«, erklärte Kim. »Ich habe die Öffnung zufällig entdeckt, als ich gestern früh mein Zimmer aufräumte. Komisch eigentlich, denn es gibt sogar ein Fenster. Aber vermutlich hat sich bisher auch keiner das Haus so genau angeguckt, oder Emily weiß davon, hat es aber im Laufe der Jahre schlicht und einfach vergessen. Jedenfalls wollte ich es eigentlich gleich meiner Mom zeigen, aber dann war ich wegen der Sache mit Josh einfach zu sauer auf sie. Es gibt eine Luke und eine Leiter, über die man nach unten gelangt. Ich war gestern Abend schon mal unten und hab mich umgesehen. Da lagert jede Menge alter Krempel, und durch ein Astloch im Boden kann man direkt in die Küche runtergucken. Bring doch mal die Taschenlampe, die auf meinem Schreibtisch liegt.«

»Du willst da runter?«

»Klar, warum denn nicht?« Sie senkte die Stimme. »Meine Mom denkt, dass ich mich mit Megan in der Stadt treffe, und dort unten sind wir garantiert vollkommen ungestört…« Irgendwie schaffte sie es, selbstsicher zu klingen, obwohl ihr das Herz vor Aufregung bis zum Hals klopfte. »Kommst du?«

Kim ließ sich von Lenny die Taschenlampe geben und ging voran. Schon nach wenigen Schritten erreichte sie die Luke und kletterte nach unten. Das Zwischengeschoss war so niedrig, dass man nur geduckt gehen konnte, aber immerhin fiel durch ein winziges Fenster auf der Giebelseite genug Licht, sodass man auch ohne Lampe sehen konnte.

Überall standen staubige Kisten und Truhen herum, die Kim bisher nicht aufgemacht hatte. Unter schweren Abdeckplanen entdeckten Lenny und sie einen gemütlich aussehenden Ohrensessel und die dazu passende Chaiselongue mit pflaumenfarbenem Samtbezug.

»Die müssen wir unbedingt irgendwie nach oben kriegen«, erklärte Kim begeistert. »Findest du nicht, dass sie perfekt in mein Zimmer passen würden?«

Lenny, der es sich in dem Sessel bequem gemacht hatte, griff nach ihrer Hand und zog sie zu sich. Quietschend vor Vergnügen landete sie auf seinem Schoß. »Also, wenn du mich fragst: Hier machen sich die Teile auch ganz gut.« Er sagte das mit einem doppeldeutigen Blick, der Kims Puls rasen ließ.

Außer heftigem Knutschen und Fummeln war mit Zack nichts gelaufen. Natürlich hatte sie vorgehabt, irgendwann mit ihm weiter zu gehen, doch dann war ihre Mutter mit dem Plan angekommen, nach Neuseeland auszuwandern – und nun war sie hier, und irgendwie auch ganz froh darüber, dass sie es nicht mit Zack getan hatte …

Hastig machte sie sich von Lenny los. »Komm, schauen wir nach, was in den Kisten hier versteckt ist«, rief sie, um davon abzulenken, wie atemlos sie sich fühlte.

Die schweren Truhen enthielten zum größten Teil uralte Klamotten. Von den Schnitten her schätzte Kim die meisten aus den 40er- und 50er-Jahren des vergangenen Jahrhunderts – einige wenige schienen sogar aus den 20ern und 30ern zu stammen.

»Guck mal, ist doch echt heiß, oder?« Kichernd hielt sie sich ein wadenlanges Kleid im Charlestonstil vor. Als sie merkte, dass Lenny sich viel mehr für eine alte Zigarrenschachtel mit Zeitungsausschnitten interessierte, die er im

Schubfach eines Schrankkoffers gefunden hatte, legte sie das Kleid beiseite und setzte sich im Schneidersitz neben ihm auf den Boden. »Zeig mal her, was hast du denn da?«

»Ich glaube, das sind Artikel über deinen Großvater Ben«, erklärte Lenny und reichte ihr ein paar ausgerissene, schon ziemlich vergilbte Zeitungsausschnitte. »Sein Name wird immer wieder im Zusammenhang mit einem tragischen Unglücksfall erwähnt, der sich vor langer Zeit hier im Tal abgespielt haben soll.«

»Was? Die muss ich unbedingt meiner Mom zeigen!« Aufgeregt legte Kim die Ausschnitte zurück in die Zigarrenkiste und schloss den Deckel. Doch ihr Vorsatz, damit gleich zu ihrer Mutter zu gehen, löste sich in Luft auf, als Lenny von hinten die Arme um sie legte.

»Hat das nicht noch ein bisschen Zeit …?«

Ihr war heiß und kalt zugleich, als sie sich zu ihm umdrehte und ihre Lippen wie von selbst zueinanderfanden. Ihr Herz hämmerte wie verrückt, und in ihrem Kopf drehte sich alles, doch sie verspürte weder Angst noch Zweifel. Lenny war der Richtige für sie, das fühlte sie einfach. Und als er sie hochhob, zur Chaiselongue trug und sie darauf bettete, ohne den Kuss zu unterbrechen, dachte sie nicht einmal daran, zu protestieren. Sie dachte auch nicht mehr an Zack, dachte nicht mehr an die Zeitungsartikel über ihren Grandpa oder daran, sie ihrer Mutter zu zeigen.

Es gab nur noch Lenny und sie, und nichts anderes auf der Welt war mehr von Bedeutung.

»Wissen Sie was? Ich glaube, ich rufe Katie kurz an und sage ihr für heute ab.« Emily war bereits auf halbem Weg zum Telefon, doch Shelly, die bleich und erschöpft auf dem Sofa im Wohnzimmer lag, rief sie zurück.

»Das ist wirklich nicht nötig, Emily. Fahren Sie ruhig zu Ihrer Schwägerin, ich komme hier schon allein zurecht.«

»Sind Sie wirklich ganz sicher?«, fragte Emily zweifelnd.

Shelly zwang ein Lächeln auf ihre Lippen. »Natürlich. Um ehrlich zu sein, ich wäre ganz gern mal ein Weilchen für mich. Es gibt da ein paar Dinge, über die ich nachdenken muss …«

Ihre mütterliche Freundin seufzte. »Bitte nehmen Sie sich das, was Will gesagt hat, nicht allzu sehr zu Herzen. Er meint es nicht so.«

Shelly seufzte. Heute Morgen am Frühstückstisch hatte Will ihr eine ziemliche Szene gemacht. Er war wütend, weil Josh gegangen war, ohne sich von ihm zu verabschieden – und er machte seine Mutter dafür verantwortlich.

»Mir ist egal, was diese bescheuerte Geraldine Wood sagt«, hatte er sie angebrüllt. »Ich glaube nicht eine Sekunde, dass Josh versucht haben soll, mir was anzuhängen!«

Mit diesen Worten war er aufgesprungen und aus dem Haus gestürmt. Hal, der irgendwann im Laufe der Nacht einfach wieder aufgetaucht war – wie immer ohne jegliche Erklärung für sein Verschwinden –, hatte ihn sich geschnappt und ein langes Gespräch mit ihm geführt.

»Der Junge beruhigt sich schon wieder«, hatte er später zu Shelly gesagt und vorgeschlagen, Will mit nach Oamaru zu nehmen. Dort wollte er sich in den nächsten Tagen mit einigen alten Bekannten treffen, um sich Widder für die Zucht anzusehen, die diese zum Verkauf anboten.

Kim, die ebenfalls Zweifel an Joshs Schuld angemeldet hatte, war vorhin kurz im Türrahmen erschienen, um ihr mitzuteilen, dass sie ihre Freundin Megan in der Stadt besuchen wollte.

»O doch«, widersprach sie Emily. »Will hat es ganz genau so gemeint, wie er es gesagt hat.«

Die ältere Frau lächelte. »Aber glauben Sie mir, auch diese Krise werden Sie überstehen.«

Shelly wusste, dass Emily recht hatte. Natürlich würden sie gemeinsam diese Krise überstehen. Denn wenn sie eines seit ihrer Ankunft in Neuseeland gelernt hatte, dann das: Sie waren eine Familie, und ganz gleich, was passierte, am Ende würden sie immer zusammenhalten.

Ob sie aber jemals über Josh hinwegkommen würde, daran zweifelte Shelly noch stark…

Nachdem Emily sich verabschiedet hatte, rollte Shelly sich auf dem Sofa zusammen und begann hemmungslos zu weinen. Jetzt, wo sie allein war, brauchte sie nicht mehr die Starke zu spielen. Endlich konnte sie ihren Gefühlen freien Lauf lassen. Und ihre Gefühle waren eindeutig.

Sie vermisste Josh! Sie vermisste ihn so sehr, dass es fast körperlich schmerzte! Und vor allem war da diese bohrende Frage, die ihr einfach keine Ruhe mehr ließ: Hatte sie Josh voreilig verurteilt? Was, wenn Will und Kim recht hatten?

Und selbst Emily schien ja nicht recht daran zu glauben, dass Josh sich wirklich von seiner Mutter in deren Intrigen hatte einspannen lassen. Doch selbst wenn es so war – wie sollte sie ihm jemals wieder unter die Augen treten, nachdem sie ihn mit diesen schrecklichen Vorwürfen konfrontiert hatte?

Schwerfällig rappelte Shelly sich auf. Es fiel ihr schwer, genug Energie dafür aufzubringen, doch sie konnte einfach nicht länger untätig herumliegen und sich selbst bemitleiden. Wenn sie schon nicht den Mut aufbrachte, Josh gegenüberzutreten, dann sollte sie sich wenigstens auf der Farm nützlich machen. Einige Schafe waren trächtig, und Shelly hatte es sich zur Gewohnheit gemacht, regelmäßig im Stall nach dem Rechten zu sehen.

Sie musste durch die Küche, um zum Korridor zu gelangen. Gerade, als sie eintrat, spürte sie, wie sich plötzlich die feinen Härchen in ihrem Nacken aufrichteten. Ihr Instinkt schrie »Gefahr!«, und ihr Körper reagierte ganz von selbst. Ihre Muskeln spannten sich an, sie wollte herumwirbeln – doch es war zu spät.

Eine Hand grub sich in ihr Haar und zog Shellys Kopf brutal daran zurück. Im nächsten Moment spürte sie etwas Kaltes an ihrer Kehle.

Ein Messer!

Shelly erstarrte zu Eis. Sie atmete durch, so tief sie es angesichts der Klinge an ihrem Hals wagte. Unwillkürlich musste sie an jene Nacht denken, in der sie Josh um ein Haar mit ein paar gezielten Handgriffen aus ihrem Selbstverteidigungskurs niedergestreckt hätte, weil sie sich von ihrem Exmann angegriffen glaubte.

Dieses Mal hatte sie nicht so viel Glück – die Waffe des Eindringlings ließ ihr keine Chance, ihr Können anzuwenden.

»Bitte, nehmen Sie das Messer weg«, sagte sie ruhig und drängte die Panik zurück, die von ihr Besitz zu ergreifen drohte. »Sie können haben, was immer Sie möchten. Viel Geld habe ich nicht, aber …«

Ein heiseres Lachen ließ sie verstummen, und als der Mann schließlich zu sprechen begann, rieselte ihr ein eisiger Schauer den Rücken hinunter.

»Hallo Liebling, hast du mich vermisst?«

2

Adrian! Mein Gott, diesmal ist es wirklich Adrian!

Shelly versuchte, sich ihre Angst und ihre Verzweiflung nicht anmerken zu lassen. Doch so sehr sie sich auch bemühte, sie konnte nicht verhindern, dass ein Zittern durch ihren Körper fuhr.

Ihre Gedanken rasten. Wie kam Adrian hierher, warum war er nicht im Gefängnis? Und wie um Himmels willen hatte er sie gefunden? Zum Teufel, sie war mit ihren Kindern um den halben Erdball gereist, nur um dieser Konfrontation zu entgehen – und nun stand ihr Exmann in der Küche ihres Hauses und hielt ihr eine Klinge an die Kehle.

»Da staunst du, was?« Adrian lachte – es war ein Laut so voller Bitterkeit, dass Shelly erschauderte. Sie spürte seinen heißen Atem an ihrem Ohr, als er zischte: »Hast wohl gedacht, du könntest mich ans Messer liefern und dann einfach abhauen, was? Tja, falsch gedacht!«

»Bitte, Adrian! Du solltest es nicht noch schlimmer machen, als es ohnehin schon ist«, flehte Shelly. Sie wollte den Kopf drehen, um ihn anzusehen, doch das Messer an ihrem Hals hinderte sie daran. »Ich weiß nicht, wie du uns gefunden hast, aber wenn du nicht ausgebrochen bist, kannst du nur auf Kaution draußen sein. Wenn herauskommt, dass du das Land verlassen und damit gegen die Kautionsauflagen verstoßen hast, kommst du in Teufels Küche, das muss dir doch klar sein! Und wenn du mir wirklich etwas antust, bist du danach dein ganzes Leben lang auf der Flucht – willst du das wirklich? Denk doch auch mal an die Kinder, Adrian!«

»An die hättest *du* denken sollen«, gab er zurück und verstärkte den Druck der Klinge noch, allerdings nicht weit genug, um Shelly zu verletzen. »Damals, als du mich bei den Cops angeschwärzt hast!« Er fluchte. »Aber da hat die edle Mrs Makepeace sich ja gezwungen gesehen, auf die Stimme ihres Gewissens zu hören, nicht wahr? Ich frage dich also: Hast du bei deiner Entscheidung auch nur einen Gedanken an Will und Kim verschwendet?«

»Natürlich habe ich das!«, protestierte Shelly. »Für sie habe ich das alles doch getan! Die beiden haben etwas Besseres verdient als …« Sie stockte.

»Als was?«

»Als ein Monster wie dich zum Vater zu haben!«, gab sie leise zurück. Sie wusste, dass sie mit diesen Worten den Bogen überspannte, doch sie hatte sich einfach nicht bremsen können.

Adrian stieß einen hasserfüllten Fluch aus, und der Druck des Messers verschwand von ihrer Kehle. Doch ehe Shelly reagieren und die Flucht ergreifen konnte, packte Adrian sie bei der Schulter, riss sie brutal herum und schlug ihr ins Gesicht.

Der Schmerz kam so überraschend und unvorbereitet, dass Shelly aufschrie. Die Wucht des Schlages ließ sie zurückstolpern und gegen den Küchentisch taumeln. Sie verlor den Halt und stürzte zu Boden. Ihre linke Wange brannte wie Feuer.

»Halt's Maul, Schlampe!«, zischte er, hob die Hand, mit der er das Messer hielt, an die Stirn und begann, auf und ab zu laufen. »Ich muss nachdenken!«

Shelly wagte es kaum zu atmen. Dieser Mann war nicht mehr der Adrian, den sie von früher kannte und den sie einmal zu lieben geglaubt hatte. Er war ein Fremder, ein skrupelloses, gewissenloses Ungeheuer.

Und vor allem war er zu allem fähig.

Vor Angst wie gelähmt, kauerte sie auf dem Fußboden. Sie war heilfroh, dass zumindest die Kinder sich außer Reichweite befanden. Aber wer konnte ihr garantieren, dass das auch so blieb?

Angestrengt dachte sie nach. Sie konnte versuchen, um Hilfe zu rufen, aber was würde das bringen? Die Arbeiter waren alle irgendwo draußen auf der Weide – niemand würde ihre Schreie hören.

Und weglaufen? Die Zeit im Gefängnis schien Adrian nicht gerade gutgetan zu haben. Er hatte Fett angesetzt und wirkte aufgeschwemmt. Auf der anderen Seite war er früher Marathon gelaufen, und sie selbst war auch nicht gerade in Topform. Adrian hätte sie eingeholt, noch ehe sie die Hintertür erreichte.

Aber was dann? Sie konnte doch nicht einfach untätig herumsitzen und abwarten, bis die Kinder heimkamen!

Wenn doch nur Josh hier wäre …

Tränen traten Shelly in die Augen, doch sie blinzelte sie weg. Auf keinen Fall durfte sie Adrian gegenüber irgendwelche Schwächen zeigen. Stattdessen musste sie Zeit schinden und wachsam bleiben. Und immer wieder versuchen, ihn doch noch zur Vernunft zu bringen.

Oder auf eine Chance hoffen, ihm irgendwie entkommen zu können …

Lenny hatte Kims Top hochgeschoben und bedeckte nun ihren Bauch mit einer Spur flammender Küsse. Sie bäumte sich auf und presste sich den Unterarm vor den Mund, um nicht laut aufzustöhnen. Ihr war ganz schwindelig vor lauter Glück, und das Blut rauschte ihr in den Ohren. Und als Lenny plötzlich von ihr abließ, seufzte sie protestierend.

Doch dann hörte auch sie die seltsamen Geräusche, die durch den Boden der Zwischenetage zu ihnen hinaufdrangen, und runzelte die Stirn. »Was ist das?«, fragte sie Lenny, der bereits auf allen Vieren hockte und durch das Astloch hinunter in die Küche schaute.

»Da ist Shelly«, raunte er ihr zu. »Komisch, warum sitzt sie denn auf dem Boden? Und wer ist der Typ da bei ihr?«

»Könnte vielleicht Josh sein. Wäre ja auch Zeit, dass die beiden sich endlich wieder einkriegen …« Kim rückte ihr Shirt zurecht und gesellte sich zu Lenny. »Rutsch mal, ich will selbst sehen.« Sie kniff das linke Auge zu und spähte mit dem rechten durch das kleine Loch im Boden. Als sie den Mann unten in der Küche erkannte, atmete sie scharf ein. »Aber das ist ja …« Sie schüttelte den Kopf. »Adrian! Lenny, das ist mein Dad! Aber ich versteh das nicht, er … O Gott, Lenny, er hat ein Messer!«

»Was?«, stieß Lenny überrascht hervor.

»Schhhh! Nicht so laut, er könnte dich hören!«

»Was hat das zu bedeuten?«, flüsterte Lenny jetzt wesentlich leiser. »Warum sollte dein Vater deine Mutter mit einem Messer bedrohen? Ich meine, die beiden waren doch immerhin mal miteinander verheiratet!«

Kim wusste nicht, wie sie Lenny das alles auf die Schnelle erklären sollte. Sie hatte ja selbst immer noch Mühe, es zu begreifen. Wie kam ihr Vater hierher? Woher hatte er gewusst, dass sie hier waren?

Mit einem Anflug von schlechtem Gewissen dachte sie an die zwei Briefe, die sie ihm am Anfang, als sie gerade nach Neuseeland gekommen waren, geschrieben hatte. Einer davon steckte noch immer im Seitenfach ihres Rucksacks, der andere war irgendwann verloren gegangen. Jetzt war sie ganz froh darüber, sie nie abgeschickt zu haben. Doch ihr Vater hatte sie auch so gefunden. Und offenbar stimmte das, was sie nicht hatte wahrhaben wollen, wirklich: Er war ein Verbrecher – und er war gefährlich!

Plötzlich hatte Kim schreckliche Angst, dass er ihrer Mutter etwas antun würde. Wenn sie daran dachte, wie oft sie ihr Vorwürfe gemacht hatte, weil sie Will und sie von ihrem Dad weggeholt hatte …

»Wir müssen irgendwas tun!«, raunte sie und blickte Lenny Hilfe suchend an. »Er will sich bestimmt rächen, weil Mom ihn ins Gefängnis gebracht hat! Wenn wir ihr nicht helfen, tut er ihr ganz sicher etwas an!«

»Moment mal … Gefängnis? Dein Dad ist ein Knacki? Und was macht er dann hier? Ist er etwa ausgebrochen?«

»Ich weiß es doch auch nicht«, entgegnete Kim mit Tränen in den Augen. »Bitte, Lenny, wir müssen Hilfe holen!«

»Okay«, sagte er und atmete tief durch. »Du bleibst auf jeden Fall hier oben, so bist du wenigstens in Sicherheit.«

Energisch schüttelte sie den Kopf. »Nein! Ich lass dich nicht allein gehen, niemals! Und durch mein Zimmer können wir sowieso nicht. Meine Mom und mein … ich meine, meine Mom und Adrian sind in der Küche. Wenn wir die Treppe nehmen, wird er uns garantiert entdecken.«

»Hast du einen besseren Vorschlag? Ich …« Er verstummte, als sein Blick auf das kleine Giebelfenster fiel. »Warte mal, ich hab da eine Idee.« Lautlos eilte er zum Fenster hinüber, öffnete es und beugte sich über den Sims nach draußen. Dann drehte er sich wieder zu Kim um. »Kannst du gut klettern? Da ist eine Regenrinne, die vom Dach aus bis runter zum Boden reicht. Aber es sind gut drei Meter bis nach unten, und das Teil sieht ziemlich wacklig aus.«

Kim zögerte nur kurz – was blieb ihr schon für eine andere Wahl? Trotzdem klopfte ihr das Herz bis zum Hals, als sie ihre Beine über den Fenstersims schwang. Lenny half ihr, so gut er konnte, doch am Ende war sie auf sich allein gestellt. Und die Rinne quietschte vernehmlich, als Kim sie mit ihrem ganzen Gewicht belastete.

Vorsichtig ließ sie sich ein Stück nach unten rutschen. Ihre Arme zitterten schon nach dem ersten Meter vor Anstrengung, und sie war sicher, dass sie es nicht bis ganz hinunter schaffen würde. Doch dann fanden ihre Füße Halt an einer Metallschelle, mit der die Rinne an der Wand befestigt war, und sie konnte einen Augenblick verschnaufen. Kims Muskeln lockerten sich wieder, und sie kletterte weiter.

Schließlich hatte sie es geschafft.

»Jetzt du«, raunte sie Lenny zu und fuhr sich nervös durchs Haar. »Bitte, beeil dich!«

Lenny war kaum einen halben Meter weit gekommen, da ließ ein hässliches Geräusch Kim das Blut in den Adern gefrieren. Eine der Befestigungsschellen war gerissen, was nun eine fatale Kettenreaktion in Gang setzte. Wie in Zeitlupe bog sich die Regenrinne, an die Lenny sich klammerte, nach hinten durch. Die übrigen Halter waren für eine solche Zusatzbelastung zu schwach; es gab einen Knall wie von einem Pistolenschuss, dann krachte das Rohr – mit Lenny daran – ungebremst zu Boden.

»Nein!«, schrie Kim entsetzt auf und schlug die Hand vor den Mund. »Lenny!«

Tränen strömten ihr über die Wangen, als sie sich neben ihm auf die Knie fallen ließ. Seine Augen waren geschlossen, und aus seinem Mundwinkel lief Blut. Erst jetzt bemerkte sie den Stein, auf dem er mit dem Hinterkopf aufgekommen sein musste. Er rührte sich nicht, und für einen schrecklichen Moment war Kim überzeugt, dass er den Aufprall nicht überlebt hatte. Doch dann begannen seine Lider zu flattern, und er stieß ein krachzendes Stöhnen aus, das in ein gequältes Husten überging.

»Geh«, brachte er keuchend hervor. »Du musst verschwinden, Kim – schnell! Hol Hilfe!«

»Nein«, schluchzte sie verzweifelt. »Ich geh nicht ohne dich!«

»Du musst aber! Deine Mom ist in Gefahr. Und du bist es ebenfalls, denn dein Dad hat den Krach garantiert gehört und wird jeden Moment hier draußen auftauchen. Du *musst* jetzt gehen, Kim! Ich …« Er schluckte mühsam. Kim hatte das Gefühl, mit anzusehen, wie das Leben aus ihm hinausströmte. Seine Stimme wurde leiser. »Ich kann euch nicht beschützen …«

»Aber …« Alles in Kim wehrte sich dagegen, ihren verletzten Freund zurückzulassen, doch sie musste einsehen, dass er recht hatte.

»Ich glaube, ich höre ihn kommen«, flüsterte Lenny. »Lauf, Kim, lauf …!«

Blind vor Tränen rappelte Kimberly sich auf und rannte los. Dabei zwang sie sich, nicht noch einmal nach hinten zu blicken. Denn sie wusste: Tat sie es doch, würde sie es niemals schaffen, Lenny und ihre Mutter zurückzulassen.

Wenn Josh wütend war, hörte er *The Clash*. Und heute war er wütend – so wütend wie noch nie zuvor in seinem Leben! Verzerrte Gitarren und hämmernde Schlagzeugbeats drangen aus den hoffnungslos überforderten Lautsprechern des Autoradios. Mit deutlich überhöhter Geschwindigkeit jagte der Jeep über den schlecht befestigten Feldweg, der die Grenze zwischen dem Land von Emerald Downs und dem der Makepeace-Farm bildete. Josh hoffte, dass er, wenn er sich nur kräftig genug durchschütteln ließ, irgendwann endlich wieder einen klaren Kopf bekommen würde. Denn genau daran fehlte es ihm im Augenblick: an der Fähigkeit, vernünftige Entscheidungen zu treffen.

Nach dem Streit mit Shelly gestern war er wutentbrannt zurück nach Emerald Downs gefahren, um seine Mutter zur Rede zu stellen. Die war bereits von der Vernehmung auf der Polizeiwache zurückgekehrt und saß in ihrem Arbeitszimmer, hatte sich jedoch strikt geweigert, ihn zu empfangen. Sie ließ ihm lediglich ausrichten, dass es eine polizeiliche Ermittlung gegen sie geben würde, der sie aber mit großer Gelassenheit entgegensah. Typisch seine Mutter!

Heute Morgen war ihm schließlich endgültig der Geduldsfaden gerissen.

»Was fällt dir eigentlich ein, Shelly gegenüber zu behaupten, dass ich dir geholfen hätte, ihren Sohn zu verleumden?«, hatte er sie angebrüllt, nachdem er in ihr Arbeitszimmer geplatzt war. »Ich habe von alldem nichts gewusst – sonst hätte ich Himmel und Hölle in Bewegung gesetzt, um dich zu stoppen!«

Doch Geraldine Wood war völlig ungerührt geblieben. »Wird sie nun endlich aus dem Tal verschwinden?«, war ihre einzige Frage gewesen.

»Nein, Mutter – aber ich!«

Mit diesen Worten war er gegangen und hatte sich in seinen Wagen gesetzt. Seitdem fuhr er ohne Sinn und Verstand in der Gegend herum und konnte im Grunde doch an nichts anderes denken als an Shelly.

Was für eine bittere Ironie des Schicksals! Ausgerechnet er, der nie an so etwas wie Liebe geglaubt hatte, war der Frau seines Lebens begegnet. Und als er endlich bereit gewesen war, zu seiner Liebe zu stehen, hatte er sie wieder verloren.

Ja, er liebte Shelly, ganz gleich, wie wütend er auf sie sein mochte. Er liebte sie, und ein Leben ohne sie erschien ihm praktisch unvorstellbar. Doch das änderte nichts an der Tatsache, dass es für sie keine gemeinsame Zukunft gab. Ohne gegenseitiges Vertrauen war eine Beziehung, wie er sie sich wünschte, einfach nicht möglich.

Vielleicht war es wirklich am besten, wenn er seine Sachen packte und von hier verschwand. Irgendwohin, wo ihn nichts an Shelly und ihre Kinder erinnerte, die ihm in kürzester Zeit so sehr ans Herz gewachsen waren. Doch er zweifelte ernsthaft daran, dass es einen solchen Ort überhaupt gab. Ganz egal, wohin er auch ging – er trug die Erinnerungen ständig in sich, und er glaubte nicht, dass sich daran jemals etwas ändern würde.

Mit einem unterdrückten Fluch beugte er sich zum Radio herunter, um es abzustellen. Bei dem, was ihm auf der Seele lag, konnte ihm nicht einmal *The Clash* helfen.

Als er wieder aufblickte, sah er Kim direkt vor sich auf der Straße stehen.

»Verdammt!« Josh stieg auf die Bremse und schlug gleichzeitig das Lenkrad scharf nach rechts ein. Einen schrecklichen Moment lang drohte er die Kontrolle über den Jeep zu verlieren, der noch immer auf das heftig gestikulierende Mädchen zuraste. Dann brach der Wagen ganz plötzlich nach rechts aus, schleuderte haarscharf an Kim vorbei und landete mit einem Ruck im flachen Straßengraben.

Sekundenlang saß Josh benommen da, ehe er realisierte, was geschehen war. Dann blinzelte er heftig und tastete mit zittrigen Fingern nach dem Verschluss des Sicherheitsgurts.

»Kim!« Er kletterte aus dem Wagen und lief zu Shellys Tochter, die mit schreckgeweiteten Augen dastand – scheinbar unfähig, sich zu rühren. Erst als er sie umarmte, ging ein Beben durch ihren Körper, und sie schluchzte auf. »Kleines, ist alles in Ordnung mit dir?«, fragte er besorgt. Er hielt sie auf Armeslänge von sich und musterte sie eindringlich. »Was machst du denn hier mitten auf der Straße?«

Kim schluchzte jetzt so heftig, dass sie kaum in der Lage war, einen zusammenhängenden Satz hervorzubringen. Nur mit Mühe verstand Josh vereinzelte Worte, darunter »Messer« und »verletzt«, die seine Besorgnis verständlicherweise noch weiter wachsen ließen.

»So, jetzt noch einmal ganz langsam.« Er schüttelte Kim sanft. »Was ist passiert? Stimmt zu Hause etwas nicht? Ist was mit deiner Mutter?«

Kim atmete zitternd ein und schloss die Augen. Als sie anschließend sprach, klang ihre Stimme beinahe wie immer: »Du musst meiner Mom und Lenny helfen. Mein Vater … Adrian ist auf einmal aufgetaucht. Er hat Mom mit einem Messer bedroht.« Sie bebte am ganzen Körper, und ihre Augen schwammen in Tränen. »Lenny und ich wollten abhauen, um Hilfe zu holen. Er ist gestürzt. Ich glaube, es hat ihn ziemlich schwer erwischt. Ich …« Sie stockte, fing sich aber wieder. »Ich habe Angst, dass Adrian Mom etwas antut! Bitte, Josh, du musst Lenny und ihr helfen!«

Josh hatte nur die Hälfte von dem, was Kim gesagt hatte, wirklich begriffen; er wusste weder, was es mit ihrem Vater auf sich hatte, noch was genau mit Kims Freund passiert war. Doch eines war mehr als klar: Shelly und Lenny waren in Gefahr. Und deshalb galt es, keine Zeit zu verlieren!

Kurzerhand verfrachtete er Kim auf den Beifahrersitz seines Jeeps. Der Wagen war hart im Nehmen und hatte auch den Sturz in den Straßengraben schadlos überstanden. Ein paar Beulen und Kratzer hatte er sicherlich davongetragen, doch er sprang ohne Murren an.

Josh verfluchte sich dafür, dass er bei seinem überstürzten

Aufbruch von Emerald Downs sein Handy vergessen hatte. Doch er musste ohnehin erst einmal Kim in Sicherheit bringen, ehe er Shelly und dem Jungen zur Hilfe eilen konnte. Zum Glück war das Haus von Megan Raleighs Familie nicht weit entfernt.

»Um Himmels willen, Josh, was ist denn mit der Kleinen los?«, fragte Julia Raleigh, als sie die Tür öffnete und die in Tränen aufgelöste Kim erblickte.

»Kim!« Megan drängte sich an ihrer Mutter vorbei und schloss ihre Freundin in die Arme. »Was hast du denn?«

»Mein Vater …«, stieß sie schluchzend aus. »Er ist hier … Er hat meine Mom und Lenny … O Gott, ich glaube, er ist verrückt geworden! Ich hab solche Angst, Megan!«

»Ist dein Mann da, Julia?«, wandte Josh sich an Megans Mutter. »Ich weiß nicht genau, was da bei Shelly los ist, aber ich glaube, ein bisschen Hilfe könnte nicht schaden.«

»Tut mir leid, Aaron ist geschäftlich nach Dunedin, aber … Warte mal kurz!« Sie verschwand im Haus und kehrte keine zwei Minuten später mit einem Gewehr und einer vollen Schachtel Munition zurück. »Hier«, sagte sie. »Nur für den Fall der Fälle …«

Er nickte dankbar. »Kümmert euch um die Kleine, ja?«

»Nein!«, schrie Kim entsetzt und klammerte sich an Josh. »Bitte, nimm mich mit! Ich will nicht hierbleiben!«

Sanft legte Julia ihr eine Hand auf die Schulter. »Komm schon, Mädchen. Du würdest Josh doch nur im Weg herumstehen. Wir informieren jetzt die Polizei, damit er so schnell wie möglich Verstärkung bekommt.«

Zögernd nickte Kim und ließ sich von Julia und Megan ins Haus führen. Josh warf das Gewehr auf die Rückbank seines Jeeps und klemmte sich anschließend hinters Steuer.

Dann machte er sich auf den Weg zur Makepeace-Farm.

»Bitte, Adrian, so nimm doch Vernunft an.« Verzweifelt zerrte Shelly an ihren Fesseln, doch alles, was sie erreichte, war, dass sich die dünnen Plastikschnüre noch schmerzhafter in ihr Fleisch gruben. Adrian hatte sie, nachdem er den bewusstlosen Lenny draußen vor dem Haus entdeckt hatte, in den Geräteschuppen der Farm gezerrt und sie mit einem Stück Wäscheleine an einen von den alten Stühlen gebunden, die Hal aufarbeiten wollte. Der verletzte Lenny lag reglos vor ihr am Boden und sah mehr tot als lebendig aus. Und das würde er auch bald sein; Adrian war gerade mit einem Kanister in den Schuppen zurückgekehrt, dem ein unverkennbarer Geruch entströmte.

Und dann würde nicht nur Lenny tot sein, sondern auch sie selbst.

Es war der durchdringende Gestank von Benzin, der jetzt den winzigen Raum erfüllte und nicht nur das Atmen, sondern auch das Denken erschwerte.

»Ich verstehe ja, dass du dich an mir rächen willst«, versuchte Shelly weiter, an die Vernunft ihres Exmannes zu appellieren. Sie wusste nicht, was mit Lenny passiert war, aber sie wollte auf keinen Fall, dass Adrian ihn in diese hässliche Sache mit hineinzog. »Aber lass um Himmels willen den Jungen aus dem Spiel. Er hat doch überhaupt nichts damit zu tun!«

Ungerührt fing Adrian an, das Benzin überall zu versprengen. Ohne sie nur eines Blickes zu würdigen, sagte er: »Es ist mir scheißegal, was aus dem Bengel wird, verstehst du? Ich bin sowieso nur auf Kaution draußen, und wenn ich mit dir fertig bin, werde ich den Rest meines Lebens im Knast verbringen – was macht da schon ein Toter mehr oder weniger? Wichtig ist nur, dass du deine Strafe bekommst, Miststück!«

Shelly spürte, wie ihr die Tränen kamen, doch sie blinzelte sie weg. *Denk nach! Denk nach, verdammt noch mal!*

Doch so sehr sie sich auch das Hirn zermarterte – die Situation war ausweglos. Sie würde hier und heute sterben. Ihre einzige Hoffnung war, dass Lenny irgendwie heil aus dieser Sache herauskam. Und sie dankte dem Himmel, dass Kim und Will in Sicherheit waren. Adrian schien völlig den Verstand verloren zu haben. Sie traute ihm zu, dass er auch ihre gemeinsamen Kinder in seinen Rachefeldzug mit einbezog.

Sie keuchte erschrocken auf, als einige Spritzer Benzin auf sie niederregneten. Doch als sie Adrians hasserfülltes Lachen hörte, biss sie sich auf die Lippe, schloss die Augen und zwang sich, an etwas Schönes zu denken. Sollte Adrian sie doch töten – sie würde ihm nicht den Triumph gönnen, dass er sie um ihr Leben flehen hörte.

Seltsamerweise waren alle schönen Erinnerungen, die Shelly in den Sinn kamen, mit Josh verknüpft. Josh und die Kinder, wie sie gemeinsam die Herde zusammentrieben. Josh und sie am Nugget Point, im Stall in der Nacht des Pfarrfestes …

Shellys Herz zog sich zusammen vor lauter Liebe zu ihm. Warum erkannte man immer erst zu spät, was ein Mensch einem bedeutete? Nun würde sie nie die Gelegenheit bekommen, ihn um Verzeihung zu bitten und ihm alles zu erklären. Er würde nie erfahren, warum es ihr so schwergefallen war, Vertrauen zu ihm zu fassen. Und dass sie nach der bitteren Erfahrung mit Adrian geglaubt hatte, nie wieder einen Mann von ganzem Herzen lieben zu können.

Erst jetzt war ihr klar geworden, wie sehr sie sich getäuscht hatte.

»Zeit zum Sterben«, sagte Adrian und holte sie damit wieder in die grausame Realität zurück.

Er hielt ein Feuerzeug in der Hand und machte Anstalten, es zu entzünden.

»Neeeiiiin!«, schrie Shelly und bäumte sich verzweifelt auf – doch statt ihre Fesseln zu sprengen, geriet nur der Stuhl, an den sie gefesselt war, ins Kippeln. Sie versuchte noch, das Gleichgewicht wiederzuerlangen, doch es war zu spät.

Ein unvorstellbarer Schmerz zuckte durch ihren Schädel, als sie mit dem Hinterkopf auf dem harten Steinboden aufprallte.

Dann wurde es schwarz um sie herum …

3

Emerald Downs, Aorakau Valley –
am Vormittag des 26. September 1954

»Du wirst schon sehen, May«, sagte Callum schwärmerisch. »Stewart Island wird dir gefallen, da bin ich ganz sicher. Von Bluff aus brauchen wir mit dem Schiff über die Faveaux Strait ungefähr zwei Stunden bis zur Halfmoon Bay. Und von der Hauptstadt Oban aus sind es noch einmal knapp sechzig Minuten bis zur Fischerhütte. Ich war das letzte Mal als kleiner Junge dort, aber ich fand es schrecklich aufregend. Der Wind, die hohen Wellen und die raue Felsküste …«

»Mit anderen Worten, es ist das Ende der Welt«, seufzte May betrübt, und im Stillen fügte sie hinzu: Wenn ich erst mal dort bin, werde ich Ben niemals wiedersehen …

Beim Gedanken an Ben wurden ihre Augen feucht. Sie wusste inzwischen, warum er vor zwei Tagen so überraschend alle Heimlichkeiten beendet hatte. Callum war einer ihrer Briefe in die Hände gefallen. Zwar glaubte sie nicht, dass ihr Cousin damit gleich zu seinem Vater gegangen wäre, aber er hätte in Zukunft mit Sicherheit jeden weiteren Kontakt zwischen ihr und Ben unterbunden. Ihrem Liebsten war also gar keine andere Wahl geblieben, als die Karten offen auf den Tisch zu legen.

Leider hatte Ingram genau so reagiert, wie zu befürchten gewesen war: Auf Bens Drohung hin, die Polizei einzuschalten, hatte man sie kurzzeitig im Zimmer ihrer Tante untergebracht. Danach, am Abend, hatte es – natürlich ohne Mays Beisein – eine Familienkonferenz im Salon gegeben, bei der beschlossen worden war, dass sie für eine Weile mit Callum aus Aorakau Valley fortgehen sollte. Wenigstens so lange, bis sich die Wogen ein wenig geglättet hatten.

Ausgerechnet Stewart Island! Sie kannte die Insel nur von einigen Fotografien, die ihr Cousin ihr nach seinem letzten Aufenthalt gezeigt hatte. Dem Strahlen nach zu urteilen, das er auf allen Bildern zeigte, schien er dort wirklich glücklich gewesen zu sein. Und mit Sicherheit würde auch May auf der einsamen, nur schwach von Menschen besiedelten Insel viel mehr Freiheiten genießen können, als es auf Emerald Downs der Fall war. Doch die Vorstellung, Ben für immer zu verlieren, war ihr so unerträglich, dass sie sich über diese Aussicht nicht wirklich freuen konnte.

»Warum tust du das eigentlich, Cal?« Die Frage lag ihr schon lange auf dem Herzen, und jetzt fand sie endlich den Mut, sie zu stellen. »Onkel Ingram hasst mich, das sehe ich in seinen Augen, wenn er mich anschaut. Aber du …? In all den Jahren hatte ich immer das Gefühl, in dir einen Freund gefunden zu haben. Du verabscheust mich nicht für meine Herkunft, ich glaube nicht einmal, dass du etwas gegen das Volk der Maori hast. Warum lässt du dich also von deinem

Vater für Dinge einspannen, hinter denen du nicht stehst? Warum hilfst du ihm, mich hier festzuhalten, obwohl du weißt, dass es Unrecht ist?«

Betroffen senkte Callum den Blick. »Es tut mir leid«, murmelte er leise.

»Das ist alles? Ein einfaches ›Es tut mir leid‹ ist alles, was du dazu zu sagen hast?«

»Was weißt du denn schon?« Callums Stimme wurde jetzt lauter, und May glaubte, so etwas wie Verzweiflung herauszuhören. »Du ahnst ja nicht, wie oft ich schon mit dem Gedanken gespielt habe, dich einfach gehen zu lassen. Wenn ich dich abends allein im Garten spazieren ließ, hoffte ich manchmal, du würdest die Gelegenheit nutzen und einfach davonlaufen …«

»Aber wo hätte ich denn hingehen sollen?« May wischte sich die Tränen von den Wangen. »Zu meiner Tante Kiri, die mich damals zu euch geschickt hat, weil sie unmöglich noch einen weiteren hungrigen Esser versorgen konnte? Aber jetzt, Cal, jetzt habe ich Ben! Jetzt könnte ich weg – mit ihm! Irgendwohin, wo Onkel Ingram uns niemals finden wird. Kein Mensch muss je erfahren, woher ich komme und wer ich bin. Ich kann für immer euer dunkles Familiengeheimnis bleiben, Cal – nur bitte, lass mich gehen!«

Als ihr Cousin zögerte, keimte für einen winzigen Moment Hoffnung in May auf. Cal war kein schlechter Mensch – er war nur zu schwach, um sich gegen seinen despotischen Vater aufzulehnen.

Auch jetzt noch.

»Ich kann das nicht, May.« Er wandte sich ab und ging, ohne noch einmal zurückzublicken, zur Tür. »Wir sehen uns dann heute Abend«, stieß er heiser hervor – und fügte dann im Hinausgehen leise hinzu: »Verzeih …«

Emerald Downs, Aorakau Valley –
am Abend des 26. September 1954

Es war schon dunkel, als Callum sie zu ihrem Spaziergang im Garten abholte. Onkel Ingram hatte eigentlich strikt verboten, dass sie sich in den nächsten Tagen draußen zeigte. Doch nachdem er vor etwas mehr als zwanzig Minuten in Richtung Stadt aufgebrochen war, hatte sein Sohn sich über diese Anweisung hinweggesetzt. Vermutlich, weil ihn sein schlechtes Gewissen plagte.

Nach dem Gespräch am Nachmittag war er ungewohnt einsilbig, und er vermied es, May in die Augen zu schauen. Sie spürte, dass er sich schämte, und hätte gern etwas gesagt oder getan, um ihm zu helfen. Doch das hier war etwas, mit dem er ganz allein zurechtkommen musste.

»Wann fahren wir also?«, fragte sie, als sie das lähmende Schweigen zwischen ihnen nicht länger ertragen konnte.

»Gleich morgen früh, bei Sonnenaufgang, bringt Vater uns nach Bluff. Wir sollten es heute Abend also nicht allzu spät werden lassen und …« Er verstummte, als plötzlich eine Gestalt aus dem Schatten des großen Rata trat.

May atmete scharf ein, als sie ihren Liebsten erkannte. »Ben!«

Sofort wollte sie zu ihm laufen, doch Callum hielt sie zurück. Finster starrte er seinen ehemals besten Freund an. »Was willst du, Makepeace? Hat mein Vater dir nicht klar und deutlich zu verstehen gegeben, dass du hier nicht erwünscht bist?«

»Und ich habe geschworen, dass ich zurückkommen werde, um May zu holen!«, entgegnete Ben. Er streckte die Hand nach May aus, und dieses Mal konnte ihr Cousin sie nicht aufhalten.

Sie flog ihrem Liebsten in die Arme.

»Oh Ben, ich hatte solche Angst, dass ich dich nie wiedersehen würde! Sie wollen mich mit Cal nach Stewart Island schicken. Ich soll dort bleiben, bis Gras über die Sache gewachsen ist, aber ich will nicht mit ihm gehen. Ich will bei dir bleiben!«

»Und das wirst du auch«, entgegnete er fest. »Ich werde nämlich nicht zulassen, dass irgendjemand mir meine Frau wegnimmt.«

May stockte der Atem. »Hast du gerade gesagt … meine Frau?«

Er nickte. »Ja, May, willst du mich heiraten? Wir gehen fort von hier und fangen ein neues Leben an, irgendwo, wo uns niemand kennt. Kannst du dir das vorstellen?«

»Ob ich mir das vorstellen kann?« Ihr Herz wollte vor Freude schier zerspringen. »Es würde mich zur glücklichsten Frau auf der ganzen Welt machen!« Sie fiel ihm um den Hals und küsste Ben stürmisch. »Ja, natürlich will ich dich heiraten!«

»Diesen Unsinn höre ich mir nicht mehr länger an«, knurrte Callum. Als er sich umdrehte, um zum Haus zu gehen, folgte Ben ihm. Er packte ihn und drehte ihm den Arm auf den Rücken, so fest, dass Cal schmerzerfüllt aufstöhnte. »Verdammt, lass los, Makepeace! Ich brauche bloß um Hilfe zu schreien, und du hast eine ganze Meute Farmarbeiter am Hals! Von den Hunden ganz zu schweigen.«

May wusste, dass er recht hatte. Wenn ihr Cousin auch nur einen Mucks von sich gab, dann würde aus ihrer Flucht mit Ben nichts werden. Es gab nur noch eine Chance …

Sie atmete tief durch, straffte die Schultern und trat auf Callum zu. Dessen Gegenwehr erlahmte, als er ihren flehenden Blick bemerkte.

»Cal, bitte …«

»Nein, May!« Er schüttelte den Kopf. »Verlang das nicht von mir!«

Ihr Herz klopfte aufgeregt. »Weißt du noch, über was wir heute Morgen gesprochen haben? Er muss es nicht einmal merken, Cal. Ben wird dich knebeln und in den Gartenschuppen sperren. Ehe jemand etwas bemerkt, sind wir längst über alle Berge. Alles, was du tun musst, ist schweigen. Kannst du das?«

In der Miene ihres Cousins spiegelten sich Verzweiflung und Furcht wieder, aber auch der tiefe Wunsch, ihr zu helfen. May vermochte nicht zu sagen, in welche Richtung das Zünglein an der Waage letztendlich ausschlagen würde; sie konnte nur bangen und beten.

Ben entließ Callum aus seinem Klammergriff, trat wieder zu May und nahm ihre Hand. »Ich werde gut für sie sorgen«, versicherte er – und seine Stimme klang so ernst und feierlich, dass May unwillkürlich Tränen in die Augen traten. »Ich bin bereit, alles für sie aufzugeben: meine Familie, meine Freunde, mein Erbe. Um unserer alten Freundschaft willen, Cal: Lass uns einfach gehen. Bitte!«

Als ihr Cousin schließlich schweigend nickte, fiel May ein Stein vom Herzen. Danach ging alles ganz schnell: Ben band Callum mit einem Hanfseil an einen der vier Pfeiler, auf denen das Dach des Gartenschuppens ruhte. Als improvisierter Knebel diente Mays Tuch, dass sie über den Schultern getragen hatte. Doch ehe Ben ihn damit zum Schweigen brachte, meldete Callum sich noch einmal zu Wort. »Es tut mir leid, dass ich dir kein besserer Freund gewesen bin, Cousinchen«, sagte er.

Dann ließ er sich widerstandslos von Ben knebeln.

Emerald Downs, Aorakau Valley – 29. September 1954

Nachdem sie sich zwei Tage lang in einer abgelegenen Scheune, nicht weit entfernt von Emerald Downs, versteckt hatten, waren May und Ben mit dem Wagen immer Richtung Nordwesten gefahren. Schließlich erreichten sie Queenstown, das am Ufer des Lake Wakatipu lag. Dort suchten sie in einer kleinen Pension Zuflucht, von deren Dachfenster aus May den ganzen See überblicken konnte. In seiner Oberfläche spiegelten sich die Wipfel der Bäume und die schneebedeckten Gipfel der Berge.

»Meinst du, wir können irgendwann mal einen Spaziergang am Ufer machen?«, fragte May verträumt. Sie konnte immer noch nicht recht glauben, dass die Zeit ihrer Gefangenschaft tatsächlich vorbei sein sollte. Und die Vorstellung, am helllichten Tag die Uferpromenade entlangzugehen, erschien ihr einfach nur unwirklich.

Ben lachte. »Natürlich!«, sagte er und schloss sie von hinten in die Arme. »Wann immer du willst, mein Herz. Und wenn wir erst einmal offiziell Mann und Frau sind, brauchst du nie wieder Angst davor zu haben, dich auf der Straße zu zeigen.« Er drehte sie zu sich um und schaute ihr tief in die Augen. »Du bist die schönste und liebevollste Frau, die ich in meinem ganzen Leben kennengelernt habe, May Wood. Ich kann mir nicht vorstellen, jemals eine andere zu lieben als dich.«

Und dann küsste er sie, und May hatte das Gefühl, auf Wolken zu schweben vor Glück.

»Sag mal, hast du eigentlich schon ein Kleid für die Trauung morgen?«, fragte er wie beiläufig, nachdem sie voneinander abgelassen hatten.

»Unsere Hochzeit findet schon morgen statt?« Überrascht riss sie die Augen auf. Damit hatte sie nicht gerechnet, auch wenn Ben zuversichtlich gewesen war, dass er eine Eheschließung auch ohne die üblicherweise notwendigen Dokumente möglich machen konnte, die natürlich bei Onkel Ingram auf Emerald Downs geblieben waren. May vermutete, dass ihr Liebster seine Ersparnisse dafür aufwendete, um den hiesigen Pfarrer über einige Unregelmäßigkeiten hinwegsehen zu lassen.

Über angemessene Kleidung hatte sie sich bisher jedenfalls noch keine Gedanken gemacht – ein Fehler, wie sie jetzt feststellen musste. Sie trug noch immer dasselbe einfache Baumwollkleid und das dünne Strickjäckchen, das sie schon bei ihrer überstürzten Flucht aus Aorakau Valley getragen hatte. Auf dem Weg nach Queenstown hatte Ben es für sicherer gehalten, nirgends länger Halt zu machen. Wo sollte sie jetzt auf die Schnelle ein Hochzeitskleid auftreiben?

Doch zum Glück wusste Ben auch in dieser Angelegenheit Rat. Er lachte, als er ihren erschrockenen Gesichtsausdruck bemerkte. »Keine Sorge, du wirst nicht in diesen alten Fetzen vor den Traualtar treten müssen. Nicht, dass du darin nicht hinreißend aussehen würdest, aber …«

Mit einem verlegenen Lächeln boxte sie ihm spielerisch gegen die Schulter. »Mach dich nicht lustig über mich!«

»Das tue ich nicht«, entgegnete er, plötzlich vollkommen ernst. »Ich meine es ernst: Du könntest einen Kartoffelsack tragen und würdest darin aussehen wie eine Königin. Aber ich habe vorgesorgt, und der Pfarrer hat mir die Adresse einer kleinen Theaterbühne gegeben, wo man gegen eine kleine Gebühr Kostüme aus dem Fundus ausleihen kann. Ich bin sicher, dass auch für uns etwas dabei sein wird. Wenn du möchtest, können wir gleich los. Es ist nicht weit.«

Für May war es immer noch etwas ganz Besonderes, durch die Straßen einer Stadt zu gehen und fremde Menschen um sich zu haben. Obwohl Queenstown ein eher kleines Städtchen war, erschien es ihr, die Jahr und Tag nur die Familie ihres Onkels gekannt hatte, wie eine pulsierende Metropole. Und als sie schließlich das Theater erreichten und von einem Angestellten in einen Raum geführt wurden, der größer war als Mays alte Dachkammer auf Emerald Downs und über und über mit Kleidungsstücken angefüllt war, vergaß sie vor lauter Staunen fast das Atmen.

Noch nie hatte sie so viele wunderbare Kleider und Accessoires gesehen! Schuhe aus allen möglichen Materialien mit und ohne hohe Absätze, Kleider in sämtlichen Farben des Regenbogens, aus Seide, Samt und Taft. Sie sah klassische und raffinierte Schnitte, Umhänge und Schleier. Auf mehreren Regalen stapelten sich die verschiedensten Hüte, einige davon winzig und zart, andere solche Ungetüme, dass May sich unwillkürlich fragte, wer so etwas wohl freiwillig tragen mochte.

Sie selbst hatte seit dem Tod ihrer Eltern eigentlich immer höchstens zwei oder drei Kleider besessen, dazu einige warme Jacken. Ihr Onkel hatte es als Verschwendung angesehen, ihr Dinge zu kaufen, die ohnehin nie ein Mensch zu sehen bekommen würde.

»Kneif mich«, forderte sie Ben kopfschüttelnd auf. »Sonst kann ich nicht glauben, dass das hier tatsächlich wahr ist!«

»Wenn du nichts dagegen hast, würde ich lieber das hier tun«, erwiderte Ben, zog sie in seine Arme und küsste sie.

Danach zeigte die Theaterfrau ihnen verschiedene Ensembles, die ihr sowohl von der Größe her als auch dem Anlass entsprechend als passend erschienen. May fühlte sich in dem blütenweißen Traum aus Seide und mit Spitzenbesätzen an den Ärmeln und am Dekolleté wie eine Prinzessin.

Und als sie hinter dem Vorhang hervortrat, der ihr als improvisierte Umkleidekabine diente, und Ben in einem schwarzen Frack samt Zylinder erblickte, kamen ihr vor Ergriffenheit die Tränen.

»Wollen wir diesen Moment nicht auf einem Bild verewigen?« Die Theaterfrau eilte davon und kehrte kurz darauf mit einem Mann zurück, der eine Fotokamera dabei hatte. »Das ist mein Bruder Francis«, stellte sie vor. »Er ist gerade hier, um ein paar Bilder für unseren Aushang zu machen.«

»Ich entwickle die Fotografien in meinem eigenen Studio«, erklärte der Mann. »Für eine kleine Aufwandsentschädigung im Voraus schicke ich Ihnen die Abzüge, wohin Sie wollen.«

»Eine Fotografie von uns beiden?« May war begeistert. »Ich habe noch nie ein Foto von mir besessen. Bitte, Ben, sag ja!«

Obwohl ihm anzusehen war, dass er dem fremden Mann nicht recht über den Weg traute, nickte Ben. »Also gut. Im Moment haben wir zwar noch keinen festen Wohnsitz, aber Sie können die Bilder zu meinen Eltern in Aorakau Valley schicken. Sie werden sie dann an uns weiterleiten. Warten Sie, ich gebe Ihnen die Adresse.«

Als sie eine halbe Stunde später, wieder in ihrer normalen Kleidung, auf die Straße hinaustraten, konnte May sich noch immer nicht beruhigen. »Ich kann es einfach nicht glauben, Ben: Morgen um diese Zeit werden wir verheiratet sein, du und ich!«

»Ich weiß ja nicht, wie es dir geht – aber ich finde, ein solches Ereignis sollte gebührend gefeiert werden«, sagte er und bot ihr seinen Arm, sodass sie sich unterhaken konnte. »Wir könnten unsere Wirtin fragen, ob es in der Nähe ein schickes Lokal gibt, in das ich dich ausführen könnte.«

»Lass nur, Liebster, du solltest nicht all dein Geld für mich ausgeben. Ich …« Sie stockte, als sie in die Straße einbogen, an deren Ende sich ihre Pension befand. Dieser Mann, der da vor der Eingangstür stand, sah haargenau aus wie …

»Onkel Ingram!«

»May!« Die Stimme ihres Onkels war so laut und durchdringend, dass May unwillkürlich zusammenzuckte. Sein finsterer Gesichtsausdruck ließ sie erbleichen, und auch Ben war gleich auf der Hut.

Schützend stellte er sich vor sie, als Ingram Wood mit ausgreifenden Schritten auf sie zueilte. »Was wollen Sie hier?«, fragte er und richtete sich zur vollen Größe auf. Gegen Mays Onkel, der groß und massig war wie ein übellauniger Bär, wirkte er trotzdem beinahe klein. »Lassen Sie uns in Ruhe, Sie haben schon genug Unglück über Ihre Nichte gebracht!«

Doch Ingram dachte gar nicht daran, der Aufforderung Folge zu leisten. Mit einem wütenden Knurren trat er vor, packte Ben und stieß ihn einfach zur Seite.

Dann griff er nach Mays Handgelenk und wollte sie mit sich ziehen.

In diesem Moment befreite sie sich aus der inneren Erstarrung, die von ihr Besitz ergriffen hatte. Sie wollte nicht wieder zurück nach Emerald Downs, zurück in ihr Gefängnis, in dem sie so viele Jahre ihres Lebens zugebracht und darüber beinahe vergessen hatte, was es bedeutete, frei zu sein.

»Nein!«, schrie sie und wehrte sich nach Leibeskräften. Aber Onkel Ingram konnte über ihre Anstrengungen nur müde lächeln. Mit der freien Hand holte er aus und versetzte ihr eine schallende Ohrfeige, die sie zu Boden gehen ließ. Einen Moment lang sah May nur Sterne, und in ihrem Kopf rauschte es so laut, als würde direkt neben ihr ein Wasserfall in die Tiefe stürzen.

Als sich ihr Blick wieder klärte, sah sie Ben und ihren Onkel gegeneinander kämpfen. In der Nähe standen Leute, doch niemand machte Anstalten, schlichtend einzugreifen.

Es war ein mehr als ungleicher Kampf. Ben hatte sich von hinten auf Ingrams Rücken geschwungen und versuchte verzweifelt, den größeren und stärkeren Mann zu ermüden. Der schlug mit seinen gewaltigen Pranken nach ihm, verfehlte ihn jedoch zumeist.

Doch die Schläge, die ihr Ziel trafen, gingen nicht spurlos an Ben vorüber, und May erkannte, dass er sich nur noch mit Mühe festklammern konnte. Er würde Ingram unterliegen, und dann war alles aus.

Es würde keine Hochzeit geben, keine gemeinsame Zukunft, kein Leben in Freiheit …

May nahm all ihren Mut zusammen und lief auf die Kämpfenden zu. In dem Moment, in dem sie sie erreichte, holte Ingram in einem weiten Bogen mit der Faust aus, um erneut nach Ben zu schlagen.

Dabei traf er May an der Schläfe.

Der Schmerz dauerte nur wenige Sekunden, dann wurde es schwarz um sie herum. May merkte nicht einmal mehr, wie sie hart auf dem Boden aufschlug.

Ihr letzter Gedanke galt Ben.

4

Dumpfe Stimmen hallten durch die Dunkelheit. Sie sagten Dinge, die Shelly nicht verstehen konnte. Es war, als würden sie wie durch eine dicke Schicht Watte an ihr Ohr dringen.

Sie versuchte, die Lider zu heben. Doch sie waren schwer, so schwer. Als sie es schließlich doch schaffte, blendete sie grelles rotes und blaues Licht, und sie kniff die Augen rasch wieder zusammen.

Wo bin ich? Was ist passiert?

Die Fragen hallten wie ein nicht enden wollendes Echo durch ihren Kopf. Sie erinnerte sich noch daran, dass sie Emily davon abgehalten hatte, den Besuch bei ihrer Schwägerin abzusagen. Danach war sie allein im Haus gewesen und…

»Adrian, nein!«

Entsetzt riss sie die Augen auf und setzte sich ruckartig auf. Die letzten Reste von Benommenheit fielen von ihr ab. Mit einem Schlag war sie hellwach – und erkannte zu ihrer Überraschung, dass sie sich nicht mehr gefesselt im Geräteschuppen befand, sondern draußen auf dem Hof. Das flackernde Licht, das sie vorhin so irritiert hatte, stammte von den Signalleuchten zweier Streifenwagen, die nur ein paar Meter entfernt parkten.

Und dann war auf einmal Josh da und schloss sie in seine Arme. Noch nie hatte sie die Nähe zu einem anderen Menschen als so tröstend und beruhigend empfunden. Sie vergaß den Streit und die bitteren Tränen und war einfach nur froh und glücklich, dass er bei ihr war und sie festhielt.

»Adrian«, schluchzte Shelly, und barg das Gesicht an seiner Brust. »Er wollte die Scheune anzünden und uns bei lebendigem Leib verbrennen. Mich und… Lenny! Was ist mit ihm?«

»Es ist alles gut, mein Herz«, flüsterte Josh und strich ihr zärtlich übers Haar. »Lenny befindet sich bereits im Krankenwagen auf dem Weg zur Klinik. Es hat zwar ordentlich was abbekommen, aber der Notarzt war zuversichtlich, dass er wieder ganz in Ordnung kommt. Und was deinen Exmann betrifft – der kann dir nichts mehr tun. Nie wieder…«

Sie schluckte schwer. »Was ist passiert, Josh? Woher wusstest du von meiner Notlage? Ich erinnere mich noch, dass ich mit dem Kopf aufschlug und mir schwarz vor Augen wurde. Danach … nichts mehr.«

Von Josh erfuhr sie nun, dass Kim ihm aus heiterem Himmel vor den Wagen gelaufen war. Sie hatte gar nicht ihre Freundin Megan in der Stadt getroffen, sondern sich die ganze Zeit mit Lenny im Haus aufgehalten. Josh hatte sie bei den Raleighs untergebracht und sich dann gleich auf den Weg hierher gemacht.

»Aber ich konnte dich im Haus nirgends finden, also habe ich draußen weitergesucht. Ich hörte deine Stimme und folgte ihr zum Geräteschuppen. Als ich reinkam, sah ich noch, wie du gestürzt bist, dann ging ein Exmann wie ein Verrückter auf mich los.« Er deutete auf eine Wunde am rechten Oberarm, die offenbar stark geblutet hatte. Doch als er Shellys erschrockenen Gesichtsausdruck bemerkte, winkte er ab. »Keine Bange, das ist halb so schlimm. Schließlich gelang es mir jedenfalls, Adrian zu überwältigen, und dann trafen auch endlich die Polizei und der Notarzt ein.«

In diesem Moment fuhr einer der Streifenwagen zur Seite, und Shelly sah zum ersten Mal ihren Exmann, seit er sie brutal überfallen und mit dem Tod bedroht hatte. Er stand neben dem zweiten Polizeifahrzeug, mit Handschellen an den Rahmen zwischen Vorder- und Hintertür gefesselt. Als sich ihre Blicke begegneten, sah Shelly in seinen Augen einen so grenzenlosen Hass, dass sie sich schaudernd abwandte.

»Denk nicht mehr an ihn«, sagte Josh, der ihre Gedanken gelesen zu haben schien. »Er wird für lange, lange Zeit ins Gefängnis wandern.«

»Es tut mir leid«, schluchzte Shelly. »Dass ich deiner Mutter mehr geglaubt habe als dir. Ich war so dumm …!«

»Schhh«, tröstete Josh. »Ist schon gut, lass uns nicht mehr darüber reden. Es ist nicht wichtig.«

»Wir fahren den Mann jetzt in die Stadt«, rief einer der Beamten, den Shelly als Constable O'Shea erkannte. »Dort bleibt er in der Zelle auf dem Revier, bis wir uns mit den amerikanischen Kollegen geeinigt haben, wie es mit ihm weitergehen soll.«

»Siehst du?« Lächelnd legte Josh ihr einen Finger unters Kinn und hob ihren Kopf sanft an. »Es gibt keinen Grund mehr, sich zu fürchten. Dein Exmann wird dich nie wieder belästigen.«

Und als Josh sie dann küsste, fühlte Shelly, wie neue Zuversicht sie durchströmte. Würde jetzt doch noch alles gut werden?

»Hey! Halt! Sofort stehen bleiben!«

Die Schreie der Polizisten rissen Shelly abrupt aus ihren Tagträumen von einer wunderbaren Zukunft. Sie fuhren auseinander, und Josh zog Shelly geistesgegenwärtig hinter sich, um sie zur Not mit seinem Körper schützen zu können.

Shelly erfasste die Situation in Sekundenbruchteilen. Einer der Polizisten kniete neben dem Streifenwagen und presste die Hand auf eine Wunde an der Schläfe. Adrian musste ihn überwältigt haben, als er gerade seine Handschellen geöffnet hatte, um ihn zum Transport zum Revier in den Wagen zu setzen.

Erschrocken schrie Shelly auf, als er auf Josh und sie zugelaufen kam – doch Adrian interessierte sich scheinbar gar nicht für sie und rannte einfach an ihnen vorbei zum Geräteschuppen.

Fragend schaute sie Josh an. »Was hat er vor?« Dann erinnerte sie sich daran, wie Adrian bei einer völlig anderen Gelegenheit einmal zu ihr gesagt hatte, dass er lieber sterben würde, als sein Leben in einer Gefängniszelle zu verbringen, und sie erbleichte. »Er will doch nicht etwa …?«

Josh schien sofort zu begreifen, was sie meinte. »Bleib hier«, rief er und machte Anstalten, Adrian zu folgen.

Er kam keinen halben Meter weit, da brach auch schon die Hölle los.

Es gab ein Fauchen wie von einem wilden Tier; dann explodierten die Fenster, die Tür wurde aus den Angeln gehoben und meterweit davongeschleudert. Stichflammen brachen hervor, und die Druckwelle ließ Josh und Shelly zurücktaumeln.

Die Hitze war unbeschreiblich, und einen Moment lang übertönte das Brüllen des Feuers jedes andere Geräusch – selbst Shellys Schreckensschrei.

Fassungslos starrte sie in die Flammen. Sie konnte nicht glauben, dass Adrian das wirklich getan hatte. Trotz des Feuers fror sie plötzlich, und ein Gefühl von Taubheit breitete sich in ihrem ganzen Körper aus.

»O Gott!«

Josh trat zu ihr, zog sie an sich und barg ihr Gesicht an seiner Schulter. »Er hat keinen Schmerz gefühlt«, sagte er, und auch wenn Shelly ihm nicht glaubte, waren seine Worte ein Trost für sie.

Eine einsame Träne rollte über ihre Wange. Adrian war am Schluss nicht mehr der Mann gewesen, den sie einmal geliebt hatte. Im Grunde kannte sie den Menschen, der dort in den Flammen gestorben war, überhaupt nicht. Doch er war immerhin der Vater ihrer Kinder, und diese Verbindung würde immer bestehen bleiben.

»Halt still!«, forderte Shelly energisch, als Josh durch den Stoff ihres dünnen Stricktops ihre Brüste streichelte, die praktisch genau vor seinem Gesicht platziert waren. Er lächelte herausfordernd. »Wenn du nicht aufhörst, so herumzuzappeln, kann ich die Salbe nicht richtig auftragen, und die Wunde braucht länger zum Heilen! Willst du das etwa?«

Josh lehnte sich auf dem Sessel im Wohnzimmer des Makepeace-Farmhauses zurück und lachte leise. »Um ehrlich zu sein: Das Risiko ist es mir wert!« Und als sie ihm einen spielerischen Schubs gegen die Brust versetzte, zuckte er mit den Schultern. »Was erwartest du von mir? Ich bin schließlich auch nur ein Mann!«

Nach dem schlimmen Brand, mit dem Adrian seinem Leben ein Ende bereitet hatte, waren Shelly und Josh als Erstes zum Haus von Megans Eltern gefahren. Dort war Kim ihr schluchzend um den Hals gefallen. »O, Mom!«, hatte sie ausgerufen. »Ich hatte ja solche Angst um dich, Mom! Um dich, aber auch um Lenny. Geht es … Geht es ihm gut?«

Shelly wusste inzwischen von Josh, dass Kim sich zusammen mit Lenny in einer Zwischenetage des Hauses aufgehalten hatte, von deren Existenz Shelly nichts geahnt hatte. Was die beiden dort getan haben mochten, darüber wollte sie lieber nicht zu genau nachdenken. Sie konnte Kim ohnehin nicht böse sein, immerhin verdankte sie es ihr und Lenny, dass sie noch am Leben war.

»Ja«, hatte Shelly erwidert. »Lenny geht es gut. Aber dein Vater …«

Sie brauchte nichts mehr zu sagen, Kim verstand auch so. Gemeinsam hatten Mutter und Tochter einige Minuten geschwiegen …

»Glaubst du, es war richtig, dass ich Kim erlaubt habe, bei Megan zu übernachten?«, fragte sie Josh nun. »Die ganze Sache muss sie doch ziemlich mitgenommen haben.«

»Keine Sorge. Ich kenne Julia Raleigh, sie wird ganz sicher

gut auf deine Tochter aufpassen. Und Kim wollte ja unbedingt bei dem jungen McMahon bleiben, während du noch den Anruf nach Oamaru zu erledigen hattest.« Er seufzte. »Du hast noch gar nichts davon erzählt. Was hat dieser Hal denn gesagt, als ihr vorhin miteinander telefoniert habt?«

»Hal war ebenso der Meinung wie wir, dass Will die tragische Nachricht nicht am Telefon erfahren sollte. Er sagte, dass sie sich heute Abend noch auf den Rückweg machen würden, aber Oamaru ist mehr als hundert Meilen von hier entfernt, und Hals Wagen ist nicht mehr der Jüngste …« Shelly schluckte schwer. »Ich … Ich weiß einfach nicht, wie ich es ihm beibringen soll, Josh«, gestand sie dann. »Wie sagt man einem neunjährigen Jungen, dass sein Vater Selbstmord begangen hat, nachdem er versucht hatte, seine Mutter umzubringen?«

Josh nahm ihre Hand. »Glaub mir, Will ist viel belastbarer, als du denkst. Er wird darüber hinwegkommen – genau wie Kim. Deren größte Sorge galt ohnehin dir und dem jungen McMahon, der ja zum Glück mit einer Gehirnerschütterung und einem gebrochenen Bein noch recht glimpflich davongekommen ist.« Er schmunzelte. »Ich glaube, die beiden sind ganz schön verliebt. Hast du gesehen, wie deine Tochter ihn angeschaut hat, als wir zu ihm ins Zimmer durften? Für sie war er der strahlende Held des Tages. Und McMahon hat sie förmlich mit den Augen verschlungen.«

Shelly seufzte. »Ich weiß nicht, was ich davon halten soll. Kim ist doch noch so jung und …«

»Hör auf, dir ständig Sorgen zu machen. Sie ist vierzehn Jahre alt und damit kein kleines Kind mehr. Glaub mir, deine Tochter weiß ganz gut, was sie tut. Und ich für meinen Teil kann McMahon gut verstehen: Kimberly ist schon jetzt fast so schön wie ihre Mutter.« Er zog Shelly an sich und küsste sie hungrig. »Aber nur fast – und offen gestanden bin ich ziemlich froh, dass wir das Haus ein paar Stunden für uns allein haben …«

Sie hörten nicht einmal, dass das Telefon im Korridor klingelte.

Über dem Tal spannte sich, gleich einem Baldachin aus schwarzem, mit Diamanten besticktem Samt, der Nachthimmel. Obwohl Mitternacht bereits vorüber war, spendeten der Mond und die Sterne so viel Licht, dass man ohne Weiteres ein Buch hätte lesen können. Doch das war es nicht, was die ganz in Schwarz gekleidete Gestalt im Sinn hatte, die sich wie ein Schatten dem Farmhaus näherte.

Still und dunkel lag das Gebäude da.

Geraldine atmete tief durch. Sorgenfalten hatten sich in ihre Stirn gegraben, und ihr Blick war starr. Nichts, aber auch gar nichts war so verlaufen, wie sie es geplant hatte.

Dieser verdammte Adrian Shelley!

Sie war durch einen Zufall auf ihn gekommen. Helen hatte während eines Telefongesprächs irgendwann beiläufig erwähnt, dass ihre jüngere Schwester Allison, die mit der kleinen Makepeace zur Schule ging, einen Brief in die Finger bekommen hatte, den diese an ihren Vater geschrieben hatte – ins Gefängnis!

Für Geraldine war diese Neuigkeit natürlich ein gefundenes Fressen gewesen. Sie hatte ein wenig recherchiert und dabei ein paar interessante Dinge herausgefunden: Das Makepeace-Flittchen selbst hatte ihren Exmann Adrian bei der Polizei wegen verschiedener Verbrechen angezeigt. Als Geraldine dann herausfand, dass er trotz der Schwere der Vorwürfe gegen Kaution auf freien Fuß gelangen konnte, war in ihr ein böser kleiner Plan herangereift. Ein Plan, für dessen

Umsetzung sich Helen nur allzu gern hatte einspannen lassen.

Geraldine war nie auch nur auf den Gedanken gekommen, dass Adrian Shelley mehr tun würde, als seiner verhassten Exfrau einen höllischen Schreck einzujagen. Ja, sie hatte gehofft, ihre Widersacherin würde erkennen, dass sie in Aorakau Valley nicht mehr sicher war, und dann zusammen mit ihren Kindern aus dem Tal verschwinden, weil der Mann, vor dem sie hierher geflohen war, sie gefunden hatte.

Doch stattdessen war Adrian Shelley vollkommen durchgedreht und auf seine Exfrau und einen jungen Farmarbeiter losgegangen.

Das hatte Geraldine nicht gewollt ...

Und es brachte sie zudem in eine mehr als unangenehme Situation: Sie wusste schlicht nicht, was Adrian Shelley der Polizei gesagt hatte, ehe er in den Flammen umgekommen war. Und wenn auch nur der Hauch des Verdachts entstand, dass sie, Geraldine, etwas damit zu tun hatte, würde sie womöglich niemals wieder eine Gelegenheit bekommen, Shelly Makepeace zu vertreiben.

Deshalb musste sie jetzt handeln. Noch heute Nacht.

Auch wenn Joshua das meistens zu verdrängen schien, es ging hier immerhin um die Existenz von Emerald Downs!

Ihre Familie war mit den ersten Siedlern aus Wales nach Neuseeland gekommen. Die Woods waren tief mit dem Land, auf dem sie lebten, verwurzelt. Doch wenn Shelly Makepeace blieb, würde all das, was ihre Vorfahren über Generationen aufgebaut hatten, dem Verfall anheimfallen!

Ohne die Wasserstelle besaß Emerald Downs keine Zukunft, und deshalb musste Shelly Makepeace weg. Ganz egal, in welche Schwierigkeiten sie sich selbst auch bringen mochte, ihr blieb einfach keine andere Wahl.

Hier ging es um so viel mehr als nur um ihr persönliches Schicksal!

Geraldine blickte sich um und erlaubte es sich, mit ihren Gedanken für einen Augenblick in die Vergangenheit abzuschweifen. Es war lange her, dass sie zum letzten Mal hier gewesen war. Sehr lange. Damals hatte ihr Großvater Ingram noch gelebt, ein Mann mit Prinzipien und Integrität. Ganz anders als ihr viel zu weichherziger Vater Callum, der Emerald Downs vermutlich in den Ruin gewirtschaftet hätte, wäre er dort je ans Ruder gelangt. Ihm hatten das Ansehen und der Stolz der Familie nicht so viel bedeutet wie Geraldine und ihrem Großvater. Wahrscheinlich hatte der alte Ingram deshalb auch sie und nicht seinen einzigen Sohn ausgewählt, um das Erbe der Woods fortzusetzen.

Diesmal musste sie zu Mitteln greifen, vor denen sie normalerweise zurückgeschreckt wäre. Doch Shelly Makepeace ließ ihr ja keine andere Wahl! Jeder von Geraldines Versuche, diese impertinente Person aus dem Tal zu vertreiben, war gescheitert. Sie hatte wirklich nichts unversucht gelassen, um dieses Ziel zu erreichen – erfolglos.

Und nun stand sie mit dem Rücken zur Wand.

Das matte Schimmern von Metall blitzte auf, als eine Windbö Geraldines Umhang bauschte. Es war ein Kanister, den sie unter dem schweren Stoff verborgen hatte.

Ein Kanister mit Benzin.

Fünf weitere lagerten auf der Ladefläche des Pick-ups, der einem ihrer Farmarbeiter gehörte.

Wenn Geraldine die Makepeace-Farm in Schutt und Asche gelegt hatte, würde Shelly doch wohl begreifen, dass sie nicht nach Aorakau gehörte. Und selbst wenn sie es nicht tat – diese Frau war nicht wie sie. Sie würde nicht die Kraft aufbringen, das Erbe ihrer Ahnen wieder aufzubauen.

Und was, wenn doch jemand zu Hause ist?

Sie schob den unbequemen Gedanken weit von sich.

Als sie vorhin eine gute Bekannte angerufen hatte, die als Stationsschwester im *St. Andrews Hospital* arbeitete, waren Joshua, Shelly und das Mädchen – Kimberly – noch dort gewesen. Sie selbst war kurz darauf aufgebrochen, und seit sie das Haus beobachtete, war niemand heimgekehrt.

Dass der Junge – Will – nicht daheim war, wusste sie mit Sicherheit. Er war mit einem der Farmarbeiter nach Oamaru gefahren, wie sie aus verlässlicher Quelle erfahren hatte.

Zur Sicherheit hatte sie mit ihrem Handy noch den Anschluss der Farm angerufen und es minutenlang klingeln lassen, doch niemand hatte abgehoben.

Unsinn!, sagte sie zu sich selbst. Da ist niemand!

Sie zögerte noch kurz, dann schraubte sie entschlossen den Drehverschluss des Kanisters auf und ging zur großen Scheune hinüber.

Will saß auf dem Beifahrersitz von Hals Wagen und schaute zum Seitenfenster hinaus. Die in silbriges Mondlicht getauchte Landschaft, die an ihm vorüberzog, hatte eine einschläfernde Wirkung auf ihn, doch er hielt sich krampfhaft wach.

Seit Hal ihm erzählt hatte, dass sein Dad in Aorakau Valley aufgetaucht war, um sich an seiner Mom zu rächen, konnte er an nichts anderes mehr denken. Zugleich spürte Will deutlich, dass da noch mehr war. Etwas, was Hal ihm nicht sagen wollte.

Warum sonst waren sie mitten in der Nacht, kurz nach dem Anruf seiner Mutter, von Oamaru aufgebrochen?

Hal verheimlichte etwas vor ihm – nur was? Es musste etwas wirklich Schlimmes sein, wenn er ein solches Geheimnis daraus machte.

Hoffentlich war seine Mom okay! Und Kim und Emily!

Es war jetzt kurz nach Mitternacht – sie waren seit etwas mehr als einer Stunde unterwegs. Weit konnte es nicht mehr sein. Trotz seiner inneren Anspannung konnte er kaum mehr die Augen offen halten. Sie brannten höllisch, und seine Lider fühlten sich schwer wie Blei an. Was konnte es schaden, wenn er sie für ein paar Sekunden schloss? Ganz kurz nur …

»Was in Gottes Namen …!«

Hals überraschter Ausruf riss ihn aus dem leichten Schlummer, in den er gefallen war. Sofort bemerkte er das orangerote Glühen, das von irgendwo hinter dem Hügel zu stammen schien.

»Wo sind wir?«, fragte er und rieb sich mit dem Handrücken über die müden Augen. Dann richtete er sich auf, als er die Gegend in der Nähe der Farm seiner Familie zu erkennen glaubte. Ja, ganz sicher, da war der Felsen am Straßenrand, der wie ein zum Himmel gereckter Finger aussah. In diesem Moment erreichte der Wagen die Kuppe des Hügels, und er sah, woher das rote Glühen rührte, das er schon aus der Ferne gesehen hatte. »Feuer! Die Scheune brennt!«

Hal gab Gas. Schaukelnd und ruckelnd jagte der Wagen den Hügel hinunter. Will musste sich festklammern, um nicht hin und her geschleudert zu werden. Doch er beklagte sich nicht. Sein Blick war wie gebannt, starr auf das Feuer gerichtet.

Es war genau so, wie er es aus seinen Büchern kannte – nur viel schlimmer. Und das, obwohl der Brand als solcher nicht einmal sonderlich gewaltig war. Lediglich ein Teil der Scheune war, wie er jetzt sah, in Flammen aufgegangen. Die Seite, die dem Haus zugewandt war, schien noch unversehrt zu sein.

Und dann sah er plötzlich die Frau, die mit einem Kanister in der Hand den Hof in Richtung Haus überquerte. Als er Hal darauf aufmerksam machte, stieß der einen Fluch aus. Sie blickte geradewegs in ihre Richtung, das Licht der Scheinwerfer schien ihr ins Gesicht.

»Geraldine, verdammt!«

»Ist das etwa Joshs Mutter?«, rief Will entsetzt. »Aber das kann sie doch nicht machen!«

»Da hast du allerdings recht, mein Junge«, erwiderte Hal und schnitt Geraldine Wood mit seinem Wagen den Weg ab, ehe er auf die Bremse trat. Sie waren kaum zum Stehen gekommen, da stieg er auch schon aus.

»Geraldine!«, rief Hal in einem Tonfall, der keinen Widerspruch duldete. »Hast du nicht schon genug Unheil angerichtet? Hör in Gottes Namen endlich damit auf!«

Will blinzelte überrascht. Das klang ja beinahe so, als würde Hal die Frau näher kennen! Und auch Geraldine Wood schien irritiert. Sie schaute Hal an, furchte die Stirn – und stieß einen unterdrückten Schrei aus. »Du?«

Hal ging auf sie zu, packte sie grob bei den Schultern und schüttelte sie unsanft. »Du bleibst hier, ich gehe ins Haus und alarmiere Josh und Shelly!«

»Sie sind hier? Aber …« Geraldine erbleichte. »Ich dachte …«

Will musste unwillkürlich an einen Ballon denken, aus dem plötzlich alle Luft entwichen war. Schwer lehnte sie sich an den Rahmen des Wagens, so als könne sie sich kaum mehr aus eigener Kraft auf den Beinen halten.

»Lauf zum Quartier der Arbeiter und schlag Alarm«, wies Hal nun Will an. »Wir brauchen jede Hilfe, die wir kriegen können!«

Will zögerte keine Sekunde. Er war jedoch nicht weit gekommen, als er plötzlich meinte, einen Hilferuf zu vernehmen.

Da! Ganz sicher, da war es wieder gewesen!

Will blieb stehen und suchte mit zu schmalen Schlitzen zusammengekniffenen Augen das brennende Gebäude ab – und dann entdeckte er sie.

Es waren ein Junge und ein Mädchen, die oben über dem Scheunentor am Fenster standen und verzweifelt um Hilfe schrien.

War das nicht... Doch, es war Jason O'Leary, und das Mädchen bei ihm kannte Will ebenfalls vom Sehen aus der Schule. Die Flammen hatten ihnen den Weg über den Heuboden abgeschnitten, sodass sie nun nicht mehr herauskamen.

Wills Gedanken rasten. Was sollte er bloß tun? Er hatte so oft über solche Situationen gelesen, doch jetzt, wo er selbst in einer steckte, schien sein Kopf wie leer gefegt.

Denk nach, Will Makepeace! Denk nach!

Und dann fiel ihm die Leiter ein, die Lenny vor ein paar Tagen benutzt hatte, um die Äste des über das Dach des Farmhauses ragenden Rata zu stutzen. Er war ziemlich sicher, dass sie immer noch neben dem Baum an der Hauswand lehnte.

Ohne zu zögern, lief er los.

Tatsächlich fand er die Leiter dort, wo er sie vermutet hatte. Sie war schwer und unhandlich, doch er schaffte es, sie bis zur Scheune zu schleppen. Beinahe wäre es ihm nicht gelungen, sie aufzurichten – doch da kam ihm zu seiner Erleichterung Geraldine Wood zur Hilfe, die endlich aus ihrer Erstarrung erwacht zu sein schien.

Mit vereinten Kräften brachten sie die Leiter in Position, sodass Jason und das Mädchen sich aus dem brennenden Inferno retten konnten.

»Danke, Makepeace!«, sagte Jason und klopfte Will auf

die Schulter. »Du hast uns echt das Leben gerettet. Wenn du nicht die Idee mit der Leiter gehabt hättest …«

Erst jetzt kamen Hal, Josh und Wills Mutter hinzu.

»Bis die Feuerwehr da ist, liegt hier längst alles in Schutt und Asche«, kommentierte Josh und legte tröstend seinen Arm um Shellys Schulter.

»Vielleicht nicht«, entgegnete Will, dem plötzlich noch etwas eingefallen war, aufgeregt. »Der Regenwassertank!«, sagte er und deutete auf die altersschwache Konstruktion aus Holz, die direkt neben der Scheune stand und diese um mehrere Meter überragte. »Den wolltest du doch sowieso erneuern, oder Mom? Wir könnten …«

Er erklärte seinen Plan, der im Grunde genommen ganz einfach war und von allen begeistert angenommen wurde. Sie präparierten die Beine des Tanks, die parallel zur Scheune standen, indem sie sie etwa auf halber Höhe ansägten. Dann halfen alle – sogar Geraldine Wood – dabei, den wackligen Turm in Schwingung zu bringen.

Schon nach kurzer Zeit ertönte ein Knirschen, dann geschah genau das, was Will bezweckt hatte: Die seitlichen Stützbeine kickten ein, der Tank neigte sich zur Scheune hinunter, sodass sich sein Inhalt – mindestens 300 Gallonen Regenwasser – über das Feuer ergossen, das zischend und fauchend erstickte.

»Bist du eigentlich vollkommen wahnsinnig geworden, Mutter?« Fassungslos schüttelte Josh den Kopf. Sie alle – er, Shelly, Will und seine Mutter – saßen in der Küche des Farmhauses zusammen. Jason und seine Freundin waren von Jasons Eltern abgeholt worden, nachdem Shelly sie über die jüngsten Ereignisse informiert hatte. »Ich wusste ja, dass du eiskalt sein kannst, wenn es darum geht, deinen Willen durchzusetzen. Aber das hier …« Er sprang von seinem Platz auf und fing an, rastlos auf und ab zu laufen. »Ich kann es einfach nicht glauben! Hast du denn überhaupt kein Gewissen?«

Geraldine saß mit hängenden Schultern da und blickte zu Boden. Sie machte keine Anstalten, etwas zu erwidern oder sich gar zu verteidigen.

Ein Geräusch an der Tür zog Joshs Aufmerksamkeit auf sich. Der alte Mann, der Shelly und ihn alarmiert hatte, stand dort und kam nun herüber, um sich schützend vor Geraldine zu stellen.

Josh runzelte die Stirn. Irgendwoher kam der Alte ihm bekannt vor, doch … Auf einmal wurden seine Augen groß. »Du?« Ungläubig schüttelte er den Kopf. »Grandpa Callum, was zum Teufel machst du denn hier?«

Josh konnte nicht fassen, wie sehr sein Großvater sich verändert hatte. Er trug keinen Bart mehr, sondern war glatt rasiert. Außerdem hatte er mindestens dreißig Pfund abgenommen, wodurch auch sein Gesicht schmaler und kantiger wirkte. Draußen im Dunkeln und bei der Hektik hatte Josh ihn nicht gleich erkannt. Und auch jetzt konnte er es noch immer nicht recht glauben …

»Callum?« Fragend schaute Shelly zwischen ihm und seinem Großvater hin und her. »Aber Josh, du irrst dich – das ist Hal!«

»Nun, genau genommen bin ich beides«, erklärte der alte Mann mit einem schweren Seufzen. »Aber das ist eine lange Geschichte …«

»Wir haben Zeit«, entgegnete Josh kühl. Er wusste einfach nicht, was er davon halten sollte, dass sich sein eigener Großvater unter falschem Namen bei Shelly eingeschlichen hatte. »Die ganze Nacht, wenn es sein muss!«

Schicksalsergeben zuckte Callum mit den Schultern. »Also

schön, ich will es euch erklären. Ihr wisst ja, dass ich die letzten Jahre in der Nähe von Auckland verbracht habe. Ich wohnte in meinem Strandhaus am Meer, lebte in den Tag hinein und beschränkte den Kontakt mit meiner Familie auf kurze Telefonate oder Briefe.« Er seufzte. »Ich vermied alles, was mich an die Vergangenheit erinnerte. Alles, was mich daran erinnerte, welche Schuld ich auf mich geladen hatte, doch … Nun, vor einiger Zeit hörte ich dann durch einen Zufall, dass die Enkelin meines einstmals besten Freundes Ben Makepeace nach Neuseeland kommen würde, um die Farm in Besitz zu nehmen, die sie von ihm geerbt hatte.« Er bedachte Geraldine mit einem vielsagenden Seitenblick. »Mir war gleich klar, dass es Schwierigkeiten geben würde. Und außerdem … Nun, ich wollte Bens Familie kennenlernen, und eine alte – eine sehr alte – Rechnung begleichen. Ich beschloss also, unter falschem Namen nach Aorakau Valley zurückzukehren, um dem Mädchen so gut ich konnte zu helfen. Und auch um Wiedergutmachung für etwas zu leisten, das mein Gewissen seit vielen, vielen Jahren belastet …«

»Vater, bitte!«, stieß Geraldine verzweifelt hervor. Josh hatte seine Mutter noch nie so elend gesehen. »Das geht niemanden etwas an!«

»Ach, mein Kind, siehst du es denn nicht? Wohin hat all der Hass dich geführt?« Er schüttelte den Kopf. »Nein, nein, ich werde nicht länger schweigen. Es ist an der Zeit, dass endlich die Wahrheit ans Licht kommt. Und ich meine die ganze Wahrheit – und nicht das, was mein Vater Ingram alle Welt glauben machen wollte. Ich habe schon viel zu lange geschwiegen.«

Und was er Josh und den anderen dann erzählte, war eine Geschichte voller Leid, Dramatik – und Liebe …

5

Queenstown, Central Otago –
29. September 1954

»Nein, May, nein …« Schluchzend kniete Ben am Boden und hielt die reglose May in seinen Armen. Behutsam wiegte er sie, wie ein schlafendes Baby. Ihre sanften braunen Augen waren geschlossen, ihre Züge entspannt. Es sah aus, als ruhte sie nur, doch Ben wusste, dass dies nur eine Illusion war.

Das Herz in ihrer Brust hatte aufgehört zu schlagen. Ingrams brutaler Faustschlag hatte seine Nichte zu Boden geschleudert und getötet.

Ihre samtweiche Haut fühlte sich kühl und klamm an, als Ben ihr zärtlich über die Wangen strich. Noch einmal küsste er ihre Lippen, doch der Schmerz darüber, dass sie seinen Kuss nie mehr erwidern konnte, überwältigte ihn schier.

May war tot. Nie wieder würde er ihr helles Lachen oder ihre bezaubernde Stimme hören können.

Und sie würden niemals Mann und Frau werden.

Er blickte auf und sah *ihn*. Den Teufel in Menschengestalt, der mit einem einzigen Fausthieb gleich zwei Leben – Mays und das seine – zerstört hatte.

Ingram Wood.

Seine Miene war starr und ausdruckslos. Nichts deutete darauf hin, dass er bereute, was er getan hatte. Es ist ihm egal, erkannte Ben zu seinem Entsetzen. Nein, mehr als das: Es kommt ihm sogar gelegen.

Durch Mays Tod war der vermeintliche Schandfleck, der seine Familienehre Zeit ihres Lebens beschmutzt hatte, endlich getilgt. Er brauchte nicht länger für ein Mädchen zu sorgen, das er aufgrund seiner Herkunft verachtete. May war für ihn seit jeher nur eine Last gewesen – eine Last, die er nun nicht länger tragen musste.

In dem Moment, in dem er dies begriff, stieg ein so brennender Zorn in Ben auf, dass er rot sah.

An das, was danach passierte, erinnerte er sich später nur schemenhaft …

Zelle der Polizeiwache von Queenstown, Central Otago – 1. Oktober 1954

»Und Sie sind sicher, dass es sich genau so abgespielt hat?« Der Polizeichef von Queenstown, der ihm gegenüber auf dem Stuhl der einzigen Zelle des kleinen Reviers Platz genommen hatte, während Ben selbst auf der schmalen Pritsche saß, bedachte ihn mit einem zweifelnden Blick. Es war offensichtlich, dass er ihm seine Schilderung der Ereignisse, die zu Mays tragischem Tod geführt hatte, nicht so recht abkaufte.

Ben war es gleichgültig.

Seit May gestorben war, schien sich sein Herz in Eis verwandelt zu haben. Er spürte nichts mehr – nicht einmal Schmerz. Und die Dinge, die sich um ihn herum abspielten, nahm er nur noch wie ein unbeteiligter Beobachter wahr.

»Ja, Sir«, antwortete er mit teilnahmsloser Stimme. »Genau so ist es abgelaufen. Ich glaube, ich hätte ihn tatsächlich umgebracht. Wären nicht Ihre Kollegen aus Queenstown eingetroffen, die von unserer Pensionswirtin alarmiert worden waren …«

Der Polizeichef hob eine Braue. »Sie behaupten also, das bedauernswerte Mädchen sei von Mr Wood unbeabsichtigt niedergestreckt worden, als es sich in ein Handgemenge zwischen ihm und Ihnen einmischte? Es war also eine Art Unfall?«

»Wenn Sie so wollen«, entgegnete Ben leidenschaftslos.

»Nun, Mr Wood schildert die Ereignisse ein wenig anders, müssen Sie wissen. Er gibt an, Sie hätten die junge Frau – Miss May Wood, eine entfernte Verwandte der Familie, die auf der Durchreise einen Besuch auf Emerald Downs machte – gegen ihren Willen verschleppt. Mr Wood sagt weiterhin aus, er habe daraufhin eine Belohnung ausgesetzt für jeden, der ihm einen stichhaltigen Hinweis auf Ihren Aufenthaltsort liefere. Er hat Ihre Beschreibung auch an den Pfarrer der Gemeinde von Queenstown geschickt, der Sie sofort erkannte, als Sie wegen eines Termins für die Trauung mit Miss May Wood bei ihm erschienen.«

So hatte Ingram Wood sie also gefunden. Aber was spielte das schon für eine Rolle? Ben vermochte nicht einmal Wut oder Hass für den Mann zu empfinden, der May und ihn verraten hatte. Er fragte sich, ob er überhaupt jemals wieder etwas würde empfinden können.

»Bezüglich der Rauferei vor der Pension von Mrs Amalia Baker deckt sich die Aussage von Mr Wood mit der Ihren in vielen Punkten«, fuhr der Chief mit seinen Ausführungen fort. »Allerdings gibt er an, *Sie* hätten dem Mädchen den tödlichen Faustschlag versetzt, als es ihm zur Hilfe eilen wollte.«

Zum ersten Mal seit zwei Tagen begann sich etwas tief in Ben zu regen. Er schloss die Augen und sah May vor sich, ihr Strahlen heller als die Sonne, das Haar vom Wind zerzaust. »Ich hätte ihr niemals etwas antun können«, brachte er mit heiserer Stimme hervor. »Dazu habe ich sie viel zu sehr geliebt …«

Seine letzten Worte hallten noch einen Moment in der Stille nach, ehe der Polizeichef sich angestrengt räusperte. »Also schön«, sagte er. »Sie können gehen – vorerst. Ihre Eltern sind hier, sie haben Kaution für Sie gestellt. Ich muss Sie bitten, im Bezirk Otago zu bleiben und sich für weitere Vernehmungen zur Verfügung zu halten.«

Als Ben das Gefängnis von Queenstown verließ, regnete es.

Unwillkürlich dachte er an eine alte Maorilegende. Diese besagte, dass der Regen, der vom Himmel fällt, und der Nebel, der von der Erde aufsteigt, die Tränen von *Rangi* und *Papa* – des Himmels und der Erde – sind, die sie vergießen, weil man sie einst voneinander trennte.

Und es tröstete ihn ein wenig, dass sie vielleicht auch ein kleines bisschen für May und ihn weinten, denen dasselbe Schicksal widerfahren war.

Seine Eltern warteten draußen im strömenden Regen. Ohne ein Wort schlossen sie ihn in die Arme und hielten ihn fest.

»Junge, wir haben gehört, was passiert ist«, sagte seine Mutter schließlich und strich Ben durchs tropfnasse Haar. »Und du sollst wissen, dass wir nichts von dem glauben, was der alte Ingram über dich verbreitet. Wenn du bereit gewesen bist, alles hinter dir zu lassen, nur um mit diesem Mädchen zusammen zu sein, dann muss sie etwas ganz Besonderes gewesen sein.«

Ben schluckte schwer. Jetzt endlich, wo der Regen gnädig seine Tränen verbarg, konnte er seiner Trauer freien Lauf lassen. »Das war sie«, flüsterte er. »Etwas ganz Besonderes …«

Auf der Fahrt zurück in Richtung Ostküste erfuhr Ben, dass Ingram Wood es geschafft hatte, das ganze Tal gegen ihn aufzubringen. Und seine Eltern fürchteten, dass es ihm mit seinen Verleumdungen gelingen würde, Ben auch noch ins Gefängnis zu bringen.

»Und deshalb haben wir uns entschlossen, zusammen mit dir von hier fortzugehen«, erklärte sein Vater. »Wir werden nicht zurück nach Aorakau Valley gehen, sondern weiter bis zum nächsten Hafen fahren, von dem aus ein Schiff nach Amerika ablegt.«

Ben wollte protestieren – er konnte doch nicht zulassen, dass seine Eltern ihre gesamte Existenz für ihn aufgaben! Wenn er jetzt das Land verließ, dann gab es für ihn kein Zurück mehr. Und seine Eltern würden bei ihm bleiben, komme, was da wolle. Doch sein Vater wollte nichts hören. »Es ist bereits beschlossene Sache, mein Junge. Wir möchten nicht, dass du den Rest deines Lebens hinter Gittern verbringst, nur weil es Ingram Wood so gefällt.«

Die Chancen standen tatsächlich gut, dass die Behörden seinen Fall nicht über die Staatsgrenzen hinaus verfolgen würden. Ingram Wood besaß in Aorakau Valley, ja, in ganz Otago großen Einfluss – doch er war nicht allmächtig. Es gab genügend Zweifel an seiner Darstellung der Dinge, sodass es ihm schwerfallen dürfte, Ben bis nach Amerika Schwierigkeiten zu machen. Bliebe Ben allerdings in Neuseeland, dann würde Ingram ihn mit all seinem Hass verfolgen, bis er ihn zur Strecke gebracht hatte.

Noch am selben Nachmittag stachen Ben Makepeace und seine Eltern mit der *Spirit of Tangaroa* in See.

Keiner von ihnen setzte Zeit seines Lebens je wieder einen Fuß auf neuseeländischen Boden.

Farmhaus der Familie Makepeace, Aorakau Valley – 4. Oktober 1954

May war tot. Ben und seine Familie hatten das Tal in aller Heimlichkeit verlassen. Niemand wusste, wohin sie gegangen waren. Alle Menschen, die Callum etwas bedeutet hatten, waren aus seinem Leben verschwunden.

Zum Teufel mit dir, Ben! Warum konntest du nicht dieses eine Mal auf mich hören? Es hätte nicht so weit kommen dürfen, du verdammter Idiot!

Wütend ballte Callum die rechte Hand zur Faust und schlug damit gegen den Pfosten, der das Verandadach trug. Doch auch dieser Schmerz konnte das Gefühl von Leere, das sich in Callums Herz geschlichen hatte, nicht ausfüllen.

»Was bist du doch für ein jämmerlicher Schwächling!«, hatte sein Vater ihn angeherrscht, als ihm angesichts der Nachricht von Mays Schicksal die Tränen gekommen waren. »Ein Wood weint nicht – schon gar nicht wegen eines dahergelaufenen kleinen Maori-Flittchens!«

Callum schämte sich, als er an diesen Augenblick zurückdachte. Er hätte etwas tun, etwas sagen müssen – doch wie immer, wenn er seinem Vater gegenüberstand, brachte er es einfach nicht über sich, den Mund aufzumachen.

Vermutlich hat Vater recht, dachte er bitter. Ich bin wirklich ein jämmerlicher Schwächling. Hätte ich es nur einmal geschafft, mich gegen ihn aufzulehnen ...

Doch es war zu spät, um daran noch etwas zu ändern. Und es erschien ihm leichter, Ben zu hassen, als sich der Realität zu stellen. Im Grunde hatte er immer gewusst, dass sein Vater May Unrecht tat. Wäre er nur einmal für seine Überzeugung eingestanden, anstatt feige den Schwanz einzuziehen ...

Mit Tränen in den Augen stand er noch eine ganze Weile da. Dann wandte er sich ab und ging, ohne sich noch einmal umzublicken.

6

Ein schmaler Fußweg führte seitlich an der unscheinbaren, aus Naturstein gemauerten Kirche entlang. Man betrat ihn durch ein niedriges, schmiedeeisernes Tor, das leise quietschte, wenn man es öffnete. Dahinter empfing einen grüngoldenes Sonnenlicht, das durch die dichten Blätter der Baumfarne sickerte. Wie ein Dach wölbten sie sich über den Weg und bildeten mit ihren schlanken Stämmen einen natürlichen Säulengang, an dessen Ende sich der schattige Kirchhof anschloss.

Es war still hier.

Friedlich.

Nur der Wind, der leise durch die Kronen der Südbuchen strich, war zu hören. Und das Zwitschern der Vögel. Ansonsten konnte man den Eindruck haben, vollkommen allein auf der Welt zu sein.

Jedem, der es hören wollte, berichtete der Pfarrer von der aufregenden Vergangenheit des kleinen Ortes. Über die meisten Personen, die hier auf dem Friedhof ihre letzte Ruhestätte gefunden hatten, wusste er eine interessante Geschichte zu erzählen.

Doch über das Grab ganz hinten an der verwitterten, von wilden Rosen überwucherten Mauer hüllte er sich in Schweigen.

Ein Engel aus Marmor stand dort, mit Zügen, so atemberaubend schön wie die Morgensonne. Sein gütiges Lächeln öffnete Herzen, und die ausgestreckten Hände schienen sagen zu wollen: Komm her und fürchte dich nicht.

Mitte der sechziger Jahre war die herrliche Figur aus den Vereinigten Staaten angeliefert worden – zusammen mit einer genauen Anweisung, bei welchem Grab sie aufzustellen sei, und einer großzügigen Spende an die Kirchengemeinde. So viel war dem Pfarrer zu entlocken gewesen, mehr jedoch nicht.

Doch das war auch nicht nötig.

»Mein Gott, sie ist es. May…« Die Stimme von Callum Wood klang brüchig. Ungläubig schüttelte er den Kopf. Vier Wochen waren seit jener schicksalhaften Nacht vergangen, in der er endlich das Geheimnis seiner Familie ans Licht gebracht hatte. »Ben muss herausgefunden haben, wo man sie begraben hat, und diese Skulptur geschickt haben. Sie gleicht *ihr* wie ein Haar dem anderen. Es ist, als würde ich ihr nach all den Jahren noch einmal gegenüberstehen – doch ich bin alt geworden, während sie noch so strahlend schön ist wie an dem Tag, an dem ich sie zum letzten Mal sah.« Er kämpfte mit den Tränen und verlor. »Es tut mir so unendlich leid, was dir zugestoßen ist, May. Ich hätte dir ein besserer, ein treuerer Freund sein müssen…«

Shelly schluckte schwer. Es rührte sie zutiefst, Hal – oder Callum, wie sie jetzt wusste – so leiden zu sehen. Doch als sie zu ihm gehen wollte, um ihn zu trösten, hielt Josh sie zurück.

Erst jetzt bemerkte sie seine Mutter. Geraldine trat zu ihrem Vater und ergriff seine Hand. Sie war nicht mehr derselbe Mensch, der sie noch vor einem Monat gewesen war. Shelly konnte sich ihre erstaunliche Verwandlung nicht wirklich erklären, und ein Teil von ihr zweifelte noch immer. Doch sie hatte Josh versprochen, dass sie seiner Mutter eine Chance geben würde. Und bisher gab es keinen Anlass, an der Aufrichtigkeit der älteren Frau zu zweifeln.

Vielleicht hatte die Tatsache, dass ihr blinder Hass ihren eigenen Sohn in Lebensgefahr gebracht hatte, ihr die Augen geöffnet. Möglicherweise war es aber auch die Geschichte, die ihr Vater Callum ihnen allen an dem Abend erzählt hatte, an dem Shellys Farm beinahe in Flammen aufgegangen wäre. Die wahre Geschichte von May und Ben – dem Maorimädchen und dem *Pakeha* –, die jetzt endlich im Himmel miteinander vereint waren. Bis dahin hatte Geraldine wohl nur die Version ihres Großvaters gekannt – und geglaubt.

Sie hatte all ihre Taten gestanden und sich auf der Polizeiwache von Aorakau Valley selbst angezeigt. Josh und sein Großvater waren bei ihr gewesen, um ihr beizustehen. Sie würde sich verantworten müssen für all die schrecklichen Dinge, die sie im Namen der Familienehre begangen hatte. Seltsamerweise schien sie keine Angst zu verspüren. Josh glaubte sogar, dass sie sich im Grunde zum ersten Mal in ihrem Leben wirklich frei fühlte.

»Was war er für ein Mann, dieser Ingram?«, fragte Shelly leise und wandte sich an Josh, der ihre Hand hielt.

Der schüttelte den Kopf. »Ich weiß eigentlich nichts über ihn. Als er starb, war meine Mutter gerade einmal zwanzig Jahre alt, und sie hat nie viel von ihm gesprochen. Aber ich glaube, er war ein harter, nein, ein hart*herziger* Mann, der die Maori und überhaupt alles Andersartige aus tiefstem Herzen verabscheute.«

Shelly erschauerte. »Und dein Großvater?« Es erschien ihr nur schwer vorstellbar, dass der Mann, den sie als Hal kennengelernt hatte und der im Laufe der Zeit praktisch zu einem Teil ihrer Familie geworden war, ein Rassist sein sollte.

Zu ihrer Erleichterung schüttelte Josh den Kopf. »Grandpa ist anders. Ich glaube, er und sein Vater sind nicht besonders gut miteinander ausgekommen, während meine Mutter ihren Großvater verehrte. In ihr ging der Keim des Hasses und der Verachtung auf, die der alte Mann gesät hatte, und das sorgte zwischen Grandpa und Mutter immer wieder für Konflikte auf Emerald Downs. Schließlich zog er es vor, das Tal zu verlassen und seinen Altersruhesitz in einem Strandhaus bei Auckland aufzuschlagen. Aber wenn ich mir die beiden jetzt so ansehe …« Geraldine und Callum standen immer noch Hand in Hand an Mays Grab. »Ich glaube, es besteht tatsächlich begründete Hoffnung, dass die beiden sich wieder zusammenraufen. Auch wenn meine Mutter sich nun erst einmal vor dem Gesetz für ihre Taten wird verantworten müssen.«

Shelly nickte. »Was glaubst du, was ihr da bevorsteht?«

»Dass sie im vollen Umfang geständig ist, wird ihr sicherlich zugutegehalten werden. Ebenso wie die Tatsache, dass sie sich reumütig zeigt. Ich glaube nicht, dass man sie wirklich zu einer Gefängnisstrafe verurteilen wird. Und eine schlimmere Strafe als die, dass jeder im Tal genau weiß, was sie getan hat, kann es für meine Mutter ohnehin nicht geben.«

»Können wir jetzt langsam los? Es ist schon fast vier, und ich bin um halb fünf mit Lenny verabredet!« Kim, die sich mit ihrem Bruder bisher im Hintergrund gehalten hatte, deutete auf die Uhr, die sie von Josh anlässlich ihres fünfzehnten Geburtstags bekommen hatte.

Er hatte das quietschbunte Teil, auf dessen Ziffernblatt die Funkelsteinchen glitzerten, mit tatkräftiger Unterstützung von Walter Mulligan ausgesucht. Als er es Shelly am Abend vor Kims großem Tag stolz mit den Worten: »Das ist bei den jungen Mädchen heute der allerletzte Schrei« präsentierte, hatte sie zunächst schlucken müssen.

Sie wusste genau, dass Kim so etwas früher niemals getragen hätte, und fürchtete, dass sie Josh mit ihrer Reaktion auf sein Geschenk ziemlich vor den Kopf stoßen würde. Doch sie erlebte eine Überraschung: Kim bedankte sich nicht nur artig, sie trug die Uhr auch voller Stolz.

»Findest du nicht, dass ihr es ein bisschen übertreibt,

Lenny und du?«, fragte Shelly ihre Tochter. Sie war noch immer ein bisschen besorgt, was ihre Kim und den jungen Farmarbeiter betraf. Stürzte sie sich da nicht ein bisschen schnell in eine Sache, die sie in ihrem Alter noch gar nicht zu überblicken vermochte? »Du hast nicht mal an deinem Geburtstag mehr als ein paar Minuten für deine alte Mutter erübrigen können. Früher haben wir solche Tage immer gemeinsam gefeiert und ...«

»Mom, ich bin keine drei mehr!«, protestierte Kim empört. »Aus dem Alter für Topfschlagen und Blinde Kuh im Familienkreis bin ich echt raus!«

»Na, wie du meinst – aber ein paar Minuten wird Lenny schon noch auf dich warten können. Immerhin weiß er doch, dass du mit uns hier herausgefahren bist!«

»Aber Jason nicht!«, meldete sich nun Will zu Wort. »Und mit dem wollte ich mich um fünf auf dem Sportplatz treffen. Er und ein paar andere von der Schule wollen mir ein paar Rugbyzüge zeigen. Wer weiß, wenn ich mich gut anstelle, holt Jasons Vater mich nächstes Jahr vielleicht auch ins Team.«

Shelly gab sich geschlagen. »Also schön«, seufzte sie. »Fahren wir ...«

Sie verabschiedeten sich von Hal und Geraldine, die mit dem eigenen Wagen gekommen waren und gern noch etwas bleiben wollten.

Zum Shellys Überraschung trat Geraldine jedoch noch einmal auf sie zu.

»Es ... tut mir leid«, sagte die ältere Frau und ergriff Shellys Hand. »Ich möchte mich entschuldigen. Für alles, was ich Ihnen und Ihrer Familie in meiner grenzenlosen Verblendung angetan habe. Ich weiß gar nicht, was ich sagen soll. Ich kann das nie wiedergutmachen ...«

Shelly lächelte. Seltsamerweise fiel es ihr inzwischen gar nicht mehr so schwer, Joshs Mutter so etwas wie Sympathie entgegenzubringen. Geraldine verdiente ihre gerechte Strafe, ja – aber der Groll und der Zorn, den sie einmal für sie empfunden hatte, waren verschwunden.

»Wollen wir nicht einfach noch mal von vorne anfangen? Ich meine, jetzt, wo wir ja praktisch Partner sind?«

Geraldine nickte. Ihr Lächeln war noch verhalten, aber es war ein Anfang.

Shelly hatte ihren Plan wahr gemacht und praktizierte wieder als Tierärztin. Doc Halligan war froh und erleichtert gewesen, endlich einen kompetenten Nachfolger für seine Praxis gefunden zu haben, unterstützte sie aber noch eine Weile, bis er sich in ein paar Wochen endgültig aufs Altenteil zurückziehen würde.

Ihre Schafe waren in den Viehbestand von Emerald Downs integriert worden, wofür Shelly anteilig an den Gewinnen aus Schur und Zucht beteiligt wurde. Im Gegenzug gewährte sie den Tieren von Emerald Downs freien Zugang zur Wasserstelle auf ihrem Grundstück.

Josh hatte sie erlaubt, das Land am Ufer des Silver Creek für seine Zwecke zu nutzen. Die Arbeiten an den Bungalows hatten bereits begonnen, und es lagen sogar schon die ersten Buchungen vor.

Emily wohnte natürlich noch immer bei ihnen auf der Farm. Sie war für Shelly im Laufe der Monate zu einer unverzichtbaren Freundin und Vertrauten geworden. Und so spürte Shelly auch, dass es zwischen Emily und Hal heftig knisterte. Sie gab den beiden noch höchstens zwei Monate, bevor sie sich öffentlich zu ihrer Liebe bekannten.

Manchmal konnte Shelly es gar nicht glauben, doch es schien tatsächlich alles gut zu werden.